Livro de Joaquim

Primeiro volume de Tempo Perdido

Livro de Joaquim

Primeiro volume de Tempo Perdido

Laura Malin

AGIR

Editora Nova Fronteira Participações S.A.
Rua Nova Jerusalém, 345 – Bonsucesso – 21042-235
Rio de Janeiro – RJ – Brasil
Tel.: (21) 3882-8200 – Fax: (21) 3882-8212/8313
www.novafronteira.com.br
sac@novafronteira.com.br

Texto revisto pelo novo Acordo Ortográfico

CIP-Brasil. Catalogação na fonte.
Sindicato Nacional dos Escritores de Livros, RJ.

M217t Malin, Laura, 1974-
Tempo perdido: Livro de Joaquim / Laura Malin. – Rio de Janeiro: Agir, 2011.
352p.: 23 cm

Continua com: Tempo perdido: Livro de Leah
ISBN 978-85-220-1289-3

1. Ficção brasileira. I. Título.

CDD: 869.93
CDU: 821.134.3(81)-3

Para minha mãe, Ana Maria, e meu pai, Mauro.

“Mi dever es vivir, morir, vivir.”
Pablo Neruda

PRÓLOGO

Por quê? Não sei por quê. Talvez nunca encontre essa resposta. Nem no fundo do mar, onde tenho vivido os últimos anos, nem no fundo de mim mesmo, de quem nunca irei me libertar. A pergunta permanece, então.

Mergulho à noite, quando as sardinhas ao meu redor parecem flocos de neve bailando no céu. Um enxame, uma nevasca, um cardume. Tudo se confunde no oceano escuro: o vermelho vivo dos corais lembra o formato dos corações que sangram, amam e sangram novamente. As pintas das raias-chitas lembram estrelas que, cansadas do universo, pulam direto no oceano, espatifando-se, com a ousadia, em milhões de pedaços.

Apesar da confusão, do delírio desses mergulhos noturnos, sei que, ao meu lado, só há o som da minha respiração. E a solidão do fundo do mar. Nada além. Nem o mero que engole peixinhos desavisados. Nem o tubarão-lixa que limpa o limbo incrustado. Nem a moreia-verde que sai para desfilar seu corpo sem fim. Nada, ninguém. Apenas eu e o bater do meu coração. É assim que tem sido, ultimamente, durante um tempo que já não sei contar.

Espero, com os olhos cansados de quem já viu muitos sóis, o derradeiro pôr do sol. Visto minha roupa de borracha inorgânica, checo o ar vital no meu cilindro, calço as nadadeiras, ajusto a máscara e salto da minha pequena embarcação, de pé, direto para o fundo. Vou sozinho: sou sozinho, todos somos.

E percebo este mundo interno, silenciosamente a viver, e finjo que nada mais existe. Então, tento abafar o ritmo louco do meu coração quando acho que vejo minha sereia passar. Ela, Leah.

Vivo há mais tempo que o necessário. Cansei de tudo. Abandonei-me ao fundo do mar. O que me falta, porém, é não ter encontrado as respostas. Não tê-las me faz voltar de cada um desses mergulhos. Não tê-las é o que me faz seguir vivendo.

Amendoeiras

NÃO HAVIA NENHUMA NUVEM NO CÉU indicando que aquele dia seria diferente.

Pedalei até o porto, o vento me empurrando pelos dois quilômetros da estrada, ainda vazia, que cortam a ilha de Fernando de Noronha. Além da cor de turmalina que me recobria a cabeça de horizonte a horizonte, fundindo céu e mar num plano infinito, havia um cheiro distinto no ar. Um perfume remotamente familiar que eu não sentia há... bem, há muito tempo. Há 188 anos.

Cruzei com um ou dois conhecidos que me acenaram com as mãos calejadas, e apenas retribuí como fazia todos os dias. Freei a bicicleta perto do frigorífico. Uma nova ninhada de gatinhos miava, sentindo o cheiro de peixe que vinha lá de dentro. Suas perninhas esquálidas mal sustentavam os esqueletos. Busquei na minha mochila o sanduíche que não tinha conseguido engolir, e, quando o joguei ao gatinho mais próximo, um ruivinho com olhos de gente, ele agradeceu e dividiu com os irmãos.

Enxerguei Belinha dentro da agência, atendendo um grupo de turistas, e segui para o ancoradouro. O sol já havia deslizado um ou dois graus rumo ao meio do céu desde que eu saíra de casa.

Eram sete da manhã quando comecei a preparar a escuna para a chegada do grupo: afastei a gordura da maresia das superfícies lisas; separei os coletes salva-vidas timidamente mofados; chequei o motor e o carregamento de bebidas e senti novamente aquele cheiro que viajava de algum lugar distante da ilha até dentro de mim. Sim, era o perfume dela.

Vislumbrei Marujo, meu funcionário, subindo com os turistas no ancoradouro. Vieram, ao todo, vinte e três deles. Notei uma mãe com uma filha especial, um casal emburrado e uma fotógrafa com a sua assistente translúcida, que mais parecia uma caraúna: os dentes projetados para a frente e os olhos miúdos e perdidos no excesso de luminosidade. A fotógrafa, escondida debaixo de um chapéu de largas abas e de uma gigante máquina fotográfica, era a dona do tal perfume.

Na hora de embarcá-las, nossos olhares se encontraram, não com timidez, mas com uma curiosidade bissexta. Toquei seu braço para ajudá-la a subir no barco e senti cada um de seus poros se fechar.

Foi então que enxerguei seu rosto. Ela tinha traços agudos, como se marcados a lápis — era, sem dúvida, uma mulher desenhada por Picasso. Possuía, ao mesmo tempo, as feições mais impressionantes e familiares do mundo. Seus olhos tinham a profundidade de um oceano e, ainda assim, rasgavam o rosto, raso, com doçura. Seus cabelos longos, de um mel dourado, abraçavam seu corpo.

Emudeci com a beleza daquela mulher cujo cheiro andava à frente. Na minha memória imperfeita eu não conseguia distinguir se aquele rosto era apenas absolutamente inédito ou se era o indecifrável rosto de Leah.

Pilotei a escuna até a Baía dos Golfinhos, onde ficamos em silêncio esperando por sua dança. Mas meu olhar não se desviou do foco: a fotógrafa, escondida atrás da própria moldura, mais interessada em ver do que em ser vista. Subi até o segundo andar do barco, de onde ela clicava, e ouvi, apesar do silêncio reinante, meu coração no compasso dos golfinhos.

Sem avisar, ela tirou algumas fotos de mim. Levantou a aba do chapéu, sorriu.

— Você se importa?

Nos olhamos sem graça. Foi como se nos conhecêssemos há milênios, e eu pude prever, em uma fração de segundo, um futuro para nós.

Certo que a ansiedade, a solidão e o excesso de mergulhos noturnos me corroíam por dentro há tempos, e a primeira fêmea que olhasse nos meus olhos faria rodar meu coração. Mas aquela mulher exuberante me remetia ao passado apenas com seu odor.

— Joaquim? — ela perguntou, com uma intimidade desconcertante na voz.

Eu me espantei, como ela sabia o meu nome? Verdade, eu havia me apresentado ao grupo, ao começo do *tour* — mas o que a teria feito reter este pedaço tão insignificante de informação?

— Tira uma foto minha? — E sorriu novamente, e seu sorriso expandiu meu coração de forma inigualável. Forcei mais a memória, que insistia em sua inexatidão, borrando como uma catarata a lembrança guardada daquele possível rosto.

Tirei a foto. Queria ter tirado uma com o meu celular, para tentar recuperar suas feições mais tarde, mas não tive coragem de pedir. Ela se sentou ao meu lado, agradeceu com um olhar comprido e exato e mirou em direção à ilha do Morro do Leão.

— Primeira vez na ilha? — arrisquei.

Ela fez que não com a cabeça.

— Tem muito tempo... — E sorriu, sem se preocupar em gastar sua alegria, como quem guarda muito mais para usar em ocasiões ordinárias como aquela. — Você faz mergulho noturno? — E enfim evitou o meu olhar, como se, num piscar de olhos, sua identidade secreta estivesse a ponto de ser revelada.

— Faço, sim — foi, estupidamente, tudo o que consegui dizer.

— E se eu quiser ir fotografar, é possível?

— Acho que hoje vai estar legal pra descer na Ressurreta, só vai depender se vai ter grupo.

— E se não tiver grupo? Tem individual? — ela perguntou, sem a menor malícia na voz, apenas com aquela combinação fatal de perfume e sorriso.

— Podemos combinar, sim. Sua amiga não quer ir?

— É minha assistente, mas ela, coitada — e apontou para a menina que estava no primeiro andar, mais verde do que musgo —, ela enjoa fácil, sem condições.

Rimos e calamos, acho que de nervoso. E, do nada, ela pegou a máquina e clicou uma foto nossa onde o meu encanto e o seu perfume, com certeza, seriam revelados mais tarde.

— Você se importa?

— Não, mas vou querer uma cópia...

— Fechado — se limitou a dizer.

— Qual é o seu nome?

— Sylvia. — Seria Sylvia outra maneira de se dizer Leah?

— Você é fotógrafa profissional?

Ela fez que sim com a cabeça e aproveitou para perguntar:

— Posso ir sozinha? Contigo?

A cena logo me veio à cabeça: eu e ela num mergulho noturno, sozinhos, meu coração na boca, lutando para dar passagem ao indispensável oxigênio, e ela sorrindo e transformando as coisas mais banais em versos no meio do silêncio do oceano.

Enquanto isso, sua assistente lançou um pedido de socorro, e, sem mais nem menos, Sylvia desceu ao primeiro andar. Quando a procurei para uma resposta, notei apenas o resto dos cabelos longos balançando escada abaixo. Por estar desconcertado, não tive como segui-la. Avistei um casal enroscado na Baía do Sancho, respirei fundo e desci.

Ajudei a assistente enjoada, deitando-a no chão, de barriga para baixo. Marujo rumou para a Ponta da Sapata, e fui para a proa dar explicações sobre o local. Fiquei sem graça, não com os outros 22 turistas me olhando, mas com ela evitando o meu olhar. Engoli algumas palavras, que tive de repetir, e foi então que notei o suor brotando nas palmas das mãos, tão cheias de mapas quanto o próprio recorte da Sapata.

Quando acabei de falar, só pensava que precisava, ao menos, vê-la novamente. Peguei um cartão da minha agência de turismo e anotei o número do celular.

Guardei no bolso, sem coragem, como um menino tolo e fascinado pela pipa mais bonita do céu, querendo-a muito para ele porque o faz lembrar de sua primeira pipa.

Não cruzamos sorrisos nem olhares até pararmos na Praia da Biboca para escutar o rugido do leão, como de costume. De todos os turistas presentes no barco, Sylvia foi a que teve a reação mais natural, como se aquele leão que rugia, preso na caverna vulcânica, fosse um antigo amigo.

Pouco depois aportamos. Tomado por uma covardia ímpar, resolvi não desembarcar os turistas, me escondendo na cabine de comando e deixando Marujo executar a tarefa com os funcionários do porto. Nem sequer levantei os olhos para ver Sylvia, tive medo do seu olhar, tive medo do que ela representava para mim. Amassei o cartão no meu bolso, chateado.

Permaneci no barco por mais duas horas, tentando resgatar seu cheiro, palpando a madeira dura onde ela havia se sentado, seguindo seu sorriso perdido nas rajadas de vento. Por mais que eu negasse, uma coisa era certa: Sylvia tinha aberto a minha amendoeira interna.

~

NA SAÍDA DO ANCORADOURO, uma surpresa: o gatinho ruivo me esperava. Roçou em minha perna e deu uma volta. Peguei-o no colo e decidi mudar seu destino. Batizei-o de Fogo. Achei, por um momento, que ele podia me acalmar em relação àquele perfume que havia cruzado o horizonte. Achei.

Em todo o meu tempo de vida, que é vasto e abundante, eu nunca tive sequer um animal de estimação. Desde cedo aprendi, com meu pai, a simplificar as coisas: poucos amigos, bons livros e uma única mulher por vez. Comer e beber até a saciedade. Uma vida pacata e completa. Não foi bem assim que aconteceu, mas guardei traços dessa primeira lição, tanto que a vida que eu levava desde que desembarcara em Fernando de Noronha, mais de uma década antes, em maio de 2001, seguia essa cartilha.

Foi quando comecei de novo, do zero, meu sétimo ciclo de vida. Abri uma pequena agência de turismo com o sugestivo nome de Estrela Cadente e larguei a vida desgastada e reprimida que levava em São Paulo. Aprendi a contemplar o simples e essencial naquela ilha que era meu começo e teria que ser, de alguma maneira, em algum ponto específico do tempo, meu fim.

Quando me perguntavam de onde eu era, não sabia responder. Sou do mundo, dizia, esperando que isso fosse geográfico o suficiente para me colocar em algum ponto do globo terrestre. De fato, eu acreditava que não era de lugar nenhum, era apenas um homem solto no tempo e no espaço.

Só depois de voltar a morar na ilha mágica fui descobrir que pertencia, sim, a algum lugar. Eu era do mar, eu era da ilha, e, por mais que tentasse apagar o meu passado, estava tão presente nele quanto a espuma nas ondas.

Durante anos corridos achei que minha briga fosse apenas com o tempo: aquele que me açoitou e parou para mim. Tenho a mesma idade há muitos anos, décadas que não cabem nos dedos: tenho 27 anos, vividos à exaustão. Nasci em 1797 e cresci normalmente até 1824. Daí em diante, a cada ano meu corpo completava os mesmos 27 anos, sem envelhecer ou ser capaz de se reproduzir.

Nos meus ciclos de vida tive várias mulheres. Mas só tive um amor. Leah. Que não vejo desde que o ano de 1824 foi gravado em todas as células do meu corpo. De tempos em tempos, ela aparecia estampada em outra mulher. Sem conseguir me lembrar dos detalhes de seu rosto, eu reinventava seus traços, confundindo-os com os de amores mornos e paixões descartáveis. Sempre munido da constante esperança de encontrá-la; ou esquecê-la.

Ao segurar o gato no colo, meu medo e fascínio eram saber que, no sorriso de Sylvia, eu havia descoberto o sorriso de Leah. Caminhei até a agência, onde avisei a Belinha que, se alguém perguntasse sobre o passeio noturno, ela podia confirmar e dar o número do meu celular.

O resto do dia passei conferindo se o aparelho tinha sinal suficiente para o tão aguardado telefonema de Belinha, que nunca recebi. À noite, já com um desânimo bobo na alma, deixei minha casa e fui esperar ninguém no ancoradouro.

Devo ter ficado ali, dentro da escuna, por talvez duas horas, quando senti fome suficiente para deixar o posto e desistir daquilo. Enfronhando-se em meu pensamento estava a possibilidade de encontrá-la no Cachorro, o único ponto noturno da ilha. Fui para lá sem fingir pressa, no meu *buggy*, e cheguei mais rápido do que podia.

A cidade estava apinhada de turistas, todos em busca de passar aquele dia, 21 de dezembro de 2012, o dia do suposto fim do mundo, na ilha paradisíaca.

Mas nem ela nem seu perfume estavam presentes. Sentei com Tião, um ilhéu alto e fino que mergulhava em apneia. Ele estava voltando do mar.

— Tá uma coisa de louco, vixe, lá embaixo. Transparente, bão demais — exclamou, e aquilo me puxou, suas palavras me puxaram para o oceano, e não cheguei a engolir o resto da pizza que tinha pedido, e nem esperei pelo forró.

Assim, voltei direto ao porto e liguei a escuna com urgência. Vesti meu macacão, chequei o oxigênio e parti rumo à Ressurreta. Embaixo do mar era o único lugar onde a paz me abraçava. Onde meu coração conseguia captar o ritmo marinho e se abastecer de calma.

~

A SENSAÇÃO DO CARINHO DO VENTO, no mar escuro, foi me acalmando, como se um pedaço de mim estivesse à espera do meu resto. Apenas depois de muitos anos de busca compreendi que não há no mundo lugar mais seguro do que o mar. Não para mim.

Ancorei o barco não muito longe de uma escuna onde um grupo festejava a passagem daquela data. E mergulhei com vontade de enxergar as cores no breu. Fui descendo e vendo passar um cardume de incansáveis barracudas. A cerca de dez metros cruzei com um polvo vermelho que tinha saído para caçar. Sou meio polvo, eu também: ele e seus oito braços, eu e minhas oito vidas.

Três metros abaixo, avistei uma lagosta dançando balé, e a essa profundidade comecei a escutar meus órgãos em compasso com o mundo submarino. Senti que o estômago se descontraiu, e eu precisei de menos oxigênio para continuar. Levitei até o Buraco das Cabras, desci mais alguns metros e senti um puxão. Nada físico, apenas uma estranha energia. Havia, em algum lugar que eu ainda não podia precisar, uma coisa se mexendo de maneira diferente. Uma faísca que me fez olhar na direção contrária à do meu corpo.

Vislumbrei uma luz fraca e agitada. Como se um budião tivesse engolido uma vela que lhe queimasse a boca, impedindo-o de fechá-la. Me aproximei com cuidado, a luz foi ficando mais forte, vinha em relâmpagos e ofuscou minha visão. Com isso, demorei a entender o desenho da cena: havia um mergulhador com uma das nadadeiras presa em uma pedra, gesticulando que seu oxigênio estava no fim. Para atrair a minha atenção, ele tinha começado a disparar flashes com sua máquina subaquática.

O pânico do momento foi tão grande que eu não parei para pensar. Corri para socorrê-lo, dividi meu oxigênio com ele e tentei soltar a nadadeira, mas percebi que seu pé estava preso e inchado.

Consegui mover de leve a pedra, mas raspei o braço num coral, e um filete de sangue desprendeu-se. O mergulhador me cutucou, avisando que um tubarão-branco nos rondava. Eu já estava ficando sem oxigênio e tive que puxar de novo o respirador para mim. Foi então que o mergulhador disparou mais uma tempestade de flashes, assustando o predador.

Finalmente consegui soltar seu pé da nadadeira. Subi os dezesseis metros ainda sem enxergar, por causa dos disparos. Revezamos o oxigênio, e, de mãos dadas, enquanto eu o puxava, entendi que o perfume estava de volta, abafado pelo iodo do mar.

Quando emergimos, eu já sabia o que havia acontecido. Nadamos calados até o barco. A lua, crescente, não ajudava, mas eu já não precisava de luz para entender quem era.

Subi primeiro no barco e puxei sua mão. Ela veio e jogou-se no chão. Enfim tirou os óculos de mergulho do rosto. Era Sylvia.

NO BARCO, SYLVIA ADORMECEU. Seu pé estava muito inchado; levei-a até o porto, e, de lá, à Floresta Nova. Em mais de dez anos naquela ilha, eu havia levado muitas mulheres para casa — mas nenhuma com aquele perfume.

Sylvia dormiu em minha cama como se conhecesse as dobras do lençol. Ao enrolar gelo no seu pé, pude examinar sem vergonhas suas veias nuas e as unhas redondas. Senti em meus dedos o viço da pele jovem, devia ter no máximo vinte anos.

Durante o sono, remexeu-se, incomodada. Murmurou coisas numa língua que não pude entender. Passei a noite andando de um lado para o outro, tentando enxergá-la, apesar de seus olhos cerrados. O que via, no entanto, era uma alamoa estirada em meu leito, me pedindo coisas em esperanto.

Sylvia tinha uma leve semelhança com o que eu lembrava de Leah. Podia, sim, ser que fossem a mesma pessoa. Como eu saberia? Nosso encontro havia se dado há tantas décadas, apenas o sorriso solto e o perfume único haviam ficado gravados na memória.

Procurei o jornal para ter certeza do calendário: 21 de dezembro de 2012. Fazia 188 anos do nosso encontro, naquela mesma ilha. Com esse espaço de tempo, de quase dois séculos, era possível que qualquer miragem se formasse na minha vista, multiplicando ilusões e visões borradas do passado.

Em sete ciclos, eu procurei Leah por onde fui. A esperança de reencontrar a mulher da minha vida sempre irrigou a tal amendoeira que ela própria havia plantado dentro de mim. Houve invernos e outonos, mas houve também algumas primaveras, quando seus galhos estiveram frondosos o suficiente para que eu me transformasse num jardim.

Em alguns momentos fui levado, pelo desânimo de uma vida sem fim, a acreditar que Leah estivesse morta. Outras vezes, durante alguns verões internos, tive a certeza de que, como eu, ela era imortal.

Sylvia ajeitou-se, inconsciente e adormecida, no meu travesseiro. Vi seu cheiro espalhando-se irremediavelmente pelo quarto. O sol iluminou-a como se fosse uma versão moderna de Leah. Ou o grande astro me enganava, ou eu estava diante do final das angústias e do início do resto de minha vida.

QUANDO SYLVIA ACORDOU, senti com nitidez a minha burrice: enquanto o sol dormia, eu havia aceitado a possibilidade de que ela fosse Leah. Poucas horas, apenas, haviam sido suficientes para fazer um homem de 215 anos acreditar, mais uma vez, no impossível.

— Joaquim? — Ela me olhava, confusa, com aquela intimidade desconcertante.

— Sim? — Sorri.

E me encarou com a força de um touro, sem falar nada nem achar que devia falar. Nenhum constrangimento. Uma energia quase que marítima, onde as palavras valem prata e o silêncio vale ouro.

Ela estendeu a mão e puxou a minha, os dedos se confundiram, ligando nossas energias, e suspirou, apenas, "Obrigada, você salvou minha vida", e todo meu encanto se desfez. Se ela fosse Leah, jamais diria aquilo, a não ser que fosse hipócrita: Leah, se estivesse viva, seria imortal e não precisaria ter sua vida salva. A não ser que...

— Você não devia mergulhar sozinha — resmunguei, afastando a mão.

— Nem você. — Sylvia levantou-se, esqueceu-se do pé machucado e, quando o plantou no chão, sentiu uma fisgada de dor que percorreu seu corpo até franzir a testa. Sentou novamente.

— Fique aí, vou te trazer um café e depois te levo ao posto de saúde.

— Não precisa — se limitou a dizer, enquanto descobria a vista que se alargava na janela do meu quarto, revelando a Praia do Atalaia. Havia algo de estranho e duro em suas palavras.

Fui até a cozinha e trouxe, numa bandeja, um café da manhã que tinha preparado. Pousei a bandeja em seu colo e cheguei perto o bastante de sua boca para querer beijá-la. Minha frustração foi se dissipando, como areia em vendaval, à medida que ela e eu trocávamos olhares silenciosos. Ousei colocar o guardanapo em cima da sua blusa.

— Acha que sou uma criança? Uma menina mimada? — ralhou, puxando o guardanapo para si.

— Uma eterna adolescente? — E vi quando ela arregalou os olhos, vi o susto, quase que ouvi seu sangue pulsando nos pequenos e delicados vasos capilares.

Sylvia apenas me encarou, calada, enquanto devorava seu café da manhã. Eu fui até a janela, disfarçando. Lancei, a braçadas, o maior olhar que pude na enseada. Me veio a imagem de Leah, e um sentimento: a minha Leah era mais doce do que Sylvia. Meiga, dezessete anos congelados num sorriso de menina. Leah não tinha a aspereza de um teju, era doce como um pôr do sol. Macia, intensa, viva, pronta a descobrir, sem defesas, uma primavera. Minha flor.

O tempo, provavelmente, a teria mudado, endurecido e criado aquela casca que revestia Sylvia. Eu também tinha minhas cascas, afinal. Se houvesse, lá embaixo, a essência de Leah, eu a encontraria com o tempo. Era uma questão de paciência — algo de que eu, cansado demais, já não dispunha dentro de mim.

— Joaquim? — Seus olhos tinham mudado de cor. — Olha, me desculpa, eu fui grossa com você. Eu... eu tenho essa carcaça, essa couraça; para me proteger acabo tratando as pessoas mais legais com... — Por um momento, Sylvia procurou a palavra que queria. — com aspereza. Às vezes, parece até que eu virei um desses lagartos que vivem por aí... Esses que dominam a ilha... — E me olhou, procurando, mais uma vez, a palavra.

— Um teju — completei, já boquiaberto. Será que Sylvia havia lido o meu pensamento?

— Isso, às vezes eu pareço um teju, cascuda pra caramba. — Ela sorriu, rasgando com os olhos seu rosto, mais linda do que antes.

— Você parece muito jovem para se sentir dura como um teju — balbuciei, sentando ao seu lado.

Olhei de perto seus detalhes: os dentes brancos, os lábios largos, simétricos, e ela sorriu para mim; seus olhos azuis eram tão infinitos que me joguei lá dentro.

A ausência de palavras reinou novamente. Antes que eu pudesse raciocinar ou frear, ponderar ou resistir, impedir ou fugir, encontramos as bocas, e segurei seu pequeno corpo como se ela fosse uma pérola, e eu, a concha.

Acordei com o miado de Fogo. Como se precisasse comer, aquele ser raquítico zanzava de um canto para o outro da cama. Demorei para entender que ele não estava atrás de comida, só queria me avisar que Sylvia havia partido.

Pela janela vi o fim de tarde morno encher de purpurina o horizonte. Procurei em volta da cama, e a única coisa que encontrei foi seu perfume pairando sobre o lençol e os travesseiros. Sua ausência. Não estava mais lá, tinha ido embora — ou nunca tinha estado, nunca tinha sido?

Tonto, me levantei à procura de uma pista, mínima que fosse, um detalhe, algo de mais palpável do que ausência e perfume. Um bilhete, talvez? Palavras de amor escritas com um batom vermelho no espelho do banheiro? Palavras de consolo na porta da geladeira? Um chiclete amassado no cinzeiro ou um maço de cigarros vazio?

Tive medo de que fosse um delírio. Se eu perguntasse, ninguém a teria visto: tudo aconteceu de madrugada. Sem testemunhas, sem chances. E, numa ilha forrada por lendas, eu não seria o primeiro delirante a imaginar ter salvo uma sereia na Ressurreta.

Revirei com urgência o apartamento. Um fantasma? Como poderia ser um fantasma se eu fechava os olhos e lembrava das tatuagens gravadas em sua pele? Se eu sentia sua pélvis no meu vaivém; se via os seios fartos e hipnotizantes conversando comigo poucas horas antes? Tudo vivo, trêmulo e suado; nítido, impávido e verdadeiro.

Procurei nos olhos minúsculos de Fogo a única testemunha. Um sinal de que Sylvia era real, de que existia e de que tinha estado ali. Respirei e por fim esbarrei na verdade: no canto da mesa, a caixa de remédios estava aberta, prova do curativo que eu havia feito em seu pé. O copo de água e a bandeja do café da manhã também esperavam o encontro do meu olhar impaciente. E, enfim, no guardanapo sujo, um recado: *Estou na Pousada Velha. Sylvia.*

ANTES DE PARTIR PARA MERGULHAR NO SUESTE, deixei um recado na pousada de Sylvia. Ela tinha saído, mas de fato estava hospedada lá. Fiquei tranquilo ao entender que aquilo era um começo, e não uma história descabida que começa pelo fim.

Permiti minha dissolução naquele mar de dezembro, mergulhando a cabeça na água morna e me deixando ficar. Soltei meu corpo, senti cada músculo das costas sendo acariciado pela superfície lisa e alongada e olhei para o céu. As primeiras estrelas começavam a brilhar.

Pensei no dia anterior e em tudo que havíamos vivido. Lembrei do primeiro sinal de sua chegada, o cheiro que, com o vento, adiantou-se para mim. Lembrei de seu rosto escondido pela aba do chapéu, de sua voz desconcertante, da minha covardia em não desembarcá-la. Do seu desespero a dezesseis metros de profundidade, das nossas mãos grudadas, suando, na subida; do momento exato em que retirou os óculos de mergulho.

Lembrei de como o sol matutino iluminou seus cachos depois que fizemos amor pela primeira vez. E de como, com uma boca de menina, ela sorriu um sorriso de mulher. E olhou meiga para mim, quando eu juntei seus cabelos para que ela deitasse em meu peito. Havia no fundo de seus olhos uma vivência madura.

Enquanto eu boiava e o céu trabalhava incansável, revelando novos astros antes imperceptíveis e escurecendo aquela ilha com magia, eu me convencia de que cada um daqueles pequenos sinais podia, tranquilamente, ser confundido com minúsculos delírios meus. Havia espaço dentro da minha caixa de Pandora para que a possibilidade de ela ser Leah continuasse me cutucando com seus galhos.

Sylvia possuía um corpo de menina, os seios em constante alerta, a coluna arqueada, fazendo com que a barriga saltasse à frente, indicando o caminho que se devia tomar para percorrer seus segredos. Suas tatuagens ainda me eram incompreensíveis: via borboletas voando e nomes estrangeiros escritos sem suspeitar que eram pistas importantes. Sylvia não tinha sinais do tempo. Podia ter apenas dezessete anos, idade de Leah quando nos conhecemos. Era o seu comportamento de mulher que me confundia.

No tempo em que estivemos juntos, falou o mínimo possível, com os lábios quase selados. Como se guardasse um medo, como se sua beleza empírica pudesse revelar mais do que sua voz. E se ela estivesse me testando? E se, cada um a seu modo, estivéssemos tentando reconhecer o outro? E se realmente ela fosse Leah e estivesse procurando em mim aquele Joaquim de quem nem eu mesmo lembrava mais?

O céu já estava completo quando resolvi visitar nosso passado e quem eu fora quando a conhecera: apenas o mortal Joaquim Henrique Castro Nunes.

O ANO DE 1824 FOI ESPECIAL. Não apenas por tudo o que aconteceu na minha vida, mas pelo que se passou na ilha de Fernando de Noronha. Foi quando tomamos conhecimento da independência do Brasil, ocorrida dois anos antes.

Ainda me lembro do cargueiro *Bandurra* se aproximando do porto. Seu comandante, um homem com cara de espanto permanente chamado José Bernardo Salgueiro, desceu nervoso, porque aquele não era o seu destino. Tinha feito uma "parada de emergência" e, ao indagarmos qual teria sido tal emergência, ele gritou, espalhando perdigotos por todos os lados, que havia avistado, tremulando no Forte dos Remédios, a bandeira do Reino Unido de Portugal, Brasil e Algarve.

Eu e meus colegas, alguns presidiários e um bando de índios e escravos ficamos pasmos sem entender do que ele estava falando.

— Mas, pois, qual seria o problema, comandante? — arrisquei.

— Um verdadeiro acinte ao Império! — exclamou, para a estupefação geral.

Império? Foi um alvoroço! Império, o Brasil enfim era livre!

— Enfim, não! — rosnou José Bernardo —, é Império há uma dupla de anos! — E dito isso, o comandante fez um proclama próprio, utilizando, por falta de outra, a já inútil bandeira, e conclamando dom Pedro I o nosso imperador.

Fiquei sabendo que o Arsenal da Corte, para quem eu trabalhava, já havia até mudado de nome: Arsenal Imperial da Marinha. As notícias também davam conta de que havia uma Constituição a caminho.

Era impressionante como Fernando de Noronha, uma ilha fora do eixo do tempo e do espaço, quase um apêndice deslocado do invisível Triângulo das Bermudas, tinha levado dois anos inteiros para saber da independência do Brasil... Ainda estávamos subordinados, mental e oficialmente, à metrópole portuguesa!

E foi essa notícia que me fez decidir sair de lá. O mundo era grande, eu estava na ilha há quase quatro anos e, apesar de toda a beleza natural e de levar uma vida relativamente tranquila, precisava ganhar o mundo, conhecer uma mulher, constituir família.

Pensei: vou armar a minha saída, já estou com 27 anos, cheguei ao título de primeiro construtor do Arsenal, preciso seguir avante.

Antes de saber da independência, eu tinha planos de ir direto para a Inglaterra, onde me formaria em engenharia naval. Os cursos que eu havia feito no Rio de Janeiro não faziam de mim um engenheiro, como almejava ser. Ter estudado geometria e desenho foi fundamental, mas ainda havia muito a aprender, sobretudo em termos de teoria, já que, na prática, eu sabia fazer várias coisas funcionarem.

Agora, outra possibilidade, totalmente diferente da ida para a Inglaterra, abria-se: eu poderia voltar ao Rio de Janeiro e crescer junto com o florescente império. Também seria bom rever minha família, que eu não encontrava desde que havia deixado a capital, seis anos antes, para trabalhar no centro de reparos navais de Salvador — de onde tinha ido direto para Fernando de Noronha, comandar meu próprio centro naval.

Com a chegada do *Bandurra* à ilha, ficamos sabendo de todo o progresso que o Brasil estava fazendo. Ouvi sobre a duplicação da frota de navios de guerra, que, até onde eu sabia, possuía apenas 38 embarcações. Os marujos do *Bandurra* davam números desencontrados, um falava em noventa; outro, em 96; mas a especulação mais baixa contava oitenta navios de guerra, com mais de seiscentos canhões a bordo! Para melhorar, os antigos canhões de alma lisa estavam sendo substituídos pelos de alma raiada, com maior alcance e precisão. Novas oficinas pipocavam pelo litoral, sobretudo na capital e em Salvador, com o objetivo da rápida modernização da esquadra. O cenário parecia bom demais para eu permanecer numa ilha que levou dois anos para conhecer a nova realidade.

Ao final daquele dia, de uma agitação por mim nunca antes saboreada, soube que nada mais seria igual. Tinha na boca não o gosto do uísque que estávamos bebendo para comemorar, mas aquele sabor que raramente experimentamos e que nunca esquecemos: o da liberdade.

EM OUTUBRO DAQUELE MESMO ANO em que soubemos da independência do Brasil, aportou em Fernando de Noronha o *D. Januária*, um navio que voltava para Lisboa levando algumas famílias de portugueses que, assim como a Coroa, não reconheciam a independência da colônia.

Após uma violenta tempestade, a nau de seiscentas toneladas teve um mastro quebrado e duas velas rasgadas, além de perder parte dos suprimentos. Seu comandante, o capitão de mar e guerra Francisco Eugênio Porto, ficou aliviado ao avistar a ilha e ancorou perto ao posto de reparo. Eu era o encarregado do conserto e, já no primeiro dia, trabalhei com a minha equipe de sol a sol. Sabia que em menos de cinco dias seria impossível terminar o serviço, por isso sugeri ao capitão que se abastecesse com mandioca, milho e feijão, cultivados na ilha pelos índios.

No final do dia, o capitão me convidou para jantar, e eu, como exigia a etiqueta, aceitei. Cheguei ao navio vestido a caráter, com minha melhor blusa de gola enlaçada, já um pouco amarelada, um paletó acinturado de veludo verde-musgo e calças pretas. Minhas botas de montaria eu não havia tido tempo de engraxar, e a cartola também precisava de costura. Um homem que vivia há anos em uma ilha não tinha como seguir a moda napoleônica ou usar perucas.

Fui bem-recebido, e o banquete foi o mais impressionante que eu já havia visto. Os portugueses faziam questão do melhor: a prataria lustrada, os serviçais bem-vestidos, os alimentos cozidos no azeite e um festival interminável de sobremesas. Pude constatar, rapidamente, que a tripulação daquele navio não aprovava o recém-formado Império brasileiro.

Quando cruzei o salão do navio, iluminado por dezenas de candelabros, fui imediatamente atraído por um perfume que me invadiu antes de encontrá-lo. E então a única coisa que vi foi Leah. Ela portava um vestido de seda branca, com a cintura levemente marcada por uma faixa amarrada nas costas. As mangas largas tinham um detalhe com o mesmo padrão da barra que arrastava no chão. Seu cabelo preso, com os cachos brotando do alto da nuca, como flores pendendo de uma cerejeira, deixavam o pescoço livre para uma observação mais detalhada. Os brincos, pendurados, eram certamente feitos de pedras preciosas. Mas o que brilhava, verdadeiramente, eram seus olhos azuis, guardiões de segredos.

Leah era a mulher mais linda que eu já havia visto. Claro, depois de ter passado anos numa ilha com homens, todas as mulheres me pareceriam esplendorosas. Mas Leah era mais do que isso: perfeita, ela sabia como se mover no interior do salão, e tive que disfarçar muito para que os presentes não percebessem meu fascínio pela senhorita. Ela tinha dezesseis anos e a alma de uma mulher.

Fomos apresentados quase que imediatamente: Leah era filha do capitão Francisco. Criada no Brasil, estava indo pela primeira vez morar em Lisboa, onde seu casamento com o filho do segundo marquês de Borba — que, esperava-se, sucederia ao título ou algo parecido — havia sido acertado. Era um feito extraordinário para o capitão ter conseguido casar sua filha, uma plebeia, com um nobre.

A atração que senti por Leah foi tão forte que me passou pela cabeça pedir ao capitão para seguir com eles até Lisboa. Na pior das hipóteses, pensei, de lá eu sigo para Londres. Na melhor, quem sabe eu arranjo uma esposa...

ACONTECEU ASSIM: O JANTAR TINHA ACABADO, com todas as pompas devidas. Com o capitão, falamos sobre a morte de Napoleão, a ousadia de dom Pedro I em proclamar a independência e a nova Constituição a caminho. A noite passou rapidamente, mas Leah e eu não conseguimos desgrudar os olhares. Foi genuíno, forte e mútuo.

Leah e suas irmãs pediram licença e deixaram o navio rumo à Vila dos Remédios, onde estavam hospedadas. Eu e o capitão, com mais uma dúzia de militares portugueses e de colegas brasileiros, fomos diretamente para o convés, onde tragamos charutos cubanos oferecidos por um fidalgo. Alguém comentou que um navio de nome *Argo*, cheio de alemães, aportara no Rio de Janeiro. E que outros chegariam.

— As portas estão abertas para os imigrantes do mundo, o Brasil vai virar terra de ninguém — irritou-se o capitão.

Aproveitei a deixa:

— Capitão, eu preciso chegar a Lisboa. Gostaria de saber se há lugar para mim no *D. Januária*. — E tomei um gole do vinho do Porto.

Eu não podia dizer a um português nacionalista que o que eu queria mesmo era ir para a Inglaterra cursar engenharia naval.

Havia um terrível mal-estar entre as duas potências, sobretudo depois do tratado de proteção inglesa que, firmado em 1810, fornecia salvo-condutos aos ingleses no Brasil. Além do mais, era sabido que eles só pagavam quinze por cento de taxas, enquanto brasileiros e portugueses tinham que arcar com mais.

O capitão acabou sua taça e me fitou curiosamente, com uma certa esperança no olhar:

— Quer dizer que o rapaz é contra a Independência?

Eu hesitei, mas acabei respondendo o que ele gostaria de ouvir. Afinal, aquela carona valia uma pequena mentira.

— Não há nada para mim na capital do novo Império. Não sei como está sem a Coroa portuguesa, sei apenas que não me interessa descobrir — falei, me arrependendo, naquele mesmo instante, por trair minha nação.

O capitão Francisco me deu um tapa nas costas, feliz, mandou os escravos encherem as taças com mais vinho do Porto e acendeu outro charuto, que baforou em minha direção.

— És um dos meus, e virás conosco. Além do mais, ter a bordo um bom construtor não é nada mau para um capitão.

Duas horas depois eu deixei o navio de bote, cambaleante com a bebida de qualidade que era servida ali, mas sobretudo com o novo futuro que me aguardava. Caminhei do estreito ancoradouro até Tartuffe, o meu cavalo, que dormia em pé. Tentei subir três vezes seguidas no selim, e só na quarta consegui jogar minha perna longe o suficiente para poder montá-lo. Tartuffe riu de mim e começou a trotar. Um pouco adiante, escutei um barulho que me fez parar.

Era a senhorita Leah. Vestida com uma camisola, ela subiu rapidamente em minha garupa, antes mesmo que eu pudesse reagir. Em seguida, com os lábios rosados, pediu-me, docemente:

— Tire-me daqui, por favor, nem que seja por algumas horas, construtor.

Tomei um susto, mas estava bêbado demais para não obedecer. Além do mais, aquela era a primeira vez que via uma mulher de camisola naquela ilha. Galopamos para longe, e Leah segurou forte na minha cintura.

Depois que deixamos o porto, Leah chorou até eu parar Tartuffe na Praia do Bode, descê-la do cavalo e oferecer meu lenço. Estávamos longe o suficiente para que eu sentisse segurança.

— Desculpe-me a liberdade, senhor — ela murmurou, enxugando as lágrimas.

— O que houve com a senhorita? — Eu já não sentia tanto a embriaguez, mas o coração pulando dentro da roupa de passeio que eu não usava havia anos.

— Não quero partir. Não desejo casar-me com esse tal filho do marquês de Borba. Amo o Brasil, que considero a minha terra, pois foi onde cresci. — Vi que seus olhos estavam apertados de desespero.

— Não sei o que lhe dizer, senhorita...

— Leah, já esqueceste o meu nome?

— Não, de maneira alguma. Prefiro chamar-lhe pelo seu sobrenome, senhorita Porto, só isso.

E então, para a minha surpresa, ela aproximou-se demais de mim.

— O senhor, que conhece bem a ilha, poderia me instruir sobre como proceder com a fuga...

Lembro-me de ter olhado para ela julgando-a delirante: fuga?

— Tenho moedas de 640 réis. — E abriu um saco de camurça vinho, de onde sacou cinco ou seis moedas.

— Senhorita, não posso fazer isso, não posso ajudá-la — eu disse, ainda que confuso.

Leah atirou o saquinho na areia, chorando, fazendo cena, e começou a despir sua roupa. Eu, mudo, paralisado, fiquei olhando para ela, seu corpo de mulher já formado — coisa que eu não via nem tocava há quase um ano —, sua pele branquíssima.

Quando ela estava apenas de corpete e calçola, correu para o mar e sumiu no escuro das ondas. Imediatamente comecei a tirar a roupa de cima, e um verdadeiro pânico tomou conta de mim: aquilo que eu estava vivendo colocava em risco a partida para Lisboa.

Escutei o som de Leah e entrei no mar. Presumi que ela não sabia nadar — se nem na realeza havia mulheres que nadassem, o que se diria de uma plebeia?

Alcancei-a depois da pequena arrebentação e a segurei de maneira que pudesse trazê-la até a borda da água. O mar estava quase parado, como era costume ficar naquela época do ano. Para meu deleite, ela tinha noções de nado, sim, sabia flutuar e enfrentava a imensidão azul sem medos.

Na areia, Leah deixou-se ficar estendida. Eu tive a incontrolável vontade de segurá-la. Foi por educação que apoiei sua cabeça em meus braços. Mas foi por desejo que a beijei. Ela retribuiu, e logo parecia já conhecer os caminhos da minha boca.

Nem o som das ondas estourando perto de nós nem a luz da tímida lua, que ficou descoberta pelas nuvens, nada conseguiu me despertar do encanto em que eu caí naquele momento. Não parei o beijo. Não larguei sua mão. Ao contrário, tratei de unir mais ainda os nossos corpos e, quando senti as roupas molhadas, tive vontade de despi-las.

Uma brisa trouxe lucidez, e paramos, envergonhados. Eu, sobretudo, vexado. Naquela época, namorados esperavam meses antes de dar as mãos, e anos para que o primeiro beijo acontecesse. O sexo, só depois do matrimônio, e de luzes apagadas.

Eu e Leah tínhamos nos conhecido poucos momentos antes, e ali estávamos, bocas apertadas, figuras quase nuas, duas sombras perdidas na escuridão de um quadro de Goya.

— Acho que estou apaixonada, senhor Joaquim — balbuciou, com um olhar de menina.

— Como, senhorita, como pode, se acabamos de nos conhecer?

— Pois eu sonhei que o senhor iria aparecer em minha vida. Sonhei que estaria aportada em uma ilha remota, com meu pai, e que um oficial apareceria para salvar-me.

— Não posso salvá-la e tampouco sou oficial.

— O senhor é a minha única esperança. Não teremos mais paradas até Portugal, e no porto lisboeta o tal marquês irá buscar-me. Tenho cinco ou seis dias nesta ilha, preciso desaparecer... — Leah insistiu, e ousou me beijar novamente.

— Se seu pai descobrir que a senhorita fugiu, vou preso! Tenho certeza de que essa ideia tola de fuga irá desaparecer de seu pensamento pela manhã — repliquei, sem a menor convicção. Queria mesmo era ficar ali, com ela.

— Meu pai bebeu demasiado, senhor, ele só irá acordar amanhã.

Levantou-se e caminhou para o lado oposto. Não tinha vergonha de portar aqueles trajes, estava decidida a... mudar o seu destino.

— Eu não vim sem um plano. Li e pesquisei na Real Biblioteca e sei que por aqui passam muitos piratas e corsários. Conheço os feitos do capitão John Taylor e do lorde Cochrane!

Meu olhar de espanto deve ter funcionado como estímulo a Leah, que começou a gesticular com mais vontade ainda sobre o seu mirabolante plano.

— Senhor, escute-me, sei que até mesmo o capitão Kid esteve nesta ilha, sei de muitas coisas, sei que as moedas de 640 réis podem não comprar a minha fuga num navio corsário, mas tenho ouro e joias na minha cabine do navio!

E rodopiou com leveza de menina, segura de que só havia uma saída em sua vida e de que aquela seria, com certeza, a melhor opção. Por algum tempo, fiquei embriagado por seus beijos e ideias rebeldes, quase compelido a embarcar no que ela me pedia.

— Se o senhor... fugir comigo? O senhor é um construtor, sabe mais de barcos do que o próprio marinheiro, conhece os mares... nós poderíamos ir juntos em um bote... Eu sei que voltar à capital é arriscado, este seria o meu desejo, mas poderíamos ir para outra parte do novo Império, contanto que me salve de ter que ir para Lisboa casar com o filho do marquês... — E, antes que eu pudesse dizer qualquer outra coisa, Leah ajoelhou-se, pegou a minha mão e beijou-me novamente.

Era certo que eu havia estado longe do continente por muito tempo, ilhado num ambiente militar e sem mulheres. Mas era espantoso pensar que todas elas tinham ficado tão corajosas e decididas como aquela menina.

— Amanhã vou cumprir anos. Farei dezessete primaveras. — E foi se vestindo. — Digo-lhe que o meu desejo é que me encontre no mesmo local e na mesma lua para podermos traçar um plano melhor. Assim, o senhor terá tempo de informar-se sobre o movimento marinho a vir: quais embarcações chegam, quais partem — disse fazendo bico, deixando-me absolutamente sem graça.

Ao me vestir pensei em seu pedido, sem aceitar nem recusar. Se fosse descoberto, seria expulso do Arsenal e julgado, enfrentando um tribunal que nem sequer eu conhecia: o recém-formado tribunal do novo Império.

Entretanto, não sei se foi a sensação de liberdade que senti naquela noite, se foi o que Leah despertou em mim, ou se a possibilidade de fugir. Ignoro até hoje, sei apenas que perdi a cabeça e concordei com o novo encontro. Beijamo-nos por mais alguns minutos e partimos a galope de volta à Vila dos Remédios.

CEDO AINDA FUI AO PORTO, de onde rumei a bote diretamente para o *D. Januária*. Soube que as irmãs Porto Leal tinham ido tomar banho de mar, enquanto os soldados e o capitão jogavam na Vila dos Remédios. Fiquei, por um tempo, mordendo um pedaço de palha e imaginando Leah surgindo no meio da espuma branca das ondas, como uma deusa de Botticelli.

Além dos reparos no mastro e dos retalhos nas velas, o capitão havia pedido para trocar o encaixe do timão, que estava gasto. Expliquei ao timoneiro que teria de buscar as peças do outro lado da ilha. Na verdade eu queria ganhar tempo para digerir os acontecimentos da noite anterior.

Antes de deixar o porto, informei-me que havia produção excedente nas hortas e na olaria, de maneira que uma embarcação sairia em alguns dias para o Recife com as mercadorias. Pedi ao soldado encarregado para me escalar na missão.

— Pensei que o senhor fosse embora com o *D. Januária* para Portugal. É o boato que está circulando entre os ilhéus — falou, evitando meu olhar.

— Perguntas, perguntas, faça apenas o que eu peço, soldado — afastei-me o mais rápido que pude.

Com a desculpa de ir buscar a tal peça no Forte de São Pedro do Boldró, montei Tartuffe e tomei a trilha para a Praia do Bode, onde eu sabia que poderia encontrar flores. Avistei de longe várias azedinhas, com suas pétalas imitando pedacinhos do sol, e achei que combinariam com o espírito iluminado de Leah. Subi num pau-d'arco, apinhado de flores rosas, daquele rosa antigo e gasto, e arranquei alguns galhos. Assim completei o buquê com o capricho de um menino que faz sua primeira lição de casa.

Durante o resto do dia percorri todas as fortificações da ilha atrás do tal encaixe e, quando percebi que Tartuffe estava exausto, parei no Forte da Nossa Senhora da Conceição para nadar.

Tartuffe era de um marrom-índio, mas parecia ter mergulhado as patas numa tigela de chocolate amargo. Sua crista escura contrastava com o resto do corpo e o fazia mais imponente do que realmente era: um cavalo risonho e fiel.

Amarrei-o a uma gameleira e desci dez metros até o mar. Mergulhei com a roupa de baixo, ainda salgada da noite anterior, e comecei a nadar. Enquanto alternava as braçadas, fui me acalmando com o ritmo das ondas. Leah, Leah, Leah, ela não me saía da cabeça. O plano era arriscado, mas eu sabia que não poderia viver comigo mesmo se não tentasse, ao menos. Em poucas horas aquela ideia tinha tomado conta de mim, injetando um ânimo juvenil em meu espírito.

Ao imaginar o *D. Januária* partindo, levando aquela que flechara o meu coração, fiquei sem ar. Foi quando tive a certeza de que eu teria, definitivamente, que viver aquela aventura.

E se esse fosse meu destino? E se a minha vida estivesse apenas começando, naquele momento, com um mundo de oportunidades nunca imaginadas?

Nadei um pouco mais e, quando me dei conta, estava sorrindo dentro da água.

ESPEREI LEAH COMO COMBINADO, no mesmo local, na mesma hora. Estava muito nervoso e segurava com força, numa das mãos, o buquê e, na outra, uma carta, rascunhada diversas vezes, no desejo de que ficasse decente.

Passaram-se poucos minutos até que eu sentisse seu perfume.

— Vamos, vamos, podem nos ver! — sussurrou, afoita, e subimos rapidamente no lombo de Tartuffe.

Pensei que seria melhor levá-la a outra praia, por questão de segurança, e atravessei em direção ao Mar de Fora. Galopamos rápido, mas eu não queria que aquele momento acabasse, então fui costurando o litoral, Tartuffe flutuando em cima do solo vulcânico, e Leah segurando a minha cintura com mais força e determinação do que na noite anterior. Parei quando alcançamos a Ponta da Pedra Alta. O local pareceu perfeito.

Desci do cavalo e percebi que havia amassado as flores. Mesmo assim, estendi a ela aquele buquê.

— Parabéns pelas dezessete primaveras, senhorita Leah.

Ela pegou as flores como se segurasse um pássaro ferido, estendeu a mão para que eu a ajudasse a descer do cavalo e foi direto para os meus braços, beijando-me longamente.

— Que gesto mais lindo, senhor Joaquim.

Fiquei em silêncio, afastei-me para amarrar Tartuffe, que nos olhava com aquela expressão impávida que só ele tinha. Depois, puxei-a pela mão para caminharmos em direção à pontinha da ilha. Quando paramos, ficamos frente a frente e segurei seu rosto em minhas mãos, trêmulas.

— Não quero que nos chamemos mais de senhor, senhorita, nada disso. Gostaria que fôssemos apenas meu bem, meu amor, minha querida e meu querido. E sabes por quê? Porque já não posso parar de pensar em ti.

Leah quase se assustou, mas sorriu encantada. Beijou-me novamente.

Em seguida, perguntou:

— Já pensaste em nossa fuga, querido Joaquim?

— Temos duas opções, por enquanto: ou seguimos para o Recife com a corveta de carga, ou vamos juntos até Lisboa. O senhor seu pai confirmou que há lugar para mim, e eu gostaria muito de chegar à Europa.

— Europa? — falou, quase que com raiva nos olhos. — Eu lhe disse que desejo ficar no meu país, que é o Brasil.

Beijei-a para calar suas ideias, mas ela me afastou.

— Eu tenho um terceiro plano. — Peguei a carta que havia escrito. — Gostaria, na verdade, que fosse a nossa primeira opção. — Entreguei-lhe o pedaço velho e malcheiroso de pergaminho.

Leah procurou um feixe qualquer de luz na escuridão da lua nova. Leu em voz alta, enrubescendo aos poucos.

Il.mo e Ex.mo sr. Francisco Eugênio Porto,
Excelentíssimo capitão da Marinha portuguesa,

Esperando que a importância e a urgência do assumpto com o qual vou aqui ocupar-me seja suficiente para desculpar-me pela liberdade que tomo em dirigir-lhe esta carta, passo a fazer-lhe uma comunicação que até aqui tinha reservado para ocasião mais oportuna, mas que agora sou obrigado a levar ao seu conhecimento em conseqüência de acontecimentos que tiveram lugar recentemente.

Sabendo ultimamente que a estimável senhorita Leah fora, há pouco, pedida em casamento por um descendente do actual marquês de Borba, que possue os requisitos necessários para ser atendido com benevolência, e havendo até aqui nutrido esse mesmo desejo desde nosso primeiro encontro, e fazendo dele o objecto principal de minha vida, sabendo que será meu único arrimo, consolo e esperança nos pequenos infortúnios e revezes a que todos estamos sujeitos, os meus planos e aspirações tendem sem dúvida a esse fim, não é sem grandes receios que vejo o mais lindo sonho que já tive ameaçado de tão iminente destruição. Pelo que apresso-me a declarar-lhe os meus sentimentos com toda a franqueza e sinceridade e pedir-lhe que se sirva a dar-me a sua opinião a respeito, logo que lhe parecer conveniente.

Apresentando-me como um pretendente à preciosa mão da Ex.ma senhorita Leah, não sou levado por mais do que pela admiração profunda e alto apreço em que sempre tenho tido as suas nobres qualidades e inumeráveis dotes, sem nada querer mencionar sobre essa afeição ardente e espontânea que instilou meu coração desde que a vi pela primeira vez, cruzando o salão do D. Januária, *no jantar gentilmente a mim oferecido. Em todo caso, achei por bem desde já informar ao Ex.mo capitão Francisco e sua Ex.ma esposa Manoela sobre os meus sentimentos, desejos e intenções, pedindo-lhes o favor de dar-me o seu parecer a esse respeito depois de haver consultado a Ex.ma senhorita Leah sobre o assumpto e ter recebido um sinal muito positivo.*

Esperando ansiosamente pela decisão final da senhorita Leah e dos Il.mos srs. seus pais e desejando à Ex.ma senhorita Leah todas as venturas e felicidades que para mim desejo, tenho, finalmente, prazer de subscrever com todo respeito e consideração como de V. Ex.ma, pretendente muito afetuoso e atento venerador.

Joaquim Henrique Castro Nunes

Quando Leah acabou de ler e voltou seu rosto dourado e suas bochechas quentes de entusiasmo para mim, percebi que chorava. Não como uma menina tola de dezessete anos — não como uma menina: suas lágrimas eram de mulher, assim como sua boca, que me beijou apaixonada.

MEU SEGUNDO ENCONTRO COM SYLVIA se deu na saída da Praia do Atalaia, onde eu descobri que ela faria uma caminhada, apesar do pé inchado. O que fazia sentido, porque, se ela fosse Leah, seria imortal como eu e estaria absolutamente curada da entorse do dia anterior.

Imaginei Sylvia naquele aquário do Atalaia: vendo as donzelas-de-rocas saltitarem à sua frente, brincando de esconde-esconde com os sabarés. Imaginei como ela mexeria as mãos num mergulho tão raso, de menos de meio metro de profundidade. De rasa ela não tinha nada. Imaginei a força com que batia as pernas, e se seu pé ainda doeria. E aí meu pensamento completou uma volta inteira e chegou à estaca zero: será que eu estava finalmente, depois de viver tantas décadas na mais profunda carência, doente demais, mentalmente acabado, a ponto de pensar que aquela mulher fosse Leah? Será? Como saber?

Ela apareceu na minha frente com os cabelos ainda molhados do mergulho, e pude ver impressa em seus olhos alguma espécie de alívio por me ver ali — como se, em algum momento, tivesse passado por dentro de si a possibilidade de eu não comparecer. Para minha surpresa, me cumprimentou com um estalinho.

— Oi, Joaquim — sorriu.

— Pensei que não fosse mais te ver... — deixei escapulir, só para me arrepender antes mesmo de terminar a frase. Eu sempre me arrependia das coisas ridículas que dizia quando estava apaixonado.

Ela sorriu e sentou-se ao meu lado. Pegou minha mão com aquela intimidade desconcertante. Nesse ponto, pensei: Sylvia pode até não ser Leah, mas mexe comigo como só ela mexeu.

— Por que você achou isso? — perguntou, mas eu me perdi na conversa, mergulhado em seus largos olhos.

— Isso o quê?

— Por que você pensou que não fosse mais me ver?

Olhei para as suas mãos, procurando uma resposta.

— Vamos almoçar? — indaguei apenas.

— Vamos — respondeu, e se levantou.

— Esse pé já tá legal pra caminhar? — perguntei.

Para provar, Sylvia saiu caminhando na minha frente. Não mancava, não fazia cara de dor, com certeza estava curada.

Eu tinha muito a falar. Tinha dezenas de perguntas, anos engasgados na garganta; vontade de começar do começo, de quando eu e ela — ou de quando eu e Leah? — nos conhecemos e fomos separados, no improvável ano de 1824.

No momento em que Sylvia subiu na garupa da minha bicicleta e pedalei rápido para mostrar que era forte, e ela me segurou com mais força ainda, eu esqueci que carregava todas aquelas dúvidas dentro de mim. Esqueci o passado, e aconteceu uma coisa incrível e extremamente rara em minha vida: eu vivi o presente.

Almoçamos numa varanda de tábuas gastas, olhando a Praia do Cachorro, bebendo caipirinhas, com as mãos enlaçadas. Não tive medo de estar inteiro naquele momento e afastei a todo instante pensamentos insustentáveis.

Sylvia falou sobre o incidente no Buraco das Cabras, revelou que tinha se perdido do seu grupo. Depois, completou dizendo que acabou entrando mais fundo do que devia, encantada por uma raia-manta, torceu o pé e prendeu a nadadeira. Ficou lá por um tempo indefinido, quando toda a sua "infindável" vida passou pela cabeça como um filme, daquela maneira clichê que as pessoas dizem que acontece.

— Infindável?

— É, quando não tem fim — disse, e me perfurou com um olhar glacial. Pude jurar que ela estava falando da mesma coisa que eu: da imortalidade.

— Quantos anos você tem? — arrisquei.

— Não sei, perdi as contas. Talvez tantos quanto você. — Suspirou e pediu outra caipirinha.

O momento de puxar aquela conversa não era, precisamente, aquele.

— Eu sou mais velho, com certeza. — Isso era óbvio, fosse ela quem fosse, que eu seria ainda mais velho.

— Sempre foi — retrucou, quase confirmando o que eu precisava saber.

— Desde quando?

— Desde que você nasceu antes de mim — replicou.

Era isso que me escapava em Sylvia, o fato de ela ser ridiculamente esperta. As frases sempre tinham dois gumes, e a coisa ficava no ar de maneira que, quanto mais eu apertava, mais parecia que eu estava tentando pegar uma mututuca, daquelas bem compridas que vazam pelas mãos.

— Sylvia, eu preciso te perguntar uma coisa... várias coisas... — E tenho certeza que, naquele momento, meu olhar foi implorante. Mas ela estava decidida a viver o presente, tanto que pôs o indicador sobre meus lábios.

— Não vamos mais falar, vamos deixar que o resto fale por nós, o que você acha? — E só tirou o dedo para colar a sua boca num longo beijo.

Saímos do restaurante e dessa vez não pedalei forte, nem rápido: queria sentir melhor cada momento, estar presente, sabendo que tudo passa na vida.

Fomos até o mirante da Baía do Sancho, uma das vistas mais bonitas da ilha. Nos beijamos como namorados, o local estava deserto e sombreado, dentro em pouco, não seria possível ver o pôr do sol. Então aproveitamos o resto de luz para descermos a escadaria, fincada numa pedra.

De novo, apesar de tentar afastar o passado, ele voltava a galope. Sylvia, Leah e eu estávamos no mesmo lugar, e apenas a invisível linha do tempo cortava aquele momento. Uma sombra de lua também tinha iluminado aquela noite quando, trôpego, dei carona a uma donzela de camisola que queria fugir do seu próprio destino.

Depois de nos amarmos, nos deitamos para olhar as estrelas, que ressonavam como numa triste canção de Nina Simone. Havia algo de melancólico naquele encontro. Como se a felicidade fosse tanta, e tão grande, e como se o nosso encaixe fosse tão perfeito que chegasse a provocar essa tristeza. Talvez por isso tenhamos permanecido calados durante muito tempo.

Notei que Sylvia estava chorando. Aquilo mexeu comigo: não era apenas uma mulher chorando, tampouco uma mulher chorando em meus ombros. Era o choro dela.

— Que foi, linda? — perguntei, com toda a doçura que possuía.

— Desculpa, estou confusa, esse lugar, essa ilha, tenho recordações borradas daqui. Além disso, o que estou sentindo por você é... diferente.

Pigarreei. Ela me enlaçou com um abraço que dizia, por si só: "preciso de mais silêncio". Eu queria respeitar esse pedido, mas dentro de mim havia algo queimando, brotando, algo que estivera hermeticamente preso.

A verdade é que Sylvia não era a primeira mulher que me deixava confuso. Isso seria impossível, levando em conta que eu tinha todos aqueles 215 anos de idade e cinco casamentos nas costas.

Durante minha interminável vida, eu havia cogitado, diversas vezes, a remota possibilidade de que Leah não houvesse se imortalizado e estivesse morta e enterrada há mais de um século. Mas existia, também, aquela incômoda caixa de Pandora dentro de mim, com a esperança ainda lacrada.

De uma maneira ou de outra, me deixar iludir novamente por Sylvia era tão estúpido quanto caminhar sobre xiquexique, aquele cacto que recobre a ilha como praga: eu sairia com os pés machucados. Muito machucados.

A outra opção era ignorar a força de sua alma e não viver aquilo que brotava. Mas aí, também, era como ficar preso num labirinto de linhaça, conseguindo me mover cada vez menos, e respirando com mais dificuldade.

Metade de minha vida eu tinha permanecido dessa forma: paralisado. Ignorando todas as mulheres que, de alguma maneira esquisita, mexeram comigo. Tanto foi que tive apenas cinco companheiras: Berenice, Anne Sophie, Luna, Dina e Marina.

Agora tinha que decidir se Sylvia seria a sexta mulher, não porque eu precisava de outra mulher, mas porque eu precisava continuar procurando Leah, nem que fosse dentro de outras mulheres.

Se ao menos eu pudesse morrer e encerrar uma existência tão, tão, tão longa. Longa, não da maneira como pensamos num oceano que desemboca, inevitavelmente, num continente. Longa como a infinitude do universo espraiada pela aglomeração de galáxias, sóis, luas, astros, todos abocanhados por buracos negros. Assustadoramente longa assim.

Ficamos os dois ali, calados, com nossos pensamentos suspensos num vácuo. Eu, sem coragem de perguntar o que queria saber. Ela, sem coragem de me contar quem era. Talvez, apesar de tudo, Sylvia fosse apenas uma mulher passando férias em Fernando de Noronha.

Ela me deixou e, ainda em silêncio, entrou no mar. Nadou com intimidade e sem medo na escuridão das marolas, e isso me impressionou: a falta de paúra. Atraído por aquela sereia, a segui. A água primaveril estava com a temperatura exata, e, quando me aproximei, ela parou.

— Você está fugindo?

— Sim, vou para a África, a nado — respondeu, jogando água em meu rosto.

— Está no lado errado da ilha, estamos no Mar de Dentro. Se você nadar sempre reto e tiver um senso de orientação incrível, vai parar na Groelândia. Não há nada na nossa frente até lá.

Sylvia me beijou.

— Como faço para chegar na África?

— Tem que partir de uma praia virada para o Mar de Fora, em direção ao leste, como a Praia da Air France ou a Ilha Rata, onde eu te encontrei.

— Vem comigo? Você fugiria comigo?

— Fugir? — Fugir, eu jamais esquecera, fora o primeiro pedido de Leah.

— Você não pode? Por acaso tem família aqui? É casado? Tem filhos?

— Não! Não! — De onde ela estava tirando aquelas perguntas todas? — Mas por que fugir?

— Fugir da minha vida, de São Paulo, para qualquer lugar, ir para longe...

— De São Paulo você já fugiu.

— Eu não fugi, só dei um tempo, vim espairecer, pensar. Meu namorado e eu, nós, bem, estamos dando um tempo.

Namorado? Dando um tempo? Fiquei um pouco espantado com aquelas revelações tão sinceras. E se Sylvia fosse realmente apenas uma menina nova demais para levar um relacionamento a sério?

— E o que você quer fazer da vida?

— Não sei ainda o que eu quero fazer, sei apenas o que eu não quero fazer. — Riu. — Não quero mais viver como tenho vivido nos últimos anos.

— E quantos anos você tem, afinal?

— Vinte e quatro.

— Como pode estar cansada com 24 anos?

— Você nem imagina como eu vivi — exclamou, mergulhando em direção à areia, encerrando aquele papo.

Minha vontade foi de responder: imagino mais do que você imagina que eu possa imaginar. Não apenas imagino, mas eu sei o que é viver demais.

Estava começando a ficar impaciente com Sylvia. Ela tinha um padrão esquisito, de dar linha para depois puxar, como um pescador desesperado que não sabe que o peixe morre, exatamente, pela boca.

Quando saí do mar, ela já tinha vestido novamente seu olhar doce e desprotegido, e me abraçou forte.

— Você não tem nada a ver com os meus problemas, e quero que saiba que você foi a melhor coisa que me aconteceu em muito, muito tempo. Talvez seja a hora errada, não sei, talvez não exista hora certa para as coisas acontecerem, só sei que você me conquistou de uma maneira...

Aquela fala foi o que eu precisava para, finalmente, fechar todas as coisas pontiagudas que guardava dentro de mim e voltar a curtir o momento. Porque, fosse ela quem fosse, já estávamos ligados a tal ponto que teríamos que nos experimentar.

Não apenas me permiti viver aquele momento, como mergulhei fundo, não de cabeça, porque já não tinha coragem para tanto, mas de pé, sem máscara e sem oxigênio. Deixei que a coisa se consumasse. Depois da noite que passamos na praia, nós ficamos três dias inteiramente entregues; inclusive no Natal, quando cozinhamos um peixe na folha de bananeira sem nos importarmos com presentes ou canções nostálgicas.

Falamos de tudo, de detalhes, impressões, afinidades, músicas inesquecíveis compartilhadas no iPod, garfadas divinas e vinhos chiantes, carpas e escarpas — tudo, menos sobre nós mesmos. Fizemos amor de maneira tão intensa que era como ser fôssemos nos fundir.

Nos alternamos entre a cama, a cozinha e a escuna, onde saímos para mergulhar à noite.

Na minha cabeça, eu já tinha me conformado de que Sylvia não era Leah. Era apenas uma mulher interessante com quem eu podia passar o tempo. Tudo bem, era mais do que isso, porque ela mexia comigo da mesma forma como eu só lembrava que Leah havia mexido.

Se eu fosse uma pessoa sensata, conseguiria ponderar que todas as mulheres, de maneiras diferentes, haviam mexido comigo. Todas me amaram e foram extremamente gostadas por mim. Então, naquele momento seria impossível saber se Sylvia era tão intensa quanto Leah, ou se, por ser a mulher atual, com quem eu estava após um longo período de carência, sua potência parecia maior do que realmente era. No final das contas, a única certeza que eu tinha era a de que não estava sendo racional.

O principal se deu ao longo da nossa delicada convivência: fui desvendando Sylvia. Descobri que ela gostava de alisar a barra das roupas, esticando a bainha. Também sabia beliscar os lábios como ninguém, enquanto pensava, o que deixava suas pausas extremamente sedutoras.

Sylvia era uma foto em preto e branco. Apesar de seu colorido, a melancolia podia ser estampada no positivo e no negativo de uma velha película: um sorriso parado no tempo, um olhar incompreensível e silencioso e longos, longos cachos movimentando-se o tempo todo ao redor de sua cabeça.

Sylvia não gemia, sussurrava. Gostava de sentir minhas costas após acabarmos o ato e de me olhar calada, os olhos fixos nos meus, enquanto eu ia e vinha.

Sylvia preparava peixes muito bem, disse que aprendera no Japão, onde viveu um período. Também sabia passar café no coador de pano, uma habilidade encantadora. Na varanda da minha casa, de onde avistávamos a Praia do Atalaia, nós dois tomávamos aquele café fumegante, que me esquentava mais do que eu devia me permitir.

O tempo parou para o nosso encontro. Nessas horas contabilizadas na minha memória, nos exploramos sem limites, nos olhamos sem vergonhas, e continuamos sem saber nada um do outro. Estava bom daquela maneira, até melhor. Viver essa possibilidade de relacionamento ao avesso era fantástico.

Mergulhamos à noite para ver de perto a corveta *Ipiranga*, um navio que afundou em 1983 perto da Ponta da Sapata, sudoeste da ilha. O mergulho, arriscado, só podia ser praticado por quem fez curso de Nitrox, uma mistura gasosa de nitrogênio com oxigênio. Pedi a Sylvia para ver seu *logbook*, um livrinho que todos os mergulhadores carregam consigo com anotações e carimbos dos mergulhos.

Uma menina de 24 anos dificilmente teria registrados os mínimos cinquenta mergulhos necessários àquela aventura. Mas, para meu espanto, Sylvia tinha 82 comprovados. Tentei não pensar que isso seria praticamente incompatível com sua idade, e, nervosa, ela puxou o livrinho, encerrando o assunto. Preferi ignorar o fato, assim como ignorei que ela havia aprendido a cozinhar no Japão e que sabia passar café no coador de pano.

Nos preparamos para o mergulho, cuja profundidade era de 63 metros. Temendo outro acidente, deixei um alerta com Marujo dizendo que, se não me comunicasse em 45 minutos, ele deveria ir até nós imediatamente. Meu medo não era ficar sem oxigênio — não. Meu medo era descer tão fundo com ela que eu não conseguisse mais voltar.

Pulei primeiro, ela veio atrás. Nadamos 15 metros, segurei sua mão com a certeza de que não queria largá-la. A água estava especialmente límpida, e com cerca de 42 metros já conseguimos avistar a corveta. Um badejo passou por nós soluçando sardinhas, e Sylvia contraiu as bochechas num riso gostoso. Queria tirar o oxigênio para beijá-la, mas não ousei.

Uma colônia de enguias-de-jardim esperava o alimento trazido pelo mar. A sensação que eu tinha era a de que estávamos em algum lugar suspenso no tempo e no espaço, e isso poderia ser no fundo do mar ou no alto do céu. Um polvo gigante quis nos cumprimentar, me esquivei abraçando Sylvia. Ela não tinha medo no olhar.

Ao entrarmos numa das cabines da corveta, demos de cara com cabides oxidados e roupas penduradas. A dança lenta das camisas embebidas pela água, moles, mofadas, camisas-peixes, trouxe uma revoada de fantasmas que me assustou.

Num canto da cabine, a pia se transformara em parque de diversões para os budiões e as trombetas. As camas, corroídas, não serviam para ninguém descansar: serviam apenas para lembrar que o passado está sempre presente.

Sylvia deslizou os dedos por cima da capa de couro de um livro caído por ali, fechado, onde camarões brincavam. Não era possível ler o título. A escotilha da cabine estava aberta, e essa imagem me fez praticamente perder a consciência e, mais uma vez, voltar lá ao *D. Januária* e enxergar Leah lendo seu livro.

O exercício mais difícil era tentar desvincular Sylvia de Leah. Eu estava em constante estado de confusão: racionalmente, sabia que Sylvia era apenas Sylvia, e isso já era bom demais para um homem que havia décadas não conseguia sentir nada. Ao mesmo tempo, sabia que as duas eram parecidas a ponto de se fundirem nas minhas memórias.

Quando voltamos do mergulho, ela me fez um pedido peculiar, uma armadilha para eu cair ainda mais fundo no estado embriagante de confusão no qual eu me achava desde nosso primeiro encontro.

— Sabe aonde eu queria ir? Onde o capitão Kid escondeu seu tesouro.

— Parece que estou tendo um *déjà vu* — deixei escapar.

— Acontece sempre comigo — murmurou.

— Tem dois lugares onde dizem que o pirata viveu, na caverna situada entre a Praia do Atalaia e a Enseada da Caieira, chamada de Gruta do Capitão Kid; e na Caverna dos Suspiros, que fica embaixo da Fortaleza dos Remédios, onde um terrível dragão mora.

Ela sorriu. E olhou mais fundo nos meus olhos, como se procurasse um segredo.

— Você sabe mesmo das coisas...

— É que uma vez, há muito tempo, uma donzela me fez essa pergunta, e eu não soube responder, então resolvi pesquisar...

Sylvia emudeceu, e mesmo com a escassa luz eu pude assistir às mudanças de suas feições, seu olhar congelando por dentro. Levantou-se e foi na cabine buscar as toalhas.

— Essa donzela também gostava de flores amarelas, chamadas azedinhas — eu gritei.

Aquele era o momento, o segredo tinha que ser revelado. Três dias juntos eram suficientes para sabermos quem éramos. Estávamos sozinhos e ilhados no barco. Era enfrentar ou enfrentar o que havia de ser enfrentado.

Desliguei o motor. O CD do Jack Johnson que rolava ao fundo revelou-se mais alto.

— Sylvia, a gente já se conhece.

Assustada, ela me entregou a toalha e fugiu pelo convés para o outro lado. Obviamente, não queria falar daquilo, e, se eu pudesse ver com os seus olhos, pelo menos por um segundo, teria entendido que ela não podia, realmente, enfrentar o que eu estava propondo.

— Você já conheceu uma mulher chamada Leah? — indaguei, levando meu coração à boca. E ouvi um silêncio vulcânico. Não sei bem se o CD estava mudando de faixa ou se tinha acabado, mas aquele era o maior silêncio do mundo. Logo se seguiu de um barulho na água.

Um vento alísio, quente, balançou a escuna.

— Sylvia? Sylvia? — repeti.

Olhei por todos os lados. Cortei o convés, entrei no banheiro, subi o terraço, mas Sylvia havia evaporado.

O CD recomeçou. "On and On" tocava pela enésima vez. "On and On" era a trilha perfeita para a minha vida.

Estiquei o farol, iluminando o recorte da escuna e tentando entender o que havia acontecido e onde estaria Sylvia. Leah. Sylvia. Leah.

Quase no horizonte, já chegando à Praia do Porto, percebi a sombra de uma cabeça. Era ela, nadando para fora de mim. Sylvia tinha pulado do barco e fugido.

Apesar de todo meu esmero na escrita, Leah não quis que eu entregasse minha carta ao seu pai. Preferia que eu deixasse a intenção de casamento como última alternativa. Insistia em seguirmos com a embarcação de carga até o Recife.

Mas aquilo tinha ficado rolando no meu estômago: como eu poderia largar todas as possibilidades reais de ir para Lisboa com a mulher que eu amava (eu sei, era cedo para isso, mas eu a amava) e seguir para Recife, fugindo, sequestrando uma senhorita prometida à corte portuguesa?

Esse lampejo de juízo me sacudiu da cama na madrugada daquele dia de primavera. Pela nona vez consecutiva, nós havíamos passado parte da noite juntos na praia. Estávamos ficando cada vez mais íntimos, eu avançava todas as convenções de cavalheirismo e de respeito às damas que havia aprendido na adolescência. Nessa última noite, especificamente, havíamos cometido a loucura de ficarmos nus debaixo do manto marítimo da Praia da Quixaba.

Apaixonado, eu já não conseguia dormir e ralentava o conserto da nau para pensar melhor no assunto, e o que me parecia mais razoável, até então, era partir rumo a Lisboa e pedir a mão de Leah ao capitão Francisco em alto-mar. Antes disso, um passo em falso e eu ficaria preso pelo resto dos meus dias naquela ilha, onde os prisioneiros eram tratados pior do que os escravos.

Naquele 1º de outubro o novo mastro ficou pronto — era a última coisa que faltava. As cordas e velas estavam em perfeito estado, o timão girava macio em seu eixo, e o navio fora carregado de provisões. Ou seja, estava pronto para navegar. A substituição do mastro não demoraria mais do que uma tarde, então fiz tudo com muita calma — para ganhar mais tempo.

Durante o conserto do *D. Januária*, todas as famílias tinham se mudado para a Vila dos Remédios, mas naquele dia já estavam de volta arrumando seus pertences. Aproveitei um momento de calmaria e dei uma escapulida para ver se Leah estava em sua cabine, que ela dividia com a irmã mais velha, Izabel.

Andei pela borda do convés e, antes que alguém desse por minha falta, desci para as cabines, fingindo que estava checando o estado do assoalho de madeira. Bastante gasto, pensei, eu poderia recomendar uma demão de resina antes da partida. Foi então que percebi a porta da cabine entreaberta.

Por um tempo, admirei Leah, que lia um livro cuja capa eu não alcançava decifrar. Tinha o rosto iluminado pela aventura ali descrita, emocionava-se de forma que era fascinante observar, e por isso não me dei conta dos passos atrás de mim: era o suboficial do navio, dom Diego.

— Algum problema, senhor Joaquim? — Tinha o ar desconfiado.

— Parece que este assoalho precisa de uma demão de resina antes da partida. Com as correntes que iremos enfrentar, rumo ao início do inverno europeu, acredito que haverá muita umidade aqui dentro. Tenho uma resina chamada sangue de dragão, muito boa — falei, engasgando com minha própria saliva.

O suboficial não era nada tolo. Ele percebeu que eu espiava Leah. Chegou perto de mim.

— O senhor não deveria estar tão seguro a ponto de rodear o quarto das donzelas.

— Perdão por não ter me anunciado, fui levado pela situação do assoalho. Que indelicadeza a minha! Peço desculpas, mas lhe garanto...

— Não nasci ontem, senhor Joaquim. E a única coisa que eu tenho para lhe dizer é: afaste-se das filhas do capitão. Em especial dessa que tanto lhe agrada, a senhorita Leah. Eu posso providenciar imediatamente que a cabine vazia onde o senhor embarcaria para Lisboa esteja ocupada. Imediatamente. — E bufou com tanta raiva que eu voltei ao convés sem sequer olhar para trás.

Apesar de tudo, dom Diego encomendou a demão de sangue de dragão, o que fez com que, por mais uma noite, as famílias a bordo tivessem que ficar hospedadas na Vila dos Remédios. Fiquei aliviado, pois teríamos mais um encontro antes da partida da nau.

À noite, soube por Leah, que observou nosso diálogo, que esse suboficial adorava esbarrar-lhe a perna ou o braço durante as refeições oficiais.

— Agora não temos mais escolha, meu bem, temos que partir o quanto antes, hoje! Papai me disse que iremos amanhã cedo para Lisboa. — E suplicava com os olhos transbordando de desespero.

Estávamos na Praia da Conceição, eu deveria ter ido a um local mais distante, mas a ansiedade de conseguirmos alguns instantes a sós fez com que eu derretesse o bom senso e concedesse essa parada o quanto antes. Mais uma vez, dei a ela um ramalhete de azedinhas. Em troca, ela sussurrou:

— Quero te dar uma prova do meu amor, de que tudo o que fizemos juntos valerá a pena.

Leah começou a se despir. Eu sabia onde ela queria chegar, sabia bem, podia ler em seus olhos e na maneira como desamarrava o corpete. E poderia deixar-me levar, sim, claro, poderia amá-la como se não houvesse amanhã: e talvez realmente o amanhã nunca chegasse. Mas algo em mim, algo duro que não se desfazia, apesar de toda emoção, algo rígido que vinha de uma disciplina e de um compromisso bateu no meu coração, trancando-o.

Segurei os laçarotes do corpete.

— Leah, precisamos conversar. Já conheço o teu amor. Apesar de recente, sinto que é demasiado forte e verdadeiro. E, acredite, meu amor por você é tão forte quanto o teu por mim. Mas tenho que pensar com calma em nossas opções: se eu perder a oportunidade de ir para Lisboa, que futuro irei oferecer-lhe em Recife? De um fugitivo? De um contraventor? Isso se não me mandarem antes de volta à ilha para cumprir pena como um prisioneiro, dividindo uma cela com um cigano ou um larápio, tratado como um marginal, meu amor. Que futuro é este?

Leah entristeceu. Seus olhos apagaram-se, e, sem fechar as pestanas, ela me abraçou, sabendo que eu estava falando a verdade.

— Tenho certeza que eu posso construir uma relação de confiança com o senhor teu pai. Antes de chegarmos a Lisboa, ele irá considerar me conceder a tua mão — exclamei, esperançoso.

— Se fosse questão de confiança, dom Diego já teria conquistado meu pai. Ainda a seu favor ele tem o fato de ser um oficial, não um construtor... — E abaixou a cabeça, abraçando-me mais forte ainda. — Sei que aos olhos do meu pai não temos futuro algum. O tal filho do marquês a quem eu estou prometida não tem apenas títulos, mas posses. E muitas. No Alentejo, no Algarve, até mesmo na Ilha da Madeira. Você não acha que meu pai irá trocar isso por... uma prova de amor... acha? Tudo que ele sempre desejou foi que a família se tornasse nobre, Joaquim. Você não sabe sua decepção quando não recebeu nenhum título de nobreza da Corte! Agora não perderá a oportunidade de ter uma filha marquesa!

— Minha querida, posso prometer-te que, caso ele não me conceda a tua mão, fugiremos assim que chegarmos em Lisboa. É uma coisa fugir em Lisboa, e outra, no Brasil. De lá, podemos ir a qualquer país. Napoleão está morto e enterrado, ouvi dizer que o rio Tejo tem barcos a vapor, estamos diante não apenas de uma nova era, mas do futuro! Teremos muitas possibilidades, mesmo fora de Portugal: em Viena, em Paris, em Londres! — E a apertei forte contra o peito, animado com meu discurso.

Leah afastou-se, incerta do que pensar.

— Por favor — quase supliquei.

— E se ele forçar-me a casar com o filho do marquês? Hein?

— Eu te rapto, te arranco do lar desse desgraçado e te levo comigo. Eu te prometo, Leah, és o mais importante para mim. — Aquilo tudo era verdade. E doía pensar que podia ser apenas um sonho.

Na manhã do dia 2 de outubro de 1824 todos saímos às seis da manhã da Vila dos Remédios rumo ao porto, onde pegamos uma balsa até o *D. Januária,* que estava ancorado longe dos rochedos e dos perigos de encalhamento.

Eu e Leah trocamos poucos olhares. O medo era tanto que combinamos, na noite anterior, não nos falarmos nos três primeiros dias, até alcançarmos distância de Fernando de Noronha e termos certeza de que não poderíamos ter nenhum tipo de desvio de rota.

Acomodei meus pertences na cabine que o capitão Francisco indicara. Era pequena e com dois leitos estreitos, de ferro. Os colchões de feno, pesados e malcheirosos, estavam cobertos por lençóis tão finos que era possível enxergar o trançado da palha.

O leito do meu companheiro de viagem estava devidamente ocupado por alguém que embarcara na capital. Seus pertences, sistematicamente organizados, delatavam certas manias do dono: alinhamento segundo critérios nada subjetivos, como tamanho e cor. Assim, livros cobriam a única prateleira da cabine, em ordem decrescente de tamanho, e três pares de sapatos estavam enfileirados embaixo do leito perfeitamente arrumado. Considerei os detalhes insignificantes e comecei a me preocupar com a minha bagagem.

Coloquei no chão a valise de couro curtido, herança de quando meu pai imigrara para o Brasil. Nela eu só levava o que havia juntado nos últimos anos. Era pouca coisa. Peguei as cartas da minha família, as únicas que havíamos trocado esses anos todos, e senti o perfume adocicado da infância: a alfazema de mamãe. Lembrei que deveria ter escrito uma correspondência comunicando a ida para Lisboa, o que faria quando desembarcasse.

Retirei as poucas roupas que possuía. Enrolados na antiga bandeira do Reino Unido de Portugal, Brasil e Algarve estavam dois cadernos e alguns livros tão gastos que sabia de cor suas palavras. *Os lusíadas*, de Camões; *Obras*, de Cláudio Manoel da Costa; *Candide*, de Voltaire; *The Tempest*, de Shakespeare; e, finalmente, *Tartuffe*, de Molière, do qual havia tirado o nome para o meu cavalo.

Escutei meu nome sendo chamado, coloquei tudo novamente na valise e deixei a cabine. Senti o vento alísio, típico da ilha, e sorri o trajeto inteiro até o convés, onde o capitão Francisco me apresentou meu companheiro de cabine: dom Diego.

Parte de mim desfaleceu naquele momento. Com ele na cola, seria difícil até mesmo comunicar-me com Leah. Quando a vi se aproximando com sua irmã, soube, por seu olhar, que tinha a exata noção da situação.

O capitão Francisco afastou-se, dom Diego chegou perto de mim:

— Se você está pensando em conquistar a mão da senhorita Leah, é melhor não embarcar. Posso lhe assegurar que um passo em falso, e estará morto — ameaçou e seguiu adiante. Meu corpo paralisou; senti que não conseguia mover os dedos dos pés para sair dali.

Troquei um quase olhar com Leah, abaixei a cabeça e desci até o timão, enquanto tentava fazer com que meus membros voltassem a ser irrigados. Enquanto andava, pensava na possibilidade de não embarcar. Tinha poucos minutos para decidir meu futuro.

Leah me seguiu. Era arriscado.

— O que ele queria? — perguntou, assustada.

— Apenas ameaçar-me. Não me amedronta — menti.

— E agora? Ainda estamos em tempo de não embarcar. Vamos fugir, por favor, querido — pediu, com lágrimas nos olhos, como se o mundo estivesse prestes a acabar.

Senti as veias da minha cabeça pulsando mais forte. Havia tanta coisa em jogo que tive vontade de me jogar ao mar para esquecer tudo.

— Vamos seguir, meu amor, teremos tempo para fazer planos, teremos tempo para convencer teu pai — decidi, já segurando suas mãos suadas.

Leah concordou, com um olhar doce e resignado. Quis beijá-la, mas quando aproximamos os rostos, percebi a sombra desfocada de dom Diego logo atrás, espreitando a conversa.

A coisa toda aconteceu com rapidez de tempestade de verão. Tomei um soco de punho cerrado que fez jorrar sangue do nariz ao pescoço. Também senti um filete arranhando minha garganta e perdi a consciência quando dom Diego deferiu o quinto ou sexto cruzado de direita. Sim, o suboficial era certamente destro.

Já era final da tarde quando abri os olhos em meu quarto, na Vila dos Remédios. Senti o rosto queimando, lembrando dos acontecimentos que culminaram na minha expulsão do *D. Januária*, mas não tive dúvidas: iria atrás de Leah, custasse o que custasse.

Zezinho, o escravo que devia viajar comigo, estava ao meu lado, molhando minha testa.

— O sinhozinho acordou, finalmente!

Me debrucei com urgência no leito, e a voz saiu falha:

— E o *D. Januária*, onde está?

— O navio partiu logo cedo, assim que o sinhô foi expulso — explicou, molhando novamente o lenço desengomado na bacia de prata.

— Partiu? Como, partiu? E a senhorita Leah?

Zezinho deu de ombros. Um escravo esperto sabia que ficar calado era melhor do que abrir a boca.

— Vou trocar a água. Sinhozinho aceita uma cachaça?

Concordei com a cabeça, talvez uma cachaça me devolvesse as ideias, talvez acalmasse aquela confusão interna, ou pelo menos me desse coragem para encarar a verdade: Leah havia partido, e a minha possibilidade de ir para a Europa também.

Entornei a primeira dose da bebida. Zezinho serviu a segunda.

— Acho que o sinhô devia tomar um banho de mar.

— Por quê?

— O que arde cura, sinhozinho — disse, referindo-se aos machucados que eu não podia ver em meu rosto.

Ainda demorei duas mãos de minutos para conseguir sair do quarto. Tartuffe estava amarrado na gameleira frondosa e ficou alegre em me ver novamente: sorriu para mim.

Abracei meu cavalo. Sem ter pensado para onde íamos, chegamos a galope à Praia da Conceição, onde o meu último encontro com Leah, na noite anterior, havia deixado nossos recortes impressos na areia.

Um nó me subiu à garganta quando vi uma azedinha murcha caída por ali. Era um sinal dela, da sua ausência, do nosso amor, de todas as coisas que o tempo já havia levado e que dificilmente traria de volta.

Despi minhas vestes e entrei na água morna. Havia ondas mansas. Por um tempo, me imaginei escalando o Morro do Pico para avistar o *D. Januária*. Não poderia alcançá-lo, seria uma tortura e, naquelas circunstâncias, as chances de eu me jogar num voo cego pelo mar seriam grandes.

Deixei que as ondas me ensinassem o melhor caminho. Imaginei-me como a pintura do jovem revolucionário Marat, assassinado na própria banheira. Cabeça pendendo para um lado; coração parado para o outro, mais morto do que a própria morte. Nas mãos, a carta que estava escrevendo antes de ser assassinado. A minha carta, que eu não pudera entregar ao comandante, aguardava dobrada no bolso da calça.

Voltei para a areia, de onde observei, com tristeza, o pôr do sol. Os machucados não arderam: eu tinha dentro de mim uma carne mais viva, queimando. Recostei a cabeça e vi Vênus acender-se. Pensei na delicadeza de Leah, pensei em como ela estaria me odiando por não ter seguido com o seu plano. Pensei que fui covarde e egoísta, que estive mais interessado em garantir a minha fuga da ilha do que a nossa relação. Eu teria sido feliz, muito feliz, em qualquer parte, desde que estivesse ao seu lado.

Finalmente, me permiti fechar os olhos e sentir apenas a respiração alterada que tomava conta de mim, alargando e espremendo os pulmões, bombeando vida para dentro. Queria morrer.

E assim, inchado de ideias e fluidos, adormeci, ainda segurando a azedinha murcha nas mãos, como se fosse o último — o único — pedaço de Leah que me cabia.

Sonhei que ela me acordava, beijando-me a face. Estava iluminada e feliz. Dizia: "As coisas deram certo, meu querido, tudo saiu como planejado, apenas de uma maneira diferente."

No sonho, ela colocava a minha cabeça sobre o seu colo, e seu vestido pingava água do mar.

Foi a sensação da água que me acordou. E percebi que o sonho era real; abri os olhos, e não era apenas uma voz: Leah estava ali acariciando meu rosto.

~

DEPOIS DA MINHA EXPULSÃO do *D. Januária*, Leah havia se trancado em sua cabine e dito que de lá não sairia por três dias. Tinha explodido com o pai e jogado um leque na testa de dom Diego.

Mas contava com a ajuda das irmãs para engendrar um plano de fuga.

Com o navio relativamente próximo ao porto, Leah jogou-se ao mar e nadou no sentido contrário.

— Eu vinha, secretamente, praticando o nado — revelou, quase orgulhosa. — Sabia que me seria de grande serventia algum dia — completou.

Acabou chegando justamente na Praia da Conceição e ali ficou, escondida e descansando, até o momento em que Vênus coroou o céu.

Foi só o que ela disse, mais nada. Eu estava sonado a ponto de não entender muito bem o que acontecia.

Leah parecia uma espécie de Joana d'Arc; sua coragem me desarmava. Me beijou com sal na boca, foi um beijo diferente, decisivo, e, quando dei por mim, estávamos nus no leito do mar. Percebi quanto o nosso amor era grande e forte e, ingenuamente, não via e tampouco temia fronteiras.

Sua pele escorregava como óleo em minhas mãos — e, ainda assim, eu conseguia apreendê-la. Havia entre nós um jogo de necessidade tão grande que fizemos amor não como duas pessoas que se amavam; não como Joaquim e Leah; mas numa simbiose de beija-flor e brinco-de-princesa. Se ela deixou de ser virgem em meus braços, eu virei homem naquele instante.

Dentro do mar passamos as ondas ainda em silêncio. A areia, no fundo, segurava nossos pés. Meus olhos estavam fechados, creio que os de Leah também, quando uma luminosidade maior do que a do sol nos despertou. O clarão forçou as pálpebras a se abrirem, mas, quando realmente vimos o que estava se desenhando no horizonte escuro, tivemos dúvidas se era real.

Uma estrela caiu do céu, dentro do mar. Uma estrela cadente, talvez. Uma estrela viajante, com certeza. Uma estrela que tinha se cansado de estar suspensa no infinito, aguando por um mergulho reto ao fundo do oceano. Uma estrela sem tamanho definido: quanto mais ela se aproximava, menor ficava.

Esta estrela mágica caiu ao nosso lado, provocando um clarão silencioso dentro da água, uma assustadora explosão ao sul do nosso mundo.

Leah segurou-me apavorada. A luz durou longos e incompreensíveis segundos. Por esse instante, foi possível ver tudo o que havia dentro do mar: o negro estava no céu; o oceano, fosforescente, cintilava mais do que o grande astro.

Juntos, olhamos para baixo, e vimos cardumes brilhando como lantejoulas jogadas ao vento. Algas, tartarugas-verdes, tubarões-bico-fino, raias-manta, caramurus cor de mata, polvos alongados, bandos de lagostas assustadas, falsos-voadores. Linguados, trombetas, mariquitas, frades, dentões, sabonetes e peixes-cofre dividiam aquele segredo conosco.

O mar transformou-se, sólido, em uma teia invisível de algas, tocando nossas peles sem queimá-las. Tateando, apesar da dormência no corpo, conseguimos voltar à areia, que estava quente como se ardesse o sol da meia-noite.

O que vimos naquela noite foi a bizarra história da estrela suicida que preferiu morrer no mar a viver no céu. Nunca tivemos tempo para falar sobre aquilo. Mergulhamos para tentar ver a estrela debaixo da água, mas ela apagou-se, transformando-se em estrela-do-mar e trazendo de volta o breu. Ficamos mudos, não sem palavras, mas sem voz. Também ficamos cegos, anestesiados, surdos e sem ar. Todos os nossos sentidos apagaram-se com a morte daquela estrela.

Alguma coisa havia mudado, nos afetado. Alguma coisa da ordem do indizível. Choramos juntos, abraçados, por algo que não pudemos elaborar naquele momento. O céu voltou a escurecer como se tudo tivesse se apagado num luto estelar, e só consegui enxergar o brilho do olhar de Leah.

Senti meu corpo mole, e acho que ela também, porque recostamos um no outro e adormecemos na areia, sem tempo para entender que um tipo de energia tinha nos afetado, fazendo com que aquela estrela mágica nos imortalizasse, para sempre.

ACORDAMOS COM O SOL ALTO, nus, com a espada desembainhada de dom Diego na minha cara.

O pecado havia sido capital: estávamos expostos para toda a tropa, que nos havia descoberto. Olhei para os homens ao meu redor, não com vergonha, mas procurando uma resposta: teriam eles, também, visto a estrela cair? Sonho? Pesadelo? Realidade?

Cobri o corpo ainda adormecido de Leah e senti a lâmina da espada em minha garganta: aquilo seria, com certeza, meu fim. Morreria. Antes morrer com aquela lâmina cravada na garganta do que morrer de amor, pensei.

— Levem-na! — ordenou dom Diego. Percebi que havia um bote de madeira à espera: eles tinham vindo do alto-mar.

Leah agarrou-me o pescoço e chorou, gritando:

— Deixem-nos! Piedade, dom Diego, nós nos amamos! Vão embora, digam ao meu pai que morri, eu vos suplico! Eu vos pago!

Dom Diego obviamente ficou indiferente aos apelos da ex-donzela. Seus olhos espumavam uma raiva desumana. Naquele momento senti o gosto da minha própria morte se adiantar.

Os homens arrancaram Leah de mim. Dom Diego, mais para irritá-la do que para protegê-la, retirou sua veste e a colocou em volta dos ombros dela, mas Leah a atirou no mar. Foi levada até o bote, imprensada entre os braços dos jovens soldados portugueses, ainda gritando:

— Amo-te, Joaquim! Voltarei, meu querido, escreva para Lisboa!

Permaneci deitado, pelado e imóvel. Apenas eu e dom Diego. Não pude mais ver Leah depois que a embarcaram. Notei apenas minhas roupas, penduradas numa árvore, sujas do sangue santo que, antes, faziam dela uma moça imaculada.

— Vou matar-te e apagar a sujeira que fizeste, estúpido! Ninguém ficará sabendo o que passou com a senhorita Leah.

— E, assim, sem mais nem menos, dom Diego enfiou cerca de seis centímetros de sua espada banhada a ouro na minha carótida, parando meu coração em questão de segundos.

Depois, segurando no cabo de madeira nobre, limpou a espada, que embainhou novamente. Subiu no bote, levando Leah embora para um destino que, apesar de suas tentativas de fuga e de uma estrela caída, não podia ser modificado.

Voltei da morte poucas horas depois de ter morrido. Minha garganta doía terrivelmente, e havia sangue espalhado pelo meu corpo nu. Consegui levantar-me e entrei no mar. Estava consciente e me lembrava de Leah, de dom Diego e da estrela caída.

Lembrava, também, de ter morrido. De ter sentido aquela espada perfurando a garganta e do gosto de sangue preenchendo minha boca. Ignorei os fatos estranhos e as emoções contrárias.

Estava ficando louco, isso, sim; seria a mais plausível explicação. Louco de pedra, de internação. Eu tinha uma súbita febre bubônica, com calafrios, delírios e dificuldade de coordenação motora.

Mergulhei novamente minha cabeça confusa: se não tinha morrido com a espada, morreria agora, com as dores lancinantes que fariam explodir meu cérebro. Mergulhei vezes que perdi a conta, soltava o ar debaixo da água e voltava à superfície para buscar mais.

O movimento foi me acalmando. A respiração apaziguou-se, o sangramento cessou, a febre abaixou. Pude sair do mar e vestir minhas roupas sujas, secas e duras, penduradas no galho de uma amendoeira que parecia, estranhamente, ter sido expelida por mim.

Galopes

O SUMIÇO DE SYLVIA, no meio da noite, dentro do mar, me devastou: fiquei dois dias sem sair de casa. Inventei uma virose para não ter que ir trabalhar e deixei o medo tomar conta do meu corpo. Fogo foi a única testemunha do sofrimento ao qual me submeti sem resistências.

Revi meus ciclos, as mulheres e os erros que eu teimava em pensar que fossem porcas gastas de tanto girá-las em falso, tentando apertar parafusos inúteis. Não havia firmeza em minhas convicções, até porque eram refúgios. Quem está numa ilha é, sem dúvida, um refugiado. E eu era, para além desse aspecto geográfico, um exilado de mim mesmo.

Lavei os copos com registros da boca de Sylvia. Não lembrava de como era a boca de Leah. Não lembrava, embora não esquecesse. Tinha flashes, tempestades instantâneas, captava um jeito, o som de um sorriso perdido, ou de um suspiro derramado, recordava seus dedos compridos e lisos, as pintas que tinha nas omoplatas, e depois, em seguida, lembrava que tinha que esquecer tudo isso.

A experiência de ter passado várias vezes por este portão, adentrando a terra da esperança e sendo expulso, sem saber o porquê, não diminuía a dor da vez seguinte. Para mim, sofrer do coração sempre foi pior no presente do que no passado.

Ao final do segundo dia, após extensa revisão de inúteis e impregnados fatos de vida, consegui adormecer. Tive um sonho longo, que se passava inteiramente debaixo do mar: eu mergulhava sem máscara, sem oxigênio, e conseguia respirar. Uma espécie de peixe centenário. Nadava sem sair do lugar, crustáceos com cabeças disformes e caudas cintilantes me rodeavam. Até que o desfile ia minguando, e eu ia ficando sozinho com o martelar do coração. Uma estrela do céu caía no mar, iluminando tudo, apontando para a nadadeira solitária de Sylvia, ainda presa na pedra, imune ao tempo.

Acordei suado, estava quente; tinha esquecido de ligar o ar-condicionado. Meu coração, pulsando naquele corpo de 27 anos, era rápido demais para o raciocínio confuso e cansado. Lembrei da nadadeira e pensei: vou buscá-la.

Vesti uma roupa, peguei o *buggy* e parti para o porto. Em quinze minutos estava na escuna, com roupa de mergulho, rumo à Ressurreta. Não sei o que eu achava que ia encontrar ali, não entendi bem por que estava tomando aquele caminho, apenas me deixei ir, processando lentamente os impulsos apressados do meu corpo.

Aproximando-me da Ilha Rata, senti o cheiro do fosfato de cálcio depositado na superfície escarpada. A luz do farol me incomodou, eu precisava do escuro para enxergar com clareza. Perto da Ressurreta, desabei dentro do mar como um pássaro que se prepara para saltar do penhasco.

Enquanto descia naquele mergulho vertiginoso, ia adentrando, também, o meu fundo. A água me segurava, rede transparente de segurança, impedindo um voo suicida contra o abismo de dezesseis metros.

Quando estava na metade do trajeto, entendi o que estava fazendo ali: procurando Sylvia. Achava que a encontraria, como tinha acontecido da primeira vez. Subitamente envergonhado com a minha própria ignorância, pensei em desistir do mergulho.

Algo mais pesado continuou me puxando para baixo. Talvez fosse a energia que guarda aquele local onde, desde o começo, a natureza venceu o homem. Vi passar por mim as vozes perdidas dos marinheiros de Américo Vespúcio, que naufragaram exatamente ali, em 1503.

Voltei a pensar em Sylvia, e em Leah, e em Sylvia, e em Leah. A força da minha descida aumentava conforme meu pensamento ia sendo distribuído entre dois polos tão extremos. A energia que me acompanhava podia ser proveniente das correntes marítimas, que cortavam as grutas e cavernas coloridas; ou, quem sabe, a fonte seria vulcânica?

O fato é que algo me puxava para baixo, sussurrando em meus ouvidos essas vozes misturadas do passado. Leah voltava a me assombrar — era sempre assim: lugares, cheiros, faíscas que ativavam na minha memória a doce lembrança daquela mulher. De seu corpo, seu riso, sua ingenuidade, seu perfume.

Avistei a nadadeira, como a havia deixado. Alcancei-a com minha mão esquerda. Sem esforço, ela soltou-se. Rastreei o piso à procura de alguma outra coisa. Uma raia-manta me chamou para brincar de esconde-esconde. Fiz um movimento para que saísse dali, e ela obedeceu, levando poeira consigo. Já ia subir de volta, mas meu último olhar de soslaio desvendou um brilho. Havia ali, escondida pela poeira de fundo de mar, uma tornozeleira de ouro, feminina e delicada.

Guardei-a na mão cerrada. Com a outra mão puxei a nadadeira para cima. A mesma energia que havia me puxado para baixo começou a sugar-me de volta rumo a superfície. Dei de cara com um cardume enorme de guarajubas com beiço amarelo, que me ajudaram a iluminar o breu. Minha lanterna, presa na testa, desenhava um feixe fraco de luz. Nunca tive medo do escuro.

Voltei à escuna, tirei a roupa e comecei a rumar para o porto. Examinei a nadadeira, e não tinha nada de mais: era apenas uma nadadeira de Cinderela. A falta de marcas, indicando que realmente teria ficado presa, me fez suspeitar da situação toda do resgate de Sylvia. Será que ela havia sido resgatada por mim? Ou será que, de alguma maneira, ela havia me resgatado?

As coisas começaram a se embaralhar em minha cabeça. Busquei a ajuda do vento para ordenar as ideias — foi inútil.

Peguei a tornozeleira nas mãos: podia pertencer a qualquer mulher. Podia ter sido levada por uma corrente e não ter nada a ver com Sylvia.

Alcancei a lanterna para enxergar melhor. Tinha uma medalhinha no meio, pequena, de Nossa Senhora das Graças. Quando a virei, encontrei quatro letras gravadas que fizeram, por alguns instantes, meu coração parar: Leah.

Após Leah ter sido levada por dom Diego e eu ter tido a garganta perfurada por uma espada, morrido e renascido naquele 3 de outubro em que a estrela caiu do céu, permaneci anos na ilha tentando entender o que havia acontecido. Ninguém vira estrela, clarão ou o que quer que fosse. Também não sabiam da fuga de Leah. Ou seja, dom Diego remara daquele bote direto para o *D. Januária*, sem que nenhum ilhéu soubesse sobre o sangue que foi derramado por ela e por mim.

Por muito tempo imaginei Leah aflita, tentando escapar do bote, com ódio no olhar, sem poder para aniquilar seu carrasco. Depois imaginei-a sendo obrigada a encarar o pai, sem vergonha nos ombros, orgulhosa do ato.

Imaginei-a recostada no convés, triste, vendo a ilha de Fernando de Noronha cada vez mais apagada no horizonte, dias e mais dias de mar sem fim. Imaginei seu olhar perdido e a raiva guardada nos cantos das pálpebras.

Imaginei-a desembarcando em Lisboa e conhecendo o filho do marquês de quem tanto queria fugir. Casando na igreja e resignando-se à sua situação — o que era difícil de acreditar. Imaginei-a de todas as formas e em todos os momentos possíveis.

Toda vez que passava na ilha um navio com Correio-Marítimo, rumo a Lisboa, eu entregava uma carta e algumas moedas ao comandante. No envelope, eu escrevia *Para srta. Leah Porto*

Leal, Posta-Restante, Lisboa, Portugal — com esperanças de ser correspondido.

Cultivei o tempo para pensar em tudo o que acontecera — sem desconfiar, ainda, da minha imortalidade. Fiquei preso àquele evento, como um ímã prende-se ao metal, por uma década. Foi a chegada do biólogo Charles Darwin a Fernando de Noronha que me despertou para algo: ele ponderou, num ingênuo comentário, que meu processo de envelhecimento estava fora dos padrões. Foi quando notei que, além de eu estar parado no tempo, meu corpo permanecia igual.

Darwin tinha uma testa enorme, parcialmente escondida pelos cabelos loiros e finos que insistia em jogar para frente. Seus olhos azuis miravam todas as coisas ao redor com interesse e perplexidade. Eu fui designado para acompanhá-lo em suas pesquisas, pois era o único que falava inglês na ilha.

Um dia, ao redor de uma fogueira, na Praia do Atalaia, Darwin perguntou minha idade.

— Trinta e cinco — respondi.

Ele me fitou completamente incrédulo.

— Há quantos anos o senhor vive nesta ilha tropical?

— Onze anos.

Ele chegou mais perto para me observar, como se eu fosse uma de suas espécies.

— O senhor parece mais jovem do que eu, que tenho 27 anos e vivo num sol mais brando desde a minha infância. Há alguma coisa de extraordinária na sua tez...

Eu ri.

— Posso ver seus dentes? — indagou, curioso.

Eu sorri. Meus dentes eram brancos, e muito mais limpos do que os da maioria, pois eu tinha o costume de mascar cardamomo trazido das Índias.

— O senhor descende de índios?

— Portugueses, pai português e mãe filha de portugueses — repliquei.

— A qualidade do seu viço não tem essa idade. Posso afirmar que os homens brancos, por mais distantes e diferentes que sejam, envelhecem mais ou menos no mesmo compasso.

— Nunca parei para pensar — retruquei, sendo muito sincero.

— Hum — limitou-se a grunhir, encerrando o assunto e abrindo, em mim, uma série de perguntas.

Pouco depois, ele partiu a bordo do *HMS Beagle* rumo ao continente europeu. E ficou plantada em mim a tal dúvida: o tempo tinha passado? Eu tinha mesmo aqueles 35 anos que o calendário gregoriano indicava? Ou teria, num passe de mágica, parado no tempo?

No final de 1834, finalmente fiz as malas e fui embora para a capital, e de lá para São Gonçalo, onde voltei a morar com a minha mãe, já viúva. No começo, aceitei um trabalho como caixeiro de uma casa comercial, enquanto estudava para o curso preparatório de medicina. Eu imaginava, de dentro do meu incurável delírio, que a medicina era uma das únicas profissões que me tornariam merecedor da mão de Leah, já que meu sangue estava longe de ser azul e minha família tampouco possuía títulos ou bens.

No começo, eu ia uma vez por mês até a Repartição de Correio da Corte verificar se havia alguma correspondência para mim. Com o passar dos anos fui espaçando as idas, desanimado pela ausência de notícias. Nunca recebi sequer uma carta. Por isso, pus na cabeça que iria pessoalmente a Lisboa procurar por Leah.

Não tardou e mamãe faleceu. Não havia mais motivo para permanecer no interior do estado: três de meus irmãos moravam fora da cidade, os outros dois já haviam sido arrancados prematuramente desta vida, vítimas da tuberculose e da varíola.

Sem amarras e com um pouco de dinheiro guardado, desisti da medicina e fui até a capital comprar um bilhete com destino a Portugal. No cais, soube que os navios chegavam quase semanalmente, trazendo imigrantes. Entrei na fila da bilheteria e não pude deixar de notar uma senhorita muito preocupada, aguardando o desembarque do navio *Justine*, proveniente de Hamburgo. Ela estava acompanhada de uma ama e dois escravos, e percebi sua feição de desapontamento quando, após o desembarque de 238 alemães, o homem que ela tanto esperava não surgiu da rampa do navio.

Aquilo me tocou, provavelmente porque eu também, da minha maneira, tinha gastado os últimos anos esperando por alguém que nunca aparecera.

Vi quando as lágrimas saltaram de seus olhos, e deixei meu lugar na fila para entender o que acontecia.

— A senhorita está passando bem? — perguntei sem graça.

— Meu noivo devia chegar da Alemanha neste navio. Se não veio, é porque o noivado desfez-se — disse, e virou-se para chorar. Era evidente que ser uma mulher solteira era um drama.

Logo sua ama veio consolá-la, mas não consegui sair de perto: aquela mulher tinha um magnetismo que eu não experimentava desde Leah. Verdade que seu campo de força era doce e morno, bege e restrito, muito diferente do meu verdadeiro amor. Mesmo assim, ela mexeu comigo, e jamais cheguei a comprar o bilhete para Lisboa.

Nos apresentamos e pouco tempo depois começamos a namorar: chamava-se Berenice. E, apesar de eu nunca ter me apaixonado por ela, nos casamos três anos mais tarde.

Nosso encontro marcou o início do *ciclo um*, em 1837. A despeito de meus quarenta anos, me reinventei com 27 para poder entrar na Faculdade de Medicina e Farmácia. Afinal, era mesmo o que eu aparentava.

Berenice era muito diferente de Leah. Sua estatura, sua maturidade, seus desejos de vida. Tinha os dedos curtos, as sobrancelhas grossas e os cabelos ruivos. Seu cheiro confundia-se com o de doce de banana, que ela cozinhava diariamente. Gostava de bordar, tinha capricho e agilidade nas mãos de criança.

No dia do nosso casamento, em 1840, quando ainda era mais comum pintar do que fotografar, encomendei uma tela a um renomado retratista. Ele inspirou-se numa pintura de Van Eyck, *O casal Arnolfini*. Na hora de posar, mantive minha mão direita levantada e, com a esquerda, segurei os dedos de Berenice. Ela portou um vestido amanteigado. Eu vesti um terno escuro, uma cartola discreta e o relógio de bolso que herdei de meu pai.

Essa é a lembrança mais viva que tenho da pobre Berê, uma mulher que jamais consegui fazer feliz. E que, por mais que se esforçasse, também não conseguiu me fazer feliz. Pois todos os dias, quando eu acordava e ia dormir, lembrava da falta que Leah me fazia.

Filha de fazendeiros de grandes posses no interior do estado do Rio de Janeiro, em Campos, Berê gostava de ostentar. Banquetes, escravos, saraus, vestidos e chapéus. Eu, abolicionista por natureza, um homem capaz de viver apenas com a roupa do corpo e o mar, não combinava com aristocracia, nem mesmo com burguesia.

Entretanto, passei quase cinco décadas naquela fazenda de escravos. Os que pude, alforriei. Como médico, tratei de todos que adoeceram, sem conseguir ajudar muito, na maioria das vezes. Não usávamos chibatas, a não ser quando um ou outro capataz resolvia, por conta própria, colocar ordem na senzala para, em seguida, por mim ser dispensado.

Enquanto as irmãs e primas de Berenice tiveram filho atrás de filho, minha esposa nunca engravidou. Nos saraus que mantínhamos semanalmente em casa, toda vez que o rebento de algum parente apresentava-se cantando ou tocando piano, Berê arrastava-se para os cantos com o olhar compridamente triste, e desaparecia com a desculpa de que ia acender os lampiões.

Quando os visitantes deixavam nossa fazenda, eu evitava estar sozinho com minha mulher. Ela jamais entenderia o que eu havia sentido por Leah. Mas conseguia ler em meus olhos que eu procurava outra mulher. E, toda vez que eu percebia sua dor e desilusão, entregava-lhe um amor morno e silencioso, com a esperança de que ela engravidasse e enchesse a casa de crianças para, enfim, desviarmos nossas atenções do fato de não nos amarmos.

— Estou envelhecendo — certa vez sussurrou ao pé do fogão, enquanto desmanchava a banana na panela.

— Todos estamos, é a lei da vida, querida — respondi, embora já soubesse que era mentira; eu tinha 51 anos sem aparentá-los. Já vinha usando truques e ilusões de ótica para tentar acompanhar a idade que ela acreditava que eu tinha. Realmente não conseguia entender como eu possuía o mesmo sorriso e a mesma tez que haviam surpreendido Darwin.

— Nasci com defeito, Joaquim, você sabe disso e mesmo sendo médico não chega a me consertar — ela ralhou, com rancor no meio dos olhos.

Aproximei-me.

— Que posso fazer, Berê? Não sei, não há ciência em reprodução!

— Pois as escravas então sabem mais que os doutores!

Berenice havia passado vários anos ingerindo infusões e misturas de ervas recomendadas por Nhanhá, nossa cozinheira, uma pobre escrava que sorria todos os dias de sua vida. Nhanhá retirava-se à noite, para pitar seu cachimbo perto da senzala. Às vezes, pronunciava palavras incompreensíveis, e seus olhos viravam do avesso sem explicação racional. Apesar de nunca ter presenciado tal evento, eu mesmo a havia examinado: sua saúde parecia normal. Berê dizia que ela era uma bruxa do bem e que a faria engravidar. Então minha pobre esposa submetia-se a inúmeros tratamentos que nunca nos trouxeram senão frustração.

— Talvez o problema não seja comigo, Joaquim. Talvez você... — E calou-se. Mas dentro de mim aquela frase não silenciou: repetiu-se.

Sentei na bancada da pia, olhando para o verde que se perdia fora da janela e dentro de mim. Escutei o mugido das vacas e um sino dobrando ao longe.

— Pode ser — balbuciei.

Berenice se aproximou.

— Tenho um pedido, um último pedido, depois lhe garanto que esqueço esta ideia boba de ser mãe. — E segurou meu rosto de forma que tive de encará-la, mesmo com vergonha por não ser capaz de lhe responder. — Quero que deixe que Nhanhá lhe faça suas mandingas, sem reclames.

Obedeci e aprendi com aquela escrava com alma de fada tudo o que a faculdade não me ensinara. Desde a composição de certas folhas, a importância da temperatura da água, o poder do sangue dos animais, até os usos secretos do láudano. Generosa, Nhanhá me ensinou que a tintura de pau-rosa tinha poderes antibióticos; que o capim-cidreira era, além de repelente, antibiótico; e que a folha de bananeira protegia o estômago.

Um dia, após muitas semanas de ensinamentos, a velha xamã me recebeu com seu cachimbo — nunca a vira fumar, pois não era coisa que se fazia às vistas dos patrões. Nesse dia, entretanto, Nhanhá disse, com a voz engrossada:

— Hoje vai sê diferente, sinhozinho, hoje tem outra pessoa querendo lhe falar. — Por recomendação da escrava, Berê não acompanhou a sessão.

Sentei-me no banquinho que ela, sem a menor cerimônia, indicou: um velho toco de árvore. Algumas escravas saíram da senzala e começaram a rodeá-la, entoando tristes músicas de outros mares. Nhanhá soprou com força o cachimbo, que tinha um cheiro mais pesado do que o ar. Seus olhos giraram, e o branco, contra o pretume de sua pele, quase me assustou. Ela soltou três baforadas na minha cara e disse, agora já com a voz emprestada de alguma entidade:

— Sinhozinho não pode ser pai. Sinhozinho está preso. Sinhozinho tem que encontrá a outra parte pra formá uma pessoa; sinhozinho é só metade. Uma metade que num amadurece e num apodrece, que num morre e num vive. Sinhozinho num é gente!

As escravas me olharam assustadas. Eu me olhei assustado. Quando o transe passou e a velha negra voltou a si, perguntou:

— Que foi que houve, sinhozinho? Que foi que Pelourinha lhe disse? — e pude ver em seus olhos que ela própria não sabia o que havia falado.

Passei semanas, meses a fio sem esquecer aquela voz, que se repetia dentro de mim com uma insistência irritante. Tínhamos uma pequena capela na fazenda onde eu ia rezar ou relembrar o passado. Um santuário onde podia fechar os olhos e deixar as lágrimas escorrendo do rosto, imaginando que uma de minhas mãos espalmadas fosse de Leah.

Foi lá dentro que tentei elaborar as palavras de Pelourinha: eu era um homem das ciências, prático e racional. As palavras distorcidas da entidade não faziam o menor sentido. Mas tampouco o que estava acontecendo comigo. E escutava ecoar pelos ventos: "Sinhozinho é só metade. Uma metade que num amadurece e num apodrece, que num morre e num vive."

Berê nunca engravidou, calou-se em sua constante tristeza, corrente como um rio que não seca. Desde essa época até o dia em que morreu, jamais me concedeu novamente uma noite de amor. Tive que ir encontrar esse afago nas casas de luz vermelha — sem nunca me preocupar em engravidar nenhuma das meninas que me recebiam. Afinal, eu era mesmo estéril.

Com o passar dos anos percebi que precisava envelhecer — mesmo não envelhecendo. Que precisava adoecer, mesmo não adoecendo. Reclamar de dores inexistentes, pintar os cabeços de branco — apesar do lançamento dos tônicos capilares para homens, para esconder cabelos brancos. Comprei uma bengala e um pincenê, deixei barba, bigode e cavanhaque crescerem, e comecei a andar curvado, olhando para baixo. Geralmente, movido mais pela tristeza que sentia do que pela mímica diária de ter que aparentar algo que não era.

Meus 27 anos não queriam ir embora, e os fantasmas do passado assombravam-me todas as vezes que eu me olhava no único espelho da fazenda. Eu era, realmente, apenas uma metade.

Durante muitos anos, Berenice teve a desculpa dos lampiões toda vez que quis ir ficar triste e sozinha. Em 1883, quando ela já tinha decidido passar a maior parte do tempo no escuro, a luz elétrica foi instalada em Campos. Fomos assistir àquele clarão impensável alguns anos antes: uma rua inteira iluminada por esculturas de vidro estranhamente recheadas por faíscas mágicas, lâmpadas. Foi a primeira cidade do Brasil a receber a modernidade, e eu fiquei tão extraordinariamente impressionado que demorei a notar o desconforto de Berenice.

Quando as luzes da rua principal acenderam-se e aquela sombra amarelada e quente tomou conta dos rostos, iluminando ângulos antes desapercebidos, lembro bem de ter enxergado uma melancolia modigliana no seu olhar. O que vi foi uma sexagenária cansada e desiludida, gasta, derrotada; incompleta, infeliz, talvez sonhando com o alemão que nunca chegou a conhecer — talvez com os netos que jamais tivera.

Eu tinha no sangue o estímulo da juventude e sentia que com o passar dos anos a distância entre nós crescia. Ela, do meu ponto de vista, envelhecia dobrado. Em relação a ela, meu tempo não passava. E, de alguma maneira, a chegada da luz elétrica me perfurou como um raio solar, acendendo o interior do meu passado.

Havia uma efervescência contagiante no Rio de Janeiro, vozes distintas assobiavam que o Império tinha os dias contados e que, em breve, seríamos uma República. Aquilo me excitava, e para fugir do nosso ninho infeliz passei a ir cada vez mais para a capital, quinzenalmente. Assistia às corridas de cavalo na rua Santa Tereza e bebia com antigos colegas da faculdade.

Quando eu conseguia arrancar Berenice da fazenda íamos passar alguns dias na cidade, onde ela gostava de ir ao Cassino Fluminense e tomar o bonde puxado a cavalo. Também apreciava muito as idas ao teatro, lá enfim não precisava falar. As últimas vezes que a vi sorrir foi quando estivemos na inauguração do Teatro Leopoldina, e quando assistimos a Sarah Bernhardt no Teatro Pedro II.

Apesar da distância de nossos corpos, e das almas, quando nossos olhares se cruzavam havia companheirismo e carinho, e a certeza de que, no fundo, nós dois nunca havíamos passado de substitutos para amores verdadeiros. Eu, para o noivo que nunca chegara de Hamburgo. Ela, para uma mulher que eu havia conhecido em Fernando de Noronha e que fora obrigada, pelo pai, a um casamento arranjado em Portugal — essa era a história que ela conhecia.

As viagens de Campos para o Rio de Janeiro eram longas e em duas etapas: uma terrestre, outra marítima. Primeiro pegávamos a estrada de ferro que ligava Campos até o porto de Imbetiba, em Macaé. E, de lá, de navio, até o centro da cidade.

Em setembro de 1887 foi a última vez que consegui levar Berê à capital. Estivemos no Conservatório de Música e depois passamos, por insistência minha, na inauguração do bar Zum Schlauch, na rua da Assembleia, centro da cidade.

— Estou cansada, Joaquim. Vá sozinho.

— Minha querida, em uma inauguração, não fica bem eu estar desacompanhado. Vamos, uma cerveja alemã lhe fará bem.

Estávamos numa charrete, saindo do conservatório, na Praia Vermelha, e o lacaio desacelerou os cavalos sem saber ao certo qual seria o destino.

— Joaquim, quando digo que estou cansada, não é só sobre hoje. Não tenho mais interesse nessas coisas, nessa vida... — E tomou minhas mãos nas suas.

— Não diga isso, minha Berê — supliquei, realmente com dor no coração.

Na Baía de Guanabara, ao nosso lado, as águas agitadas pareciam anunciar um pranto. Escutamos outros cavalos trotando atrás de nós.

Ela, que já não era de palavras, olhou adiante e, sem piscar os olhos, concedeu ao lacaio a informação que lhe faltava: rumar para o Zum Schlauch.

Berenice degustou uma salsicha com cebolas e pepinos à vinagrete. Cumprimentou meus colegas com seu olhar triste e não conversou muito com as esposas que conhecia. Tampouco bebeu a cerveja da casa. Percebi que seu esforço em acompanhar-me — ao bar e na vida — tinha chegado ao limite.

Voltamos para Campos no navio *Goitacás* com destino ao porto de Imbetiba. Viajávamos numa cabine, pernoitando parte do trajeto. Eu tinha tomado muitas cervejas produzidas na Zum Schlauch e entreguei-me pesado ao beliche. Berenice, bem mais cansada do que eu, ficou deitada embaixo, dormindo. Ultimamente, ela dormia mais do que qualquer outra coisa.

Já devia passar das onze da noite quando sentimos um solavanco que a fez cair no chão. Tive tempo de me segurar e entender, como bom construtor de navios, que o casco havia sido atingido. Provavelmente por um arrecife, já que estávamos, pelas minhas contas, acerca das correntes contraditórias de Cabo Frio. Berenice tinha batido a cabeça e sangrava, mas estava consciente e conseguiu erguer-se com ajuda.

O vento uivava, as pessoas gritavam, e o barco afundava como uma âncora. Havia pânico e dor, sangue e água, e mesmo quando eu consegui alcançar um dos poucos coletes salva-vidas para Berenice, vi em seus olhos cansados que ela aproveitaria para satisfazer sua antiga vontade de morrer.

Saímos pelos escaleres a bombordo, e o cenário do lado de fora era ainda mais bruto: o mastro balançava com o vento, quase rodando em seu eixo. Meu lado naval pensou em ver onde estava o estrago e tentar ajudar: alijar o navio poderia retardar seu naufrágio total, mas com a força do sudoeste seria impossível qualquer operação. Vi o imediato ajudando a desguarnecer a tripulação e os passageiros, ele gritava palavras rapidamente apagadas pelo vento.

Meu lado médico pensou em ajudar os feridos. Deixei Berenice boiando fora de perigo, amarrei um lenço branco em sua cabeça para poder localizá-la mais tarde e voltei-me ao socorro.

Depois me arrependi: devia ter ficado com ela na hora de sua morte. Fui egoísta no pior momento. E sei por quê.

Porque o meu lado imortal me chamou. O mar colocou todos os seus olhos para fora, traiçoeiro, como se me cobrasse: "Tiro a vida de todas essas pessoas e a ti dou uma vida inacabável. És meu soldado." E isso foi uma coisa que me marcou, durante toda a vida: o mar era a minha entidade, a minha representação de Deus, e lá estava toda a força do mundo, que por algum motivo abençoara a minha existência para sempre. Era como se eu tivesse uma dívida infindável com Poseidon.

O fato é que esse lado místico falou mais alto. Pensei em ajudar o navio e não pude. Pensei em ajudar os feridos e não consegui. Eu tinha as mãos atadas pelo manto escuro e zangado do mar, que me cobrava algo que eu ainda não entendia. Tentei voltar para Berenice, mas não encontrei seu lenço branco.

Mergulhei com raiva, eu também queria morrer. Um lado meu queria. O outro estava pronto para renascer, fênix das águas, e virar o homem que eu não havia conseguido me tornar: um homem feliz. Em pouco tempo o ar findou, tentei resistir, mas o vício por oxigênio foi mais forte, e rompi a camada mais agressiva da água, distribuindo socos.

Ao longe vi fogueiras numa praia, e foi para onde nadei. Depois soube que foram acesas por um artista plástico que, aflito, acompanhou tudo. Antônio Parreiras pintou aquele momento, e, meses mais tarde, quando vi sua obra, pensei que a minha vida com Berenice se resumia a dois quadros: o do nosso casamento e o da sua morte.

Apenas cinco pessoas se salvaram ao naufrágio do *Goitacás* no Focinho do Cabo. Eu fui, com certeza, o único imortal.

PASSEI A MADRUGADA segurando aquela tornozeleira. Minha vida, que não era nada simétrica, estava de pernas para o ar desde o primeiro encontro com Sylvia. Quanto mais eu remexia, mais feitiço vinha de todas as partes: do fundo do mar, da copa das árvores, dos ventos que reviravam a ilha atrás de lembranças que me faziam sofrer.

Marujo veio me procurar assim que amanheceu. Minhas olheiras eram certamente de boxeador.

— Vixe, Joaquim, a gripe pegou bem — exclamou, supondo que a virose fosse verdade. — Vim trazer um doce de banana que Zelda fez. — E me estendeu um saco plástico com um pote cheio do meu doce preferido.

— Opa, valeu. — A verdade é que eu era um baita de um mentiroso; mentir era o que eu havia aprendido a fazer de melhor na vida.

— E a menina? Gripou também? — Marujo perguntou.

— A Sylvia?

— É, aquela sereia — falou, e acendeu um cigarro.

— Não vi mais.

— Ora, vixe, e cês tavam tão grudados que todo mundo tava comentando pela ilha...

Tossi e pigarreei.

— Essa moça, essa Sylvia, ela bateu forte, não foi?

Baixei a cabeça pensando no que "bater forte" realmente poderia significar. Bater forte, naquela ilha, sempre tinha a ver com o mar. E minha vida também tinha a ver com o mar.

— Bateu forte, sim, Marujo, mas ela fugiu, sumiu, sei lá. Não entendo as mulheres... — disse finalmente. Com poucas pessoas eu conseguia trocar alguns dedos de prosa. Me abrir por completo era impossível, mas com Marujo eu sentia que estava sempre em terra firme.

— Dizem que a melhor maneira de acabar com um fantasma é encarando o bicho — riu, tragou o cigarro e perguntou, sem cerimônia e sorrindo: — Tem café aí, Joaquim?

Tomamos café na varanda, comendo doce de banana. O cheiro me trouxe calma, sem dúvida pela lembrança de Berenice, que cantarolava velhas cantigas ao cozinhar.

Marujo partiu, deixando aquela dica no ar: é preciso confrontar os fantasmas. Tenho que ir atrás de Sylvia, pensei, já deixei tanta vida escapar!

Peguei a prancha de surfe, recostada há algum tempo numa quina da varanda, e saí de *buggy*. Passei pelo porto, com a estúpida esperança de esbarrar em Sylvia, mas só vi o óbvio: Marujo tinha acabado de sair na escuna para o passeio da manhã; o céu estava desconfiado, e havia uma nova ninhada de gatos perto do frigorífico. Fiquei sem saber para onde ir. Pus a mão no bolso por puro tique e encontrei de novo a tornozeleira de ouro.

Dei meia-volta e embiquei na Praia da Air France. O mar estava nervoso e perfeito, e só um mar assim anularia minha própria agitação. Remei direto para o *outside* sem prestar atenção nas ondas, o que nunca se deve fazer, muito menos quando se é, como eu sempre fui, um ser do mar.

A espuma que enfeitava as cristas das ondas era a continuação da minha espuma interna. Após duas formações diretas e clássicas, comecei a entrar em compasso e me acalmar: eu já não escumava, apenas flutuava, deslizando pelo tapete generoso que se estendia sob meus pés.

Assim a tarde passou. Assim lembrei, mais uma vez, que do mar eu vinha e só no mar me encontraria. Finalmente, exausto, mais perto de mim e longe de Sylvia, mais equilibrado, saí, pedindo licença, e subi o morro da capela de São Pedro.

Há tempos eu não rezava, e aquilo me pareceu sincero. Mais do que isso, necessário. O hábito religioso tinha ficado perdido na distância, numa capela que talvez nem existisse mais, no interior de Campos. Numa antiga fazenda de escravos onde a única coisa que com certeza estaria guardada, para quem quisesse recolher, era a tristeza de uma vida infeliz.

Vi que havia alguém dentro da minúscula capela e me detive do lado de fora, mirando o Buraco da Raquel, logo abaixo. Reza uma das lendas da ilha que a filha de um comandante militar ia se esconder ali quando ficava angustiada. Cheguei mais perto: Sylvia poderia estar angustiada e escondida ali? E Leah? Poderia ter escapado de dom Diego e ter se enfiado naquela gruta até a morte, dando origem à lenda?

Sentei mais calmo, já com dois ou três palmos de distanciamento dos fatos recentes, pronto para pensar em quão diferente tinha sido o nosso encontro. E a resposta talvez estivesse à minha frente, junto com o mar que abraçava a ilha: depois de Leah, Sylvia havia sido a única, entre todas as mulheres importantes de minha vida, que eu conhecera em Fernando de Noronha. No local mágico. No mar. E esta poderia ser uma grande fonte de confusão: aquele lugar representava Leah.

A verdade é que quando eu fechava os meus olhos e pensava em Sylvia não conseguia encaixar, corretamente, essa lembrança com os traços de Leah. Poderiam Sylvia e Leah coabitar o mesmo corpo?

Era extremamente confuso pensar nas duas como uma só mulher: aquela Leah, de toda maneira, não existiria mais, apenas na minha memória gasta e imbecil, que teimava em afirmar que o tempo não passava. Que meu grande amor estaria em algum lugar do futuro me esperando, congelado como eu. Afinal, se o tempo nunca havia passado, também nunca havia parado.

Não sei ao certo quanto tempo passei dentro daquela capela, sozinho, de olhos fechados. Pensei mais do que rezei, mas, quando consegui me concentrar, fiz uma oração comprida para Poseidon, agradecendo e indagando sobre o que fazer. Pedindo ajuda.

Me deixei ficar por ali, e escutei os passos apressados que vieram em minha direção. O vento soprou, aproximando aqueles pés. Não quis olhar para trás, quis imaginar que Sylvia tinha ido ao meu encontro, com seu pedido de desculpas dobrado dentro do peito e pronto para ser aberto, ou com uma explicação malfechada na palma das mãos.

— Joaquim — chamou uma voz masculina.

Não movi a cabeça, esperei a sentença que aquela entonação anunciava.

— A tal da Sylvia acabou de ir para Recife, eu tava no aeroporto buscando uns turistas e vi quando ela embarcou, tentei falar com ela... — E parou para respirar. Marujo estava ofegante como em um mergulho de apneia. — Pedi para ela esperar, disse que você queria falar com ela... — E parou para se sentar no pequeno banquinho de madeira da capelinha.

Eu me levantei e abri os olhos. E aconteceu uma coisa que não estava nos meus planos e que me encheu de uma vergonha boba: eu chorei.

— Chefinho — Marujo falou, preocupado —, chefinho — repetiu.

Eu saí da capela, enxuguei os olhos, mas elas não paravam de brotar.

Marujo veio atrás.

— Mas a coisa é séria mesmo, vixe, porque ela também chorou quando eu disse que não podia fazer isso com você. — E acendeu um cigarro. — Ela chorou e foi prum canto escrever esse bilhete.

Marujo me entregou o papel e ficou esperando o próximo capítulo. Quando me viu com os olhos ainda mais vermelhos e as mãos tremendo, se tocou.

— Vou nessa, então, o pessoal tá ali no carro. — E apontou para a nossa van, que fazia o traslado entre o aeroporto e as pousadas.

Ouvi os passos de Marujo se afastando, dessa vez sem o nervoso da chegada. Respirei fundo, mas me senti livre para chorar. Só não queria que nenhuma lágrima pingasse no papel de carta improvisado, estragando as poucas palavras que ela me havia destinado.

Quando abri o bilhete, percebi suas lágrimas impressas, círculos inexatos borrando a letra torta e apressada da mulher que havia fugido.

Desculpa. Vou voltar. Foi mais forte do que eu. Deixei uma encomenda para você na Pousada Velha. Sylvia.

Telegráfico assim. Sentei do lado de fora da capelinha, segurando o bilhete com raiva e paixão. Ninguém, no mundo, podia entender o tamanho e a velocidade da minha dor. Escutei um avião decolar, aquele que a levava embora.

"Desculpa"? Como assim, desculpa? Era isso? Uma palavra a eximia de ser gentil, de me respeitar, de me amar? Desculpa por ter fugido do barco? Desculpa por ter entrado em minha vida? Desculpa por não ser Leah — ou desculpa por ser Leah?

Se Sylvia pudesse ser um pouco mais precisa! Mas eu tinha quase certeza: aquilo era calculado, a inexatidão das palavras, proposital, tinha o único objetivo de me confundir. Olhando por esse ponto de vista, talvez esta fosse a verdadeira missão de Sylvia: me confundir.

E o que ela queria dizer com "vou voltar"? Voltar para onde? Para sua vida mesquinha em São Paulo? Para Fernando de Noronha, algum dia? Voltar para mim? Ou para o passado que nos (me) assombrava?

Ainda, “mais forte do que eu” refletia sua covardia. A fraqueza de quem perde a guerra antes de ir lutar. Era isso? Eu fui mais forte do que ela? A situação foi mais forte do que ela?

Aquele bilhete não dizia quase nada, era mais uma desculpa que eu arrumava na minha interminável vida para seguir acreditando que tudo era possível. Que Leah era possível, que estaria viva, jovem, e que seria imortal, como eu. Mas nas entrelinhas do bilhete notei que havia uma mulher muito moderna, daquelas capazes de largar tudo pela metade.

Durante as últimas décadas, eu vinha tendo a estranha sensação de que os processos não acabavam mais, não tinham um desfecho. Com a aceleração do tempo pós-anos 2000, eu sentia que a maior mudança não era tecnológica e nem estrutural, como tanto espalhavam as vozes pensantes. Para um homem do final do século XVIII, a mudança era temporal: as pessoas começavam a vivenciar, de maneira inédita, não o tempo, mas a sua falta. Uma hora ou um minuto podiam ser medidos, agora, de diversas maneiras. O ponteiro, apesar de estar no centro da vida de qualquer cidadão, não queria mais dizer nada: as pessoas corriam para ganhar tempo e poder perdê-lo.

Minha sensação, por isso, era a de que as pessoas não concluíam mais os processos que iniciavam: as relações, os trabalhos, as iniciativas. Apenas paravam onde achavam melhor e, sem tempo para desenrolar histórias, suspendiam tudo como o passo de uma cegonha.

Assim Sylvia havia feito (e isso, nos idos de 2012, era considerado normal): começou uma relação comigo, entregou-se ao amor e, quando a situação ficou “mais forte do que eu”, simplesmente pulou do barco e nadou para fora de tudo. Sem finalizar, sem sinalizar, sem ter coragem de me chamar num canto e dizer: “Escuta, Joaquim, eu gosto muito de você, mas temos que parar por aqui, porque eu não tenho certeza; porque eu sinto algo que é incontrolável e mais forte do que eu; porque eu tenho um namorado em São Paulo; porque você não me importa”, por qualquer merda de motivo. Mas que houvesse um.

CHEGUEI À POUSADA e a gerente sorriu para mim, com aquele sorriso "eu sei o que vocês dois estão vivendo, eu já vivi isso", enfim, um desses sentimentos de compaixão que irritam profundamente.

— Oi, Joaquim — ela suspirou.

— Vim buscar a encomenda — respondi, friamente.

Ela fez sinal para eu esperar e entrou. Uma brisa bateu, e um mensageiro do vento que estava pendurado no batente da entrada soou tentando, inutilmente, se comunicar comigo.

A gerente voltou com um envelope pardo onde caberiam folhas A4, fotos desbotadas, sonhos, verdades e mentiras — coisas que atiçaram minha imaginação. Peguei o pacote e não me dei ao trabalho de despedir-me, fiz um gesto que deveria substituir qualquer palavra, porque estava curioso demais, e saí. Mas a tal mulher, cheia de compaixão, segurou no meu braço.

— Ei, bonitão, eu queria conversar contigo, armar umas excursões para os meus hóspedes... marcar da gente fazer um mergulho noturno...

Sorri amarelo. Alcancei um cartão no bolso e dei a ela.

— Marca uma hora lá na agência, ok? — E fui virando e indo embora.

Ela veio atrás, segurou de novo no meu braço.

— Eu sei que a tal da Sylvia foi embora, mas tem muitas mulheres interessantes por aqui.

Nunca entendi bem como as mulheres haviam se tornado tão impulsivas. Não fui programado para viver assim, não eu, um cara bicentenário. Meu pai me ensinou que o homem tem que cortejar a mulher — sem ser pedante, entendendo que para tudo há um tempo e uma razão, ou, se não há tempo e nem razão, é porque não é para ser.

Com o passar dos anos, tive que ir me moldando ao novo papel do homem, muito confuso às vezes, mas com a nítida sensação de que temos que pertencer ao nosso tempo. Todas as mulheres com quem me relacionei de forma mais séria, porém, deixaram-se cortejar.

Soltei o braço daquela amazonas, tinha nos olhos tanto amor que era evidente que poderia amar qualquer um ou qualquer coisa sem precisar de retribuição.

— Vamos jantar mais tarde — ainda balbuciou, alongando sua tentativa.

— Olha só. — Finalmente olhei dentro de seus olhos redondos e transbordantes. Ela era toda redonda; não era gorda, apenas totalmente redonda: olhos, rosto, formato da boca. Tampouco era feia, apenas não tinha brilho. — Eu acho que você entendeu a coisa toda errada, eu vim buscar a encomenda...

— Célia — ela completou, como se acabássemos de nos conhecer, e a noite, pacientemente, nos esperasse.

— Célia, é o seguinte, eu estou com pressa. A gente se cruza. — E me afastei daquelas mãos que tinham medo de perder o que ainda não haviam conquistado.

Célia ficou me olhando com o olhar mais comprido da ilha e eu pensei, enquanto subia na bicicleta, "A carência só afasta as pessoas", e logo que comecei a pedalar esqueci de seu rosto redondo.

Final de tarde na Baía do Sancho. O mar estava bonito de doer, me bateu uma tristeza no peito — era medo, mas eu achava que podia ser tristeza. Enrolei para abrir o pacote: tive receio de que pudesse conter o fim da hipótese de Sylvia ser Leah.

Fiquei observando as ondas quebrando no mar. Fechei os olhos e rasguei a borda lateral do envelope. Tateei por um momento, e tudo o que eu senti foram outros envelopes, menores. Uma porteira se abriu dentro de mim, e todos aqueles medos, montados em seus cavalos, começaram a galopar: a adrenalina que corria no meu sangue era veículo de marcha rápida. E a adrenalina vinha com a certeza — ou melhor, com a esperança da certeza: Sylvia era Leah.

Quando abri os olhos, a primeira coisa que vi, no alto de vários envelopes amarelados, foi o meu nome: *Para Joaquim Henrique Castro Nunes*. Virei o envelope, e lá estava aquilo que eu vinha procurando tanto, e que me fez enlouquecer, gritar, chorar: *De Leah Sylvia Porto Leal.*

Leah Sylvia. Leah Sylvia. Leah Sylvia. Era ela! Após quase dois séculos de busca eu tinha encontrado Leah! Mais do que isso, eu a tivera em minhas mãos, e tinha estado dentro dela. Leah estava viva, e era Sylvia, as duas eram uma só!

Por um momento, me senti altamente estúpido por não ter sequer considerado a possibilidade de Sylvia ser o segundo nome de Leah. Afinal, naquela época nomes compostos eram quase que obrigatórios — mas, por alguma razão, eu nunca soube o dela.

Examinei rapidamente as sete cartas, todas endereçadas a mim: datavam desde a nossa separação e atravessavam o tempo, desembocando, finalmente, no fim do século XX. Eram a história de Leah. Ou de Sylvia. Narravam a jornada dessa mulher que eu havia buscado e que, pelo visto, também me buscara.

Mas se ela era Leah, por que havia ido embora daquela maneira? Não fazia sentido: se tinha me procurado por tanto tempo, por que se afastar de mim naquele momento? Por quê? Sair nadando, abandonar literalmente o barco? O que havia se passado em sua cabeça?

Só podia haver um motivo muito sério. Mas que motivo? Ou será que ela havia se decepcionado comigo? Era isso: decepção?

Tive calafrios ao pensar que eu tinha sido menos do que sua projeção de mim e que, por isso, ela havia ido embora. Era uma presunção, mas meu ego começou a doer imediatamente. Um frio de alto de hemisfério me fez bater os queixos. Embrulhei as cartas de volta, subi a escadaria até o mirante, onde havia deixado a minha bicicleta, e cada um daqueles degraus me tirou ainda mais o ar já tão rarefeito de dentro de mim.

Sentei na varanda de minha casa com o pacote de cartas. Abri uma cerveja, que foi a coisa mais rápida que encontrei para me anestesiar, e comecei a beber. Precisava de um pouco menos de lucidez para encarar aquilo. Senti o último gole da primeira *longneck*, abri a segunda.

Peguei o antigo abridor que fora de meu pai e por isso levava suas iniciais gravadas em ouro, e rasguei a dobra superior, já gasta, do envelope mais antigo. A faquinha deslizou no papel sem encontrar resistência. Percebi, então, que dentro de mim alguma coisa tinha se transformado: era a certeza de sua existência.

Meu interior foi habitado por várias sensações ao longo dos anos. Se de meus medos brotavam amendoeiras, minha adrenalina trazia os cavalos a galope, bonitos e penteados como o saudoso Tartuffe. Mas ali, pela primeira vez em longos, intermináveis, invencíveis e inabitáveis anos, o medo de não encontrar Leah tinha se evaporado — assim, ab-ruptamente, simplesmente não existia mais, não podia existir, já que ela sim, Leah, existia.

Lisboa, 5 de janeiro de 1825.

Sinto tanto a tua falta, meu amor. Sonho contigo todas as noites. E quando acordo a única certeza que tenho é a de que ainda está longe a hora que nos unirá para sempre. Rezo para que tenhas sobrevivido ao que dom Diego lhe fez. Aquele desgraçado teve a morte que mereceu! Eu tenho fé de que estejas vivo e à minha espera.

Joaquim, preciso contar-lhe algo. Assim que desembarquei em Lisboa soubemos que o tal filho do marquês de Borba já havia se casado. Sou novamente uma mulher desimpedida — mas ainda não sou livre. Meu pai está planejando outro casamento — e enquanto ele engendra amores impossíveis, eu já tenho planos de fuga. Vou com minha irmã, Izabel, que também está a sofrer demasiado. Vamos a Paris, pois lá temos conhecidos que podem nos levar de volta ao Brasil. Vou procurar-te, lhe prometo. Só tenho receio de que tu me procures também. E que nós nos desencontremos.

Joaquim, espera por mim! Pois eu esperarei por ti, não importa por quanto tempo, pois sei como aquela estrela nos ligou para sempre. Acredite, meu amado, nosso destino há muito foi traçado. Te amo com mais força do que antes.

Tua Leah Sylvia Porto Leal.

Chorei muito, chorei mais, e não esgotei as lágrimas nem a dor. Tantos anos, melhor dizendo, tantos momentos, já que anos não são uma medida exata para quem vive tanto. E agora eu tomava conhecimento do outro lado: nós dois nos buscamos, um ao outro, por um tempo que não voltaria.

Parte do meu sofrimento soterrado e socado começou a vir à tona. Olhei para o horizonte azul com a vista turva pelo mar que me habitava. Abri a terceira cerveja e tive a silenciosa certeza de que aquilo seria apenas o início de um processo doloroso.

Sabia também que seria rápido, se comparado à minha — nossa — busca. Seria quase que imediato. Leria as cartas reconfigurando o tempo e reiterando o meu amor, como uma bordadeira que costura a alma de volta ao corpo. Era isso, essa seria a tarefa dos próximos dias. Eu, as cartas e o álcool necessário para a realização da costura.

Depois que a alma estivesse novamente cosida ao corpo eu poderia (poderia?) finalmente viver o meu grande amor.

Depois da morte de Berenice, uma angústia muito grande me tomou. Infelizmente, não foi por causa do nosso amor: ele nunca havia, de fato, existido. Tínhamos carinho a transbordar qualquer cálice, éramos companheiros e nos entendíamos no silêncio. Nossa relação foi escrita nas entrelinhas. Falávamos pouco, por falta do que dizer.

Minha dor foi por eu ter entendido que realmente não tinha prazo de validade na vida. Antes disso, eu vinha encarando meu problema como sendo apenas biológico: não envelhecia por fora. Quando enterrei Berenice, entendi que tampouco envelhecia por dentro: eu esbanjava saúde.

Sendo um médico, mergulhei nas ciências para tentar me entender. Tomadas de sangue, exames de excrementos, células epiteliais aumentadas em microscópios deformadores. Algumas possibilidades apontavam para uma explicação quase plausível, como um raro caso de hipopituitarismo. Com os recursos escassos da época, não tive como aprofundar minhas pequenas teorias privadas. A verdade é que eu estava bem e me sentia tão jovem quanto o Brasil, que acabava de se tornar República.

Li e reli a obra de Charles Darwin, já falecido a essa época, para entender se eu era uma aberração da espécie. Fui aos poucos descartando as coisas. Muito lentamente.

O fato é que, tendo ultrapassado meus cem anos, tive que enfrentar a realidade: eu não envelhecia, o tempo escorria sem me atingir. Apesar disso, a dor que eu sentia era sempre maior. Vasta, densa, articulada, difusa. Dor. Um homem, se capaz de atingir esta idade, sentirá, certamente, muitas dores. Nas juntas gastas das articulações; nos órgãos cansados; nos olhos que já viram demais; no sistema circulatório entupido, no final anunciado de seus dias. Minhas dores eram outras: as dores da alma.

Após a viuvez, me mudei para Villa Ypanema, um bairro recém-fundado pelo barão de Ypanema, bem longe do lar que tinha construído com Berenice e que me trazia calafrios. Graças a luvas de valor exorbitante, consegui a casa colonial que queria. No andar térreo ficava meu consultório, onde atendia os pacientes, a maioria acometida pela endêmica febre amarela ou suspeita de tuberculose.

No piso superior, onde eu morava, desenvolvi a estranha mania de fazer anotações em toda parte, e, quando dei por mim, havia hipóteses nas paredes e conclusões nos rodapés. Usava o espaço circunscrito como se fosse um caderno em branco. Quanto mais eu testava teorias, mais eu me afastava de qualquer conclusão e de qualquer pessoa: estava absolutamente isolado do mundo.

A minha era a nona casa da rua Visconde de Pirajá, entre as ruas Montenegro e Farme de Amoedo, de número 240. Havia dois cajueiros que perfumavam a sacada lateral, onde eu me sentava à noite para fumar um charuto e pensar nas infindáveis teorias. No quintal, que ficava nos fundos, a areia costurava a praia, continuamente, até a minha varanda.

Lembro bem de um fim de tarde, quando fui caminhar rente ao mar, com meu chapéu de palha e a bengala — que me emprestavam o respeito necessário a um idoso. Foi quando entendi que a única possibilidade para minha imortalidade e falta de envelhecimento estava no ano de 1824. Foi a primeira vez que realmente considerei a probabilidade de a estrela caída ter provocado algum efeito do outro mundo em mim.

E, conforme caminhava, já pensava "Efeito em mim ou em nós, eu e Leah?", e minha cabeça começou a imaginar que...

Leah poderia estar viva, também. E esse simples pensamento fez com que meu coração pulasse.

Até aquela tarde de vento sudoeste e areia no rosto, eu havia considerado apenas que Leah estaria morta. O tempo havia passado, e eu nunca mais tivera notícias. Naquele dia, mais de oito décadas após o nosso encontro, ela teria a improvável idade de 98 anos. Ou, se tivesse sido atingida pelos mesmos efeitos que eu, teria para sempre seus doces dezessete anos. Pelo sim, pelo não, era hora de ir procurá-la.

Em dezembro de 1905, subi a bordo do vapor *Rio Amazonas*, um navio que tinha chegado ao Rio de Janeiro dias antes, vindo do Vêneto, apinhado de imigrantes que desceram na capital e de outros que seguiram direto para o Porto de Santos.

Eram os anos dourados da imigração, e, tanto em Santos quanto no Rio de Janeiro, hordas de sotaques desembarcavam diariamente à procura de um pedaço de terra para cultivar. Quando o navio começou a fazer o seu caminho de volta, comecei a fazer o meu de ida. Fiquei feliz de ir na contramão e poder, enfim, iniciar o *segundo ciclo*. Tinha zerado tudo, voltando aos meus 27 anos, jogado fora a bengala e o pincenê, a barba e o bigode; e me enchido de esperanças.

Passei quase um mês a bordo do *Rio Amazonas*. Na maioria dos dias eu estive tão animado que nem sequer dormi. Cada pôr do sol foi se colando a outro, e a outro, e assim, com o movimento hipnotizante do oceano, encontrei tempo para reler meus livros preferidos, e ainda dois lançamentos: *The Wings of the Dove*, de Henry James, e o brilhante *Memórias póstumas de Brás Cubas*, de Machado de Assis, que apesar de todo o esforço não me contaminava com o seu pessimismo. As últimas palavras de Brás Cubras, "não tive filhos, não transmiti a nenhuma criatura o legado de nossa miséria", não eram, com certeza, palavras que caberiam em meus lábios. Mas, mal sabia, iriam me assombrar por muito tempo.

Aproveitei também para escrever mais cartas de amor. Revisei os anos passados com uma clareza que só o sol, quando bate no mar, pode nos proporcionar. Descrevi todas as décadas com riqueza de detalhes, sempre começando, nos cabeçalhos, por "Minha querida Leah".

De manhã cedo eu passava na casa de máquinas. Queria aprender tudo sobre o fascinante mecanismo que fazia com que as embarcações não dependessem mais dos ventos para se moverem. Cada peça, cada encaixe — tudo era uma grande novidade para mim.

O navio estava quase inteiramente ocupado por portugueses voltando a Lisboa, desanimados com a República ou refeitos pelo repouso nos trópicos. Já havia, também, homens de negócio, que faziam a "ponte marítima" entre as capitais, estabelecendo filiais, trazendo produtos de exportação ao Brasil e vice-versa.

Assuntei com os portugueses se alguém conhecia o segundo marquês de Borba.

A notícia de que um brasileiro ia a bordo à procura de um marquês de Borba ou de seus descendentes interessou um senhor barbudo, cujo prenome era António, que me procurou quando eu acabava uma refeição no salão principal.

— O senhor procura por qual marquês de Borba? — me perguntou, olhando diretamente nos olhos.

Acabei de engolir o linguado assado com alcaparras e batatas assadas, oferecido a cada dois dias como almoço aos passageiros.

— Na verdade, senhor...

— António — ele respondeu, com aquele indefectível sotaque.

— Senhor António, muito prazer, sou Joaquim Nunes e procuro saber da família da irmã de minha bisavó, que deixou o Brasil em 1824 para casar-se com o filho do segundo marquês de Borba — expliquei, elaborando aquela ridícula história à medida que a inventava.

— Interessante — exclamou. Devia ter seus cinquenta anos e cultivava uma barba muito amarelada nas pontas, certamente pelo fumo.

Enquanto fomos em direção ao convés, onde ele acendeu seu charuto e me ofereceu outro, contou que era neto de uma senhora de nome inacabável.

— Como?

— Sou bisneto do marquês. Sua neta, a senhora minha mãe, Dona Margarita Lobo da Silveira, que Deus a tenha, acaba de falecer em Lisboa. Por isso estou de retorno — falou, com o olhar triste. — Meus avós casaram-se, de fato, no ano de 1824. Será que somos parentes? Como se chamava a irmã da senhora sua bisavó? — completou, incrédulo.

Fiquei pálido.

— Senhora Leah Porto Leal.

— Pois veja bem, rapaz, meu avô não sucedeu ao pai como marquês. Casou-se com a 15ª baronesa de Alvito, Dona Henriquieta Policardo Lobo da Silveira Quaresma, ou, melhor dizendo, a senhora minha avó. — E tragou o charuto, cheio de prenomes no olhar.

Como o mundo era pequeno! A população brasileira ultrapassava a marca dos dez milhões, mas eu tinha pegado o mesmo navio que o neto do homem que habitava os pesadelos de Leah. Eu havia passado anos a fio pensando em como ele a tinha feito infeliz... e agora descobria que ela nunca chegara a se casar com o sujeito.

Com aquele novo cenário fiquei por uns dias matutando o que fazer. Iria, primeiramente, procurar sua família. Talvez ela tivesse filhos, ou até netos. Sobrinhos, bisnetos. Começaria pelos registros gerais de chegada, tentando as informações a respeito do *D. Januária*. Era isso.

No décimo primeiro dia de viagem enfrentamos uma tempestade assustadora. Mais uma vez tive que me deparar com a fúria do mar, sem ao menos saber o que ele queria arrancar de mim. Ou será que traria algo? Traria Leah?

Foram dias de dilúvio em pleno oceano. A nuvem preta parecia nos seguir, deixando o convés inutilizável, e fazendo com que as pessoas ficassem juntas jogando, bebendo, fumando nos salões principais — isto é, quando as intempéries permitiam.

Juntei-me a três rapazes portugueses em idade universitária, que estavam voltando para a Europa a fim de completar os estudos e cujo único objetivo durante a viagem era beber o máximo possível e galhofar com os colegas. Para eles contei que tinha 27 anos, era recém-formado em medicina e procurava especialização no campo médico ou científico.

Marcos António, apesar da pouca idade, tinha entradas de adulto na fronte. Ele pretendia se formar em direito pela Universidade de Coimbra para voltar ao Brasil como doutor. Henri tinha ascendência francesa e estudava na Faculdade de Ciências de Paris, onde era discípulo de um professor premiado, Pierre Curie. Passou a viagem toda tentando aplicar a tese do tal professor, algo sobre as propriedades magnéticas dos corpos em diversas temperaturas, e, apesar de ter o ar de cientista louco, foi com quem eu tive mais afinidade.

Por fim, completava a turma o mais novinho, Carlos, que estava indo fazer medicina em Cambridge. Como sabia que eu era médico, Carlinhos me sabatinou a viagem inteira — e como era chato! Nenhum deles, porém, poderia entender o que eu estava indo fazer: procurar uma mulher de quase cem anos, o amor da minha vida.

Depois de me juntar à turma, e até o final da viagem, não consegui ler e escrever mais. Pois naquele momento mais valia viver quem eu era: um homem solteiro, de 27 anos. O fato é que viramos uma família, tendo passado o Natal e o ano-novo juntos em alto-mar, trocando experiências.

A todo momento eu me policiava para não falar mais do que devia, sobretudo quando bebia. Quando contava do meu *ciclo um* e de Berenice, falava como se eu fosse o meu pai, e Berenice, minha mãe. Foi estranho assumir esse discurso, mas fazia sentido. Anos mais tarde entendi a importância daquela viagem, um exercício de adaptação aos novos ciclos que me foi de verdadeira valia. Usar informações reais, porém maquiadas, como eu fizera com todo o meu passado e o de Berenice, tinha se mostrado eficaz e crível.

Quando desembarcamos em Lisboa, trocamos endereços e abraços apertados. O riso daqueles rapazes me acompanharia por muito tempo, eu já sabia. Henri, que não tinha família em Portugal, ia hospedar-se em uma pensão no Bairro da Graça, e combinamos de dividir o quarto. Ele ficaria poucos dias, e depois partiria para Paris. Carlos e Marcos António também aproveitariam os últimos dias do recesso de inverno antes de se espalharem pelo continente. Eu não sabia quantos dias ficaria. Só sabia que tinha dinheiro nos bolsos e muitos anos de vida.

No mesmo dia do desembarque, após deixar minhas coisas na pensão, desci para o centro à procura da Repartição Central de Correio. O que eu estava procurando era a posta-restante. Tinha a enorme esperança, cuidadosamente alimentada durante a viagem de navio, de encontrar cartas dela para mim.

Entrei no grande e pomposo prédio. O espaço, iluminado pelos raios do sol, dobrava de tamanho a cada passo que eu dava. Uma única fila se formava, e servia a todos os serviços, de modo que tive que esperar por um bom tempo, brincando com minhas expectativas, acreditando que realmente encontraria correspondências guardadas numa esquina qualquer daquela posta-restante.

Quando chegou minha vez, o funcionário me passou para outro funcionário, que me fez esperar, preencher alguns formulários, esperar mais ainda e, ao final de três horas, me voltou com a resposta de que não havia encontrado nada. Nem para Joaquim Henrique Castro Nunes, nem para as outras combinações do meu nome, que eu lhe implorei que procurasse.

Fui embora cabisbaixo, acendi um cigarro — hábito que tinha aprendido com os rapazes, após desistir do charuto — e o consumi até o último trago. Nada, nenhuma carta deixada para mim, nem um fiapo de esperança. Não era possível montar o quebra-cabeça daquela maneira: Leah não havia se casado com o filho do marquês, e também não havia tentado contato comigo. Nem isto, nem aquilo.

Um estalo me ocorreu: será que as cartas todas que eu havia enviado para ela estariam lá? Claro, eram cartas antigas, datavam de mais de cinquenta anos.

O funcionário dos correios não gostou de me ver novamente.

— Desculpe-me, mas gostaria de saber se as cartas que eu mandei para essa senhora foram retiradas. O senhor poderia, por gentileza, checar para mim?

— Há quanto tempo o senhor as enviou?

— Bem — pigarreei —, venho enviando há muitos anos, e, antes de mim, meu pai sempre enviava. É uma parenta nossa.

— Meu rapaz — disse o funcionário grisalho, dobrando as sobrancelhas como se estivesse quebrando gravetos —, se as cartas têm mais de cinco anos, tens que procurar no Arquivo Central, percebes? Fica na construção da Conservatória Geral do Registro Civil. — E saiu, emburrado. — Se tiveres sorte...

Fui andando pela cidade a esmo, e pela primeira vez percebi que estava em Lisboa. Sim, aquela Lisboa matriz, capital do reino: agora apenas uma Lisboa de ruas curvadas e mal-assentadas.

Percorri a rua Santa Justa, na Baixa, encantado com a civilização. Construções inabaláveis e grandiosas, que me contavam um pouco do meu próprio pretérito. Dei de cara com o Elevador de Santa Justa, novo em folha, inaugurado pouco antes, apenas esperando para levar-me até a rua do Carmo, trinta metros acima.

Entrei na fila, que já estava grande, pois a minha presença coincidia com um dia azul. Olhei para cima: só havia ido tão alto nos caprichos da natureza; montanhas, colinas e picos — jamais confiara tanto nas mãos do homem para chegar tão perto de Deus.

Quando entrei no elevador de madeira e latão, segurei firme com medo de as mãos escorregarem, e fechei os olhos para aguentar a pressão. Pude jurar que na subida me visitou o perfume de Leah: seu cheiro, misturado ao vapor que movia a traquitana para cima, contra todas as leis da gravidade.

Abri os olhos e vi que as pessoas não me notavam: embasbacadas, olhavam para fora, vendo Lisboa diminuir a seus pés, telhados enfileirados e o Tejo ao fundo. Leah não estava entre nós, como eu, secretamente, por alguns segundos, havia planejado.

Saltei da caixa de madeira com o coração sussurrando. Não por causa do elevador. Apenas pela sensação do perfume dela. A cidade abriu-se para mim, delicada, incrivelmente linda: o convento de São Domingos, de pé apesar do terrível terremoto de 1755, e sua igreja, esta sim reconstruída.

Quase em frente, pude avistar o castelo de São Jorge, e a vontade de voar me tomou. Aquela construção era antiga até mesmo para um homem quase bicentenário como eu: era do século II antes de Cristo. Me detive olhando a fortaleza, com medo de que meus ciclos de vida, histórias e anos acumulados pudessem formar, à minha revelia, uma construção parecida.

Enrolei um cigarro e acendi. Queria achar a tal Conservatória Geral do Registro Civil, mas não me detive na procura. A visão privilegiada de tudo o que estava diante de meus olhos, antes cansados, me enchia de vontade de explorar a cidade milenar, buscando o perfume dela por suas ruelas.

Era verdade, podia cruzar com Leah a qualquer momento! As chances de que, se estivesse viva e jovem, como eu, pisasse sobre o mesmo chão que eu ocupava eram grandes demais. Eu tinha que mirar cada mulher dentro dos olhos, sem me importar se estava sendo rude; tinha que ter certeza de que não cruzaria despercebido por ela.

E foi quando outra coisa começou a me cutucar: será que eu teria, na memória, capturado seu sorriso? Será que me recordaria de seus doces e longos dedos? E lembraria de quantas sardas eram feitas suas omoplatas? Será que eu saberia quem ela era se cruzasse por mim?

O CONJUNTO DE EDIFÍCIOS da Conservatória do Registro Geral possuía cinco janelas enfileiradas e pintadas de branco. Corredores grandes distribuíam-se a partir da porta de entrada, e eu procurei, primeiramente, pela Posta-Restante Central, onde fui informado de que poderia encontrar minhas cartas.

Obviamente, no amanhecer de 1906, não devia esperar muito sucesso nessa busca: eu havia começado a enviar cartas para Leah mais de oitenta anos antes. Entretanto, havia cartas de dois anos atrás que eu poderia, muito bem, recuperar.

O único funcionário atrás do balcão parecia engolido por paquetes e objetos sem dono. O local era uma espécie de achados e perdidos, e assim que entrei bati com os olhos numa cadeira vitoriana e numa mesa de costura moderna. Examinando o espaço com mais calma, vi um selim de cavalo que me lembrou Tartuffe; contei mais de duzentas caixas empilhadas e um sem-número de chapéus dos mais variados tipos e tamanhos. Será que uma pessoa poderia fazer-se de esquecida e subtrair o que quisesse de lá?

— Bom dia — exclamei no sotaque o mais brasileiro possível. Eu já tinha uma impressão de que o brasileiro interessava ao português. — Estou procurando por correspondências que uma prima enviou ao meu pai — menti.

O sujeito me olhou chateado, e deduzi que as correspondências constituíssem a pior parte daquele trabalho.

— Tens que preencher o formulário de número dois e dar entrada. A busca leva de três a cinco dias corridos — ele rosnou, evitando me olhar.

Tudo bem, eu tinha todo o tempo do mundo. Preenchi dois formulários número dois: um com o meu nome como destinatário das cartas, na ilusão de que Leah tivesse escrito; e outro com o nome dela, no intuito de recuperar o máximo possível de nossa história.

O sujeito carimbou as vias.

— Volte na semana que vem. — E virou as costas, colocando-as dentro de uma gaveta cheia com a palavra "requisições" escrita numa plaquinha de ferro.

Saí da sala e entrei no pátio central do edifício. Era escuro e labiríntico, com um cheiro muito estranho de papel velho. Enrolei e acendi outro cigarro, olhei para os lados, e uma placa me chamou a atenção: "Registro Central de Vida e Morte".

Ali, sem querer, eu estava diante de uma possibilidade real: se Leah estivesse morta, seu óbito estaria registrado. Se não houvesse registro, significava que ela estaria, muito provavelmente, viva.

Apaguei o cigarro com pressa, desperdiçando o tabaco e o papel. Tomei uma reta e venci os corredores escurecidos até um outro guichê de "requisições". Lá havia um funcionário mais simpático; não que fosse sorridente, apenas olhou-me nos olhos.

— Bom dia, senhor — falei. Ele me fitou com interesse.

— Brasileiro?

Confirmei com a cabeça e com um sorriso tímido.

— Acabo de chegar a Lisboa e estou procurando uma prima de minha mãe, ou filhos desta. Se ela tiver falecido, talvez consiga os contatos de seus parentes na certidão?

O homenzinho não se apressou, me olhou decidindo se teria interesse em me receber e, finalmente, após pousar duas pilhas de papel amarelado, veio ao meu encontro.

— Pois essa tua prima é nascida aqui em Lisboa mesmo?

— Sim, mas logo partiu para o Brasil, ainda na época em que este era colônia.

— Qual ano?

— Seu nome é Leah Porto Leal, nascida em 23 de setembro de 1807.

— Mas só pode estar morta, ora! — berrou, aborrecido.

— Verdade, deve estar morta — concordei, chateado porque aquilo fazia sentido, pois ela estaria com quase cem anos.

— Então, meu senhor, o que quer por aqui? Por que não vai ao Registro Geral tentar encontrar os senhores seus filhos?

— Bem, se o senhor não se incomodar, seu...

— José.

— Seu José, prazer, sou Joaquim.

— E então? — disse, impaciente. A verdade é que ele não tinha nada para fazer, ou pelo menos assim parecia.

— O senhor tem como checar se ela morreu aqui em Lisboa? — E marejei os olhos. — O senhor pode achar descabido, mas para o senhor meu pai isso seria muito importante.

O homem chegou a meio palmo de mim.

— Olhe, rapaz, o senhor sabe muito bem como a burocracia é grande cá dentro. Temos montanhas de registros... quando uma pessoa morre, temos que transferi-la das salas de nascimento para as salas de óbito. Ou seja, é um trâmite enorme, veja bem, as pessoas não param de nascer e nem de morrer!

— Imagino o seu trabalho.

— E tem outra coisa, se essa senhora nasceu em Lisboa e morreu no Brasil, está classificada, com certeza, no país de óbito. Cada caso é um caso, o senhor percebe?

Fiquei um pouco em silêncio. Observei o sujeito, enquanto ele me dava as costas, para tentar encontrar algum ponto fraco em sua personalidade. Pensei no que poderia oferecer a ele em troca do favor, quando vi que, em cima de sua mesa, havia três pequenas bandeiras de Portugal.

— Seu José — disse —, tenho uma relíquia comigo, uma bandeira do Reino Unido de Portugal, Brasil e Algarve. Se o senhor me fizer o favor de realizar essa busca e a de mais alguns parentes, terei o prazer de lhe presentear com ela, em troca.

Seu José voltou a aproximar-se, e cochichou.

— Verdade? Quero vê-la!

— Trago-lhe mais tarde, se o senhor me der a palavra de fazer a minha busca, com capricho.

— Não entendi a parte do capricho, mas, pois bem, o senhor preencha a requisição, como todos os outros, mas amanhã me traga a bandeira para vê-la de perto.

— Certo, então, senhor José, farei isso, sim. Amanhã trarei a bandeira.

O funcionário pareceu satisfeito, imaginei que aquilo fosse uma coisa extraordinária naquele local. Fiquei feliz com a ideia da troca: aquela bandeira velha eu vinha trazendo apenas para enrolar meus livros. Ela estava guardada, é verdade, desde que o cargueiro *Bandurra* havia passado por Fernando de Noronha. Então, de uma maneira ou de outra, simbolizava o ano em que conheci — e perdi — Leah. Mas eu tinha que fazer o que havia de ser feito: tudo ao meu alcance para encontrar a mulher da minha vida.

Preenchi vários formulários de requisição, além do de Leah: o de Francisco Eugênio Porto Leal, seu pai — cuja data de nascimento eu não sabia, mas tinha certeza de que havia nascido na capital portuguesa; o da senhora Manoela Thereza Porto Leal, sua mãe — desta eu não sabia realmente o local de nascimento; e os de suas irmãs, a portuguesa Izabel e as cariocas Elza e Thereza.

Entreguei ao senhor José, que me olhou atravessado.

— É melhor que a bandeira seja bem grande e que esteja em ótimo estado, rapaz, porque isto daqui é muito trabalhoso! — exclamou, sorrindo.

NA POSTA-RESTANTE CENTRAL consegui reaver minhas cartas a partir de 1896. O funcionário me explicou que guardavam correspondências e documentos por apenas dez anos. Objetos médios por três anos, e objetos maiores por doze meses. As oito cartas que eu recuperei tinham sido escritas após a morte de Berenice e estavam cheias de solidão.

O que me interessava, no entanto, estava no Registro Central de Vida e Morte. Eu carregava, dobrada embaixo do braço, a bandeira velha e puída. Tinha levado para mostrar ao senhor José no dia seguinte, mas, por garantia, disse a ele que só entregaria quando ele me desse toda informação requisitada.

— Bom dia.

O senhor José iluminou-se com a minha chegada.

— Pois é hoje que terei essa belezoca?

Entreguei a bandeira a ele.

— É uma relíquia!

— Pois por suposto que é, meu rapaz. Isto é um testemunho dos dias de ouro de Portugal, dias que não adianta nos iludirmos, pois não voltam mais.

Abriu a bandeira e a examinou com gosto. Não havia ninguém por perto, mas pouco depois chegou uma senhora com cara de chuva.

— Vim registrar o falecimento de meu querido marido — resmungou, buscando compaixão.

— A senhora não está a perceber que eu estou ocupadíssimo? Pois pegue o formulário e preencha com os dados do defunto, ora!

A senhora ficou abismada com tamanha grosseria, mas obedeceu.

O senhor José foi lá dentro e pegou meus papéis. Eu me animei, imediatamente; ali havia informações para mim.

— Veja se percebe, da tal senhorita Leah não pude encontrar nada. Claro que faleceu, porque o que ocorre a toda gente é que o tempo chega e leva deste mundo. Talvez tenha voltado ao Brasil. O senhor seu pai foi enterrado em Lisboa em 1836, assim como a senhora sua mãe, no ano de 1856. Pois percebe a desgraça da viúva: ficou vinte anos sozinha neste mundo!

Nesse momento, a senhora com cara de chuva voltou a chover.

— E as raparigas? Quero dizer, primas de minha mãe?

O senhor José coçou o nariz, não que fosse dizer nada de difícil e estivesse pensando: era alérgico aos papéis amarelados.

— A senhorita Izabel, coitadinha, morreu com apenas trinta anos. Solteira, pois não consta aqui o sobrenome de seu esposo e nem há registro de casamento. A senhorita Elza faleceu há cerca de dez anos, bem velhinha, e aqui está a assinatura de sua irmã mais nova, que foi a responsável pelo requerimento do formulário, a senhorita Thereza, a única que não morreu.

— Está viva, minha prima Thereza! — falei com entusiasmo de criança.

— Não se sabe, veja bem, este registro só é acionado quando a pessoa nasce ou morre na capital. Mas o que há, meu rapaz, é o endereço desta senhora Thereza, que também deve ser bem velha...

— O senhor pode me fornecer o endereço?

O senhor José ajoelhou-se para buscar um pedaço de papel onde anotou a direção. Pelas minhas contas, Thereza, se estivesse viva, teria 86 anos.

— Cá está, esta senhora Thereza morava neste endereço há dez anos, agora o senhor me dê licença que vou a pendurar esta linda bandeira atrás da mesa... — E saiu andando, como se nós não tivéssemos estabelecido nenhum vínculo.

Eu peguei o pedaço de papel e saí à procura do local. Sem tempo a perder, torcendo para bater à porta e encontrar uma velhinha com cara de Thereza.

Depois de me informar, tomei o incrível Ascensor da Bica para chegar ao topo da rua. Se não fosse a minha pressa, a urgência que me corroía para encontrar Leah, eu teria apreciado Lisboa melhor, entendido seus desenhos assimétricos e seu sotaque arredondado.

Subi na traquitana amarela, movida a vapor, e me deixei deslizar para mais perto de meus objetivos. Por segundos me passou pela cabeça quão idiota eu havia sido por demorar aquele tempo todo. Afinal, deveria ter ido logo para Lisboa, no verão seguinte, na semana posterior, nem que fosse a nado.

Senti raiva por ter construído uma vida inteira e desgraçada no Brasil, em Campos, com Berenice. Quem sabe, no final das contas, outro homem a tivesse feito mais feliz, e tivesse conseguido germinar nela filhos. E talvez a mulher certa para mim, a minha metade — aquela que a escrava Nhanhá mencionara — estivesse me esperando. Agora era tarde demais, e aquele tempo estava perdido.

BUSQUEI NA RUA DE SÃO PAULO a casa de número 114. Era amarela e parecia muito estreita, mas percebia-se de fora que avançava para dentro do quarteirão.

Bati à porta um par de vezes. Veio abrir uma mulher de cerca de sessenta anos, nariz adunco, tez morena, bigode. Típica portuguesa, e com este sotaque falou:

— Pois não?

— Boa tarde, minha senhora, estou procurando uma pessoa que morou nesta casa há cerca de dez anos. Uma prima distante de minha mãe, chamada Thereza Porto Leal.

A senhora alisou os pelos faciais, estava claro que ela os cultivava para que estes lhe emprestassem o devido respeito.

— O senhor, quem é?

Peguei sua mão para cumprimentá-la.

— Joaquim Henrique Castro Nunes, a seu dispor.

— Pois bem, jovem rapaz, entre porque os pastéis de Belém estão a ficar prontos, não posso perder a fornada toda! — disse.

E entrei, sem ao menos saber quem ela era.

Por dentro, a casa parecia menor ainda do que por fora. A senhora me indicou um sofá, eu me sentei, e ficamos ouvindo o tique-taque do relógio enquanto ela tirava os pastéis do forno. Do papel de parede desbotado saíam raios de sol que nem sequer iluminavam a abafada sala.

Veio contente de dentro da cozinha, bandejinha nas mãos, jarra de café, conjunto de xícaras da China.

— Pois vou lhe dizer, sou Maria José, filha caçula de Therezinha.

— Não! Verdade? Então somos parentes distantes. — Por uma fração de segundo me passou pela cabeça que ela pudesse ser filha de Leah, apesar de sua evidente feiura. E senti um estranho alívio porque, no fundo, eu não queria que Leah tivesse filhos.

— Claro, pois, um parente brasileiro, que alegria!

— Pois minha avó era prima direta das Porto Leal: Leah, Izabel, Elza e Thereza. Mas imagino que todas as outras, com exceção de Thereza, talvez já estejam mortas — presumi, cheio de medo.

— Ah, pois, enterradíssimas. Mamãe foi a última, faleceu na virada do século no Alentejo.

Então por isso não havia registro de seu óbito em Lisboa, pensei. E a pergunta principal escapuliu de minha boca.

— Mesmo a senhora Leah?

— Bem, a senhora Leah já deve estar mais morta que Napoleão. Claro, ela era do início do século passado, uns quinze anos mais velha que mamãe. Mas sua história é bastante interessante...

Maria José era uma típica solteira, provavelmente nunca tivera um namorado, e passava os dias fazendo e comendo pastéis e outras guloseimas, além de fofocar sobre a vida alheia.

Durante mais de três horas, ela se abriu para mim. Leah havia fugido de Lisboa ainda moça. Pouco tempo depois, tinha conhecido um "senhor português, muitíssimo distinto, António José de Ávila, o único plebeu que ascendeu", completou ela, com orgulho, "à categoria de duque".

— Foi um homem extraordinário — falou, com a boca cheia. — Conde, marquês, duque, bacharel, professor, deputado e ministro. Era bonito, bem-apessoado, certamente um grande partido. — E essa parte ela falou com uma ponta de inveja.

— Não tiveram filhos?

— Não, coitada, ela era muito bonita, mas tinha algum defeito, isso era certo: não conseguia engravidar.

— Que aconteceu ao casal?

— Ora, pois, ele morreu ainda nos idos de 1880. Ela foi embora sozinha para Paris, disse que preferia morrer em terras francesas...

Maria José levantou-se e foi até uma gaveta, e de lá tirou um bolo de cartas, do qual conseguiu pescar as duas que lhe interessava me mostrar.

— Veja bem, primo, cá está. A última carta que ela enviou a mamãe. Eu cá a tenho porque vivia com eles nesta casa enorme. — E me olhou como se a casa realmente fosse enorme. — Claro, depois que morreram meus pais e os irmãos decidiram ir morar fora, eu fatiei a casa e arrendei o restante, ficando, para mim, apenas esta parte, que está de ótimo tamanho, já que sou só.

Peguei a carta com imprecisão: meus dedos tremulavam, e a senhora de bigode notou. Olhei aquele endereço com memória de elefante: ali havia morado, dezessete anos antes, segundo a data no envelope, Leah.

Eu estava mais do que satisfeito com todas as informações. Havíamos passado do café ao vinho do Porto, e dos pastéis de Belém aos bolinhos de bacalhau, que ela fritou na hora. E quando nos despedimos já éramos velhos conhecidos, passava das oito da noite e eu estava a par da história inteira da família.

Prometi que voltaria, caso permanecesse em Lisboa, já que éramos "parentes". Ela não me deixou ficar com a carta, mas o mais importante eu já havia decorado: o endereço de Leah em Paris.

Despedimo-nos no batente da porta, e fui caminhando feliz, realmente leve, sentindo as esperanças encherem minhas veias. Uma lua exata e perfeita nascia no imenso céu de Lisboa.

Escutei a senhora Maria José me chamar de volta quando eu já alcançava a esquina.

— Primo, primo, volte, esqueci-me de contar-lhe uma coisinha.

Eu voltei, apressado, como um menino que sabe que vai ganhar um presente.

— Primo Joaquim, tenho que lhe contar mais essa antes que parta, veja bem. Mamãe jura ter recebido o espírito de sua irmã Leah, um pouco antes de morrer. Estava sozinha com a criada, aqui nesta mesma casa, já velhinha e um pouco debilitada, deitada em sua cama. Ouviu um barulho e, quando abriu os olhos, viu o espírito da irmã. Conversaram um pouco e logo a alma da pobre Leah foi embora. Quando eu voltei, mamãe me disse que a irmã tinha o semblante calmo e aparentava a juventude que tinha quando deixaram o Brasil.

Olhei para aquela senhora, iluminada pela lua em sua bondade, e minha felicidade foi tão transbordante que não me contive e cometi uma falta de respeito: abracei-a fortemente. Emocionado, virei as costas e desci a rua, sabendo que debaixo daquele mesmo luar estaria, em algum lugar, viva e imortal como eu, minha querida Leah.

Flocos de cinzas

A ÚLTIMA SEMANA EM LISBOA passamos ouvindo fado e vendo touradas: eram as novas sensações da capital portuguesa. Os meninos estavam se despedindo do recesso de inverno. Marcos António tinha que regressar a Coimbra para o terceiro período da faculdade de direito; Henri voltaria para os estudos de física em Paris; e Carlos iria para Cambridge buscar moradia — seus estudos começariam apenas no meio do ano. E eu, claro, iria atrás da sombra, do rastro, do perfume de Leah.

Mas isso eu não contara a nenhum deles. Preferia permanecer reservado, confiar menos nas pessoas, espremendo constantemente dentro de mim a urgência que tinha em me abrir. Preferia visitar mausoléus, museus, exposições; ir ao cinema, ao teatro, à ópera, locais velados onde não há que se falar. Conversar ainda era um sacrifício: enquanto eu não podia negar que tinha um passado, também não podia contar a minha vida. Para não me confundir, geralmente escolhia entre permanecer calado ou beber pouco — quase nada, pois o álcool sempre enrolava o meu fio da meada, misturando datas e informações essenciais sobre essa vida inventada.

Na penúltima noite em que estivemos juntos fomos à zona portuária, onde prostitutas risonhas misturavam-se com mulheres tristes. O que eu menos desejava era ter que estar com uma mulher que não fosse Leah. Não queria sentir outra carne, e, de alguma maneira, os anos — ou seria vivência? — tinham baixado aquele fogo juvenil.

Um dos únicos aspectos físicos que não pertencia à minha idade eterna era a parca necessidade de sexo. Com Berenice, conforme o tempo foi passando, eu fui ficando menos interessado em descobrir seus detalhes, em sentir suas entranhas, em explorar a textura da sua língua. Meu desinteresse beirava a sublimação: passava meses sem me deitar com uma mulher.

Naquela noite, não tive escapatória. Os três me trouxeram uma ruiva simpática, bem mais velha, com peitos gigantescos e bem-humorada. Ela era de Bucareste ou Budapeste, não compreendi, pois a gente não falava nenhuma língua em comum — apenas a do sexo, que era o suficiente.

Durante e depois me dei conta de como sexo era bom. Alguma coisa adormecida despertou naquele momento, e percebi que minha necessidade sexual estava escondida em alguma quina entre a pujança dos meus 27 anos biológicos e o peso dos meus 109 anos. Tive raiva de todas as masturbações solitárias dos últimos anos, e paguei mais para a ruiva romena ou húngara passar a noite comigo.

Foi assim que fechei a temporada em Lisboa. Estava muito animado com a busca a Leah, mas, para além disso, meu interesse pela fascinante Europa era inebriante, o continente prometia uma pluralidade enlouquecedora para um homem que havia passado anos exilado em uma ilha e décadas preso num casamento infeliz.

Eu estava mais do que pronto para um mergulho de cabeça. Assim, aproveitando que Henri me convidara para ficar hospedado em seu pequeno apartamento na Rue Moufettard, em Paris, eu subi com ele a bordo do primeiro trem de minha vida, na estação Santa Apolónia, situada na margem direita do Tejo; e desci, no dia seguinte, na inacreditável Gare d'Austerlitz, dentro de Paris.

Paris, em 1906, era o centro do mundo. Tão bela foi a época que mais tarde os historiadores concordaram em chamá-la de *belle époque*. Na capital francesa florescia uma vida mundana que ultrapassava os limites do mundo, tal qual eu o conhecia.

Fiquei atordoado ao desembarcar na charmosa *gare*. Havia coisa demais acontecendo, as pessoas pareciam mais vivas do que em qualquer outro canto por onde eu passara. Meus olhos, intrigados pela arquitetura do *art nouveau*, embriagados pela fumaça e pelos perfumes, procuravam, inutilmente, fixar o foco.

No começo não pude descansar: havia sempre o lançamento de um livro, a abertura de uma exposição de artes, uma nova *boutique*, um novo automóvel, uma terapia inédita, uma ópera imperdível, a estreia de uma peça teatral. Na primeira semana, Henri insistiu para que eu fosse ver *Lorenzaccio*, de Musset, com Sarah Bernhard no papel principal, no Théâtre de la Renaissance. Não pude contar a ele que já havia visto a atriz no Teatro Pedro II, quase trinta anos antes, com Berenice.

Apesar de ter estudado anos de francês, demorei a compreender aquela maneira de os parisienses falarem, comendo as letras sem mastigá-las. Henri não desgrudou de mim, mostrando a cidade e me ajudando na tarefa linguística. Estava muito frio, e às vezes as ruas pareciam mais vazias do que as do Brasil, mas era só entrar num café ou num restaurante para entender que existia mais gente ali do que no resto do mundo. Paris borbulhava, como nos quadros de Renoir: risos soltos pelas ruas, atravessando as paredes de concreto duro e antigo, transpassando a própria História, atingindo até mesmo os franceses mais ranzinzas.

Durante esse início, tentei não pensar em Leah. Queria ver se, diante da tentadora Paris, meu passado poderia parecer um sonho remoto, engavetado num compartimento lacrado. Mas, toda vez que eu entrava num lugar, meu olhar procurava pelo dela. Da mesma maneira que em Lisboa eu sentia, ao andar pelas ruas, que seu perfume ainda pairava no ar. Queria gritar nos *métropolitains* — os magníficos trens urbanos: "Leah!?"

À noite, depois de algumas taças de vinho, Henri sempre inquiria sobre o meu passado, achando muito estranha a riqueza de detalhes das histórias que eu contava: da juventude do meu avô e da infância de meu pai.

— E a sua juventude, meu caro? — ele perguntava, insistentemente.

Eu mentia, com receio:

— Passei-a toda na fazenda de minha família, em Campos, não vi as belezas da cidade grande. Estudei bastante e entrei para medicina, você já sabe... — tentava despistar.

Henri fingia que acreditava.

— Pois está começando agora, a sua verdadeira juventude: nunca é tarde demais! Você tem que descobrir a Paris das mulheres deliciosas! — Com essa desculpa, ele me levou a primeira, a segunda e a terceira vez para a área do Moulin Rouge, onde as prostitutas mais experientes do mundo nos esperavam. Se em Lisboa o meu sexo tinha acordado, em Paris ele não queria dormir.

Duas coisas foram fundamentais naquela época. Um: eu tinha uma boa reserva financeira, da venda da fazenda, e por isso podia me dar ao luxo de flanar por Paris sem maiores preocupações. Dois: já estava experiente em falsificar meus documentos, e, para todos os efeitos, realmente tinha meus eternos e improváveis 27 anos, e um diploma de médico, o que me permitiria o ingresso numa universidade.

Eu sabia que seria uma questão de tempo até que a poeira cintilante de Paris baixasse e eu recomeçasse a sofrer agudamente por Leah. Tinha que me desvencilhar do querido Henri, que estava sendo de uma generosidade inigualável, e ir sozinho à procura dela.

Foi o que aconteceu na terceira semana, quando as aulas dele recomeçaram. Henri insistiu que eu o acompanhasse até a universidade a pé. Era fevereiro, e a neve começava a cair. Nunca havia visto tal mágica: lembrou o cardume de sardinhas bailando no mar translúcido de Noronha. Só que vinha do alto, do céu, como a estrela caída. Me molhava o rosto e me fazia rir — uma voz a mais no eco de gargalhadas da cidade.

Na Sourbonne, Henri insistiu para que eu conhecesse seu professor de física, Pierre Curie, uma lenda viva que havia ganhado um Prêmio Nobel em 1903. Mas, com a desculpa de ver a neve cair pela cidade, prometi que voltaria no dia seguinte. Precisava, finalmente, checar o endereço fornecido por Maria José.

Entrei no *métropolitain*, onde estava mais quente do que nas ruas, e me informei sobre o trajeto que eu deveria fazer. Percebi que, conforme fui chegando mais perto do local, o coração foi galopando mais e mais dentro do meu paletó. Saltei em Belleville, uma nova estação com apenas três anos de existência. Ganhei as ruas pintadas de branco, que começaram a ficar mais estreitas, e caminhei sob a neve gelada. Escorreguei duas vezes, um pouco por causa do molhado, muito por causa do meu nervoso.

50, Rue Rebeval. Ali estava eu, de frente para o portão de madeira escuro, veios abertos pelo tempo e encharcados pela umidade. O coração, então, assimilou a paisagem de fora e não galopava mais como antes — tampouco eu sentia árvores frondosas dentro de mim. Havia, sim, flocos gelados de neve escorrendo para o meu interior lacrado, num processo osmótico, acumulando-se mais do que o meu reservatório interno permitia e, por isso, me queimando por dentro como gelo seco.

Sem alternativa, bati naquela porta. Primeiro, sem força, torcendo para que o meu chamado não fosse atendido a não ser que Leah aparecesse. Depois, o frio começou a tomar conta de mim, tremi um pouco, e bati com mais força. Os pelos de meu nariz estavam congelados demais para que qualquer movimento inspiratório pudesse se completar, e assim o ar me faltou.

Uma mulher abriu a porta: morena, devia ter seus quarenta anos. Não tive dúvidas de que não era Leah — naquele tempo eu ainda preservava uma lembrança mais viva de suas feições. Com um sotaque de estrangeira, ela disse, atrapalhada com sua saia comprida demais:

— *Oui?*

— Eu estou procurando a senhora Leah — minha voz tremia.

— Senhora? Senhorita Leah, o *monsieur* quer dizer?

A palavra *senhorita* ecoou por um tempo até que eu conseguisse falar novamente.

— Sim, ela está?

Ela escancarou a porta, deixando à vista outras mulheres.

— Ah, lá, lá, foi embora faz tempo, *monsieur*...

— Joaquim Castro Nunes, muito prazer.

— Pois, *monsieur* Joaquim, ela foi embora há cerca de seis anos. Disse que ia para a *Amérique*, não tenho certeza, nunca mais mandou notícias. *Jamais!* — E fez com a mão um gesto de adeus.

— *Amérique*?!

Ela apenas confirmou com a cabeça.

E, assim, minha geleira interna transformou-se em iceberg, endurecendo meu peito.

— *Merci* — eu disse, desistindo de qualquer outra tentativa, dando as costas e deixando a Rue Rebeval ainda mais deserta do que antes.

LI E RELI VÁRIAS VEZES AQUELA primeira carta, de 1825, remontando em minha cabeça a figura de Leah: seus lábios, as sardas, os dedos longos, o sorriso largo e generoso, o gosto da boca e sua fragrância.

Eu estava fragilizado o suficiente, como não imaginei que ficaria, por ter descoberto que Sylvia era Leah. O baque ainda me sacudia por dentro, como um inverno rigoroso que se anuncia e que vai demorar a passar.

Era o momento de eu estar feliz: a procura havia acabado! No entanto, estava confuso: encontrar Leah depois de todas aquelas vidas gerava a possibilidade de uma felicidade indescritível. Ser abandonado por ela com suas cartas estava sendo glacial.

Tomei uma ducha, escutei o telefone soar várias vezes e não tive vontade de atender. As pessoas ao meu redor, meus funcionários e os poucos amigos que eu tinha na ilha, todos já tinham notado que havia algo fora da ordem comigo. Eu não tinha como enfrentar o mundo, ainda. Irritado, saí do banho, pingando, e desliguei o telefone da tomada: melhor maneira de me isolar do mundo.

O celular estava para vibrar, e assim permaneceria. Em algum momento, eu checaria as mensagens: agora tinha apenas que tomar coragem para ler as outras cartas.

Passei um café forte demais e lembrei do coador de pano de Sylvia. Segurei sua tornozeleira, senti vontade de seu cheiro e de fazer amor com ela. Do lado de fora o dia caía, crepusculoso, e tudo o que eu queria era poder cozinhar para nós dois. Me dei conta de que, pela primeira vez, estava sentindo saudades de Sylvia, e não de Leah.

Mergulhei uma xícara inteira daquele café intragável dentro de mim e, em seguida, servi uma dose de cachaça pura. Estava me preparando para mais uma cirurgia de ponte de safena: coração aberto. Não chegaria a nenhum lugar sem anestesia.

Tomei mais cachaça do que café, e o céu estava manchado de vermelho quando tive coragem para abrir o segundo envelope.

Lisboa, 10 de maio de 1881.

Meu amado Joaquim, minhas saudades acumulam-se com os anos, e, na mesma medida, minhas esperanças de encontrá-lo diminuem. Hoje faleceu meu companheiro, António José, com quem estive por 51 anos. Sim, eu te traí, Joaquim, repetidas vezes, mas quero que saibas que não foi porque não te amava, mas sim porque não te encontrava, não importa o quanto tenha te procurado.

Em 1835 voltei a Fernando de Noronha. A falta que me fizestes foi tão grande que atravessei os oceanos... e tive a tristeza de descobrir que havias partido apenas um ano mais cedo para a capital. Segui, então, para a capital, mas confesso que não tive forças para te procurar. Eu estava acompanhada de minha irmã Izabel, que cometeu a loucura do suicídio por causa de um amor passado. Tive que voltar a Lisboa correndo para estar com a minha família. Foi um choque, Joaquim, e por mais que eu quisesse ter morrido com ela, sei que não teria conseguido.

Escrever isto hoje já me parece tão estranho: todos já morreram, só Therezinha, a caçula, permanece viva. O que se passou comigo, e que suspeito que tenha se passado contigo, foi um fenômeno: nunca envelheci. Nem uma gota depois daquela hora mágica. Nem uma ruga após o nosso encontro e a queda da estrela. Também não consegui ter filhos, uma grande vergonha, enorme frustração.

Meu querido, não sei o que fazer, estou perdida e queria muito tê-lo agora. Não sei nem para onde enviar esta carta, mas a escrevo mesmo assim. Só sei que vou para Paris, não posso mais estar em Lisboa. Espero que tenhas tido sorte melhor. Todo amor da tua Leah.

Suspirei aliviado e entornei mais uma medida de cachaça. Ela havia passado pela mesma tormenta que eu: perdido o marido, percebido sua imortalidade e esterilidade. Mais: ela me procurara! Havia estado em Noronha no ano seguinte ao de minha partida. Nós dois tínhamos muita coisa em comum, com certeza amor suficiente para seguir pelas próximas cartas. Havíamos vivido intensamente as ausências um do outro.

Senti uma enorme vontade de falar com Sylvia. Religuei o telefone, mas lembrei que não possuía seu número. Apesar de ela ter me abandonado, saltado do barco como um bicho acuado, servia de consolo saber que ela me amara da mesma maneira que eu a amara. E, naquele momento, isso era suficiente — teria que ser, por falta de mais — para me fazer seguir lendo.

Adormeci com a segunda carta no colo e acordei com Belinha batendo à porta. Fogo estava no meu colo, e com o meu susto pulou alto.

Devia ser tarde da noite, mais uma vez eu estava perdido na linha do tempo. Abri a porta com a cara amassada.

— Vixe, tá difícil mesmo falar com você! Tem dois dias que eu ligo e ligo, e nada! — E foi entrando sem a menor cerimônia.

Corri para esconder as cartas. A verdade é que Belinha, além de ser minha funcionária, era um descompromisso meu, uma mulher que achava, às vezes — não sei por quê —, que era mais importante para mim do que realmente era.

— Tá escondendo o quê? — ela falou enquanto cheirava o copo à procura do odor do álcool. — Cê nunca foi beberrão, Quim, agora vê só, vai virar cachaceiro por causa daquelazinha?

— O que você quer, Belinha?

— Bom, tem um monte de recados na agência, o motor da lancha tá com problema, faltam dois dias para acabar o ano e você não confirmou a festa de *réveillon*, e, caso você não se lembre, hoje é dia 29 de dezembro!

Eu realmente tinha esquecido o que aquela data significava.

— Pois é, mas eu vou ficar por aqui mesmo — sussurrei, sem querer criar caso, mas ela se aproximou, e eu pude sentir sua carência.

— Hoje faz dois anos que nós começamos a sair... — E me beijou. Eu, sem saco, quase não retribuí.

— Belinha, linda, não vai rolar hoje. — E a afastei sem a devida delicadeza.

Ela fechou a cara.

— Não gostou do teu presente? — levantou a blusa, mostrando a lingerie vermelha que estava vestindo para mim. Caramba, pensei, como fazer com que a mensagem correta chegasse do outro lado?

— Linda, você é incrível, mas eu tô precisando ficar sozinho. Amanhã de repente vou no almoço da lancha, quem sabe?

Ela fechou a cara.

— Bem que o Marujo me disse que você tá apaixonado por aquela sirigaita. — Me olhou séria. — É verdade? Porque você tá pisando muito na bola, muito mesmo, e a grosseria de hoje não vai mais ter volta, só isso, Joaquim!

Eu sorri. Belinha era intempestiva e sempre jogava o mesmo jogo, ainda bem que eu conhecia as regras.

— Acho melhor você ir pra tua casa. — E dei um beijo na sua testa: não há nada que irrite mais uma mulher do que um beijo na testa. É paternal, é patético. E eu fiz de propósito.

Ela foi saindo.

— Tô avisando, viu?

Fechei a porta, cansado. Aquele tipo de cobrança e de ameaça de mulher nunca havia me causado reações positivas.

Sentei de novo na varanda, com uma nova carta em mãos. A cachaça tinha acabado, mas eu tinha uma adega de vinhos cheia.

Entrei na sala de madeira escura, senti os 15° Celsius que o termômetro marcava e examinei aquelas garrafas todas compradas na esperança de serem consumidas com Leah. Fiquei em dúvida sobre as safras 1966, 1970 e 1978 do Châteauneuf--du-Pape. Fechei os olhos e escolhi a garrafa de 1970.

Enquanto o vinho respirava, levei umas almofadas para a varanda e preparei um sanduíche. Sim, aquele papo de final de ano havia me afetado de alguma maneira. Onde será que Sylvia estava? Com quem? Seu namorado, noivo, sei lá, o cara da vez, o cara que tinha feito ela ir embora? Antes que aquele ciúme me consumisse, abri a terceira carta.

Paris, 20 de agosto de 1900.

Ao meu amor, cada vez mais distante, cada vez mais único.

Não aguento mais Paris, sempre tão lotada, mas onde nunca te encontro. Todos riem demais, à toa, e eu não vejo motivos para esse riso. Aqui tenho ganhado a vida como dançarina de cabaré, onde as pessoas, além de fumar e beber, riem. Estou sozinha, quero encontrar-te, tenho que sair desta alegria tola.

Minha irmã está muito doente: Thereza, ao contrário de mim, envelheceu. Vou deixar Paris e lhe prestar uma última visita. Depois vou procurá-lo, mais uma vez: parto para Fernando de Noronha, rezando para te encontrar na mesma Praia da Conceição. E, caso não estejas lá, sigo até a capital, Rio de Janeiro, onde hei de revirar cada beco à tua procura.

A única pessoa que, acredito eu, esteja viva, és tu: o resto do mundo, para mim, está enterrado. Por isso, nada mais faz sentido se eu não te encontrar. Preciso.

Um amigo recente, grande filósofo, me disse que "A verdadeira viagem se faz na memória". Isso me angustiou demasiado. Se a grande viagem é realmente recordar o que vivemos, estás reduzido a apenas uma lembrança? Cansei-me de tudo, 93 anos de vida é uma idade ridícula para este meu corpo parado no tempo: o coração só bate por ti, mas ainda assim bate.

Espero entregar-te esta carta pessoalmente. Com todo o meu amor, da tua, eternamente, Leah.

Fechei os olhos, tentando assimilar suas palavras, tentando entender sua busca. Uma felicidade tomou conta de mim, explodindo em mil pedaços e rasgando minha pele com a potência de gotas de suor.

Uma vez, quando cheguei a Paris para procurar Leah, senti um congelamento interno. Pontas de um iceberg me furando por dentro, coagulando a carne trêmula, atravessando a minha garganta e formando estalactites.

Agora, lendo as cartas e me transportando para o passado, eu sentia o ensaio de uma nova era glacial, como se a qualquer momento eu fosse congelar e quebrar, um vaso de porcelana barato.

Não podia seguir assim, estava entrando em crise. Guardei as cartas, fechei o Châteauneuf-du-Pape, pus o calção e fui me aquecer nas águas do mar — afinal, nada melhor do que água para derreter gelo.

NADEI NO MAR DE FORA, a lua como a única companheira. Um constrangimento me veio à cabeça: será que eu estava, no fundo, nadando para encontrá-la, de novo? E sempre que nadasse ali, sozinho, estaria à sua procura? E por mais que eu quisesse, será que encontraria Sylvia ou Leah ou a mulher que roubou o meu coração lá embaixo, presa? Nada naquela história de amor fazia sentido. Nada, absolutamente nada. Aliás, a minha vida não fazia sentido, nem sozinha, nem combinada com a de Leah.

Nossos destinos haviam feito questão de trotar em total descompasso: depois de nos conhecermos e nos pertencermos, em 1824, estive em Noronha até 1834. No ano seguinte, ela veio à minha procura. Depois, Leah esteve em Lisboa até 1881, aonde demorei 25 anos para chegar. Em 1900, estivemos os dois, inexplicavelmente, sobre o mesmo solo e sob o mesmo sol, no Rio de Janeiro. E nem assim nos cruzamos... Mistério.

Ler aquelas cartas era, enfim, desvendar o roteiro de Deus ou do acaso para nossas vidas: pobres personagens desiludidos, à mercê dos emaranhados, do caos, do nada. Conforme pensava, minha raiva ia se transformando em braçadas, e eu ganhava ritmo, e tive vontade de ir nadando até o continente atrás de Sylvia. Afinal, qual seria a resposta dela para o fato de no nosso único e exato momento de compasso ela decidir fugir? Qual era o sentido de me entregar as cartas? Será que eu tinha aparecido tarde demais?

Aliás, o que seria tarde demais? Evidente que o tempo passado tinha sido perdido — não para um e para o outro, mas para o casal. Sozinho, eu tive minhas histórias e riquezas, meus amores, minhas perdas, meu acúmulo. Ela também. Mas juntos (e no mundo estávamos fadados a ficar juntos) só havíamos perdido tempo.

Um gigantesco pique-esconde, era esse o resumo da nossa ópera. Agora que as estrelas estavam alinhadas, não havia desculpas para o desencontro.

Aquilo foi me dando uma dor de cabeça que me fez voltar à praia e sair do mar. Que merda era aquela? Eu tinha que confrontá-la; depois de tanto tempo e de tantas dores, eu não podia me permitir ficar em casa lendo as cartas e chorando um passado que nunca, jamais, sob nenhuma mística do céu mais poderoso, voltaria. Eu e Leah precisávamos conversar.

A decisão estava tomada: eu ia descolar o endereço dela na pousada e no dia seguinte estaria a bordo do primeiro voo para São Paulo. Me recusava a passar mais um *réveillon* confabulando, sozinho.

QUANDO DEI POR MIM, estava dentro do avião, e não só as turbinas giravam ligadas, como meu coração, disparado, quase não conseguia bater com aquele oxigênio escasso que lhe chegava. Havia algo de errado no transporte das minhas células, algum nó; algo que, apesar das braçadas no mar complacente de Fernando de Noronha, e apesar da minha sabedoria e experiência, eu não conseguia domar.

O avião se descolou do chão, e eu vi, do lado esquerdo, as águas iradas da Praia da Conceição; lembrei que a minha própria ira era marítima e, por isso, incontrolável. Havia um oceano em cada gota de líquido que circulava em meu corpo, na incompreensão dos meus olhos, nos raios internos que me atingiam. Talvez eu fosse um semideus, filho de Poseidon.

À medida que o avião foi ganhando altura, senti no colo minhas mãos rígidas amassando, mais do que protegendo, o pacote de cartas de Sylvia.

No bagageiro acima da cabeça eu trazia a outra face dessa mesma moeda: meus diários, que havia escrito irregularmente durante décadas, sempre para ela, como se um dia, finalmente, eu fosse fazer o que estava prestes a acontecer: entregar-lhe. Eram um argumento irrefutável do meu amor, e eu esperava que ela amolecesse ao lê-los; que largasse tudo e ficasse comigo, imediatamente e para sempre.

Conforme o avião avançava rumo a Recife, e só havia mar e céu além da minha pequena e vã filosofia, eu pensava que nada poderia ser recuperado. A gente tinha, sim, que tentar uma nova construção, começar uma relação do zero, porque nos pertencíamos intrinsecamente. Talvez fôssemos os únicos imortais do mundo, e, apesar de tudo — e isso danava com a minha cabeça —, éramos humanos. E aí morava o perigo: humanos o suficiente para sermos estúpidos e, estupidamente, escolhermos não ficar juntos no futuro.

Meu plano era muito claro. Chegaria em Guarulhos, pegaria um táxi e iria diretamente para o endereço que Célia, a gerente carente da Pousada Velha, havia me passado. E, quando Sylvia descesse para me receber — ou quando eu subisse para vê-la —, não aceitaria mais meias respostas nem fugas. O motivo, além de simples e ululante, era que a nossa imortalidade nos compelia a ficarmos juntos.

Quando a aeromoça ia passar com o carrinho de bebidas, o avião entrou numa zona de turbulência. Era turbulência dentro e fora de mim. Era uma turbulência que eu não experimentava havia décadas: não uma daquelas mexidas parciais na vida, mas uma virada que nos deixa de cabeça para baixo quando já não esperamos mais nada.

Fechei os olhos pensando que, feliz ou infelizmente, mesmo que aquele avião caísse, pegasse fogo ou afundasse no meio do oceano, eu sobreviveria. Eu seria o afortunado que andaria para fora dali com algumas queimaduras, que nunca chegariam a ser de terceiro grau, ou com cortes, sem jamais necessitar de pontos, direto para as capas de algum jornal e manchetes na internet. Alguns dias mais tarde, estaria irritantemente bom e novo em folha e me acharia a pessoa menos sortuda do mundo.

Adormeci, o cansaço me venceu. Meu corpo, exausto, velho, gasto, apagou para poder continuar vivendo através dos tempos. Não acordei nem na escala em Recife, nem na nova turbulência.

Abri os olhos apenas para ver São Paulo. Olhando de cima, me veio uma tristeza: meus anos em São Paulo ainda me traziam angústia. São Paulo era gris demais para mim, da cor dos flocos de cinza. E eu sabia que, com o tempo, e ao sopro do vento, as cinzas ficavam grudadas em mim e, aos poucos, iam penetrar minha alma.

São Paulo é cinza. Essa é a cor da cidade, e isso é impossível mudar. É cinza por todos os lados, pensei. Entrei no táxi e dei o endereço de Sylvia. Era dia 30 de dezembro de 2012, e o planeta continuava girando. Ruas vazias, calor cheio.

O percurso demorou, e quanto mais cinza eu via, mais europeu me sentia. O endereço, no Itaim, era de um prédio luxuoso de varandas longas e grandes. Havia três seguranças mal-encarados barrando a entrada de qualquer visitante.

Pedi ao taxista que me esperasse e anunciei ao porteiro que desejava falar com Sylvia. Ele me examinou como a um suspeito — afinal, era pago para fazer esse teatro. Interfonou e, sem obter resposta do outro lado, fez uma negativa com a cabeça.

— Acho que estão lá pro litoral.

— Quando eles voltam?

Ele não respondeu, apenas deu com os ombros. *Eles*, pensei, curioso.

— Sou um parente de Sylvia, e estou chegando direto do aeroporto. Você pode me fazer um favor: dizer a ela que o Joaquim esteve aqui?

Ele fez que sim com a cabeça.

— Você pode anotar? É muito importante!

Sem saco, o porteiro tomou nota.

— Outra coisa — eu disse, completamente transtornado. — Eu queria o telefone aqui da portaria.

Ele me examinou de cima a baixo, notou a mala no banco da frente do táxi — o que corroborava com a minha história — e concordou. Anotou num pedaço de papel o telefone. Pensei que ele seria um aliado importante para conseguir confrontar Sylvia.

— Muito obrigado... — busquei que ele completasse a frase com seu prenome.

— Severino — respondeu.

Tirei cinquenta reais da carteira, dobrei e lhe passei num aperto de mão.

— Você me ajudou muito, Severino, vou ligar mais tarde, ok?

Ele sentiu a nota mas não teve coragem de olhar. Ficou feliz — dinheiro extra deixa qualquer um feliz.

Entrei de novo no táxi, e demos uma volta nos quarteirões adjacentes. No primeiro hotel que passou eu pedi para o taxista parar. Era uma filial de uma dessas redes americanas.

Entrei no *lobby* do hotel, fiz meu *check-in* e subi sozinho no elevador. Quando a porta se fechou e eu acionei o 22º andar, finalmente a ficha caiu: o que eu estava fazendo ali?

DEIXEI AS MALAS NO QUARTO E DESCI, ANSIOSO. Fui dar uma volta pelas ruas desertas. Mais um *réveillon*.

Enquanto eu cruzava em direção à avenida Juscelino Kubitschek, me veio um estranhamento recorrente, uma filosofia barata que ocupava minha alma: eu estava vivendo no quarto século da minha vida. Quando nasci, aquela avenida enorme e infindável era verde e cortada por um riacho; não existia luz elétrica, telefone, avião, elevador, carro, semáforo, poluição.

Ter nascido em 1797, passado pelos séculos XIX e XX inteiros e ter fôlego para encarar mais um século, cuja primeira década já terminara, era muito angustiante. Será que existiam mais pessoas que viviam há tanto tempo quanto eu? Figuras mitológicas: vampiros? Ermitãos? Elfos? Belas Adormecidas? Leahs? Será que neste século eu poderia, finalmente, descansar? Acabar? Concluir?

Fui andando, me deixando ir, e acabei descendo a grande avenida de nome presidencial em direção ao Ibirapuera.

Eu já não era ingênuo o suficiente para achar que felicidade é um estado duradouro ou permanente na teia de possibilidades humanas. Tinha descoberto, provado e comprovado que felicidade não existe a longo prazo — é feita de momentos, pequenos e delicados, quando um conjunto de coisas fica mais leve do que todo o resto, funcionando como um balão a gás.

Quando cheguei ao parque, que, apesar de vazio e sem vento, me enchia de lembranças, não soube o que fazer. As árvores não balançavam, esperando por uma chuva que não chegava, e nada me dava indícios de onde sentar para ler aquela carta que eu trazia dobrada no bolso da calça.

Rondei o espaço até consumir as memórias de uma triste e apaixonada década de 50, quando voltei ao Brasil para iniciar meu *quinto ciclo* de vida. Esperei imóvel que o fantasma de Dina e de outros personagens distantes sumissem, suas vozes se apagassem e eu pudesse, finalmente, lidar com os fantasmas de Leah.

A sombra de uma dessas árvores imóveis me pareceu convidativa; tomei coragem, sentei e busquei o envelope no bolso.

Nova York, 8 de fevereiro de 1915.

Ao meu amor, Joaquim.

Faz muitos anos que não te escrevo. Minha última carta data de 1900, quando larguei Paris e fui buscar-te no Brasil. Havia esperança e coragem em minhas palavras (acabo de relê-la). O mesmo não posso dizer hoje.

Obviamente, não te encontrei em Fernando de Noronha. Procurei, além de ti, encontrar a estrela mágica para conseguir desfazer o feitiço: preciso morrer urgentemente, não aguento mais recomeçar, ver todos ao meu redor morrerem. Procurei no fundo do mar, onde há muitas estrelas. Mais do que isso, há mágica naquele silêncio imenso e enorme. Acontece que não sei desfazer o feitiço do tempo, e a nossa estrela apagou-se ao cair ao mar.

Será que estás vivo? Esta é minha primeira pergunta, assim que acordo, e a última coisa que passa em minha mente, antes de ir dormir. Como uma reza, um mantra, pergunto-me sobre ti. Dom Diego te matou, sei e vi isso. Mas acredito que, assim como acontece comigo, tua morte não seja possível. Por causa daquele raio de luz estelar que nos atravessou, por isso caímos e levantamos. Morremos, mas continuamos vivos.

Do Rio de Janeiro, onde tu também não estavas, recebi um convite para ir a Nova York. E vim. Aqui comecei uma nova vida: trabalho em uma fábrica de tecidos, em condições precárias, cerca de dezesseis horas por dia. Não tenho permissão para levantar-me e ir ao banheiro, a não ser nos cinco minutos que temos para engolir algum almoço. Eu e outras meninas fundamos um sindicato de mulheres. Lutamos por melhores salários e condições de trabalho. Moro com uma amiga russa, Rachel, que pensa em revolucionar as pessoas. E já que tenho todo o tempo à minha frente, resolvi usá-lo para algo que possa melhorar o mundo. Se eu tivesse a coragem que tenho hoje, tudo teria sido tão diferente, meu amor.

Para onde envio esta carta? Por enquanto, vou guardá-la em minha gaveta. Joaquim, onde estás – além de dentro de mim?

Da tua, eternamente, Leah.

Guardei a carta com cuidado e carinho. Olhei em volta: o verde, o vazio, o calor. Se tivesse lido antes essa carta, não teria entrado naquele avião e ido parar, impaciente e inseguro, em São Paulo. Não teria me esquecido de uma das lições mais básicas da vida: há que se ter paciência.

Ao mesmo tempo, não era possível que todo esse amor, que dera mil voltas no mundo, não fosse se perfazer, enfim. Havíamos depositado, cada um de sua maneira, tanto amor no outro, e espalhado, metodicamente, em várias cidades, países, anos e épocas, que esse sentimento haveria de se reunir, como num passe de mágica, e encontrar seu caminho, nos trazendo juntos.

Talvez ter ido a São Paulo não fosse um ato impensado ou impulsivo, mas um alinhamento desse sentimento que esteve pairando sobre nossas cabeças.

Abri de novo a carta. Senti as mãos gordurosas do calor, havia alguma coisa se evaporando de mim. Senti uma vontade enorme de sair para nadar. Reli a carta. Nova York, 1915. Eu tinha ido para lá em 1925. Mais uma vez nos perdemos. Mais uma vez um deixou, para o outro, o amor esperando.

Me deu vontade de voltar para o hotel e consumir com rapidez as outras cartas: abrir seus envelopes e liberar seus conteúdos. Deu vontade de me encontrar com Sylvia. Com tantos quereres contraditórios e impulsivos, deixei-me ficar sozinho, pensando.

Então, decidi visitar a única pessoa em São Paulo para quem eu poderia aparecer sem simular outra idade, o único no mundo que sabia de tudo: meu filho de criação, Nicolau.

São Paulo fora palco dos meus ciclos anteriores. O *sexto ciclo* fora o mais completo de toda a vida: um casamento, um filho criado e registrado como meu e um negócio que começou com uma pequena editora de jornal e evoluiu para um grupo chamado Estrela Associados, com dez revistas, duas estações de rádio e até mesmo uma concessão de televisão. Tudo fruto de uma quantidade assombrosa de frustração, dos anos que havia passado esperando por Leah. Uma frustração capaz de erguer um império, agora administrado por Nicolau, que ficava a maior parte de seu tempo viajando a negócios.

Um vento rasteiro soprou, mexendo mais a terra debaixo de meus pés do que as copas das árvores e, assim, trouxe à tona o nuclear: Sylvia. E se ela estivesse resolvendo sua situação atual para ficar comigo? E se estivesse acabando o namoro e preparando o terreno para resgatar a sua Leah? E se, enquanto Sylvia, ela não pudesse ficar comigo? Talvez a chave do mistério permanecesse aí: Leah e Sylvia não eram e não podiam ser a mesma pessoa. Talvez as duas simplesmente não pudessem coexistir.

Depois de deixar a Rue Rebeval, com os bolsos vazios de esperança, acabei indo direto para a universidade encontrar com Henri. Eu simplesmente não sabia o que fazer. Encontrei-o assistindo a uma aula do professor Pierre Curie e, quando ele acenou com a mão esquerda, ocupei um assento no fundo da sala.

Minha cabeça doía pelo desencontro com Leah, aquilo me deixara, mais uma vez, tão perdido que precisava de novos estímulos. Talvez a física ou a química pudessem me fornecer indicações sobre a minha condição existencial ou sobre a idade eterna, pensei.

Pierre era arguto e espantosamente genial. Sem perceber, não desgrudei os olhos dele durante toda a aula. Henri me explicara que ele e sua esposa, a química Marie, haviam encontrado fontes radioativas mais fortes do que o urânio: descobriram e nomearam os elementos rádio e polônio. E a estrela caída, pensei, seria radioativa?

Quando a aula acabou e Henri me levou para conhecê-lo, perguntei:

— O que quer dizer polônio?

— Uma homenagem à Marie, que é polonesa.

Obviamente eu estava sensível e chateado, mas aquele ato de amor do físico para a química me soou tão bonito que as lágrimas brotaram assim, sem mais nem menos. Não me contive e chorei, na frente de Henri e Pierre Curie.

— Que houve? — Pierre perguntou.

— Desculpe-me, achei muito bonito o gesto. — E limpei as lágrimas. Houve um silêncio absolutamente constrangedor, daqueles que parecem assustar todas as almas. Não se ouviu nada nas salas e corredores da Escola de Física e Química de Paris.

— Se o rapaz estiver interessado em graduar-se, pode começar a assistir as aulas amanhã mesmo, *d'accord?* — ele insistiu, enquanto guardava a caneta e o bloco de notas na pasta de couro.

— Eu? — Fiquei atordoado.

Ele fez que sim com a cabeça, sorrindo discretamente.

— Henri me disse que você é muito inteligente. — E saiu.

— Rapaz — Henri festejou —, não sei o que você fez, mas caiu nas graças do homem! — E me abraçou. — Vamos comemorar!

Paris estava sendo tão surpreendente que me deixei levar. Aquela nova possibilidade de estudar química com o maior especialista da área me animou.

Comemorar, segundo Henri, significava ir ao Moulin Rouge ver as Cherettes, vedetes e dançarinas lindíssimas, pernas longas e poucas roupas, e, depois, pagar por suas companhias numa casa perto dali. Regados a vinho e champanhe, claro.

Foi o que fizemos. A cafetina me mandou diretamente para o quarto de número seis. Eu estava excitado e doido para me aliviar, não ter encontrado Leah formara um rombo em minha armadura. A tensão do dia me fizera chorar em público. Claro, mais de oitenta anos depois, tudo parecia — sobretudo quando eu bebia — uma ideia louca e descabida, um sonho incongruente, algo que não me pertencia e que, talvez, muito provavelmente, ficaria para sempre no mundo da mágica, do fantasioso passado.

O corredor do bordel era apertado e escuro, os gemidos dos quartos subiam de quatro pelas paredes. Bati de leve na porta, e, no meio de tanto barulho, obviamente a prostituta não escutou. Após um tempo, entrei devagar.

Encontrei Anne Sophie sentada na beirada da cama, de costas para a porta. Ela vestia um corpete e espartilhos. Notei que os nós e laços estavam frouxos, como se tivesse acabado de se vestir. Entretanto, a colcha vermelha, deitada debaixo dela, estava esticada como se nunca houvesse sido tocada.

— Posso entrar, *mademoiselle*?

Ela apenas moveu a cabeça afirmativamente, sem me encarar ou se mexer.

Fechei a porta atrás de mim com cuidado. Fiquei parado em silêncio, sem saber o que fazer, até que, no quarto ao lado, um homem bateu na prostituta, e ela fingiu que gostou: "*Encore, encore!*" Anne Sophie sobressaltou-se, e eu comecei a duvidar se estava bêbado o suficiente para ter uma ereção naquele ambiente — era meu pior puteiro.

Coloquei casaco e chapéu na única cadeira do quarto, forrada por um couro gasto, rasgado e fedorento — como tudo por ali. Anne Sophie não se mexeu.

— A *mademoiselle* está bem? — Achei aquela mulher estranhamente desamparada para uma prostituta.

Ela fez que não com a cabeça, e finalmente virou-se para mim, e seus olhos de carvão ardiam com lágrimas. Era linda: os cabelos iam até a cintura, negros e levemente encaracolados, e seu rosto era tão pálido que ela parecia uma imagem monocromática de Escher.

— O *monsieur* se importa se eu fizer o serviço com as mãos? Não me incomodo em ficar nua — balbuciou, já desfazendo os laços frouxos que sustentavam sua última raspa de dignidade.

Levantei-me e a detive.

— Não, por favor, não se dispa. — E imediatamente assumi os laçarotes, apertando de volta sua honra contra as vértebras. — Vamos apenas conversar? Eu também não me sinto bem.

E foi então que ela encostou sua cabeça nos meus ombros e me pegou a mão.

— *Monsieur, merci beaucoup* — disse, deixando-se ficar por um instante.

Foi a cena mais doce que eu vivi desde que Leah deitou no meu colo, naquela praia em Fernando de Noronha, ou desde que ela havia me abraçado na garupa do cavalo, ou desde que fizemos amor antes de a estrela cair. O fato é que aquele momento foi de uma ternura que não se encontra espalhada pelo mundo. Só a conhece absolutamente quem a experimenta.

Em seguida, e ainda chorando, ela me disse que seu nome era Anne Sophie, que tinha dezesseis anos e um pai muito doente, e que precisava ganhar dinheiro para poder cuidar dele. Era seu segundo dia como prostituta — uma vizinha tinha arrumado o emprego, e, por causa de sua aparência, a cafetina a recebera imediatamente.

— Ontem foi o pior dia de minha vida, *monsieur*. Estive com treze homens, todos me trataram mal e me machucaram. Não consigo nem andar, e não sei o que fazer. O pagamento, apenas no final do mês.

Que coisa terrível!, pensei. Eu achava que a escravidão era a pior coisa que podia existir, e tinha visto tantos absurdos no Brasil, mas todas as prostitutas que conhecera eram mulheres da vida, alegres e que apreciavam o sexo. Obviamente, isso era apenas uma imagem.

Passamos o tempo todo sentados na cama, ela me contou um pouco de sua vida; eu disse que era brasileiro.

— Onde fica o brasileiro? — perguntou, com uma ignorância galanteadora.

Quarenta minutos depois continuávamos vestidos, mas já ríamos. Ela fez carinho no meu rosto, e eu me apaixonei imediatamente.

— Vou tirá-la daqui, *mademoiselle* Anne Sophie.

FUGIR DO BORDEL NÃO SERIA TAREFA FÁCIL. Anne Sophie pediu licença para ir comprar um lanche, e a cafetina lhe negou permissão, dizendo que não podia abandonar o quarto. Depois, pediu para ir ao toalete, que nada mais era do que um buraco no chão, mas ela respondeu, rispidamente, "Mije na bacia de *chambre*". Em seguida, Anne Sophie tentou sair na ponta dos pés, seguindo um senhor que deixava o local, e a cafetina a repreendeu com um sonoro tapa na cara.

Anne Sophie voltou para o quarto de número seis e, sem saber o que fazer, esticou mais uma vez a colcha vermelha. Por minutos que não pôde contar, chorou novamente, achando que eu havia desistido e ido embora, e que ela teria que cumprir com seus treze ou quatorze homens daquela noite.

Lá fora ainda nevava, eu aguardava sua saída, ansioso como um menino, comendo meus cigarros mal-apertados, sentindo a provável paixão arder no meu peito.

Henri passou por mim.

— Que você está fazendo aí fora, Joaquim?

— Estou esperando uma pessoa. — Apaguei mais um cigarro. Flocos de neve se misturavam com cinzas, o vento soprava e a noite arrastava as temperaturas para baixo.

— Que tolo, Joaquim! Você não sabe que nenhum homem pode se apaixonar por uma prostituta? Essa é a regra número um! Vamos, vem! — disse Henri, imperativamente.

Não fui, não me mexi, apenas retruquei:

— Ela não é uma prostituta, seu primeiro dia foi ontem, e está sofrendo demais.

Henri curvou-se para rir, de maneira forçada. Ninguém ri com aquela amplitude de uma coisa tão banal. O amor é ridículo, e justamente por isso não rimos dele.

— Por favor, deixe-me em paz, vou apenas ajudá-la.

Henri foi se afastando.

— Não seja tão tolo! E, sobretudo, não a leve para casa!

Consultei o relógio de bolso, vi que haviam se passado mais de três quartos de hora, e decidi entrar novamente. Negociei com a cafetina de passar a noite inteira com Anne Sophie no quarto de número seis. Era a melhor possibilidade: assim, ela não estaria com nenhum outro homem, e teríamos um lugar onde, apesar dos desconfortáveis sons que escalavam as paredes, poderíamos dormir — já que não tinha como levá-la até a casa de Henri.

Quando entrei no quarto, Anne Sophie estava na mesma posição, e tudo pareceu um *déjà vu*. Fechei a porta, ela chorava, pensando que eu era o seu próximo cliente. Rapidamente a abracei por trás.

— Se a *mademoiselle* não pode sair — disse, com o sotaque atrapalhando a cadência da frase —, vou ficar aqui. Comprei a noite inteira, e amanhã, quando acordarmos, iremos embora juntos.

E ela se virou e me abraçou, ela e suas lágrimas, ela e seu resto de dignidade, que pendia ainda mais para fora do corpete.

Nem os barulhos escandalosos, nem os abafados sussurros nos tiraram o sono: dormimos abraçados, entrelaçados numa intimidade muito maior à dos casais à nossa volta. Foi um sono pesado e prazeroso. No dia seguinte, antes de amanhecer, deixamos o bordel abraçados. Ela tinha que voltar para casa, num subúrbio de Paris onde eu nunca havia estado, para dar comida e cuidar de seu pai.

Acompanhei-a até o trem e acabei embarcando junto. Eu devia me apresentar na universidade mas, em vez disso, subi no vagão com Anne Sophie. Sorri ao pensar que Pierre Curie, por ser tão romântico, entenderia minha paixão. Permanecemos calados durante todo o trajeto, e apenas às vezes trocamos olhares retos e cheios de medo. Descemos em Clichy, um subúrbio operário que cheirava a alfazema, pois tinha como atividade principal a lavanderia industrial.

Seu pai, *monsieur* Gerôme, um bretão atraído pelas possibilidades operárias da charmosa cidade e pela proximidade com Paris, mudou-se para lá com a família em 1874. Conseguiu uma das casas construídas por uma viúva rica e entediada, *madame*

Thénard. Para a miúda Anne Sophie, que nascera naquela vila operária, deve ter sido muito difícil ir trabalhar em Paris como prostituta.

Entramos na Rue des Cailloux, onde o conjunto de casas geminadas Jouffroy-Renault ficava, e os flocos de neve voltaram a cair do céu cinzento. Eu me detive como um menino de seis anos, olhando para cima, esperando que eles me beijassem o rosto. Anne Sophie me puxou para dentro da casa 22:

— Vai ficar resfriado. — E bateu a porta atrás de mim. Acontece que fazia ainda mais frio dentro da pequena casa. Naquele andar, tudo estava apagado, e, apesar de ser dia, a luz que entrava era sufocada pelo bafo da escuridão.

Havia um pequeno jardim atrás da casa, mas Anne Sophie subiu para o segundo andar por uma escada minúscula e íngreme, de degraus tão pequenos que mesmo ela, com seus pés de anjo, subia de lado.

Logo ouvi um grito abafado, "*Papa!*", e um choro. O pai doente de Anne Sophie havia falecido naquela mesma noite. Soubemos, dias mais tarde, que aquela fora uma das noites mais frias da década.

FOI ASSIM QUE, POUCOS DIAS DEPOIS, minha vida tomou um rumo totalmente inesperado: eu assumi Anne Sophie e a casa geminada da vila operária; comecei a estudar física com Pierre Curie e a viver, de fato, meu *segundo ciclo*.

Trabalhava como tradutor de português em Paris, enquanto Anne passou a fazer reparos em roupas para duas lavanderias de Clichy. Em sua maioria, lençóis furados e fronhas descosturadas. Muitas pessoas também encomendavam as iniciais nas roupas de banho e cama, e, em pouco tempo, ela tinha mais encomendas que seus pequenos dedos podiam dar conta.

Muito rapidamente fomos muito felizes. Daquele tipo de felicidade que dá medo, porque anuncia seu fim enquanto ainda está se desenrolando. Da primeira vez que conseguimos varrer todos os constrangimentos e ficar nus na cama, fomos delicados: ela, com vergonha por saber que tinha sido usada por treze homens; eu, com medo de machucá-la. E essa delicadeza parece ter determinado, daí para frente, nosso relacionamento.

Duas coisas me enlouqueciam em Anne Sophie. Um: quando soltos, seus cabelos negros e timidamente encaracolados lhe tocavam as nádegas, e ela parecia a personificação de uma sereia. Dois: quando a segurava, sentia que sua cintura tinha o formato de minhas mãos, o que me fazia acreditar que nós tínhamos sido feitos num entalho perfeito.

Havia beijos pela manhã e carinhos quando eu voltava para casa. Anne Sophie massageava meus pés gelados e vestia meias grossas e limpas. Eu sempre trazia brioches e *pains au chocolat* para depois da sopa noturna, e ela os devorava com os olhos mais fechados que a boca. Tínhamos carinho um pelo outro, paixão na cama e companheirismo na vida a dois.

Henri continuou sendo meu grande amigo. No começo, achou um absurdo eu assumir uma prostituta — sempre foi extremamente "machista", mas depois descobri que não era bem isso. Entretanto, à medida que foi conhecendo Anne Sophie, entendeu realmente que ela nunca havia sido e nem poderia ser uma prostituta. E até começaram a se afeiçoar.

A rotina foi ganhando ritmo, e meu coração começou a pesar menos, meus gelos foram mudando do estado sólido para o líquido, e a vida, enfim, fez sentido. Claro, Leah estava sempre no horizonte do meu passado, e naquele que eu sonhava em construir no futuro. Mas no presente eu tinha um amor, amor de verdade — diferente de meus sentimentos por Berenice, o que eu nutria por Anne Sophie era real.

Em abril de 1906, quando a primavera chegou transformando Paris na cidade mais exuberante de todas, sofremos uma perda inadmissível. Num triste dia chuvoso, o professor Pierre Curie, ao sair de um almoço com outros professores da faculdade, na Rue Dauphine, foi atropelado por uma carroça. Faleceu.

A comoção espalhou-se pela faculdade inteira, pela comunidade científica e até por Paris. A verdade é que, naquela primeira década do século XX, os bondes, carruagens e carros dividiam as ruas com os pedestres: a chegada da modernidade era caótica, sem esquemas de trânsito, sem planejamento — mesmo numa cidade como Paris, centro absoluto do mundo. Não era raro ver um atropelamento ou uma batida.

Mas aquela morte, tão prematura! Me ressenti por não ter aproveitado melhor o mestre Curie, que, apesar dos poucos meses de contato, me estimulou em diversos aspectos. De manhã, eu e Henri o esperávamos chegar de bicicleta e caminhávamos com ele até a sala de aula.

— Quando se casaram, ele e Marie pediram aos convidados dinheiro e compraram duas bicicletas. Partiram para a lua de mel pedalando até o interior do país. É sua marca registrada — me contou, certo dia, Henri.

A morte de Pierre aconteceu bem quando eu havia me oferecido para servir como cobaia humana para a exposição ao rádio — coisa que ele mesmo fez durante anos. Sua dedicação à ciência e seu romantismo eram tão arrebatadores que me inspiraram como apenas um mestre alimenta seu aprendiz.

Anos mais tarde, quando vivi para ver a importância dos desdobramentos das descobertas do casal Curie, como a invenção dos raios X e da energia nuclear, lamentei muito que ele não houvesse tido mais tempo. Gênio que era, teria levado a humanidade à frente.

Em nosso luto, eu e Henri passamos meses discutindo toda a obra do mestre morto. Só seu Tratado da Radioatividade nos rendeu cerca de seis meses de debates acalorados. Como apóstolos dedicados, tentávamos significar seu trabalho exaustivamente.

Marie, a esposa, assumiu o cargo de professora — e foi a primeira mulher a ocupá-lo. Ela era absolutamente fantástica, uma polonesa irrequieta, que além de criar as filhas sozinha encontrava espaço para ser uma precursora em várias áreas.

Anne Sophie não gostava quando eu falava de Marie. Ela sabia que nosso relacionamento não passava de intelectual, mas esse era o lado que Anne não podia me oferecer: nossas conversas eram cotidianas, não havia filosofia em sua vida, ela mal sabia ler.

Nada disso me importava, claro, mas para ela o incômodo era grande. Por isso, algumas vezes eu quase contei parte da minha verdade: se ela soubesse, ao menos, que eu era muito, infinitamente mais velho do que ela, poderia entender minha sabedoria e não se sentir tão diminuída. Claro que uma revelação como essa me custaria muito caro, e o acúmulo dos anos delimitava, constantemente, as possibilidades internas que me cabiam: contar o meu passado não era uma opção.

Em 1911, eu e Henri deixamos a França para acompanhar Marie Curie, juntos com outros colegas e alunos, à cerimônia do segundo Prêmio Nobel de sua vida, um feito inédito para qualquer laureado. O acontecimento veio num momento extremamente difícil, pois ela estava sendo acusada, pela imprensa e pela academia, de manter um caso com o colega Paul Langevin — casado. Mas por detrás de tudo isso havia o preconceito contra a mulher e uma crescente xenofobia, afinal Marie era polonesa.

A essa altura, eu tinha me formado e estava trabalhando com Henri no laboratório de física. Nosso contato, apesar de diário, era restrito. Ela era aquela mulher para quem todos, por respeito, levantavam os olhos ao ver passar.

Anne Sophie ficou extremamente chateada com a minha viagem a Estocolmo. Nossa relação começara a esfriar, o que, de certa forma, lembrava o que eu vivera com Berenice: Anne não conseguia engravidar, e isso a frustrava terrivelmente; eu me culpava, e não transcorria um dia no qual nós não nos distanciássemos.

Apesar disso, eu continuava apaixonado, a tal ponto que havia passado a maior parte dos dias sem sequer pensar em Leah: a vontade de encontrá-la e tê-la, apesar de existente, adormecera em mim, e eu estava feliz com todas as trocas que tinha com Anne Sophie, exceto com o fato de não poder dar-lhe filhos.

Eu sabia, o problema era comigo. De alguma maneira, a imortalidade havia mexido com a minha fecundidade: não podia conceber filhos, não carregava em mim a semente da vida, pois precisava dela para nascer novamente, vida após vida, sem ao menos conseguir morrer. E, apesar de todos os meus conhecimentos e do acesso que eu tinha aos mais completos laboratórios científicos, nada de químico explicava a minha situação.

A física, por outro lado, sugeria uma possibilidade louca de existência contínua que me fascinava. Uma ligação entre todas as coisas, os seres, as épocas, os tempos. Algo demasiado moderno para um homem nascido em 1797. Moderno até mesmo para o início do século XX.

No trem para Estocolmo cheguei muito perto de contar toda a verdade a Henri. Encontrava-me angustiado e desencontrado, e ele, que tinha se tornado mais do que apenas um colega, quase um irmão, sabia, com uma certeza silenciosa, mas indubitável, que havia algo de muito diferente em mim — embora não falasse sobre isso.

Por exemplo, quando estudávamos, eu sabia mais medicina do que qualquer cientista. E mais engenharia naval do que a maioria dos homens formados na Inglaterra, a mais rica frota marítima da época. Também possuía uma memória privilegiada para lembrar de fatos, datas e nomes do passado recente mundial. Ao contrário dele, eu havia vivido a História, e me era impossível esquecê-la.

Essa era, ao mesmo tempo, minha maior virtude e a mais densa dor: era impossível esquecer. Esquecer do meu pai, José, o construtor naval português que atravessou o oceano em direção ao Brasil, em 1791, e conheceu a moça da proeminente sociedade carioca, Helena. Esquecer dos meus irmãos, da nossa criação, das aspirações que tive no início do século XIX. Esquecer do dia em que cheguei a Fernando de Noronha e pensei que estivesse sofrendo de delírio, até descobrir que aquela ilha era mesmo mais bela do que o resto do mundo. Esquecer de Tartuffe, meu fiel cavalo, e de Zezinho, meu escravo. Esquecer do *Bandurra* e da história da bandeira errada.

Esquecer da primeira vez que vi Leah, e de nosso primeiro beijo, e de termos feito sexo numa praia deserta, quebrando todas as convenções e extrapolando os limites da época. Esquecer da estrela caída, que voltava sempre nos meus sonhos, me assombrando mais do que encantando. Esquecer que fui assassinado por dom Diego e sobrevivi. Esquecer Darwin e nossa despretensiosa e reveladora conversa.

Esquecer do Rio de Janeiro, do olhar perdido de Berenice quando seu noivo alemão não desembarcou, e da capela em nossa fazenda. Esquecer dos rostos anônimos de tantos pacientes tratados com zelo nos anos da medicina, dos saraus de música em Campos, do naufrágio do *Goitacás*. Esquecer da Vila Ypanema, da minha bengala, das idades forjadas e do envelhecimento forçado. Esquecer da travessia, dos meus novos amigos, de Henri, do Velho Continente. Esquecer de Lisboa, suas ruas tortas, suas máquinas movidas a vapor. Esquecer da bondade da senhora Maria José e de seus pastéis de Belém, e do trem saindo da Santa Apolónia em direção a Paris.

Esquecer da Rue Rebeval, da Escola de Física e Química de Paris, dos arredores do Moulin Rouge, dos cabelos longos de Anne Sophie, de seu pai morto, de nossa casa, de Pierre e Marie Curie. Como esquecer tudo isso? Como contabilizar? Como aguentar tantas lembranças e, ao olhar no espelho, não ver os sinais em meu rosto? Como não enlouquecer?

— Como podemos esquecer as coisas, meu caro? — perguntei a Henri enquanto o trem cortava o norte da Alemanha.

— Com a idade. — Ele me fitou. Nossa cabine tinha mais duas camas, mas os ocupantes ainda não haviam embarcado; aquele era um trem parador.

— E se a idade não apagar, meu caro, como podemos esquecer?

Muito sério, quem respondeu foi o químico Henri.

— Alumínio. Altas doses diárias de ingestão oral, manipulação e respiração do elemento. — E olhou para fora, tentando enxergar a paisagem gélida e inerte.

Fiquei calado examinando suas palavras. Era uma ideia, poderia tomar diariamente ao acordar e tentar apagar Leah de minha memória. O resto, todo o resto, eu não fazia questão de esquecer — era pesado carregar, mas eram lembranças mais doces do que amargas. Mas Leah, ela fora sempre motivo de tristeza, frustração, impotência.

— Que você quer esquecer, caro Joaquim?

— Você bem sabe... — respondi, porque ele sabia de Leah, sabia que era uma mulher que eu havia conhecido na "breve" passagem por Fernando de Noronha.

— Leah? Mas se esquecer de Leah...

E calou-se. Ele também tinha sua história, uma *rapariga,* como dizia, por quem havia se apaixonado no período que passou no Brasil, e que não tinha conseguido mais limpar da memória.

— Vou começar a tomar alumínio, é uma boa ideia — sorri.

E assim o silêncio instalou-se entre nós, trazendo a dramaticidade da noite de dezembro, que caiu pesada, e o barulho do frio que entrava pelas frestas do vagão congelou a cena, como num quadro de Whistler.

A cerimônia de laureamento de Marie Curie foi belíssima e emocionante. A descoberta e o isolamento do rádio foram considerados pelos cientistas como o mais importante acontecimento químico desde a descoberta do oxigênio. Marie, debilitada pelo bombardeio da mídia, aceitou o prêmio com humildade, dizendo que o recebia em homenagem ao marido.

Estocolmo era diferente em tudo, tinha uma estética única, nova, singular. Ruas largas, horizonte mais próximo da dramática curva do globo e uma luz que invadia cômodos e retinas com a mesma força. Henri revelou-se meu amigo mais importante, na vida inteira. O cara que mais me compreendeu sem eu ter que me explicar.

No trem de volta, a viagem foi completamente diferente, bavardamos de cabo a rabo. Bebidas e filosofia barata no vagão-restaurante, pensamentos inúteis ao margearmos a Holanda, divagações sobre a radioatividade perto da Bélgica. Viva, viva!, eu pensava.

Durante a curta viagem a Estocolmo alguma coisa havia soado lá dentro de mim, dizendo que a melhor maneira de esquecer o passado não era apagando-o, mas simplesmente abraçando o presente. E eu tinha muita coisa para abraçar, festejar, desejar; tinha a pequena Anne Sophie com o olhar mais doce do mundo me esperando, um emprego estimulante, um amigo sem o qual não podia passar. Possuía muita vida vivida e, ainda assim, tinha apenas 27 anos!

Em Paris estava mais morno do que na Suécia, e essa sensação, acima de todas as outras, me proporcionou conforto.

— O que uma boa viagem não traz ao ser humano? — Henri me disse, referindo-se à melhora no meu estado de espírito. Abracei-o com força, com vontade de que soubesse que bom amigo ele era, e caminhei para a gare, onde pegaria o último trem para Clichy.

Ao me aproximar do conjunto habitacional Jouffroy-Renault, reparei num chamuscado que escondia algumas casas: a de número 22, minha casa com Anne Sophie, possuía essa sombra. Andei com medo, estava escuro e frio, e comecei a sentir flocos caindo sobre mim. Era cedo para nevar, estávamos apenas entrando no inverno, aquilo não fazia sentido.

Chegando mais perto, os flocos aumentaram, e quando meu vizinho saiu à rua com sua lamparina a querosene, entendi que eram flocos de cinzas: das casas 21 até a 26, só havia um esqueleto assustador de concreto, um buraco, um vazio.

— O que aconteceu?

— Houve um incêndio, *monsieur* Nunes, muitos queimados e alguns mortos — ele falou com calma. Mas não cabia calma naquele momento, e os flocos ainda bailavam no ar, tentando transformar em harmonia meu desespero.

— Anne Sophie?

— No hospital, com os outros.

Foi quando eu abri a boca e desceram duas ou três cinzas direto para a minha garganta. Nunca mais pude esquecer aquele gosto.

~

Dois dias depois, Anne Sophie faleceu. Seus pulmões não aguentaram as cinzas. Do momento em que eu cheguei ao hospital até seu último suspiro, ela não conseguiu falar nada — os médicos disseram que sua traqueia estava comprometida. Ela se transformara em um monstro inchado e escamado, a dor tomara conta de seu corpo, que se contorcia, procurando alívio. Seus longos cabelos, lambidos pelo fogo, não passavam de uma penugem dura e de cor indefinida coroando a cabeça.

Anne Sophie morreu enquanto eu segurava sua mão. Não saí de lá para nada: foram 43 horas de vigília. Quando seus olhos fecharam-se para sempre, os meus se abriram, assustados: o que fazer agora?

Minha dor foi tão grande, tão enorme — não porque eu tivesse, em algum momento, achado que seria feliz para sempre. Não! Mas porque estava feliz como nunca havia estado exceto pelos dias em Noronha, ao lado de Leah — e contava com a continuidade desse sentimento por mais duas ou três décadas antes de recomeçar a sofrer. Mas aquela felicidade durara menos de seis anos e fora consumida em instantes pelo fogo.

No incêndio, além de ter perdido Anne Sophie, nossa casa e a tal felicidade, perdi meus pequenos bens: meus livros, as cartas escritas por meus pais no século passado e quase todos os meus documentos, incluindo as três certidões de nascimento (uma verdadeira, duas falsas). Tinha sobrado apenas a maleta médica, cujo couro ficou chamuscado, mas não chegou a ceder, e meus preciosos diários, contendo, além dos testemunhos de quem eu fora, cartas para Leah, todas escondidas na minha própria posta-restante.

Andei sem rumo por um tempo, alguma coisa me jogou para fora do hospital e me fez caminhar. Algum automatismo interno daqueles que foram acionados pela dor e que eu não sabia desativar. Andei e pensei em Berenice, sua morte no mar. E, agora, Anne Sophie, e sua morte no fogo.

Chorei sem vergonha pelas ruas frias e desertas de Paris. Queria acabar. Perder Anne Sophie, com tanta coisa nos esperando na esquina, era mais do que eu podia suportar.

Aquela estrela mágica, que morreu para me dar vida eterna, era perversa: me obrigava a, exatamente, suportar o insuportável; mesmo que doesse e que sangrasse e que latejasse, eu não tinha saída: eu iria acordar no dia seguinte. Meu corpo, ridículo e covarde, funcionaria contra a própria vontade, e eu não teria opção: seguiria vivendo com minhas lacunas e adjacências.

Por isso, por falta de opção, não me joguei da Pont Neuf, nem deitei no trilho de qualquer linha férrea daquela Paris exuberante. Por isso, não ingeri nenhum veneno e não me meti em nenhuma briga. Apenas por isso.

Segui andando durante horas, e acabei, exausto, voltando à casa de Henri, que me acolheu sem fazer nenhuma pergunta, apenas me abraçou e me ajudou a me deitar.

Por falta de opção, dormi.

Por quase um ano, não saí de casa. Tirei uma licença da Faculdade de Física e Química e, vergonhosamente, retirei-me de cena. Digo vergonhosamente porque Marie Curie, apesar de ter perdido seu companheiro de vida e de trabalho, pai de suas filhas, Ève e Irene, trabalhou o suficiente para ser reconhecida com um segundo prêmio Nobel.

— As pessoas reagem de maneira diferente ao luto, meu caro — Henri me disse, quando lhe expus a vergonha que sentia por ter me ausentado da faculdade.

— Covardia minha — respondi.

— Então levante-se, vista-se, vamos comigo, hoje!

Mas nada surtia efeito; durante o longo e duro ano de 1912 eu devo ter saído apenas para ir ao comércio local comprar comida. O resto do tempo fiquei enfiado em casa, na aconchegante Rue Moufettard, lendo e remoendo. Tive o privilégio de passar tardes inteiras olhando apenas o jogo de luz no teto: como se modificava à medida que as horas passavam. Como aquecia um ou outro canto da sala. Eu seguia o calor com a velha poltrona, deslocando-a para mais perto da luminosidade. Mas quando Henri chegava do trabalho, à noite, a poltrona estava sempre de volta no mesmo lugar; sob o último ângulo do sol da tarde.

Com os meses, consegui ir saindo cada vez mais do apartamento. Idas esporádicas à biblioteca, seguidas por caminhadas no Jardin des Plantes, onde eu podia parar e ler de frente para o sol. Certo dia, ao acabar prematuramente um livro, descobri as flores e as árvores. No dia seguinte voltei para conferir melhor o jogo de luzes, que fora me fascinando, discretamente, porque tinha como objeto de iluminação um cenário vivo — diferente do estático teto do apartamento de Henri, para o qual eu tanto olhava.

Na semana seguinte, criei coragem para visitar o zoológico. Havia leões, tigres e outros quadrúpedes enjaulados em minúsculas celas, com os olhares tão tristes quando o meu. Pintores instalavam-se na sua frente e criavam telas, na maioria das vezes de mau gosto, mas que alguém, um dia, penduraria numa sala estática de luz fugida.

Ao observar aqueles animais, entretanto, alguma coisa começou a fazer sentido novamente dentro de mim: não da ordem do palpável, apenas da lógica dos sentimentos. Física e química e medicina e engenharia já não me interessavam. Estava curioso para entender as coisas vivas — até, quiçá, como um grande contraponto entre a quantidade de morte que havia ao meu redor.

Revisitei o trabalho de Darwin, sua teoria das espécies, e achei tão genial que quis gritar para todos que eu o havia conhecido. Faltou coragem, óbvio: o meu aspecto mais protuberante sempre fora a covardia. Havia sido a vida inteira, desde o momento em que não fugira com Leah de Fernando de Noronha ou não nadara até o *D. Januária*. A covardia que me paralisava. E esse era o preço que eu pagava: extrema infelicidade, soma de perdas maior do que de ganhos, e a solidão.

Estava trancado em minha própria covardia, não tinha coragem de deixar ninguém entrar, nem mesmo Henri. Apesar desse silêncio eterno e interno, nossa relação estreitou-se muito. Jantávamos todos os dias calados, como dois irmãos que já sabem demais um do outro para conversas desnecessárias. Um fio invisível nos conectava.

— Tenho pensado muito na existência — disse-lhe certa noite, entre uma colherada e outra da sopa de cebola.

— Que existência?

— Na nossa, na dos animais, na das plantas. No sentido das coisas.

Henri não se deixou perturbar. Acabou a sopa, equilibrando minhas palavras desconfortavelmente no ar, e então me olhou.

— Você quer dizer por que existimos ou por que nos encontramos e desencontramos na vida?

— Existência. Encontros. Desencontros.

— Quero lhe falar, Joaquim. Estou pensando em aceitar uma bolsa e passar o verão em Viena, onde há muita coisa de interessante acontecendo.

— E o que isso tem a ver com nossa existência?

— Gostaria que fosse comigo. Não ficaria tranquilo em deixá-lo a flanar por Paris, pelo Jardin des Plantes, solitário e perdido como está, a olhar os jogos de luzes e pensar na existência humana e inumana.

Viena? Tudo bem, pensei, Viena deve ter luz explodindo por todos os lados, com aquele Danúbio cortando-a como uma valsa sonora. Sim, ao centro do Império Austro-Húngaro, concluí rapidamente, para seu espanto:

— Vou com você.

Henri sorriu e me olhou sério. Sem graça, me abraçou com um carinho que eu jurava ser fraterno.

— Vai ficar tudo bem, Joaquim.

Foi assim que em julho daquele ano fechamos o pequeno apartamento da Rue Mouffetard e rumamos de trem para Viena. Alguma coisa inflou-se dentro de mim: um sopro de vida. Um pequeno brilho no olhar. A possibilidade de descobrir algo de novo sem ter que enterrar o antigo, um período de transição com um amigo ao lado. Era um recomeço paliativo, diferente, e eu não tinha mais saída a não ser ir ver o sol brilhar do lado de fora.

ERA NOITE FEITA QUANDO VOLTEI ao prédio de Sylvia. Levei comigo os diários que queria entregar a ela. O porteiro não era mais o mesmo, nem os seguranças — o turno havia sido trocado. Sem muitas esperanças, pedi que interfonasse. Era impossível ver o que estava acontecendo dentro de sua cabine blindada à noite. Permaneci na calçada olhando para os meus sapatos novos. O tempo passou, e imaginei que ela não tivesse respondido: ainda estava viajando.

Foi quando surgiu uma sombra indefinida por detrás das três grades do prédio, e meu coração acordou. Era ela, Sylvia. Sorri, não me contive, foi uma felicidade supersônica.

Ela passou pelo primeiro portão, e, apenas quando este se fechou, o segundo se abriu. Aguardou mais um tempo até que o portão do meio se fechasse e, novamente, esperou pela abertura do último portão. Assim, ela surgiu na minha frente como se fosse uma deusa tentando deixar o Olimpo, passando pelos portões sagrados. O balé das grades deve ter durado menos de um minuto; foi suficiente, entretanto, para fazer crescer em mim amendoeiras e despertar galopes.

Sylvia estava vestindo uma blusa branca acinturada e uma calça jeans, seus tênis também eram brancos; os cabelos soltos contrastavam com as argolas de prata reluzente. Ela não se deteve na minha frente, passou andando e sussurrou:

— Anda comigo.

Obedeci.

— Eu pedi pra você não aparecer assim, Joaquim — havia raiva em sua voz.

— Como assim?

— Você não leu minha última carta?

— Não, li apenas as quatro primeiras. É muita coisa para eu digerir de uma só vez.

— Como conseguiu meu endereço?

— Na pousada.

— Tem instruções na última carta, Joaquim. Você devia ter lido antes de me procurar!

Dobramos a rua e algo tomou conta de mim: as mãos transpiravam, e a respiração ficou ofegante. Não podia acreditar que estava frente a frente com ela.

Subimos mais trezentos ou quatrocentos metros, e Sylvia segurou minha mão, nos parou e me beijou. Fechei os olhos e vi aquela estrela mágica caindo no mar de Fernando de Noronha: era a primeira vez que eu a beijava sabendo quem ela era.

— Eu te amo tanto, Joaquim.

Nos abraçamos e nos deixamos ficar, como tolos, na esquina de uma rua qualquer do Itaim-Bibi.

— Eu também, Leah, muito, muito, eu preciso estar contigo — pedi —, por favor, não fuja novamente.

E ficamos abraçados o tempo de quatro ou cinco sinais de trânsito. Até que ela descolou seu corpo do meu, pegou minha mão, e seguimos andando.

— Preciso ir até a padaria.

Olhei para ela; lembrei de Leah, mas era Sylvia.

— Precisamos conversar, precisamos de muitos dias e muitas noites para digerir tudo, eu tenho tantas perguntas...

— Joaquim, você precisa ler aquela última carta, é tudo o que peço. Não tenho como explicar agora, leia a carta.

A padaria, antes tão distante, apareceu em nosso horizonte.

— Por que você não me conta tudo? Por que não vamos para o meu hotel, conversamos, jantamos, ficamos juntos?

— Eu tenho que voltar para casa, meu namorado está me esperando, eu realmente não posso agora.

Tirei minha mão da dela. O que ela queria dizer com aquilo? Que merda era aquela?

— Estou com parentes em casa, eu realmente não posso deixar tudo e fugir contigo. Se você tivesse lido a carta, me entenderia. — E seu tom de voz soou frio para mim. Tristemente frio. Entramos na padaria.

— Sylvia, não estou te entendendo. O que pode haver de mais importante que o nosso encontro? — E sussurrei, indignado: — Faz quase duzentos anos!

Sylvia disparou na frente, passos largos.

— Uma dúzia de pãezinhos — ela pediu para o balconista, e para mim soou como se uma dúzia de pãezinhos fosse mais importante do que nós dois, e isso me irritou.

— Nada é mais importante do que o nosso encontro, você sabe disso, sabe o quanto eu te procurei e sabe que o único motivo para estarmos juntos aqui e agora é porque *eu* fui até Fernando de Noronha te procurar de novo. Eu te procuro há quase dois séculos, Joaquim!

Olhei ao redor e pensei, isso não é um lugar adequado para um acerto de contas. Contas que somam 188 anos. Saí dali e decidi esperá-la do lado de fora. Ela me olhou comprido, mas aprovou a minha atitude.

Imaginei, enquanto a esperava pagar, que ela devia frequentar o local com o namorado. Senti ciúmes que não couberam em mim, transbordaram pelos olhos. Voltamos a caminhar, desfazendo o trajeto.

— Eu te procurei tanto quanto você, Leah. Mas você me enganou.

— Por favor — ela disse, irritada —, decide como vai me chamar, se de Leah ou de Sylvia.

— E você decide quem vai ser: Leah ou Sylvia! Eu sou o mesmo Joaquim, morto de amor e de saudades, procurando a mulher da minha vida que... bem, que está com outro homem.

Ela brecou no meio da rua.

— Quantas vezes você se casou? Ou passou este tempo todo me esperando?

Quando ela disse isso, eu reconheci a Leah, brava, irritada, deliciosamente Leah.

— Não me casei nenhuma vez depois que te encontrei.

— Ah, nem eu, quando te reencontrei já estava com ele, tentando reconstruir a minha vida mais uma vez, sem saber se te acharia algum dia! Agora preciso de tempo para desfazer o que tenho sem magoar a pessoa com quem estou.

Uma coisa cresceu em mim, me deu vontade de explodir no meio daquela rua.

— Não acredito no que eu tô escutando, melhor eu ir embora. Talvez eu leia a carta, talvez eu desapareça para sempre. Não sei se você consegue se colocar no meu lugar para entender, mas está doendo demais escutar isso tudo. — Entreguei com raiva o envelope com meus diários e um cartão do hotel onde estava. — Aqui, se um dia você quiser saber do meu lado da história.

Virei as costas e tirei uma reta oposta à dela, decidido a ir embora, humilhado, injuriado pela importância que eu havia dado a ela durante toda a minha vida. Ela veio atrás. Segurou minha mão.

— Desculpa, estou sob uma pressão muito forte, você precisa entender...

— Não, eu não preciso nada, eu não preciso entender, a não ser que você me explique.

— Olha, está bem, vamos fazer o seguinte, amanhã à tarde eu vou ao teu hotel. Vamos conversar. Por favor, leia a carta antes. Por favor, Joaquim. Só quero que você entenda uma coisa — ela disse isso com os olhos realmente cheios. — Você sempre foi a coisa mais importante da minha vida, você é meu grande amor, e acredito que, tanto eu quanto você, só possamos viver juntos. Não aguento mais este limbo, não posso mais me arrastar pela vida, tô sem forças, e agora que te encontrei preciso fazer a coisa certa, da maneira certa: preciso me preparar para ficarmos juntos. Para sempre, Joaquim. — E me beijou.

O tempo, finalmente, parou para aquele beijo. Nos beijamos com um amor guardado, oprimido, descompensado. Muito sofrido, esmagado dentro dos dois. Entendi que era verdade o que ela falava. Nos abraçamos forte, seu cheiro me alimentou a alma. O perfume de Leah, finalmente.

Depois, sem falar mais nada, me detive onde estávamos, assisti enquanto ela me dava as costas e sua silhueta ia diminuindo até desaparecer na esquina da rua. Quando ela virou para me ver, me senti mais vivo do que nunca. Percebi cada fluxo realizando seu trajeto no meu corpo, todos em consonância, rápidos e, ainda assim, separadamente: sangue, linfa, água, excessos, irrigações.

Andamos para lados opostos, com a mera esperança de, no futuro, caminharmos juntos.

~

Fiz uma péssima descoberta ao chegar no hotel: a tal carta explicativa eu havia deixado em Noronha. Na confusão da partida prematura, esquecera algumas cartas na mesa de casa: não apenas as que eu já havia lido, mas também essa última.

Comprei uma garrafa de uísque dezoito anos num posto de gasolina metido a besta. Passei a noite em branco entre a varanda e o quarto. A televisão ligada num canal de notícias abafava meus ruídos internos.

Pelas três da manhã, resolvi que iria ler as outras três cartas que estavam em meu poder.

Abri o envelope manchado e servi mais uma dose do *scotch*. Espiei o cabeçalho: 1929, Vladivostok. Fechei os olhos e tentei pensar em 1929. Me vieram à cabeça o outubro negro, o *crack* da bolsa, Nova York, Sara, Jack, todos os personagens e fatos que rechearam o meu *quarto ciclo* de vida.

Do alto da varanda, naquela madrugada quente, misturando o gosto da boca de Sylvia com o de Jonnhy Walker, tive uma crise de choro árido. Não consegui chegar a desdobrar aquela carta para ler. Entreguei-me à dor, enxurrada seca e explicável que brotou dentro de mim.

Senti uma solidão tão assustadora, me encolhi no chão da varanda, quis voltar a ser menino e a ter meus pais vivos; ou a ser um marido e poder contar com minha mulher; ou, pelo menos, ser jovem e ter bons amigos. Foi quando percebi que precisava falar com Nicolau, só ele e apenas ele poderia me entender, acalmar, abraçar.

Ele fora, e ainda era, a pessoa mais importante em toda a minha vida, e eu sentia que não era à toa que estava em São Paulo: tinha vindo atrás de Sylvia, mas Nicolau era meu porto seguro. Liguei pela segunda vez para ele, e caiu de novo na caixa postal.

— Nico, é teu pai. Tô aqui em Sampa, preciso te ver, filho.

A verdade, vista daquela varanda, quando o sol finalmente resolveu raiar e fui vencido pelo mais mortal dos sonos, era simples: eu não tinha forças para seguir vivendo sozinho, tampouco tinha o poder para descontinuar a vida. Ter descoberto que Leah estava viva era um alívio, mas ter sido rejeitado, mesmo que momentaneamente, gerava uma dor incalculável.

AQUELE 31 DE DEZEMBRO DE 2012 foi um dos dias mais angustiantes de minha vida — e deve-se levar em conta que passei dias horríveis durante as guerras e nas vezes em que fiquei viúvo, só para citar os mais agudos.

A varanda me aprisionou: fiquei esperando, em vão, Sylvia aparecer. Ou Nicolau me retornar — seu celular continuava fora de área. Não quis deixar o hotel nem para comer. Tomei banho desligando o chuveiro de quando em quando para o caso de alguém bater na porta — e ouvi várias batidas, mas todas vieram de dentro de mim.

O último dia do ano foi passando e a garrafa de uísque, acabando. Consegui falar com Teresa, irmã materna de Nicolau, que, ao contrário dele, não sabia da verdade. Havia mais de dez anos do nosso último encontro, e vê-la significava me disfarçar de idoso. Por isso, quando liguei, fingi não estar em São Paulo.

— Teresinha, sou eu, Leo — disse, falseando a voz para parecer mais velho. Tanto ela quanto Nicolau ainda me chamavam pelo meu nome de guerra, Leo. Era um costume da infância.

— Leo, quanto tempo!

Nos falávamos sempre ao telefone. Eu pigarreava e arrastava as palavras como o senhor de 75 anos que ela acreditava que eu fosse.

— Querida, estou atrasado para desejar um feliz Natal, mas a tempo do ano-novo...

— Que saudades, Leo!

— Vou a São Paulo em janeiro, eu prometo — menti.

Houve uma pausa. Escutei uma ambulância urgindo pela rua vazia.

— E teu irmão, como está?

— Nicolau viajou hoje cedo com a namorada. Resolveram de última hora ir para Roma ver a mamãe.

— Que pena, queria falar com ele — reclamei.

— Já tentou o celular?

— Está desligado.

— Deve estar voando ainda.

— Marina vai bem? — Marina era sua mãe, e a mãe de Nicolau.

— Mamãe não para, está ótima! Você devia ir visitá-la, dar um pulo em Roma.

— Pois é, Teresinha, faz tempo que não a vejo.

Houve mais um silêncio. Eu e Teresa nunca tivemos muito em comum, a não ser um grande carinho.

— Como vai o grupo?

— Muito bem, Leo, estamos inaugurando um novo shopping em 2013. Foi um ano próspero, excelente mesmo. Venha nos ver, por favor. — Teresa não era apenas uma acionista do grupo, mas estava envolvida com a área de expansão de negócios e ultimamente começara a investir em terrenos e shoppings e outras coisas que eu já nem sabia.

— Irei, minha querida. Desejo para você e Helena um ano incrível!

— Eu também, Leo, espero que em 2013 possamos estar juntos — acrescentou, e desligou.

Tive uma vontade quase incontrolável de correr até a sua casa e contar tudo para ela e para Helena, sua companheira há anos. Elas entenderiam — se é que havia entendimento possível para a minha condição.

Ao invés disso, vesti a roupa e fui a pé até a portaria de Sylvia. Sentia um misto de raiva e preocupação. Já passava das seis da tarde, e ela não aparecera.

As ruas estavam assustadoramente desertas, e o sol já se punha pela última vez no ano. Na portaria blindada de Sylvia mais uma surpresa me esperava: havia um bilhete para mim. Aquele porteiro do dia anterior estava de folga, e o que me atendeu era carrancudo e não quis revelar seu destino.

— O senhor não sabe se ela volta hoje?

Ele apenas negou com a cabeça, levemente.

— Ela não deixou nada para mim? — insisti.

— Qual é o seu nome? — perguntou enquanto revirava o escaninho de correspondências.

— Joaquim Henrique Castro Nunes — berrei através do interfone.

E então me entregou um bilhete dobrado com meu primeiro prenome no dorso. Um papel comum, com certeza escrito de última hora, sem capricho nenhum.

Me afastei, curioso.

Desculpe, não pude ir ao teu encontro. Preciso de mais tempo. Te procuro quando voltar, em Noronha. Tudo continua igual: estou apenas me preparando para o nosso futuro. Sylvia.

Uma mulher, quando decide brincar com um homem, é a coisa mais perigosa do mundo. Ela fere sem saber que está ferindo. Ela machuca sem ter a intenção de cortar a alma. Ela foge sob o pretexto de estar indo ao seu encontro. Tudo, absolutamente tudo, é ao contrário quando uma mulher decide brincar.

Pois Sylvia estava, consciente ou inconscientemente, brincando comigo. Dei a volta no quarteirão, sem fôlego, absolutamente estarrecido por sua falta de consideração. Machucado, ferido, triste, pasmo. Entrei na mesma padaria, pedi um café e uma folha de papel. O balconista me reconheceu e arrumou um papel de embrulhar frios. Aceitei, alcancei a caneta no bolso e comecei a tamborilar os dedos, nervoso, com raiva, sem saber ao certo o que escrever.

Na rádio começou a tocar uma música da década de 80, do Phil Collins. Escutei atento à primeira estrofe, pareceu uma trilha sonora perfeita para o momento. Que raiva me deu! Dizia algo assim: "Como eu posso deixar você ir embora, simplesmente desaparecer sem deixar sequer um rastro, enquanto eu fico aqui a cada respiração tua? Você é a única que me conheceu de verdade. Como você pode fugir quando tudo o que eu posso fazer é te ver partir?"

Fiquei pensando naquelas palavras, e escrevi:

Leah Sylvia Porto Leal, ou seja lá quem você for:

Estou confuso. Me sinto estúpido, imbecil, excluído, enganado — pior, humilhado. Mas, acredite, nenhum desses sentimentos humanos irá mudar nada, só você poderá mudar alguma coisa.

Será que, após 188 anos, eu mereço saber das coisas todas através de cartas? Pior: bilhetes de última hora? Do que adianta, então, termos nos encontrado? Ou melhor, por que você me procurou se não ia ficar comigo?

Se não é para ser (o que soa absurdo, porque é para ser!), não insistirei.

Em algum outro momento nos cruzaremos. Ou não. Já sabemos que o mundo é grande o suficiente para mais um ou dois séculos sem nos esbarrarmos.

Joaquim Henrique Castro Nunes, ou quem quer que eu seja.

Dobrei, deixei em sua portaria e parti para o meu hotel.

Minha perplexidade com a situação me fez passar o ano-novo naquela maldita varanda, sozinho, com outra garrafa de uísque nas mãos. Meu peito explodindo de raiva, os fogos estourando no céu, e 2013 chegando, escrito na tela muda da televisão. Mais um ano. Meu impronunciável ducentésimo décimo sexto ano de vida.

Não dormi. Me negava a terminar 2012 — o tão especial ano do reencontro — daquela forma. Bem cedo, assim que consegui um taxi, fiz o *checkout* do hotel e fui para o aeroporto. Não havia voos para o dia seguinte nem para o outro, tudo cheio, então fretei um jatinho e voltei para Noronha algumas horas depois. O caminho todo fui pensando em encerrar a vida na ilha, abrir um mapa-múndi, fechar os olhos e escolher um novo local para recomeçar.

Havia tantas possibilidades inexploradas, como Calcutá, Sidney ou Dubai. Havia distância suficiente para eu ficar o mais longe possível de Sylvia e seguir vivendo até alguma coisa me deter, parar ou matar.

Foi com tristeza que vi São Paulo se afastar com sua massa cinzenta e seu ar palpável. Minha curtíssima estada tinha sido angustiante e confusa. Precisava de alguns dias para decidir meu futuro, precisava de um banho de mar e do céu de Noronha.

Vou fazer um mergulho noturno, pensei, para acalmar as ideias.

Pousamos já de noite na ilha. Senti um alívio por estar de volta, apesar de saber que ninguém estaria me esperando.

Mesmo assim, quis estar com Fogo, em casa. Era a única coisa que realmente importava naquele momento. Peguei um táxi desconhecido, e seguimos para a Floresta Nova. A ilha estava apinhada de turistas.

— Você é o Joaquim, da agência de turismo, né? — o motorista me perguntou. Ele era moreno, tinha as maçãs do rosto comidas por algum tipo de acne juvenil, e eu não lembrava dele.

— Sou, sim. A gente se conhece?

— Vixe, já cruzamos no Cachorro e tal. Mas, rapaz, tenho uma notícia meio ruim procê — disse, brecando o carro na altura da Alameda do Boldró.

— Que foi? — perguntei, tentando imaginar.

— Rapaz, parece que a tua casa pegou fogo — exclamou.

Senti o gosto de cinza escorrer pela minha garganta. Aquele gosto que estava guardado desde a morte de Anne Sophie.

— Como assim, pegou fogo?

O taxista voltou a dirigir.

— Não sei os detalhes, mas parece que foi ontem à noite, a Zelda e o Marujo é que sabem.

Podia ser uma vela, um rabicho de cigarro, um curto-circuito, um fogo de artifício, muita coisa, o taxista seguiu dizendo. Eu entrei em transe, aqueles flocos de cinza escorregando garganta abaixo, um mal-estar súbito.

Poucos minutos depois, estacionamos na porta da casa: não tinha sido queimada como a do conjunto habitacional Jouffroy-Renault, apenas a sala estava coberta por um chamuscado negro. Sombras embaralhavam-se na parede.

A mesa e as cadeiras haviam sido consumidas: eram de palha. Os dois sofás e a poltrona onde eu gostava de ler também já faziam parte do passado. Fogo, que devia ser à prova de fogo, veio me receber assim que cheguei.

Logo Zelda surgiu da área com um balde. Deu pra ver que ela estivera limpando.

— Joaquim, graças a Deus! Aconteceu essa desgraça aí!

Até aquele momento, nada parecia realmente uma desgraça: uma nova pintura e novos móveis resolveriam a história. Nada de estrutural ameaçava a casa.

— Olhe, alguns móveis já eram — balbuciou, quase chorando.

Peguei Fogo no colo.

— Obrigado, Zelda, pela ajuda.

— Marujo mais os meninos é que apagaram o fogo e tiraram a mesa. Tentamos falar muito com você. Parece que foi um morteiro que entrou pela varanda.

Era verdade que eu tinha recebido muitos telefonemas da ilha, sem paciência para atender ou responder.

— Se quiser ficar lá em casa... O cheiro aqui tá muito ruim.

Abracei Zelda com carinho. Eram a minha família daquele *sétimo ciclo*: ela e Marujo.

— Vou pra uma pousada, não precisa se incomodar. Só preciso apanhar umas roupas. — E entrei no quarto, que, apesar das marcas de fumaça nas paredes, não fora atingido.

Abri o armário, tirei a roupa de mergulho, juntei o restante das coisas. Já estava pronto para sair quando voltei à sala e lembrei da tal carta. Ela tinha ficado em cima da mesa, a carta que explicava tudo, a única pista que eu tinha!

Mal pude acreditar naquilo, com raiva chutei a parede. Zelda veio.

— Não fica assim, Joaquim!

— Tinha uma carta muito importante em cima da mesa...

— Carta? Vixe, deve ter sido a primeira coisa a queimar — ela disse e continuou varrendo.

Dei um abraço nela, agradeci mais uma vez, coloquei comida para Fogo, peguei as chaves do carro e parti para a pousada de um amigo.

Mais uma vez não consegui dormir, pensando na estranha possibilidade de a carta ter se consumido sozinha, numa autocombustão que Deus, o destino ou o acaso provocara para evitar que eu descobrisse a verdade. Fogo-fátuo.

Rolei na cama e não aguentei minha queimação interna: só se apaga incêndio com água, pensei. Saí para mergulhar.

ESCOLHI MERGULHAR NAS PEDRAS SECAS, a doze metros de profundidade. Depois do cinza de São Paulo e das cinzas da Floresta Nova, eu precisava me entocar no túnel, me confundir com as tartarugas-de-pente, as lagostas, os cações-lixa, os inofensivos tubarões-bico-fino.

Fui passeando pelos oito metros do túnel sem querer que acabassem. Poderiam estender-se pelo resto de meus dias, poderiam sair do outro lado do mundo, do outro lado da vida, do meu outro lado.

Com a casa parcialmente queimada, a carta totalmente destruída e uma enorme interrogação dentro de mim, a vontade de fugir, largar tudo e fazê-la sofrer tanto quanto eu estava sofrendo foi tentadora. Afinal, se eu não podia tê-la, ela também não poderia me possuir, me encontrar, me reter ou me deter.

O que haveria de tão importante naquela carta e de tão fundamental em sua vida para que ela se afastasse daquela maneira? Estava escuro demais para eu enxergar qualquer coisa, qualquer possibilidade. Não havia fim.

Um dentão atacou um peixe menor, que eu não consegui identificar. A beleza da vida é essa, pensei, é que ela começa e acaba.

E se depois do encontro com Sylvia eu tivesse perdido minha imortalidade? Sim, existia essa possibilidade: quando uma coisa louca e descabida como a imortalidade acontece, tudo é possível, até mesmo que uma magia desaconteça.

Percebi a flutuação dos seres que estavam ao meu lado e entendi que só haveria uma maneira de descobrir isso: tentando morrer.

Agarrei essa fagulha de pensamento da mesma maneira que, em algum momento, a fagulha de fogo destruiu aquela carta. Tirei meu oxigênio, eu devia estar a quatro, talvez três metros de distância do fim do túnel. Estava escuro e tranquilo. Seria uma ótima hora para morrer.

Subtraí minha máscara de oxigênio e apaguei a lanterna que eu levava na cabeça. Se eu conseguisse morrer, gostaria que fosse no escuro.

Resisti na apneia por uns dois ou três minutos, durante os quais tentei rever minha vida: queria, como a maioria das pessoas relata, me lembrar antes de partir. Mas, mais do que tudo, queria partir.

Não consegui recapitular meu passado e, com raiva, decidi engolir água para acelerar o processo. Quando encontrei a inconsciência, ainda tinha o gosto dos flocos de cinzas na minha garganta.

Ópio

VIENA NÃO ERA ASSIM TÃO DIFERENTE DE PARIS, pelo menos para os meus olhos acostumados ao cenário tropical. Era europeia, larga, fria, e tinha aquela luz azulada invadindo seus poros. Chegamos em janeiro de 1913.

Henri tinha ido realizar um intercâmbio com a universidade local sobre um novo ramo da física, que mais tarde seria conhecido como mecânica quântica. Uma teoria baseada no princípio da incerteza que muito me interessava antes da morte de Anne Sophie. Naquele momento, entretanto, só me fazia reviver sua perda. Henri foi trabalhar com um estudante prodígio, Erwin Schrödinger, assistente do então ilustre Franz Serafin Exner, no aprofundamento desse projeto.

Todos os dias, Schrödinger passava no nosso pequeno apartamento a caminho da Universidade de Viena. Era um sujeito simpático e, além disso, extremamente risonho: não tinha vergonha de mostrar seus dentes de fumante e sorria com os olhos. Usava óculos redondos e gravata-borboleta. De cara, tivemos uma enorme empatia.

O ponto alto do meu dia era quando ele passava para buscar Henri, de manhã. Nossos papos começaram a ficar tão interessantes que o levaram a chegar antes e tomar café conosco.

Com o transcorrer das semanas, passamos a desjejuar na esquina, onde havia um tradicional café vienense: mesas com toalhas de linho branco, chás, cafés, cigarros e espíritos exaltados. Meu alemão também evoluía — a estrela caída parecia ter me dotado de uma estranha facilidade para idiomas.

O que me fascinou foi a maneira como Schrödinger me apresentou ao mundo da filosofia: primeiro, me emprestou o derradeiro livro do filósofo Schopenhauer, *Parerga und Paralipomena*. Levei meses para entender o que estava escrito ali, entre a leitura inicial, discussões sobre o percurso e a releitura final. A ideia das três condições básicas e fundamentais para a felicidade virou um mantra para mim: o que se é, o que se tem e o que se representa para os outros.

Quando dei por conta, Henri estava tomando café sozinho no apartamento, evitando nossas conversas matutinas, sempre com a desculpa de precisar de mais tempo para se arrumar ou tomar nota de alguma coisa. "Já encontro com vocês", dizia, mas nunca chegava. Eu e Schrödinger bebíamos café e fumávamos enquanto conversávamos, mas o tempo não parecia mais suficiente para tanto assunto.

Passamos a marcar encontros depois do trabalho, no Café Landtmann, regados a bebidas mais fortes. Henri não ia: não gostou muito da nossa súbita proximidade, apesar de entender que era algo que me fazia bem, pois me tirava da inércia.

Desde que eu chegara a Viena, tudo o que eu fazia era filosofar. Também descobri, através de Schrödinger, Nietzsche e, em seguida, um camarada que estava na crista da onda: Freud.

Sem me dar conta, cada vez mais eu estava do lado de fora, na rua, na Ringstraße, elevado a pensamentos hipotéticos, sem prestar atenção nas coisas que estavam de fato acontecendo ao meu redor: de um lado, a insatisfação de Henri com minha crescente relação com Schrödinger; de outro, a tensão pulsante da capital daquela dupla monarquia, um império unido por duas famílias em crise: os Habsbourg e os Lorraine.

A situação em geral, na Europa, era tensa: um vulcão borbulhante preparava-se para entrar em erupção enquanto eu fixava a minha atenção nos jogos de luz do pensamento.

Desde que eu conhecera Anne Sophie, as notícias das crises europeias passaram batidas por meus olhos desatentos. A crise marroquina, que pôs França e Alemanha em terrenos opostos; a Conferência de Algeciras, inútil esforço de amenizar a crise; a formação da Tríplice Entente, iniciativa da França, da Inglaterra e do Império Russo contra o pangermanismo; a anexação da Bósnia-Herzegóvina pela Áustria; a tensão austro-russa nos Bálcãs; e a segunda crise marroquina.

Para piorar, havíamos nos mudado da França no ano em que a primeira guerra dos Bálcãs estourou. Para onde? Para a capital do Império Austro-Húngaro, para a cidade onde seria declarada a Primeira Guerra Mundial. Eu, anestesiado pelas perdas, e Henri, seduzido pela bolsa de estudos na cidade azulada. Havíamos ignorado a ameaça iminente de conflitos, e não nos passou pela cabeça que seria difícil voltar a Paris.

Em vez de pensar nisso, concentrei-me na literatura filosófica, nos encontros com pensadores que fui conhecendo através de Schrödinger, para tentar mudar a minha identidade. Adotei o Henrique Castro, recheio do meu nome, e assim me apresentei a todos. Logo, obviamente, virei Heinrich. Como meus documentos haviam sido queimados em Paris, me reinventei totalmente: Henrique Castro nascera em Lisboa, em 3 de outubro de 1884. A data era uma homenagem aos sessenta anos da estrela caída.

Abolir dois de meus nomes seria fácil; o que dava medo era abolir a identidade anterior de minha vida. Tentar esquecer Leah requereria um exercício diário — e honesto. Talvez eu devesse procurar o sentido por detrás disso tudo, em vez de viver a frustração de não ter ou de não realizar o que estava fora de alcance.

Viena abriu minha cabeça para novos horizontes e experimentos. Possibilidades nascentes e pontos de vista modernos: e se tudo aquilo estivesse apenas no meu pensamento? E se não passasse de uma enorme enrascada que eu armara para mim mesmo?

O PRIMEIRO ANO PASSOU RAPIDAMENTE. Eu quase já não parava no apartamento, e um conhecido de Schrödinger havia me arrumado um emprego na Manz Bookstore, a mais nova livraria da cidade. Sua imponente fachada em mármore preto, com as letras em dourado, fora desenhada por Adolf Loos e logo se transformou num dos pontos mais visitados do primeiro distrito vienense. Ao entrar na livraria, por uma porta recuada em relação às vitrines e iluminada por dentro, a sensação de aconchego era imediata.

O emprego foi sorte: meu alemão ainda era deficiente, e eu não era *expert* em economia nem em direito — as especialidades da livraria. Não pagava bem; em qualquer outro emprego ligado a uma das minhas formações eu poderia ganhar mais. Mas eu tinha um prazer excelso em estar rodeado pelos livros e em me abster dos compromissos com a pesquisa científica, os doentes e os navios. O importante era ganhar o dinheiro da bebida e do fumo, motores de toda discussão filosófica, e sobreviver de maneira agradável.

Andava por Viena com uma intimidade que não tinha conseguido ter com Paris: conhecia as ruas do centro, sabia apontar de olhos fechados as pinturas de Klimt e participava de todos os concertos musicais que enchiam a cidade de vida. Sem me dar conta eu estava, novamente, vivendo o presente.

Leah era uma lembrança embaçada, longínqua, que eu sabia que voltaria, mas que estava distante demais para ser uma prioridade. Anne Sophie tinha entrado para o meu museu interno: a visitava eventualmente, quando tinha saudades, mas estava descobrindo onde ficavam as portas de saída daquele local dolorido.

Uma coisa, entretanto, começou a me perturbar: o comportamento de Henri. Estávamos morando juntos havia cerca de dois anos, e, no começo, sobretudo em Paris, ele tinha cuidado de mim como um irmão, com um carinho que não encontrara em nenhum outro homem. Nem em meus próprios irmãos.

Depois que chegamos em Viena, e conforme fui me recuperando de Paris e arrumando meus próprios amigos, nossa relação modificou-se. Talvez eu já soubesse o que estava acontecendo, embora não tivesse coragem de enxergar. Era só juntar os pedaços: Henri nunca tivera uma companheira real, dizia que pagar uma prostituta por uma noite era melhor do que se amarrar numa relação com uma mulher. Além disso, não tinha vontade de constituir família: filhos, nem pensar.

Levei tempo para compreender o significado daquilo tudo. Havia algo no ar, entendi que ele tinha ciúmes de minhas saídas com Schrödinger e outros apreciadores da filosofia, e que por isso não nos acompanhava. Também teve ciúmes das duas mulheres com quem me envolvi naquele período: uma frequentadora da livraria chamada Eva; e a garçonete de um café do primeiro distrito, Luna.

Sem perceber, comecei a evitar as noites com Henri. Quando chegava em casa já era tarde e ele estava dormindo — ou fingia que dormia. Nos finais de semana, passeava por Viena com meus amigos ou minhas amantes.

— Preciso ir a Paris — Henri me anunciou num dia em que, por acaso, nos cruzamos no apartamento —, tenho que afinar algumas questões da pesquisa.

— Quanto tempo você pretende ficar?

— Dois ou três meses, apenas. Gostaria que você viesse comigo — disse, baixando os olhos, com muita vergonha daquilo que estava evidente.

— Paris é uma outra vida, não tenho vontade de estar lá. Também não posso largar o meu emprego aqui.

— Emprego? — chateou-se. — Esse trabalho chega a ser humilhante para um homem com os teus atributos, Joaquim!

Ele era o único que ainda me chamava pelo primeiro prenome.

— É um emprego, e eu gosto — respondi, calmamente.

— No momento em que você precisou de mim, eu estive ao teu lado. Agora, que gostaria que me acompanhasse... — Tinha remorso na voz.

— E por quê?

— Não é justo!

Me irritei com sua resposta.

— Não foi você quem perdeu a companheira em um incêndio, não está enlutado, não vejo motivo para eu deixar minha vida aqui em Viena e te acompanhar como uma esposa acompanha o marido!

Pronto, estava dito. Eu havia assumido que sabia o que estava se passando naquele apartamento: não era físico, muito menos palpável. E não era uma vontade minha — mas também não me repugnava, senão, com certeza já teria reagido. Para mim, era um laço forte, uma grande amizade, um carinho que dificilmente eu encontraria fora. Para ele, apesar de platônico, era real, e era amor.

— Você tem vergonha de mim? — E não teve coragem para me encarar, deixando claro que ele, sim, tinha vergonha de seus sentimentos.

— Vergonha? Não, caro Henri, não tenho vergonha, apenas não os tenho, esses sentimentos, dentro de mim. Se os tivesse, por tudo o que sou, pelo que já passei, dificilmente me envergonharia.

O silêncio reinou. A luz azulada do final de tarde caía em velocidade acelerada, e subitamente ficou abafado naquele pequeno apartamento. Henri retirou-se para o quarto, eu servi licor para nós dois.

Quando fui entregar a ele sua dose, notei que sofria. Finalmente me encarou, com um olhar infinito.

— Desculpa-me. — E pegou o pequeno copo.

— Não se desculpe! Jamais! — repliquei, sem saber se podia tocar nas suas costas, como faz um amigo.

— Acho que estou doente, Joaquim. Tenho pensamentos contrários.

— Não vejo doença nisso.

— Pois eu vejo. São pensamentos que me fazem sofrer e que não posso realizar. Pior... — E perdeu a coragem.

— Pior?

— Pensamentos que te incluem.

Senti que lhe faltava o ar. Ele engoliu o licor, passou por mim como uma brisa de vento e foi até a sala. Voltou com a garrafa nas mãos. Tomou três doses seguidas. Ofereceu-me uma.

— Você não sente?

— Não creio que sinta o mesmo.

— Como pode estar certo se não experimentou?

— E você, já?

Houve um silêncio mais pesado do que o ar, notei que o sol acabava de se esconder lá longe, no horizonte.

Henri tomou mais duas doses de coragem e se aproximou. Eu fiquei desconfortável naquela posição, mas não recuei.

— Faz diferença? — perguntou.

A conversa tinha evoluído para uma conotação séria, que eu não sabia como encarar. Nunca havia pensado em Henri amorosamente, mas também não conseguia pensar em minha vida sem ele. Tomei a garrafa de licor de suas mãos e me servi.

— Faz — retruquei, por falta de opção.

— Joaquim, não vejo motivo para mentirmos. Já nos conhecemos bem demais, viemos juntos do Brasil, estivemos em Lisboa, depois, em Paris, e agora, aqui. Eu, eu já tive outros homens em minha vida, sim. Para lhe ser sincero, começo a acreditar que não nasci para as damas. — E seus olhos queimaram de sinceridade.

— E a rapariga do Brasil? Aquela que lhe roubou o coração? — Eu lembrava das intermináveis noites, durante nossa travessia do Atlântico, quando ele falava sobre a suposta moça por quem estava apaixonado.

Henri apenas abaixou a cabeça, e soprou, com vergonha.

— Era um rapaz.

Agora eu não tinha mais o que fazer. Ele estava se aproximando e tinha engolido, junto com o licor, toda a vergonha que nos separava. Além do mais, eu não estava certo de quase nada: apenas que ele não tinha estado em meus pensamentos daquela maneira. Mas isso não queria dizer que não gostasse dele — ao contrário, gostava, e muito.

Senti a mão de Henri segurando a minha. Fiquei ofegante, confuso, mas deixei ele acariciá-la, e foi a coisa mais estranha do mundo: ele a segurou não como um amigo que aperta a mão. Nem como uma mulher que procura afago. Mas como um homem que se impõe a uma dama.

Sem aguentar, puxei a mão e escondi meu rosto.

— Estou confuso — finalmente balbuciei. — Preciso de um tempo, preciso entender tudo o que está acontecendo à minha volta. Não, nunca pensei em estar com outro homem, nunca projetei isso, não posso agir dessa maneira. Nunca sequer passou pela minha cabeça estarmos juntos, e, apesar de tudo, tenho-lhe um apreço inestimável.

Henri se recompôs. Aceitou meu discurso com uma facilidade um pouco irritante para alguém que estava no papel de conquistador.

— Entendo. Não quero impor nenhum sentimento, seria uma besteira. Pense na nossa conversa e, quando estiver pronto, tornaremos a falar.

Seu olhar já tinha voltado a mirar o chão, e a coragem tinha fugido-lhe novamente.

Sem saber o que fazer, saí do quarto e, como não foi suficiente, resolvi ir dar uma volta.

Acabei procurando Luna. Jantamos, tomamos duas garrafas de vinho, e dormi em sua casa, evitando o reencontro.

Quando cheguei de volta ao apartamento, depois de quase 24 horas, havia um bilhete de Henri.

Meu caro Joaquim, parti para Paris. Gostaria apenas que nada do que houve ontem interferisse em nossa brilhante amizade. Antes de mais nada, tenho-lhe grande estima. Desculpe pela sinceridade. Estarei de volta em breve. Enquanto isso, sabe onde me encontrar. Cuide-se. Henri.

Sentei na minha poltrona e respirei aliviado. Enfim, a sós. Eu e eu, sem angústia no peito, com a única e frágil certeza de que estava mais feliz com a sua partida.

DOIS MESES PASSARAM VOANDO: bailes, filosofadas, bebidas, inconsciente, livros, cocaína; discursos, amantes, ego, música, desejo. Finalmente vivi em minha vida meus vinte e muitos anos. Não tenho certeza, olhando para trás, se meus olhos emprestavam ao que eu estava vendo um brilho especial ou se as coisas realmente reluziam em Viena, a ponto de contaminar minha visão.

De uma maneira ou de outra, experimentei intensamente o grupo de amigos, as descobertas e a liberdade. Como um bom burguês, não me preocupei com nada que não estivesse a uma distância de vinte ou trinta metros do meu umbigo.

Recebia cartas de Henri com regularidade, mas fui relapso e não lhe respondi. Nem para Leah eu consegui escrever nesse período. Meu passado — o perfeito e também o imperfeito — tinha ficado embaçado. Estava absolutamente entregue ao presente.

Na manhã do dia 28 de junho de 1914 aconteceu algo que acabaria de vez com aquele período cintilante. O arquiduque da Áustria, François-Ferdinand, foi assassinado em Sarajevo por um estudante iugoslavo. Foi o motivo necessário para que o Estado-Maior de Viena resolvesse acertar as contas pendentes com a Sérvia.

Durante um mês, as ruas começaram a se esvaziar — mas havia vozes por todos os cantos, opiniões inflamadas e cochichos transpassando muros de concreto. Foi a primeira vez que escrevi para Henri. A carta, eu creio, nunca chegou.

O que chegou, entretanto, foi a guerra: a Áustria declarou-a e bombardeou a Sérvia. Muitos acreditavam que o conflito ficaria restrito aos Bálcãs; porém, mais um assassinato, dessa vez justamente em Paris, do socialista-pacifista Jean Jaurès, ateou fogo à palha seca.

Quando me dei conta, os colegas estavam fugindo ou indo servir. Fiquei preocupado com Henri, com a nossa distância. Heresia ou não, ele estava no terreno da Entente; eu, no da Aliança.

Luna veio morar comigo. Alemã de Dresden, estava com medo de tudo, queria voltar para casa.

— É o fim dos impérios, Heinrich. Áustria e Hungria estão se despedaçando. O império alemão vai ruir, o russo, acabar. O turco-otomano está desmantelado — berrou, certa noite, numa atitude absurdamente parecida com a histeria descrita nos estudos de Freud, aos quais eu havia tido acesso.

— Ouvi no café que os alemães têm um plano, o Plano Schlieffen, que prevê apenas seis semanas de conflito. Vão invadir a Bélgica, que está neutra, e entrar pelo norte da França — expliquei.

— E você está feliz com o massacre que farão? Vão acabar com os franceses!

— A Entente tem 180 divisões, contra apenas 120 da Aliança. Estou achando que a sua Alemanha vai ficar na pior — revidei.

— De uma maneira ou de outra, temos que deixar Viena. Estamos no centro da guerra. Uma guerra... praticamente mundial, Heinrich — completou, agora mais apavorada do que histérica.

Luna era uma mulher grande, que falava, gargalhava e gemia alto. A princípio, ela não me atraiu: era espaçosa, alargada, espalhada; o oposto de Leah, Berenice e Anne Sophie. Tinha vontades próprias e fortes, era independente e completamente histérica. Possuía um pessimismo atávico.

A verdade é que, com o passar das semanas, apesar de a guerra não ter nenhum *front* na cidade, o abastecimento de alimentos foi escasseando. Aquela capital brilhante começou a ficar fosca nas horas mais claras do dia, e um manto de medo a cobriu.

Schrödinger comemorou sua *venia legendi*, o equivalente ao doutorado, com uma noitada para os amigos. No final, fez um triste anúncio: aquilo era também uma despedida, ele partiria na semana seguinte para ser funcionário comissionado nas fortalezas austríacas.

— Onde há fogo, há guerra — alguém da mesa esbravejou.

Naquela noite, bebemos como se o sol não fosse raiar no dia seguinte. Quando cheguei em casa, Luna anunciou a nossa retirada.

— Vamos para Dresden amanhã cedo.

Eu me deixei cair na poltrona, imóvel, cansado.

— Não sei se vou, tenho que esperar Henri.

Ela riu na minha cara, com vontade, sarcasticamente.

— Henri? A única coisa que passa da França para cá são soldados, *mein lieber Freund*. Antes do final da guerra não verás Henri.

Não consegui dormir naquela noite. Minhas convicções haviam sido abaladas com a notícia da retirada de Schrödinger. Minha força escapou de mim, a ideia de partir para Dresden com Luna me desconcertava: não gostava o suficiente dela. Queria ficar em Viena e seguir filosofando a minha vida burguesa. Lá, e só lá, não me sentia cansado como em todos os outros lugares onde eu havia estado nas últimas décadas.

Passei a madrugada escutando a cidade, saí para caminhar por suas ruas desertas. A vida não para para sermos felizes, pensei. A vida não para para sermos, corrigi meu pensamento. Dei mais alguns passos, a esmo, e refraseei: a vida não para.

NO DIA SEGUINTE PARTI COM LUNA PARA DRESDEN, onde sua família possuía um pequeno apartamento. Sair de Viena foi ruim, saí na hora mais confusa possível, com a pessoa errada, para viver como um operário bêbado.

Como eu sabia que Henri não voltaria de Paris tão cedo — e, também, se voltasse, não tinha certeza de como seria a nossa relação — e como não possuía mais juízo para julgar aquela guerra, deixei Viena.

Depois da morte de Anne Sophie eu havia perdido muito, andado para trás: desaprendido coisas, desconfiado de pessoas, desacreditado na vida. Por outro lado, a temporada na Áustria me obrigou a me conectar com meu lado mais leve: mundano, *bon vivant*, despreocupado.

Quando cheguei em Dresden, mais uma cidade linda cortada por um rio enorme, não apreciei nada: nem a música, nem a arquitetura, nem o espírito das pessoas. A luz celestial que iluminava as ruas me parecia borrada e fria. Tampouco me importava o que significava a Alemanha e quem ganharia a guerra.

Na semana seguinte à nossa chegada, Luna conseguiu trabalho numa fábrica de chocolate. Enquanto ela embrulhava tabletes, eu ficava dormindo, me recuperando do porre da noite anterior. Bebíamos diariamente e sem exceção, e a cada dia eu tinha a impressão de consumir mais álcool — pura verdade.

Sua mãe, Olga, uma senhora doente de cinquenta anos, passava o dia inteiro enfurnada na cama — um derrame tinha roubado para sempre seus movimentos. Bárbara, prima de Luna, vivia no apartamento e aguçava a minha imaginação: tinha vinte anos, seios grandes e duros, a pele mais alva do que branca e mistério no olhar.

Luna cismava com ela.

— *Ach mein Gott*! Essa *Kind* está escondendo alguma coisa, e você, Heinrich, está de olho nela!

Claro, como não haveria de estar? Luna já antipatizava com a prima antes de nossa chegada a Dresden, por causa do carinho que ela tinha com Olga e por possuir o frescor da juventude.

Luna queria descobrir, a qualquer preço, como Bárbara ganhava a vida. Tudo o que sabíamos era que saía cedo e chegava tarde, trazendo sopa e, quando conseguia, um pedaço de pão para a tia.

Rapidamente fui me acomodando no meio daquelas mulheres. Não tinha pressa para dormir e muito menos para acordar. Luna e Bárbara saíam cedo para o trabalho, eu e Olga permanecíamos imóveis e ressonantes em nossos colchões: ela dormia com Bárbara no único quarto do apartamento. Eu e Luna dividíamos o chão da sala.

Quando Olga acordava, eu a levava para a sala, alimentava-a com restos de comida, lavava seu rosto e escovava seus dentes com a pasta de dentes que Bárbara comprava no Dresden Altmarkt, a praça do mercado velho. Ela seguia me olhando fixamente, com intensidade e agradecimento. Durante todo o tempo em que estivemos juntos, nunca pronunciou sequer uma palavra. O derrame lhe afetara a fala — não era muda, mas tinha vergonha do gromelô que saía de sua boca.

Se queria dizer algo — o que era extremamente raro — ela escrevia num pedaço de papel, com a mão esquerda. Como fora educada destra, sua caligrafia traduzia-se em rabiscos tortos e disformes.

Assim que o sol brilhava do lado de fora, eu descia as escadas do segundo andar levando uma cadeira e um livro. Depois, voltava e buscava Olga, que segurava com o braço esquerdo atrás do meu pescoço e sorria de lado, feliz. Sentávamos na calçada, e eu lia para ela: chorava com as histórias e tentava me beijar quando subíamos as escadas de volta para aquele apartamento úmido e triste.

Nunca contei a Luna sobre nossas sessões de leitura na calçada. Era importante apenas para mim e para Olga, e, como minha companheira mostrou-se extremamente ciumenta, não quis correr o risco de ela me separar de sua mãe.

À noite, eu dava um beijo em Olga, a ajeitava em sua cama e saía para esperar Luna na porta da fábrica de chocolate, onde aproveitava o cheiro adocicado para imaginar que estava numa *pâtisserie* comprando *pain au chocolat* para Anne Sophie.

De lá, íamos ao Pilsner Café, onde bebíamos e dançávamos e fumávamos e falávamos alto e bebíamos ainda mais. Geralmente, íamos embora nos carregando, um ao outro, e cantando alto pelas ruas frias e desertas. Luna esperava por aquele momento o dia inteiro. Quando alcançávamos a entrada do prédio, ela abria a blusa e me oferecia os seios, pedindo em troca o coito.

Acontece que ela não me interessava, apenas me anestesiava. Eu estava totalmente dopado pela inércia da vida: bebendo, lendo, dormindo, tentando anular o não passar do tempo.

Nos poucos momentos em que eu conseguia ficar sóbrio, sentia imediatamente que estava espalhado por mim mesmo, aos pedaços, e que não sabia como me recompor. Por isso, bebia mais no dia seguinte.

Foram quase dois anos assim, em plena guerra: todos, e não apenas eu, estávamos engessados na moldura do medo. O tempo escorreu, noites e manhãs confundidas, livros devorados em voz alta sob o doce olhar de Olga e notícias de uma guerra fracassada.

Certa tarde, quando acordei e não havia nada para comer na prateleira da pequena cozinha, peguei umas moedas em cima da mesa e fui até o mercado que ficava duas quadras acima.

Deparei-me com uma fila formada por homens com os dentes estragados e roupas puídas, cheirando a suor encardido. Desempregados, pensei. O último homem da linha me informou que ali havia uma fábrica de cigarros contratando. Me deixei ficar, preocupado com a comida de Olga, mas pensando, ao mesmo tempo, que meus tempos de vagabundagem deveriam chegar ao fim.

Foram cerca de quatro horas no frio para alcançar os portões de ferro da Yenidze, a gigantesca fábrica de tabaco de onde a fila brotava. Um homem com a cara fechada e um bigode espetado me examinou as palmas das mãos, o documento de identidade (que era, mais uma vez, falsificado) e os dentes. Fui contratado na hora, começaria no dia seguinte.

Saí de lá sorrindo, como se aquele emprego deprimente fosse me trazer felicidade e como se eu não soubesse que felicidade é uma coisa que se desmancha no ar. As ruas já estavam escurecendo, e alguém escutava uma suíte em G maior do concerto de Bach para *cello*. Havia uma dureza na música que combinava com a luz daquele crepúsculo invernal. Lembro que, pela primeira vez em muito tempo, senti uma falta abrasiva do mar e de Fernando de Noronha, e da vida tropical e quente. Seu cheiro, seu céu, seu infinito.

Passei no mercado e fui direto para o apartamento. Bárbara estava de volta, mais cedo do que de costume.

— Vim apenas pegar uma coisa, mas vi que você não alimentou minha tia — ela ralhou, com razão.

— Verdade, mas consegui um emprego e trouxe pão — mostrei. Pão valia ouro naquela guerra.

— Eu já alimentei a minha tia, lavei-a e agora, se o senhor me dá licença, eu tenho que voltar ao trabalho. — E se retirou.

Fui até o pequeno e abafado quarto, vi que Olga dormia, deixei o pão ao seu lado e saí atrás de Bárbara, pensando que, se eu descobrisse o que ela fazia, jamais contaria a Luna.

A segui com uma distância razoável. Andamos por cerca de vinte minutos, entrando num distrito mais operário do que o nosso.

Ela empurrou uma porta de madeira com uma maçaneta de ferro no meio. Senti calor vindo de lá, esperei um pouco e entrei.

Era um salão de ópio, onde as pessoas iam fumar. Escuro, teto baixo e colchões mal-ajambrados espalhados pelo chão. Ouvia-se, além dos grunhidos de prazer, o som do violino que um homem de nariz adunco, escondido num canto, tocava. Seu nome era Günter e nos tornaríamos grandes amigos.

Percebi que Bárbara era servente: misturava o suco de papoulas com o tabaco e servia os usuários, alguns doentes, outros apenas buscando anestesia. Todos deitados lado a lado, sugando seus cachimbos.

Eu nunca havia experimentado ópio: tinha gostado de cocaína em Viena, mas, até aquele dia, minha droga era o álcool.

Bárbara não me viu. Fiquei observando como deslizava entre as pessoas com passos de fada, levando felicidade. Os usuários lhe tocavam o braço com carinho, pedindo mais, pedindo água, sorrindo, sussurrando segredos incompreensíveis.

O violinista fez uma pausa e veio ao meu encontro.

— Primeira vez? — Acendeu um cigarro.

— Como você sabe?

— Com o tempo, a gente sabe dessas coisas. Günter — estendeu a mão.

— Heinrich — respondi.

— Estrangeiro?

— Português — completei —, acabo de ser contratado pela Yenidze.

Ele olhou para o próprio cigarro.

— *Meine Zigaretten.* — E riu.

Bárbara passou entre nós, e achei que ela fosse ficar constrangida ao me ver. Ao contrário: sorriu de soslaio.

— Escolha um leito e deite-se, *mein Freund.*

Günter sorriu para mim e voltou ao violino.

Três minutos mais tarde eu dava a primeira tragada no cachimbo de ópio, que Bárbara fez questão de segurar para mim.

ACORDEI NO HOSPITAL SÃO LUCAS. Eu estava inconsciente havia quase três semanas. Até entender o que tinha acontecido, levei muito tempo.

— Cê quase morreu, chefinho — Marujo disse. — Teu oxigênio se soltou no túnel da Pedra Seca. Se não fosse o mar te empurrar pra fora e o Manuelzinho estar passando de barco por ali e ver a escuna parada, cê tinha empacotado!

Me ajeitei na cama, sentindo a garganta seca, como se um incêndio houvesse ocorrido dentro de mim: um incêndio no mar. Marujo, adivinhando meu deserto interno, me serviu um pouco de água.

Olhei para ele tentando entender quem era.

— Que foi, chefinho?

Por mais que tentasse, eu não conseguia reconhecer Marujo, sabia que ele estava em algum lugar da minha memória, mas não exatamente onde.

— Marujo, rapaz, teu funcionário, teu *brother*, esqueceu? — exclamou, sem graça.

Suspirei.

— Não lembro de nada. — E foi quando o médico, que me observava de longe, com o nome Fernando gravado no avental branco, disse:

— É comum as pessoas que passam por esse tipo de trauma terem perda de memória. Pode ser passageiro, precisamos acompanhar.

Sem entender o que estava acontecendo, tive que assistir a um desfile de rostos estranhos, todos muito preocupados comigo. Durante os dois dias que ainda permaneci no hospital, as pessoas — algumas diziam trabalhar comigo — se revezaram ao meu lado.

O tal médico, Fernando, apesar de jurar que não nos conhecíamos, me pareceu o mais familiar de todos. Fez várias perguntas que eu não soube responder:

— Qual é o seu nome completo? Onde você está? Em que dia você nasceu? Onde você nasceu? Quantos anos você tem?

Fiquei aborrecido, tanto por não saber quanto por sua insistência. Eu sentia uma espécie de choque percorrer o meu corpo quando fechava os olhos, e a única coisa da qual eu lembrava era de um cachimbo comprido, com tabaco, que eu fumava em algum lugar sombrio de teto baixo. Havia uma mulher também, que me ajudava a segurar o cachimbo e sorria para mim. Fora isso, não lembrava de mais nada.

Tive alta, e Marujo e Zelda me levaram para ficar com eles.

— Quero ir para minha casa — pedi, sem ter ideia de onde ficava —, talvez me lembre de alguma coisa lá.

— Sua casa ainda tá ruim, houve um incêndio, nós vamos cuidar d'ocê, Joaquim! — Zelda foi categórica.

Nunca, na vida toda, eu me senti tão desconfortável em minha própria pele quanto naqueles dias. Um terrível desassossego tomou conta de mim. Só sentia refresco quando Marujo me levava de carro pelas lindas praias daquele lugar onde eu vivia e que se chamava, estranhamente, Fernando de Noronha.

— O médico tem a ver com alguma coisa? Dr. Fernando... de Noronha? — perguntei, curioso, certo dia, esperando pelo pôr do sol na Praia da Conceição.

Marujo riu.

— Cê bateu foi com essa cabeça e desparafusou todas as ideias, ora, veja se pode, Fernando de Noronha ser nome de doutô!

Rimos juntos.

— Em que ano estamos mesmo?

— 2013, cê se afogou no primeiro dia do ano, Joaquim!

Aquela data, 2013, não significava absolutamente nada. Apenas um número solto e desconexo.

— Chefinho — ele olhou —, preciso te dizer uma coisa. Assim que isso aconteceu, esteve aqui uma mulher chamada Sylvia. Ocês se conheceram no final do ano e ficaram apaixonados, cê até foi pra São Paulo atrás dela, hômi, mas voltou pior do que foi. Logo depois sofreu o acidente.

— Sylvia? — O nome também não me trazia vento nenhum.

Marujo confirmou com a cabeça.

— Ela chorou tanto, mas tanto, por te encontrar daquela maneira. Nunca vi, era como se cês fossem casados há muitos anos...

— Eu era casado?

— Não! O que eu quero dizer é que ela parecia uma mulher sofrendo de amor, e não de paixão. Ficou uns quinze dias no hospital, do teu lado, e foi embora dizendo que voltava.

Dei de ombros. Sylvia, 2013, Fernando de Noronha. Aquilo tudo — pela primeira vez em minha longa vida — não tinha a menor importância. Perder a memória era o que de melhor poderia ter me acontecido — mas eu não sabia disso, porque não lembrava. O que eu nem sequer suspeitava era que isso acontecera no momento errado: quando, finalmente, Sylvia havia largado tudo para ficar comigo.

DURANTE VÁRIOS DIAS MARUJO me levou para rever as praias e as pessoas da ilha, tudo que poderia despertar em mim alguma coisa. Eu só estava proibido de mergulhar ou surfar, ordens médicas.

Percebi que Marujo e eu éramos íntimos, ele suspeitava que eu havia, na verdade, tentado suicídio. Suicídio?, eu pensava, com a mente vazia, olhando o céu rasgar o mundo.

Sua teoria era a de que eu, coração partido por essa "mulhé", Sylvia, "que tinha era mesmo cara de garota", tinha me atirado ao mar para morrer. Infelizmente, eu não podia concordar ou discordar. Estava nulo, sem defesas nem opiniões.

— Sylvia ligou — ele anunciou, mais uma vez, na quinta-feira. Eu continuei sem falar com ela, falar o quê? Sobre o quê? Mas ela insistiu: ligou na sexta, no sábado e no domingo. Falou, todas as vezes, com Marujo. Havia um mistério, bem, tirando o fato de a minha vida ser feita, inteiramente, de mistérios.

Zelda, por sua vez, não se metia.

— Tua casa está quase pronta — me informou na mesma quinta-feira em que Sylvia ligou. — A pintura acabou, e os móveis novos que eu encomendei chegam até a semana que vem.

Aquela quinta-feira foi, durante um tempo, uma referência para a reconstrução da minha memória. Começou a marcar minha vida: se eu não tinha um passado, tinha, sim, um presente.

Também foi naquele dia 31 de janeiro que uma nova fumacinha se mexeu dentro de mim, e eu senti alguma coisa além daquela imagem de relance do cachimbo e da mulher.

Foi quando desci na Baía do Sancho. Tive uma impressão estranha ao observar uma árvore, uma amendoeira: soube que ela estava ali havia muito tempo. Soube que, um dia, tinha segurado, gentilmente, um cavalo que sorria para mim.

Durou segundos apenas. Mas eu entendi que aquela visão ativara em mim alguma coisa muito remota, até mesmo improvável. Quando contei para Marujo, ele riu.

— Não foi por causa daquele filme que nós vimos na televisão ontem à noite?

Nós tínhamos assistido a um antigo faroeste cheio de cavalos. Podia, sim, ter sido uma memória nova, emprestada do filme. Uma impressão que eu tomei como se fosse minha, já que estava tão oco. Mas alguma coisa me dizia, e eu não sabia explicar o porquê, que cavalos sorriem.

Finalmente decidi que precisava voltar para casa. Os médicos concordaram. Se havia alguma chance de eu começar a lembrar quem eu era, teria que estar rodeado das coisas familiares: sons, cheiros e texturas que pudessem me dar pistas.

Mas quando entrei na minha sala recém-pintada, foi como se estivesse entrando na casa de um desconhecido. Na verdade, essa estranha sensação estava se tornando familiar, pois eu também parecia habitar o corpo e a vida de outra pessoa. Eu estava no limite entre ser ninguém e alguém. Era um vegetal emocional: por algum motivo, as sinapses não estavam acontecendo no meu cérebro.

Percorri os objetos da sala com os dedos. Tive calma para entender as diferentes superfícies, e procurei não me frustrar quando nenhuma sensação despertou meus sentimentos.

Me detive, por algum tempo, olhando para um quadro antigo. Datava de 1840 e retratava um casal segurando as mãos no ar, sem felicidade aparente. Ela, de vestido cor de manteiga, parecia mais realizada do que ele e sua cartola. "Serão meus tataravós?", pensei, sem saber que se tratava de mim e de Berenice.

Havia correspondências em meu nome em cima da mesa da sala. Contas, nada de mais. Abri um extrato do banco, eu precisava ter uma noção de minha vida. Tomei um susto, havia mais de dois milhões de reais em uma das aplicações. Abri outro extrato, dessa vez de um banco diferente. Mais sete milhões em aplicações diversificadas. Não podia ser. Eu: milionário? Morando numa ilha remota?

A varanda foi o local onde me senti melhor. Um gatinho veio roçar minha perna, gostei de sua companhia. Eu tinha um gato? Chutei sem querer um pote com comida no canto da varanda, e isso pareceu responder: sim, eu tinha um gato.

A campainha tocou, o som seco não era familiar como deve ser o de uma campainha. Como Zelda dissera que traria uma sopa de legumes, abri a porta certo de que veria seu olhar condescendente e o esforço por mais uma memória marcado em seus olhos.

Uma mulher me fitou. Ela tinha o rosto anguloso, traços agudos como ladeiras sem freios, e seus olhos traziam a cor do oceano. Os cabelos loiros presos num coque, uma agonia terrível no olhar e um perfume estranhamente familiar.

Se jogou em meus braços como numa cena de filme. E chorou, chorou de soluçar. Eu fechei os olhos, essa mulher deve ser importante na minha vida, pensei. Deve ser a minha namorada de São Paulo, Sylvia.

Ficamos muito tempo abraçados no beiral da porta. Ela simplesmente não me largava. A posição foi ficando desconfortável, e eu finalmente consegui me desvencilhar.

— Quer entrar?

Ela balançou a cabeça, e, apesar de a minha memória estar completamente em curto-circuito, entendi sua fragilidade.

Sentou-se no sofá novo da sala. Tirou um pacote de lenços de papel da bolsa. Assoou o nariz. Ela não tinha pressa.

— Joaquim. — Soltou um suspiro, como quem diz "Que saudades".

— Sylvia?

Ela desandou a chorar mais ainda.

— Você não lembra de nada, né?

— O que você quer beber? — Sentei ao seu lado.

— Vinho.

Eu não sabia onde ficavam as bebidas na minha própria casa. Sem graça, fui abrindo as estantes. Ela percebeu, levantou-se e abriu a porta certa. Serviu-se de vinho tinto. Fiquei sem jeito.

— A adega pegou fogo?

— Adega? — Eu tinha uma adega?

Rapidamente revisei os fatos: eu era um milionário com uma adega, morava na casa mais fantástica da ilha mais incrível do mundo e tinha uma namorada linda. Que cara sortudo!

— Para ser sincero, eu estou chegando agora, passei um tempo na casa de Marujo e Zelda. Só estive na sala e na varanda.

Ela tomou mais vinho e me serviu uma taça. Aceitei, ninguém havia dito nada sobre bebidas alcoólicas — ou eu não lembrava. Que diferença faria? E quem sabe eu não lembraria de alguma coisa se entrasse num estado mais onírico? De qualquer maneira, o real me incomodava muito: eu era um cara que não combinava comigo.

— Do que você lembra? — Olhou direto nos meus olhos.

— Mesmo? De muito pouco. Eu sei das coisas, estranhamente. Sei como o mundo funciona, alguns lugares são familiares, mas, até agora, não reconheci ninguém.

As lágrimas recomeçaram a rolar de seus olhos. O que eu poderia fazer para segurá-las dentro de Sylvia? Não me lembrava dela, mas vê-la chorando e desamparada daquela maneira me deixou triste.

Decidi, então, que beijá-la era o que havia a ser feito. Não por nada, apenas por instinto, por saber que é isso que um homem deve fazer ao ver a namorada chorando.

Segurei seu rosto dramático em minhas mãos. Ele cabia perfeitamente, uma pérola em sua concha. Me aproximei lentamente e pude sentir o álcool em seu hálito. Havia um desespero enorme dentro dela: fechou os olhos antes que eu pudesse tocar seus lábios.

Eu também fechei os meus e fiquei ansioso para saber o que aquilo despertaria. Foi o melhor beijo da minha vida, mas isso era um pouco óbvio, já que eu não tinha memórias de outros beijos. Definitivamente foi um beijo conhecido, uma boca que, de alguma maneira, me despertou os sentidos.

Por isso, e pelo seu desespero, beijamo-nos por muito tempo, e muitas vezes. Senti uma coisa brotando, quase que cócegas internas, uma felicidade de rir. E não queria parar de beijá-la.

Sem perceber como, voltamos ao sofá, ela sentou em meu colo e continuamos com os beijos. Ela me cheirou muitas vezes, tocou meu cabelo com seus dedos longos e foi recuperando, assim, sua respiração. Tive a delicada sensação de que eu lhe emprestava o ar que ela respirava.

Tive vontade de vê-la nua, de senti-la mais, por inteiro, e, assim, fui tirando suas roupas, descobrindo que suas omoplatas eram povoadas por colônias de sardas, que sua pele deslizava sob meus dedos. Seus seios estavam duros, e seus olhos, fechados. Percebi que Sylvia, quem quer que fosse, ou o que quer que esperasse de mim, estava pronta para o prazer. E eu também.

A NOITE CURVOU-SE AO SEXO. Parecia que nada era suficiente: quanto mais eu entrava nela, mais queria entrar. Queria estar e ser nela. Sylvia chorou, gozou e dormiu.

Eu não tive sono. Examinei cada parte de seu corpo enquanto ela cochilava. Li e reli todas as suas tatuagens sem me fixar ou entender nenhuma delas, e logo estava excitado novamente e queria mais e, sem aguentar, a possuía. Ao amanhecer, eu a convidei para tomar o café da manhã que havia preparado na varanda.

Demos as mãos enquanto bebíamos o suco fresco de laranja-lima. Ela tinha o semblante feliz, e me deu uma vontade enorme de rir. Sylvia percebeu.

— O que foi?

— Não sei, estou feliz.

Já não sentia mais a sensação de não conhecê-la ou reconhecê-la. Quem quer que ela tivesse sido antes, agora ela já tinha uma nova identidade: era uma mulher que eu ainda não amava, mas que se encaixava perfeitamente, me trazendo a sensação de que era a mulher certa.

— Você recuperou alguma lembrança? — perguntou, com uma vergonha do tamanho de sua necessidade.

Demorei a responder, não queria que ela se chateasse.

— Tenho uma sensação diferente, acho que já é o início de algo. E você pode me ajudar mais contando um pouco da nossa história.

Sylvia ficou contrariada:

— A nossa história não faz sentido, Joaquim, não se tiver que ser contada.

— Conte mesmo assim.

Ela suspirou.

— Digamos que nos conhecemos há quase dois séculos e que passamos 99% do nosso tempo procurando um ao outro. Nos reencontramos há menos de dois meses e estamos tentando ficar juntos.

— O que você quer dizer com séculos? Quando tempo? Você me parece bem jovem!

— Para os outros, digo que tenho 24 anos. Mas, na verdade, tenho muito mais... e um pouco menos.

— Sylvia, você está me confundindo.

— Desculpa. Agora eu quero apenas que você saiba que eu estou largando tudo para vir morar contigo, Joaquim. Estou acabando de resolver as minhas coisas em São Paulo.

— Largando tudo?

— É complicado, digamos que estou desfazendo alguns laços, saindo do emprego, juntando as minhas coisas.

— Por quê? — perguntei, sinceramente.

Largar tudo para ficar comigo? Nem eu sabia se queria ficar comigo, como ela possuía essa certeza? Devagar iríamos bem, mas acelerar, naquele momento, seria demais.

— Confia em mim, o nosso amor não é igual a nenhum outro. O nosso amor é único no mundo, na história, em todos os tempos. Ninguém mais passou pelo que nós passamos.

Sylvia levantou-se, um pouco nervosa, e voltou com a sua bolsa, de onde pegou um cigarro e o acendeu:

— Quer um?

— Eu fumo?

— Às vezes.

Eu recusei o cigarro: não gostava da fumaça, me levava para aquele lugar bizarro.

— A gente brigou em São Paulo? Marujo disse que eu voltei de lá estranho, depois do *réveillon*.

— Não, ao contrário, a gente tinha combinado de se encontrar, mas eu não pude ir, viajei de última hora. Você veio embora e... tudo isso aconteceu. — E voltou a chorar, cabeça baixa, culpa nos ombros.

— Que houve?

— Quando nos reencontramos, em dezembro, eu quase me afoguei mergulhando. Você me salvou, Joaquim. Agora, eu não estava aqui para te salvar, e você se afogou.

— Os médicos disseram que eu não morri por pouco.

— Acredite, você não pode morrer. Nem eu nem você.

Eu ri, era como se visse a cena toda acontecendo de fora.

— Não importa, não vou mais te deixar sozinho. Vou estar do teu lado para sempre. — E enxugou as lágrimas.

Levantei.

— Estou extremamente confuso, Sylvia. Preciso de um pouco de tempo para assimilar isso tudo... Se a nossa relação tem "séculos", a gente pode esperar um pouco mais, não pode?

Ela voltou a despejar as lágrimas.

— Se você soubesse quanto eu sofri, quanto você sofreu, jamais diria isso! Joaquim, nós dois passamos por muito nessa vida. Agora, só temos uma coisa a fazer: ficar juntos.

Tentei beijá-la, mas estava irritada. Gostei de vê-la assim, deu vontade de acalmá-la; Sylvia era linda de qualquer maneira, mas faltava alguma coisa para que eu pudesse dar a devida importância à sua presença: talvez a sua ausência.

— Vou te dizer o seguinte: eu volto para São Paulo amanhã. Vou fechar a minha vida lá, Joaquim, para te fazer lembrar de tudo. Preciso estar contigo, tenho certeza de que você vai se lembrar de tudo, com calma. Vou cuidar de você, meu amor. Vou cuidar de você.

Eu não consegui estragar o seu sorriso: beijei-a novamente, fizemos sexo na varanda, e aproveitei o que estava recebendo, sem culpas. Fechei os olhos tentando descobrir dentro de mim essa história toda que ela dizia ser nossa.

De tarde, ela fez questão de me levar à Praia do Bode.

— Vivemos momentos lindos aqui.

O lugar era, mais uma vez, estranhamente familiar. Havia algo de confortável naquela cor de mar, nas rochas que surgiam da água com uma imponência única. Ainda assim, eu precisava redescobrir aquilo tudo.

Sylvia abriu uma enorme canga indiana no chão, sentou-se, me puxou e pegou minha mão com um carinho que eu desconhecia.

— Eu preciso te contar, Joaquim, te ajudar a lembrar. — E foi então, pela primeira vez em todos aqueles anos, que, mesmo sem saber, ouvi de Sylvia seu lado da história. — Nos conhecemos nesta ilha em 1824. Meu pai aportou aqui para um reparo. Você tinha 27 anos, e eu havia completado 17. Cheguei ao Rio de Janeiro quando o Brasil era colônia e não queria ir embora do lugar que considerava meu berço, mas fui forçada por meu pai quando o país se tornou independente. No meio do caminho, entre minha rebeldia de adolescente e a vontade de liberdade, nós nos conhecemos. Eu estava prometida para o filho do segundo marquês de Borba, um casamento arranjado, a última coisa no mundo que eu queria.

Sylvia suspirou, seus olhos transbordavam imagens do passado que iam sendo projetadas dentro de si, e por isso iam ficando cada vez mais nítidas, de um azul hipnotizante que me fez mergulhar em sua história sem sentir que era minha também.

— Me entreguei a você nesta praia. Fizemos amor e planejamos nossa fuga, ingênuos que éramos, tolos, bobos, cheios de esperança e pressa em viver tudo. Todas as noites você me buscava com Tartuffe, teu cavalo que sorria, e eu subia na garupa, braços trançados na tua cintura, com medo, com muito, muito medo de não viver o que nos estava reservado.

Devo ter expressado o que senti ao ouvi-la dizer o nome de Tartuffe, porque ela passou a mão no meu rosto, ansiosa. Não falei nada, mas tive a certeza do sorriso dele e, a partir daí, acreditei que ela estivesse mesmo contando a minha história. A fantástica história de um desencontro.

— Certa noite, Joaquim, nós entramos no mar, sempre escondidos de todos, e aconteceu o impossível: uma estrela caiu do céu e mergulhou debaixo de nossos olhos, no mar que nos banhava.

— Uma estrela? Você quer dizer uma estrela de verdade, dessas que brilham no cosmos?

— Sim, uma estrela, que durante toda minha vida chamei de Mizar. — E levantou a blusa; estava de biquíni e deixou à mostra uma pequena tatuagem na altura de sua cintura onde estava escrito رزئم, *mizar*.

— *Mizar* quer dizer cintura em árabe. É composta por dois sistemas de estrelas binárias: eu e você. É uma estrela múltipla, um conjunto de estrelas que, a olho nu, parece ser uma só coisa.

Não percebi quando meus olhos se fecharam. Comecei a enxergar a delicadeza da sua explicação e senti suas mãos aquecendo as minhas, seus dedos compridos certos de que não iriam mais a lugar nenhum.

— A vida de uma estrela dura bilhões de anos, Joaquim, e, quando aquela estrela despencou do céu onde nós estávamos, ela nos passou sua longevidade.

Que linda metáfora, pensei, sem acreditar que não se tratava de uma metáfora.

— Desde aquele dia, vivemos nesta terra à procura um do outro, sem envelhecer um minuto sequer. Eu tenho os mesmos 17 anos há 188 anos. Você, da mesma forma, tem 27 anos há 188 anos. Vivemos vários períodos de vida, desde o dia em que fomos separados, procurando um ao outro. Joaquim, nos reencontramos após tanta procura, e eu não vou aceitar que você se esqueça de tudo, não vou, não posso, minha vida tem sido te procurar desde quando nos separamos!

Seu tom misturava um certo desespero à voz, rouca como se houvesse inalado sua própria loucura e a garganta, tensa demais, não deixasse mais o ar passar. Por mais que a história soasse descabida, eu entendia. Fazia sentido, só podia ser verdade, estava escrita em todos os pedaços da Sylvia, junto com o nome em árabe que ela tinha escolhido para definir nossas vidas.

— Por que nos separamos? — quis saber, e ela respondeu com um alívio que eu não tinha visto em seu olhar, um alívio por ter me emocionado e me despertado para a nossa história. E me contou que, apesar de eu ter conquistado a amizade de seu pai — o capitão do navio *D. Januária* — a ponto de embarcar para Lisboa com eles, fui deixado para trás por dom Diego.

— Após nos amarmos, dom Diego o matou com uma espada encravada na garganta, na minha frente. Me arrancou pelada de teus braços e me levou à força para o navio. Tive medo, durante anos, de que você tivesse morrido, Joaquim. Sofri e chorei e sangrei por dentro, mas um dia entendi que a estrela que havia caído, a nossa Mizar, não permitiria nem a minha nem a tua morte.

O sol crepitava atrás de Sylvia. Seus cabelos voavam sem encobrir-lhe o rosto, apenas adoçando sua figura. O mar parecia respeitar aquela confissão, e não se pronunciava, não havia barulho nem zanga, as espadas da nossa história estavam embainhadas em algum lugar discreto do horizonte.

Seus olhos mexiam-se conforme ela ia me narrando aquele conto de fadas, revelando sobre as cartas que escrevera durante todos os anos e que só havia podido me entregar agora. Seus segredos, suas dores... seus amores.

— Amores? — perguntei, já sentindo um incontrolável desconforto.

— Tivemos amores, eu e você, nos casamos e enviuvamos, Joaquim. Tentamos viver a vida como se fôssemos mortais, como se não pertencêssemos um ao outro. Foi engano, foi passatempo, foi desculpa para nossa inabilidade, foi raiva contra um destino tão longo que nos separou por tanto tempo.

À medida que Sylvia ia contando coisas que, segundo ela, eu não sabia, uma memória ia se formando e outra, sendo destrancada. Havia pontos em comum, momentos em que eu entendia perfeitamente o que ela queria dizer, como se aquilo realmente fosse uma lembrança minha.

Mas foi quando Sylvia me contou que se chamava Leah que senti um castelo de areia se desfazer dentro de mim, e, sem querer, a abracei.

— Você é a Leah — disse, sem saber do que estava falando, mas com a certeza de que Leah era parte de mim, uma parte forte e indissociável: uma ausência constante, uma lembrança diária.

A tarde passou com a licença da natureza: nada se moveu para que Sylvia pudesse me contar que havia se juntado a António, em Lisboa, seis anos após a nossa separação. Com sua permissão, mas sem que ele soubesse o motivo, ela conseguiu, em 1835, visitar Fernando de Noronha para me procurar. Eu havia partido.

— Foram muitos, muitos desencontros — completou.

Depois que ficou viúva, Sylvia se mudou para Paris, onde permaneceu alguns anos, e conseguiu voltar a Fernando de Noronha na virada do século, mas não me encontrou. Começou um novo período em Nova York, onde conheceu uma russa, com quem fugiu para participar da Revolução Bolchevique de 1917.

Algumas palavras, como Tartuffe, dom Diego, Paris e Nova York me eram familiares demais, como se eu as houvesse lido no cardápio do almoço e decidido por um outro prato. Conforme Sylvia ia falando, as peças se encaixavam devagar, de maneira completamente aleatória.

— Vivi com Rachel num *kolkhoz* — explicou —, ela morreu soterrada numa mina onde trabalhávamos. Eu sobrevivi, sempre, sempre. Desnorteada, fui para Hiroshima, onde de novo sobrevivi, dessa vez a uma bomba atômica. Sem nenhum dano ou sequela. Mas perdi meu marido, Takuro, e a vontade de viver. A esperança de te encontrar foi ficando cada vez mais rala, como um filete de água que escorre de uma bica fechada há muito tempo.

As palavras começaram a falhar na boca de Sylvia, mas ela lutou:

— Cansada, virei hippie na São Francisco dos anos 60. Adotei uma filha, a linda Nikka — disse, fechando os olhos e levantando o cabelo, mostrando uma outra tatuagem que eu não conhecia: Nikka. — No final dos anos 80, pouco antes de ela falecer, eu a trouxe a Fernando de Noronha. Foi a única vez que não vim apenas atrás de você: vim buscar a estrela mágica, pedi a ela para curar Nikka, ou torná-la imortal.

Sylvia contemplou o mar com uma dor crescente.

— Mas o tempo dela se esgotou. Minha estrelinha faleceu em 1987, se juntou aos seus pais biológicos, ambos mortos anos antes. Eu tive que recomeçar, novamente me arrastando, desesperada, Joaquim. Me mudei para a Argentina, estudei fotografia e, depois de mais de uma década, fui morar em Angola com meu namorado, mas ele foi embora, e eu decidi ficar. Foi onde, há dois anos, eu conheci o meu noivo. Deixei Luanda para ir morar com ele em São Paulo. — De novo as palavras sumiram de sua boca.

Noivo?, pensei. Então eram esses os laços que ela tinha que desfazer em São Paulo? Um emprego de fotógrafa e um noivo paulistano?

Sylvia começou a chorar muito, não como uma criança, nem como um adulto, mas como aquelas mulheres pintadas por Edvard Munch: vazia, esgotada, descabelada, incerta e tesa. Por um momento, Sylvia se transformou numa pintura, e não teve como continuar seu relato: pinturas não falam com palavras.

Sem saber o que fazer, sem querer estragar aquele silêncio, abracei-a com força. Nos fundimos como dois espectros de luz, e entendi que precisávamos de uma coisa que estava aos nossos pés: o mar.

Carreguei Sylvia, ainda atônita, e mergulhamos naquele líquido doce e quente. Percebi outra tatuagem: um conjunto de borboletas emergia de seu cóccix, marcando que ela era uma mulher de fases, que renascia sem morrer.

— Você ainda não tinha notado as minhas tatuagens — disse, quando me viu examinando seus desenhos simétricos, cravados com precisão na pele limpa. E de repente seu semblante mudou, ela era de novo Leah, aquela de quem eu tinha esquecido e que estava aprendendo a reconhecer. Ela era Leah, e nada mais importou: nos beijamos até ela romper com o silêncio. — Eu te amo tanto, Joaquim, não quero sair de perto de você nunca mais... — E, daquele momento em diante, eu entendi o que "amar tanto" significava. Pois foi o momento em que encontrei meu amor por Leah solto dentro de mim.

Sylvia tinha marcado o voo da manhã para São Paulo: estava com o bilhete comprado para fechar sua vida e ficar ao meu lado. Acordou sofrendo com a partida, não queria se afastar, mas precisava — na volta ela prometeu me contar o resto, "coisas que se perderam numa carta perdida".

Eu aproveitei cada momento de sua companhia: algumas luzes haviam se acendido dentro de mim, mas aquela ainda era uma trajetória construída de fora para dentro, e eu tinha a silenciosa esperança de que ao sentir a sua ausência conseguiria reverter esse fluxo.

Levei-a ao aeroporto. Foi a primeira vez que dirigi desde o acidente, e, para minha surpresa, fiz tudo automaticamente.

— É como andar de bicicleta, certas coisas, a gente nunca esquece — murmurou, sem conseguir impedir que uma melancolia tomasse conta de seu olhar. Ela, Leah Sylvia, devia ser a coisa que eu nunca esqueceria, apenas ela, e não como andar de carro ou galopar num cavalo que sorri.

Segurei sua mão em meu colo, com cuidado, e ela emendou, com a voz embargada:

— Preciso falar contigo todos os dias, atenda o celular todas as vezes que aparecer "Sylvia" no visor, promete, Joaquim? Promete que se você estiver no banho vai sair correndo para me atender? Promete que se estiver dormindo, vai acordar? Promete?

— Eu te amo, Sylvia. — A frase saiu pronta da minha boca, para o meu espanto, e foi o que ela precisava ouvir para cruzar o saguão do aeroporto sabendo que nos veríamos novamente. Entrou na pequena sala de embarque com os olhos marejados, sofrendo, e eu respirei fundo, tranquilo com a separação. Esperei ela sumir da minha vista, fui cumprimentado por várias pessoas do aeroporto e das lojinhas, mas não reconheci nenhuma; apenas fingi.

Quando saí, dei de cara com Tomás, um surfista que ia a Noronha treinar sempre que podia. Trocamos um abraço.

— Fala, peixe.

— Chegando agora, Tomás? — perguntei, sem me dar conta de que lembrara não apenas dele, como de seu nome.

— Meu amigo, acabei de desembarcar, mas tô com uma saudade desse mar de rasgar peito!

— Cê quer uma carona? Vai ficar no Trinta?

— Meu irmão, minha casinha ficou pronta, a reforma ficou dez, nem te conto, tá linda!

Ajudei Tomás com sua bagagem, e demorou muito tempo até eu me dar conta do que havia acabado de acontecer: eu me lembrara de alguém! Do rosto, do nome, da profissão e até do endereço onde morava. Ri alto, Tomás me olhou surpreso. Dei um abraço nele, com força.

— Meu camarada, lembrei de você!

No caminho para sua nova casa, expliquei o que havia acontecido. E, de repente, comecei a olhar as ruas com olhos acostumados: tudo me pareceu familiar. Fiquei eufórico, senti novamente meu sangue correndo, uma energia interminável me atingiu, e eu não consegui parar de falar: atropelei as palavras.

Segui com Tomás para a Praia da Conceição, ele queria dar uma entrada no mar. Eu não sabia o que fazer, tinha a sensação de ter acabado de nascer, de ter descoberto o mundo — e eu nem suspeitava, mas nunca havia estado tão leve, pois as memórias que estavam voltando eram apenas as do meu ciclo presente.

Lembrei de Sylvia, de sua doçura, de seu amor, tentei ligar, caiu na caixa postal. Deixei um recado.

— Já estou com saudades, boa viagem.

O fato é que eu poderia ter sido muito feliz apenas com aquelas memórias, sem dúvida. Tiraria um medo enorme de dentro de mim se nunca me lembrasse de minha imortalidade e de minhas sete vidas passadas. Poderia pensar como um mortal, sem sombras de amendoeiras, galopes, cinzas e fumaças. Sem me lembrar de quantas pessoas eu havia perdido, enterrado e chorado.

Sorri ao dar a primeira tragada no cigarro de maconha que Tomás me ofereceu. "Vou curtir", pensei, "só curtir". Deitei na canga indiana de Sylvia, que tinha ficado no carro. Vi Tomás fazer o sinal da cruz, pedindo licença para entrar no mar com sua prancha 6'4" de três quilhas. Deitei para trás com o baseado entre os dedos e vi apenas aquela fumaça branca sujar o azul anil do céu de fevereiro.

De repente, estava rindo muito. Não sabia do quê; não precisava saber. Aquela fumaça mágica me elevou a alma sem cobrar nada de volta — ou assim eu pensava, até entrar num estado um pouco onírico que me remeteu a uma outra fumaça que me alterou, durante anos, o estado de consciência: a fumaça do ópio.

DURANTE OS MESES SEGUINTES, três mudanças significativas transformaram a minha vida: o emprego na fábrica de tabaco, a troca das noitadas de bebida pela casa de ópio e minha paixão por Bárbara. Como sempre que se ganha algo perde-se outra coisa, eu tive que abrir mão de cuidar de Olga — para isso, contratei a vizinha, que parecia simpática e responsável — e comecei a me distanciar de Luna.

Acontece que Luna era uma mulher agressiva e ciumenta, e passou a me esperar na porta da fábrica após seu turno. Sem perceber, eu inventava que estava dobrando serviço para despistá-la. Na verdade, eu saía antes de ela chegar e corria para a casa de ópio, onde sempre havia um leito à minha espera e as mãos de Bárbara me aguardavam com um cachimbo pronto, enquanto o violino de Günter enchia meus ouvidos.

Fui descobrindo, aos poucos, que Luna me fazia mal. Ou, melhor, que eu me fazia mal ao estar ao lado dela. O fato é que, quanto mais eu tentava me afastar, mais histérica ela ficava: quebrava as coisas, gritava com Olga, me batia.

Bárbara, ao contrário, era calada e leve: não a escutávamos chegar nem partir. Suas mãos pareciam feitas de algodão, e cuidava de Olga com um carinho que Luna invejava.

Ainda estávamos aprendendo a nos conhecer, ela não me deixava tocá-la, mas me concedia seu toque. Às vezes, quando o salão de ópio estava vazio, Bárbara me massageava os pés, e eu embarcava num delírio milhões de vezes mais forte do que qualquer coisa que já havia sentido. Seu tato era mais potente do que a soma de todos os meus orgasmos, eu fechava os olhos e confundia sua figura e seu perfume com o de Leah, e então tudo ficava ainda mais intenso.

Eu estava a ponto de deixar Luna e me declarar para Bárbara. Já tinha contado a Olga o que estava sentindo, e sua reação foi um olhar carinhoso, como se soubesse, no fundo, que a sobrinha era melhor para mim do que a própria filha.

Lembro bem do dia em que tudo mudou, toda a minha vidinha de habitante de Dresden durante a Primeira Guerra Mundial, de operário miserável da Yenidze, de viciado fumando ópio escondido da namorada e querendo ler para sua mãe e pôr as mãos em sua prima.

Era uma quarta-feira normal. O céu de dezembro estava cinza e carregado. Saí da fábrica e não reparei que Luna me seguia. Ela e uma nuvem preta, trazedora de desgraça. Eu devia ter notado o cheiro ruim no ar pesado, não fosse pelo fato de meu corpo inteiro feder a cigarro.

Luna esperou o meu papo com Günter, esperou nossos cigarros acabarem, esperou Bárbara me indicar o leito e levar o cachimbo. Esperou que eu desse a primeira tragada e, chorando de raiva com a descoberta, esperou o momento em que Bárbara saiu para levar o lanche para Olga, como fazia diariamente. A seguiu até em casa.

Ainda na sala, quando Bárbara estava de costas, abrindo o pacote de pão e destampando o recipiente de vidro onde trazia a sopa, Luna entrou silenciosamente e agarrou-a por trás, pelo pescoço, com uma força que não costumava levar dentro de si.

Transtornada, olhou dentro dos olhos da prima e soube, imediatamente, que havia entre nós uma paixão fulminante que, apesar de nunca ter se consumado, era maior do que qualquer coisa que eu sentia por ela.

Luna tentou esganá-la, enquanto a xingava e a odiava. Foram segundos longos o suficiente para que Bárbara caísse desfalecida no chão, seu cérebro lutando contra a hipóxia, as pontas de seus dedos arroxeando-se, e seus poros exalando com mais força o perfume de patchuli que ela havia passado de manhã.

Olga escutou o barulho da luta corporal e sentiu o tal cheiro ruim no ar pesado. Reuniu forças impensáveis para levantar-se com a ajuda do espaldar de uma cadeira velha, que ficava ao seu lado. Caiu no chão, arrastou-se até a sala e encontrou Luna paralisada, com as mãos ainda no formato do pescoço da prima, cujo ar tentava, timidamente, atingir os pulmões.

Vendo sua mãe rastejar-se, o ódio de Luna aumentou: desde o derrame, ela nunca havia se levantado daquela cama. Nem para ajudá-la a curar seus porres, nem quando esteve doente, nem mesmo quando cortou o pé numa garrafa quebrada de vermute. Nunca, nenhuma vez, jamais.

Agora, em defesa de Bárbara, ela rastejava como uma cobra traiçoeira e ofegante. Com sua mão esquerda, praticamente a única parte operante de seu corpo, ela tentava diminuir a distância para agarrar o pé da filha.

Sem hesitação, Luna pegou um vaso velho de porcelana, sedento, que há muito tempo não recebia flores de nenhum tipo, e arremessou na cabeça da própria mãe. Bárbara, voltando à consciência, puxou Luna pela perna, que ao cair bateu a testa e abriu o supercílio direito.

Olga parou de respirar quando outro derrame, provocado mecanicamente pela violência da porcelana, atingiu seu cérebro. Bárbara e Luna lutaram no chão. Luna era uma mulher grande, gorda e forte, e, como um carro em alta velocidade, sua raiva multiplicava sua força. Ela conseguiu, apesar de machucada, acabar de fazer o que havia começado: matar Bárbara.

Fora o barulho do vaso quebrado e alguns grunhidos periféricos, a cena toda foi silenciosa, de modo que não chamou a atenção de nenhum vizinho. Luna se recompôs com uma frieza negra e fugiu controlada pelas ruas. Foi direto para o salão de ópio e me esperou sair, dopado.

Eu, por minha vez, só pensava em ir para casa encontrar Bárbara, mas, ao perceber Luna na porta, inventei uma desculpa, dizendo que havia esquecido o cachecol. Sua figura era assustadora, achei que fosse por causa do aspecto físico: ela tinha engordado muito depois que começou a trabalhar na fábrica de chocolate, e estava sempre inchada, por causa do álcool. Tinha perdido o último traço de juventude e, talvez por isso, naquele momento eu não imaginei o motivo real de sua feiura.

Günter estava de saída, sugeri que partíssemos juntos pela porta dos fundos. Àquela altura, ele já sabia muito bem quem era Luna, e nunca tinha gostado dela.

Pegamos uma travessa, ele me convidou para tomar um trago num bar da região, e, depois que eu estava bêbado o suficiente, falei para ele, sem imaginar nada:

— Vou fugir, não aguento mais Luna, vou fugir com Bárbara.

— E Olga? — Günter perguntou.

— Levaremos Olga também.

Aquelas frases, impensadas e desmedidas, "vou fugir com Bárbara, levaremos Olga também", ficaram ricocheteando na minha cabeça como um tímido grito de liberdade. Afinal eu não precisaria aguentar Luna nem deixar Olga!

— Fugir para onde? O rei acaba de abdicar, estamos no meio da guerra e somos agora uma república que nem sabe onde ficam as próprias fronteiras! Vocês vão sair pelo país carregando uma inválida?

A coisa com Günter era séria: ele era extremamente politizado e sonhava em casar-se com Rosa Luxemburgo.

— O lado bom é que estamos às vésperas da revolução. — Pitou seu cigarro. — Vou partir para Berlim, talvez semana que vem.

Eu não tinha opinião formada sobre aquilo — para mim, a transformação do Brasil em República fora muito diferente do que sucedia com a Alemanha.

Voltei tarde e bêbado o suficiente para encarar Luna e pôr um fim naquele relacionamento. Havia dois policiais na velha portaria do prédio. Um deles barrou a minha entrada.

— Sou morador do 2B — expliquei, para, em seguida, ser algemado com súbita violência.

— O que houve? Por favor, não estou entendendo!

— Duplo homicídio — explicou, enquanto me levava o comissariado de polícia.

FUI LIBERADO ALGUMAS HORAS MAIS TARDE, quando Luna se apresentou, depois de vagar horas a fio pelas ruas da cidade e surtar no frio e na dor dos crimes. Ela mesma, tomada por um olhar insano que eu nunca havia visto, entrou pelo comissariado gritando sua culpa: *"Ich tötete, ich tötete, ich tötete."*

Não sei quantos anos de cadeia ela pegou. Nunca mais a vi. Na semana seguinte, impossibilitado de lidar com o choque das mortes, arrumei meus poucos pertences e parti com Günter e seus sonhos socialistas para Berlim.

Assim que alugamos o pequeno porão de um edifício velho, enviei uma carta a Henri e outra a Leah. Não porque uma dor louca e incurável houvesse me abatido: eu estava anestesiado demais para isso. Apenas porque eles eram as únicas pessoas que eu possuía no mundo. A carta de Leah eu copiei à mão e enviei, em três cópias, para as postas-restantes de Paris, de Lisboa e do Rio de Janeiro.

Na véspera do ano-novo, aguardando, impotente, 1919 chegar, relembrei meus anos todos, meus ciclos, as pessoas que passaram, que marcaram, que me amaram. Como se não bastassem tantas perdas, foi nesse mesmo dia, o último do ano, que recebi um telegrama em resposta à carta para Henri: outra pessoa, um tal de *monsieur* Legrand, da Faculdade de Ciências de Paris, escrevia: "Sinto informá-lo que o senhor Henri François Petit faleceu em viagem a Lisboa, vitimado pela gripe espanhola."

Senti meu estômago se contrair, um pequeno terremoto me abalou por dentro. Outra perda? Não era possível! Se eu ainda conseguia contar meus *réveillons*, já não havia números para somar tantas mortes! Não tinha espaço interno para processá-las. Eram muitas, e a dor, tão horripilante, havia se transformado em alguma coisa que não saía do meu sistema. Era sólida, pesada, ocupava espaço.

Eu precisava encontrar Leah ou precisava morrer: completaria, em breve, 122 anos — numa época em que se vivia cerca de 45 anos de vida. Por isso, e sem nenhuma alternativa, o que fiz naquele 31 de dezembro foi o que vinha fazendo desde que segui Bárbara ao salão: fumar todo o ópio que meu dinheiro pagasse e meu corpo aguentasse.

Depois do duplo assassinato e de saber da morte de Henri, percebi que só tinha Günter na vida, em Berlim ou qualquer outro canto. E, claro, a ilusão de reencontrar Leah.

A Primeira Guerra havia acabado, a Alemanha perdera, e o Tratado de Versalhes causara choque e humilhação nas pessoas, que começavam a enlouquecer. Eu era o primeiro da lista, mas por razões muito diferentes.

O fato é que Berlim e eu nos entendemos bem: tínhamos a mesma autoestima. Enquanto a cidade me fornecesse ópio e um amigo, eu ficaria por lá. Günter tocava violino nas ruas, durante o dia; à noite, soprava seu trompete num *jazz club* perto da Alexanderplatz, em troca de uma gorjeta mais sustentável. Ele era um verdadeiro mestre com os instrumentos.

Eu arrumei de revender lenços de pano e papel de seda para cigarro pelas ruas da cidade, precisava ganhar o dinheiro do ópio e do aluguel. Novamente, e dessa vez com muita força, eu desejava morrer e tentei atingir meu objetivo parando de comer. Assim, economizava para me dopar.

Por quase duas semanas praticamente só bebi e fumei. Depois de dez dias, realmente comecei a me sentir muito doente: o estômago doía como se estivesse sendo rasgado por dentro. Era insuportável, não aguentei. No fundo, eu sabia que sofreria com as tentativas em vão, pois não morreria.

Já que morrer de fome era impossível, tentei comer o mínimo possível. Com a inflação, ficava difícil comprar qualquer coisa, o preço variava da manhã para a noite.

Tudo o que me interessava era o ópio e o momento em que eu inalava aquela fumaça. Já não me importava em conhecer pessoas novas, em estudar nada, em arranjar um bom emprego. Não queria nem ouvir falar na aflição que tomava o país: fingia não ver as filas de desemprego nem as do sopão.

Günter respeitou aquele momento: contei que, antes da morte de Bárbara, havia perdido Anne Sophie num incêndio. Ele nunca insinuou nenhuma lição de moral. Também pouco parava em casa e, quando o fazia, estava sempre acompanhado: trazia a cada noite uma nova pequena do clube.

Eu perdera a vontade de estar com alguém. Também não queria fazer sexo — o ópio era o mais forte dos orgasmos. Estava perfeitamente anestesiado e feliz com minha vida hipócrita de drogado e camelô — a não ser por um pequeno detalhe: toda vez que fumava, Leah vinha me visitar.

Sonhava que estávamos na praia nos amando, a bordo do *D. Januária*, montados no Tartuffe, caminhando pelos fortes de Fernando de Noronha. Sonhava que conseguíamos pegar a estrela nas mãos, logo após sua queda, ainda brilhando, e que uma intensa e doce luz nos invadia ao mesmo tempo. Juntos, devolvíamos a estrela ao céu.

Quando eu saía do "salão chinês" — era como chamávamos os locais do ópio — estava sempre dopado o suficiente para achar que encontraria Leah na rua. Sem querer, via seu rosto estampado não apenas no das mulheres, mas no de todas as pessoas que cruzavam o meu caminho.

Assim eu levei meses na Berlim gelada, vivendo na fumaça: amarelo e magro, triste e alienado, inteiro nos sonhos e ausente da realidade. Quase não notei o alívio de alguns com a chegada de um novo líder, e também não notei o crescente antissemitismo. Günter reclamava:

— Não posso mais andar pelas ruas, parece que meu nariz vai sempre na minha frente, fechando o caminho, gerando desconfiança.

Passei a vender o *Das Deutche Tageblatt* no metrô, onde o frio do inverno não me doía tanto os pulmões. Mas em pouco tempo as pessoas pararam de comprar o jornal. Pararam de comprar qualquer coisa: um pãozinho custava quarenta milhões de marcos, um pacote de manteiga, duzentos milhões. Foi quando eu também comecei a sentir fome de verdade. Fome e dor, pois já não tinha dinheiro nem para o ópio.

Corri vários bairros atrás de trabalho e de comida: Tegel, Britz, Tempelhof, Lichtenberg, Treptow, Schöneberg, Wilmersdorf e Charlottenburg. Em todos só havia fome, desespero e loucura. Durante algumas semanas consegui vender uns manuais de sexo que ilustravam mulheres peladas de cabeça para baixo e homens desproporcionais, com os pênis maiores do que suas cabeças. Havia quem pensasse que, de alguma forma, aquilo aliviaria suas dores. As tensões políticas e a péssima autoestima do alemão enlouqueceram a nação inteira, pulverizando essa substância alucinógena no ar.

Sem perceber, eu ia de mal a pior: tinha descido uma enorme escadaria rumo ao meu limbo interno desde que deixara Paris. Se em Viena eu ainda possuía alguma dignidade, em Dresden eu a perdera. E, em Berlim, eu me perdera.

Só me dei conta realmente da gravidade da situação externa quando Günter chegou pingando de sangue em casa. Era madrugada e, como ele geralmente chegava acompanhado do trabalho, não ousei ir ver o que causava aqueles gemidos todos do outro lado da cortina improvisada.

Nós vivíamos num porão velho e mofado, de um cômodo apenas, com uma janela pequena e alta demais para deixar qualquer tipo de luz entrar. Além do mais, aquela janela carrolliana ficava na altura da calçada da rua, e o barulho dos sapatos de inverno era enlouquecedor. Claro, havia coisas bem mais enlouquecedoras acontecendo, como passar fome.

Para dividir o pequeno quarto, havíamos pendurado um lençol no meio. O código era óbvio: quando estava acompanhado, ele jogava um cachecol por cima. O mesmo valeria caso eu levasse alguém para dormir comigo, mas a verdade é que eu nunca chegaria a levar ninguém.

Naquele dia achei tudo estranho. Parte dessa sensação vinha do fato de eu estar, involuntariamente, me desintoxicando do ópio. Havia cinco dias que não tinha dinheiro para consumi-lo: como tudo no início da década de 20 alemã, seu preço disparara, deixando os pobres viciados órfãos. Nos dois primeiros dias eu não tinha sequer conseguido me levantar da cama. Sentia uma inquietação violenta, vomitava o que não havia ingerido, e as câimbras engessavam meus músculos com cimento.

Com esse sofrimento abrasivo, não escutei Günter cambaleando até cair. Abri a cortina e vi que sua cabeça sangrava bastante.

— Estou muito assustado, Heinrich — ele disse —, encurralado.

— O que houve, *mein Freund*?

— Nasci judeu, foi isso o que houve. Judeu alemão.

E chorou. Bem, ver uma mulher chorar, eu havia visto várias vezes, e isso já me cortava o coração. Mas ver um homem do tamanho de Günter derramar lágrimas misturadas com o próprio sangue me fez acordar para o que estava acontecendo ali. Cuidei de seu ferimento, feito com uma garrafa de vodca por um grupo de clientes do *jazz club* que não gostaram do aspecto de seu nariz.

Günter chorou durante mais de três horas, até adormecer. Não havia nenhuma bebida ou comida em casa para acalmá-lo. Não havia chá, não havia água, nem um cubo de açúcar para derreter na boca. Nada restava a não ser dormir.

Em meu bolso, eu possuía apenas algumas moedas que não valiam, literalmente, uma migalha de pão. Revirei as gavetas sonhando em encontrar um tesouro, mesmo sabendo que eu já havia vendido e penhorado até o meu estetoscópio e o relógio de bolso que meu pai me dera.

Naquele momento eu entendi que a Europa estava se desintegrando. A Alemanha passava por numa crise horrível, era o pior lugar do mundo para se estar. Eu já não vivia mais, me arrastava. E Günter poderia perder a vida, um dia desses, pelo simples fato de ter nascido judeu.

Na manhã seguinte, assim que ele conseguiu abrir os olhos inchados, balbuciou:

— Nós temos que sair daqui. Sobretudo eu. Soube que há um navio partindo de Bremen mês que vem. Para em Southampton e em Cherbourg, depois segue para a América. Se pararmos de beber e você de fumar, conseguimos juntar dinheiro. Vendemos tudo o que temos, um companheiro me consegue as reservas por trezentos milhões. É isso, ou a forca — ele disse.

Quando ele falou "América", eu me iluminei. América era para onde Leah havia partido, era a última notícia que eu tinha dela.

— Eu vou, *mein Bruder*, vamos juntos.

— Se o dinheiro não der, podemos saltar na Inglaterra ou na França.

— *Nein*! — Fui categórico: — Vamos para a *Amerika*! Vamos sair daqui, Günter, eu também não suporto mais esta vida — desabafei.

Trabalhamos e passamos fome pelo mês seguinte. Fui a Dresden e consegui recuperar algumas caixas fechadas de cigarros que comprara diretamente na Yenidze e escondera de Luna. O apartamento estava ocupado agora por dois parentes e suas famílias: lá moravam treze pessoas, me contou a irmã de Bárbara. Depois dos assassinatos, o imóvel fora oferecido a eles, que antes dividiam um cortiço.

Na sala quase tudo parecia igual, estava apenas mais atulhada. Havia, entretanto, um novo detalhe: uma enorme suástica pendurada na parede.

— Temos dois irmãos no partido nazista, a *Hakenkreuz* é o símbolo.

Quis sair de lá o mais rápido possível. Eu havia escondido as caixas de cigarros no forro do telhado, no último andar do edifício. Os presentes foram ver o que era, e acabei tendo que me desfazer de três maços para poder sair de lá em paz. Todos estavam loucos para fumar, até mesmo o garoto de onze anos.

Antes de deixar a cidade, pensei em como Luna estaria, presa, sem data para sair. A família dissera que ela pegara oito anos de cadeia. Dresden me causou uma tristeza enorme. Não tive vontade de vê-la e voltei direto para a ferroviária.

No trem eu vendi, por um preço acima de todas as minhas expectativas, os 46 maços de cigarro restantes. As pessoas que ainda andavam de trem naquela época eram exatamente as que tinham dinheiro para o fumo industrializado. Consegui o dinheiro equivalente a quatro passagens, fumei quase que o meu maço inteiro e voltei para Berlim aliviado. Juntaríamos as coisas e partiríamos para Bremen no dia seguinte, sem delongas. O navio estava marcado para sair três dias depois.

Desencontrei-me de Günter: quando cheguei, ele já havia saído. O que era estranho, porque desde o incidente ele desistira de trabalhar à noite e evitava pisar fora de casa ao escurecer, com medo dos membros do Nazi.

Dormi um pouco e nada de Günter chegar. Durante dois dias o busquei, aflito. Visitei os lugares onde ele poderia ter estado, as mulheres com quem costumava ser visto, os mercados por onde passava para comprar pão, os bares onde bebia. Ninguém sabia de nada.

Em casa ele também não apareceu. Comecei a enlouquecer com a ideia de perder outra pessoa, então preferi pensar que Günter poderia ter ido direto para Bremen. Deixei uma carta dizendo que eu o esperava no porto, com sua passagem em mãos. Enfiei quinhentos milhões de marcos no envelope e colei com uma goma antiga. Arrumei minhas poucas roupas, meus diários e minhas cartas, coloquei-os na bolsa de couro chamuscado que sobrevivera ao incêndio de Jouffroy-Renault e parti.

Até a hora do embarque a bordo do *SS George Washington*, Günter não apareceu. As passagens estavam reservadas em meu sobrenome: no seu, Eisenstein, seria arriscado demais. Como havia muita gente querendo viajar e sem dinheiro para a passagem, disse ao bilheteiro que escolhesse alguém para embarcar no lugar de Günter.

Quando senti o vento em meu rosto e o movimento da água do rio Weser em direção ao Mar do Norte, eu ainda pensava com tristeza em Günter. Minha atitude de partir de Berlim fora prematura, e eu me sentia egoísta. Me arrependi por estar a bordo e quis voltar no tempo.

Quando a culpa estava me matando, a ponto de eu considerar o desembarque em Southampton para voltar à Alemanha, uma mulher tocou meus ombros.

— *Vielen Dank*.

Não entendi por que estava me agradecendo, mas havia em seu gesto uma sinceridade desconcertante.

— Nunca poderei agradecer o suficiente, o senhor comprou a minha passagem para fora do inferno.

Seu nome era Sara Grossman, tinha 32 anos e inaugurou, sem eu entender como nem por quê, um novo ciclo em minha vida, naquele 15 de novembro de 1922.

Sara Grossman havia deixado o marido e o resto da família — as quatro filhas — no porto de Bremen para tentar um futuro. Ela trazia consigo, escondido sob as saias, o único varão, Joseph, de um ano e meio. Quando o comandante do navio descobriu a criança, ameaçou deixar mãe e filho na primeira parada. Eu dei a ele o resto do dinheiro que tinha para comprar a viagem do menino. Quando entramos no oceano Atlântico, descobrimos que mais de vinte crianças clandestinas haviam sido deixadas pelo meio do caminho, em Southampton e em Cherbourg.

No início da viagem, percebi que Sara sofria tanto quanto eu. Ela, de banzo. Eu, de culpa por ter deixado Günter. De manhã nos encontrávamos no convés, e, apesar de ela ser gentil e amável, comecei a me cansar de sua companhia. Não dela especificamente, mas de não poder ficar sozinho. Descobri, com três dias de mar, que havia estado longe de mim durante tempo demais. Precisava me reencontrar antes de chegar a qualquer lugar para começar de novo.

Só o oceano me trazia esse silêncio, essa reflexão. Como eu podia ter me esquecido disso? Como podia ter estado tanto tempo longe dele, da sua imensidão, se eu nada mais era do que uma extensão sólida do mar?

Acordar todos os dias com aquele horizonte rasgando o céu pela frente me deu forças para entender que, de alguma forma, eu havia sido escolhido para viver mais e experimentar mais, apesar de não saber o que aquilo significava.

Além disso, a travessia podia me curar, se eu conseguisse fazer as contas das perdas e ganhos entre o que eu havia levado para a Europa e o que eu levava de volta para as Américas. Talvez, no final das contas, o saldo fosse positivo.

Na revisão dos últimos atos, senti vergonha por ter me anestesiado e lamentei todo o ópio fumado. Ao mesmo tempo, sabia que a dor era imponderável e que a fumaça fora necessária.

A verdade, nua e crua, era o buraco que eu tinha no peito por ter amado demais uma mulher, praticamente um século antes, com uma força absurda, por míseros treze dias. Era uma sensação que carregava uma esperança devastadora. Era o que me movia e tentava me matar, ignorando o fato de eu ser imortal.

Por que, me perguntava, eu não sentia mais falta de Berenice ou de Anne Sophie do que de Leah? Como uma coisa tão meteórica e inexplicável podia ser tão forte?

Olhava o mar e sentia saudades de estar dentro dele, de mergulhar, de ser leve e feliz. A minha vida se tornara insustentável nos últimos anos, arrancando de mim a bússola interna que indicava o caminho. Eu percorria a passos de bêbado meus caminhos tortos.

ABRI OS OLHOS, A CABEÇA PESAVA, e Tomás ainda estava no mar, mas o sol tinha voado em relação à terra. Aquilo não fora um sonho. Negativo. Eu estava, de alguma maneira, recobrando minhas memórias.

Fitei o mar tentando compreender de onde elas vinham: de uma outra vida? De uma outra pessoa? A Alemanha pré-guerra só poderia fazer parte de mim se a louca história de Sylvia fosse verdade: se eu tivesse 215 anos de vida. O mais estranho era que eu me via naquelas penosas lembranças.

Então os séculos que Sylvia havia mencionado não eram metafóricos? Entrei no mar ainda em transe com aquela fumaça estranha que parecia me envolver. E, quando mergulhei, com muito medo da correnteza e do manto nervoso que se esticava à minha frente, uma enorme onda varreu minha cabeça e me trouxe um flash, um clarão vindo do céu: eu e Sylvia em uma outra dimensão. Finalmente, vi Mizar caindo, nossa estrela.

A imagem percorreu meu corpo inteiro, alguma coisa se conectou dentro de mim, e lembrei desse passado mais longínquo: uma vida rural, irmãos, o início do século XIX, uma mãe chamada Helena e um pai português, José. Aquele raio interno trouxe de volta minha infância e, depois, as imagens de várias pessoas. Meus pais, Berenice, Anne Sophie, Luna, Bárbara, Olga, Sara, Vivienne, Dina, Marina e Nicolau. O tal flash que percorre a memória dos mortais antes da morte me alcançou naquele momento, revelando rostos marmorizados e vozes soltas no espaço.

Saí da água correndo, aflito, com medo. Medo de mim, da minha vida, do que aquilo tudo podia significar. Se eu nascera séculos atrás e todas as parábolas de Sylvia eram reais, eu realmente não sabia quem eu era.

Voltei para a canga mancando, como se tivesse sido ferido. Pedaços da minha vida pairavam por cima daquele oceano azul, tentando encontrar campos magnéticos onde pudessem se reunir e me atingir como uma descarga elétrica. Essas primeiras imagens eram de tristeza e constituíam um histórico de dor e de perdas.

Enquanto elucubrava, não percebi Tomás se aproximar. Era o fim da tarde, e tínhamos passado o dia inteiro ali.

— Que saudade desse mar, meu irmão — gritou, espetando sua prancha na areia. — Tô verde de fome, vamos comer?

Concordei. Tudo o que eu queria era esquecer dos rostos fantasmagóricos.

Fomos até o Cachorro, onde comemos duas pizzas e bebemos cerveja. Por um momento, esqueci do resto — percebi que a bebida ajudava. Depois de comer, fomos até o forró e continuamos a beber e jogar conversa fora.

Fiquei surpreso em ver como eu era um bom jogador de conversa fora, como a vida podia ser despretensiosa e leve, ou perturbadora. Bebi e bebi, e uma mulher chamada Célia, de quem eu não guardava nenhum registro, chegou até mim decidida. Aproximou-se, começou a dançar e me beijou.

Eu deixei. Beijei de volta. Precisava entender se o beijo de Sylvia realmente era diferente, melhor, maior. Não foram necessários mais do que três segundos para confirmar que sim. Que o encaixe com Sylvia era totalmente perfeito. Que Célia era um fiasco. Porém, e incentivado por Tomás, investi mais.

Acabei indo com Célia para a pousada da qual ela era gerente — não me ocorreu, em momento algum, que Sylvia fora sua hóspede. Célia tinha o corpo redondo, a pele macia, era experiente e bastante carente. Não tive certeza se ela fingiu que o sexo foi bom para ela ou se realmente gostou daquela troca de pernas e braços. Para mim foi mecânico, impreciso e desinteressante. Nada parecia encaixar, lubrificar ou sintonizar nossas ações.

Quando adormeceu, decidi, ainda bêbado, ir para casa. Peguei mais uma cerveja, bati a porta de seu quarto e fui embora andando. Havia uma linda luz azul do lado de fora, surgindo dos cantos do horizonte.

Lembrei de Sylvia com uma saudade forte, coisa que ainda não havia acontecido. Ela possuía uma força atávica que nos ligava. Se Sylvia era a mulher perfeita, o amor da minha vida, e Célia era o resto das mulheres, então realmente a nossa história fazia sentido. Será que a vida era tão matemática?, pensei, apesar de não conseguir andar em linha reta.

ACORDEI NO SOFÁ DA SALA, sem saber que horas eram, com uma garrafa de cerveja caída no chão. Meu gato estava lambendo o resto do álcool e sorria feito um cavalo.

Por algum motivo obscuro, eu tinha sonhado com Nova York. Quando o celular tocou e o visor anunciou Sylvia, perdi a parte do sonho que estava resgatando.

— Joaquim, tá tudo bem?

— Oi, Sylvia, tudo, e você?

— Por que você não atendeu ontem? — sua voz estava contrariada.

Lembrei da burrada que tinha feito: transar com aquela Célia não significava nada para mim — aliás, só me fizera enxergar que Sylvia era realmente muito especial. Mas eu sabia que para ela seria uma decepção. Resolvi manipular a conversa dando uma boa notícia, ao invés da ruim.

— Eu comecei a lembrar das coisas.

— Você lembrou?

— Lembrei de um amigo, de algumas pessoas da ilha, da minha infância... estou confiante. Lembrei de pessoas mortas, também.

— Eu estou tão feliz — sua voz de choro murmurou.

Houve um silêncio clássico que falou por si só: *E de mim, você não lembrou?* Pude escutar as gaivotas cortando o céu.

— Lembrei da Mizar e sonhei que nós a devolvíamos ao céu!

— A Mizar?

— Sim, minha querida — falei com muito amor.

— Segunda que vem estou chegando.

— Venha logo.

— Estou lendo os teus diários e conhecendo várias coisas que nunca soube sobre você.

— Que tipo de coisa?

— Onde você estava enquanto eu te procurava no lugar errado.

Eu sorri. Ela tinha um senso de humor que me agradava. Numa análise fria, tudo em Sylvia me agradava.

— Vou levar os diários para você se lembrar das tuas coisas — disse, enquanto tragava seu cigarro. — E as cartas, você já leu?

— As cartas?

— Sim, as cartas que eu te escrevi...

— Não, não sei onde estão, mas vou procurar.

Desligamos um pouco depois; eu prometi mil vezes que atenderia o celular da próxima vez. Abri a geladeira de aço inox e me servi de leite frio. Fiquei imaginando os diários que ela havia mencionado. O que será que estava escrito? Algo sobre as mortes das pessoas mortas? Sobre o sofrimento decorrente da nossa separação? Quem era eu, afinal: um todo ou pedaços espalhados de mim mesmo?

Saí com o litro de leite nas mãos para servir o pote do gatinho, que miava sem parar com cara de ressaca. Notei num canto da varanda uma mala pequena. Na etiqueta, o registro de um voo para São Paulo: a viagem que eu havia feito antes do acidente. Abri com calma. Havia roupas com o cheiro de uma pessoa que eu não reconhecia. Produtos descartáveis de higiene pessoal, um romance lido pela metade, um iPod que logo eu descobri como operar, e um envelope pardo com o meu nome. Dentro, as cartas. Várias datas, mesmos remetente e destinatário: De Leah Sylvia Porto Leal para Joaquim Henrique Castro Nunes.

Então era real: a primeira carta do bolo, já aberta, datava de 1835 e estava endereçada a mim por essa mesma Sylvia que, em 2013, chorava toda vez que tentava me explicar a dimensão do nosso amor.

Li, de uma só vez, as quatro primeiras cartas — todas abertas anteriormente. Fiquei beliscando os olhos atrás de respostas. Olhando de fora, o que eu via era a história de um amor impossível que atravessava anos demais para ser verdade. Um amor incontrito, imperfeito e, sobretudo, insustentável. Leah sofria e procurava Joaquim através das décadas e dos países. Deslocava-se com uma facilidade falsa pelo tempo e pelo espaço, como se fosse alada. Leah não era — não podia — ser real!

Resolvi abrir o quinto envelope, este ainda lacrado e selado: Владивостóк. Lá estava parte do que Sylvia havia me contado.

Vladivostok, 18 de novembro de 1936.

Meu querido, amado, desejado. Não consigo mais perder tantas pessoas, estou frágil demais, preciso de ti. Não posso... ajude-me.

Rachel, minha companheira desde Nova York, a mulher que iria mudar o mundo, como uma Rosa Luxemburgo, morreu estupidamente. Ela tinha 52 anos apenas. Foi soterrada na mina de carvão onde trabalhávamos. Eu, milagrosamente, sobrevivi. Eu e meus ridículos e inúteis 129 anos.

Só há dor em meu coração. E vontade de ver-te. Nada mais.

Com Rachel deixei Nova York em 1917. Entramos para o Partido Bolchevique, vivemos num kolkhoz*, e, finalmente, chegamos ao fim dessa caminhada. Estou com as malas prontas: sigo, de navio, para Hiroshima, uma cidade no Japão onde uma conhecida vai me* *abrigar. Estou exausta e desnorteada, não sei para onde ir nem o que fazer.*

Joaquim, meu amor, quero nossa Noronha, nossa estrela caída, nossa hora mágica, teus lábios, teus braços. Cansei de correr mundo, de recomeçar — será a quinta vez que terei que zerar minha vida sem ti. Peço-te que me envie uma resposta, se receberes esta carta, para a posta-restante de Hiroshima, Japão. Tenho esperanças, não posso deixar de tê-las, não há como: somos uma só pessoa.

Amo-te. Cuida-te. Encontra-me. Onde estás?

Tua Leah.

Fechei o envelope e forcei a memória: me veio a imagem de Nova York.

Apertei os olhos como se fosse tirar deles água, e me deixei levar pelo pouco que estava retido em mim, tentando puxar pela ponta da orelha o resto dessa lembrança. Pendi a cabeça para o lado, como se fosse beijar meu ombro, e funcionou: lembrei da minha chegada à América, em 1922.

DURANTE AS SEMANAS QUE PASSEI a bordo do *SS George Washington*, além de revisar minha vida, ciclos e perdas, através de longas pausas para respirar e sentir o mar dentro de mim, eu trabalhei. Em algum lugar entre as correntes do Norte Atlântico e do Golfo, vários marinheiros foram isolados com sintomas de cólera. Até sua morte, cuidei deles — eu, o único homem do navio disposto a ajudar, um médico em que todos, rapidamente, passaram a confiar.

— Foi alguma coisa ingerida pelos marinheiros cerca de uma semana atrás. Água ou alimento, nunca saberemos. Infelizmente, parece que teremos algumas baixas — expliquei ao comandante Charles, um homem de longos e finos bigodes e olhos assustados.

Ao jogar os corpos dos marinheiros mortos ao mar, senti uma estranha inveja. Sem opções, segui cuidando dos sobreviventes.

Dias depois, a explosão de duas caldeiras a óleo gerou pânico entre os tripulantes. Charles, com uma baixa no efetivo, recrutou alguns homens fortes e saudáveis para o desentupimento de outras caldeiras. Eu, já isolado dos demais passageiros e dormindo entre os marinheiros, me ofereci para ajudar.

Por mais que os navios tivessem se modernizado e desde a chegada à Europa eu não entrasse numa casa de máquinas, de alguma maneira entendia o funcionamento daqueles gigantes marinhos. Eu sabia como o mar os empurrava ou engolia e como suas peças, juntas, podiam vencer os ventos e driblar as ondas.

Aprendi muito durante a viagem e, para a minha surpresa, o comandante me ofereceu um trabalho no porto nova-iorquino antes mesmo de desembarcarmos — e ainda me pagou pelos serviços prestados durante a viagem, sem que ao menos eu tivesse cobrado.

— Nunca vi um homem que conserta humanos e navios, você é especial — Charles me disse, enquanto me entregava as primeiras notas de dólares de minha vida.

O fato é que havia um acordo social acontecendo ali muito diferente de tudo o que eu conhecia. Um modelo totalmente capitalista, que estabelecia como base valores claros para as trocas.

Na primeira vez que vislumbrei Nova York no horizonte, a cidade dos imigrantes, uma nuvem de vapor e fumaça a encobria, como se houvesse algo de misterioso a ser desvendado. Nunca imaginei que isso pudesse me fazer tão bem. Aquelas pequenas ilhas eram o refúgio do mundo. Diariamente, as comportas dos navios se abriam para que as pessoas, apressadas, desembarcassem como formigas à procura de açúcar. Judeus alemães e italianos católicos conviviam entre si e com chineses, irlandeses e marinheiros desprovidos de nacionalidade. Havia suecos, ingleses, russos e o melhor crime organizado do mundo.

Para mim, estar novamente perto do mar foi emoliente: aquela armadura, que eu jurava ser parte de mim, foi cedendo, e meu interior começou a se expor sem me fragilizar. Não sei se foi o contato com iodo ou a música das ondas, mas fui amolecendo e me expandindo.

Ao desembarcar do navio, já com dinheiro no bolso, me informei sobre onde poderia alugar um quarto. Me despedi de Sara e Joseph com um aperto de mão muito formal e segui andando para a Division Street, em Lower East Side, uma rua de imigrantes chineses.

O apartamento de quarto e sala, no quinto andar, não chegou a ser barato e estava sujo e empesteado de alguma coisa que eu nunca soube distinguir: sarnas, pulgas ou piolhos. Os bichos pulavam como se já estivessem comemorando o 4 de Julho. Antes de mais nada, arranquei o carpete, deixando à mostra o chão frio, de cimento. A coisa, inteiramente puída, se desfez em minhas mãos, e senti duas picadas nas pernas.

Amarrei o carpete e desci as escadas para deixar no lixo mais próximo. Na entrada do pequeno edifício encontrei Sara e Joseph sentados no meio-fio. O menino correu para me abraçar. Ela tinha um ar de desamparo que me preocupou.

— Sara?

— *O je* — murmurou —, não temos para onde ir.

Pobre mulher, pensei. Joguei o carpete na tina de lixo e, sem pestanejar, peguei Joseph nos braços. Eu não tinha como abandoná-los! Sara sofreria por ser alemã, não falar inglês e ter um filho. Eu, além de empregado e solteiro, dominava perfeitamente quatro idiomas, incluindo o inglês, que havia aprendido por causa dos estudos universitários.

Subi as escadas carregando Joseph, que estava cansado e com fome. Sara veio atrás, acanhada, trazendo sua única mala. Para mostrar o quanto estava agradecida, limpou o apartamento inteiro: lavou, esfregou e arrumou. Havia um quarto apenas, e ela insistiu que eu dormisse lá, na cama de madeira que parecia ter saído do quadro de Van Gogh. Aconchegou-se na sala, onde havia um sofá, e sorriu como se aquilo fosse a melhor coisa do mundo. Senti que seria generosidade demais impor-lhe o quarto. Deixei, então, que ela dormisse no sofá durante os primeiros dias.

Se havia pouca comunicação entre nós, Joseph, com seus olhos acesos e alma generosa, nos alegrava, correndo pelo apartamento, brincando de esconde-esconde. Não possuía brinquedos e usava suas duas únicas roupinhas ao mesmo tempo, para espantar o frio. O menino não podia imaginar que seu pai e suas irmãs estivessem caminhando, lentamente, na prancha da morte. Não sabia que ser judeu era uma ameaça a si próprio e que ele — assim como eu — estava tendo a chance de recomeçar do zero. Renascer na América.

Apesar da minha longa vida, Joseph foi a primeira criança a quem eu me afeiçoei de verdade. Ele tirou de dentro de mim algo que eu não sabia que tinha. Me ofereceu uma revisão minuciosa da infância e, ao mesmo tempo, me fez saborear o presente como poucas pessoas ou situações.

Quando recebi meu primeiro salário, fui direto à Sears comprar-lhe roupas novas e um casaco maior do que ele, para que pudesse usar por alguns anos. Queria levar um brinquedo, mas ainda não tinha dinheiro sobrando e, sustentando a nós três, a prioridade era pôr comida na mesa.

Logo percebi que ter Sara ao meu lado seria estratégico. Eu sabia, por pura experiência, que naquela vida estranha era melhor estar acompanhando do que sozinho. Nunca haveria nada entre nós: inexistia qualquer partícula de tensão sexual no ar, e eu a enxergava como a Henri ou Günter.

Os primeiros meses foram gratificantes: me mantive sóbrio, com o trabalho fixo no porto, sustentando mãe e filho. Havia uma lei que proibia a fabricação, a venda e o consumo de álcool, a "lei seca". Para mim foi ótimo, para a cidade, um desastre: a máfia saída do forno contrabandeava e revendia a bebida ilegalmente. A polícia era corrupta e violenta. Os *speakeasies,* estabelecimentos ilegais onde se jogava e se bebia, geralmente situados em prédios residenciais, multiplicaram-se.

Também havia casas de ópio espalhadas pelos quatro cantos da cidade. No meu bairro, ao caminhar, eu sentia o cheiro até amargar a boca. Milagrosamente, não tinha vontade de fumar ou mastigar nem uma folha de papoula. Também não queria beber, alterar minha consciência, me anestesiar nem me perder de mim mesmo. Só assim eu poderia, finalmente, me preparar para encontrar Leah.

Andava, de novo, como havia feito em Lisboa, de cabeça erguida, procurando-a em cada mulher que cruzava o meu caminho. Pelo meu jeito direto de olhar as mulheres fui confundido com os italianos. Além do mais, meus cabelos estavam mais negros, e a minha pele, mais curtida.

Trabalhando no porto durante o primeiro verão, eu parecia outro homem: tinha perdido o mofo da Alemanha, engordado uns sete quilos, e minha figura parecia agradar as solteiras. Ah, eu também voltara a sorrir.

Se sorria, era porque, de alguma maneira, havia esperança brotando dentro de mim. Eu achava que era possível ser feliz novamente. Por isso, e sem perceber, procurava Leah pelas ruas. Procurei nos sindicatos, nas fábricas que empregavam meninas e mulheres, no Central Park e nas lojas de departamento.

EM 1924 COMPLETEI 127 ANOS DE VIDA — cem destes procurando por Leah. Passei o ano achando que, como recompensa, encontraria seu sorriso na próxima esquina. Mas cheguei em 1925 sem esta alegria. Joseph foi meu ponto de apoio, eu tinha me apegado ao menino com uma força enorme, olhava para ele e pensava: daqui a cinquenta ou sessenta anos, ele estará vivo, é uma relação na qual posso investir.

O processo todo com Sara foi difícil: ela foi discriminada desde o começo por ser alemã. Para conseguir que fosse naturalizada americana, teve que estudar inglês — uma prova de fluência na língua era um dos pré-requisitos. Depois, bolamos um plano à prova de moralismos: afinal, eu, ela e Joseph dentro do mesmo apartamento chamávamos atenção. Como explicar que não éramos um casal? Explicando que éramos uma família.

Quando estivemos na frente do juiz que lhe concedeu o visto de permanência, eu expliquei: Sara era viúva de meu irmão, falecido na Alemanha, e por isso eu a trouxera, junto com meu sobrinho, para a América.

A partir daquele dia, Joseph começou a me chamar de *uncle*, e Sara não precisou mais se esconder. Ainda assim, era tímida e sofria com a ausência da família. Passava o tempo todo enfurnada em casa: manhã, tarde e noite costurando para fora. Cada centavo que ganhava ela colocava num pote de picles que ficava na cozinha, com o nome de Joseph.

Com seus dedos calejados pelo dedal, ela cozinhava, limpava, lavava e comandava o pequeno apartamento. Seus cabelos já brancos a envelheciam anos que não lhe pertenciam, e suas roupas a escondiam. Sara não era feia de nascença, mas de tristeza. Depois que chegou a Nova York, envelheceu ainda mais rápido, deixando à mostra vincos profundos que pintaram seu rosto como uma máscara do carnaval veneziano. Tudo nela olhava para baixo: os olhos, o sorriso, o nariz.

No começo, Joseph ainda crescia debaixo de suas saias. O menino também sentia seu sofrimento: ela era, sem dúvida, a mulher mais triste que eu havia conhecido. Cada nova carta que chegava do marido trazia um punhado invisível de dor no envelope. Calada, ela chorava escondida.

As coisas foram piorando na Alemanha: cartas escritas em outras línguas não podiam deixar o país; mesmo as em alemão eram censuradas sem motivos aparentes. A correspondência entre Sara e o marido começou a ficar difícil, e, por mais que juntasse dinheiro para ele ou alguma das filhas saírem da Alemanha, Sara sabia que dificilmente conseguiriam chegar à América: o controle de imigração estava crescendo, fechando o cerco. Então, ela escrevia pedindo que fugissem para a França ou a Polônia, sem ter noção do que esses locais representariam para qualquer judeu.

O que eu podia fazer para alegrá-la também me fazia bem: levava ela ao cinema e via como sorria envergonhada para Rodolfo Valentino. Nos finais de semana, íamos passear em Coney Island, e eu a via minimamente feliz com a alegria do filho.

Havia coisas que lhe adoçavam o coração, e, sempre que eu podia, levava para casa um pedaço de carpa, para ela preparar *gefilte fish*; uma torta de maçã ou uma caixa de linhas novas.

Toda a delicadeza que eu havia perdido no trato com as mulheres recuperei ao cuidar de Sara. Onde não havia desejo, havia carinho. Eu saía com moças que trabalhavam no porto, ou que eu conhecia pela cidade, no bairro, nas corridas de atletismo. Com elas, praticava a paquera, o beijo e o tão imprescindível sexo. Com os amigos do trabalho ia ver beisebol e lutas de boxe. Eu me comportava como um homem de 27 anos, sadio, feliz.

Foi nessa época que tirei a primeira foto de minha vida, para enviar para Leah. Botei meu único terno, penteei o cabelo e sorri para a máquina do fotógrafo de Coney Island. Depois escrevi uma carta contando da minha vida em Nova York, incluí a foto e a guardei junto com as outras cartas que eu havia escrito. No meu diário, registrei a saudade: "Não estar com Leah é estar pela metade; não sou eu: sou um pedaço de mim que não me pertence, pois é dela."

JOSEPH COMEÇOU NA ESCOLA quanto tinha cinco anos. Preferi deixar o apartamento da Division Street e alugar um maior, com dois quartos, que meu salário já permitia pagar. A diferença era que agora estávamos num bairro de judeus, e ele não precisaria se esquivar de suas raízes — já era suficientemente traumático que ele tivesse que subtrair o fato de ser alemão.

Para completar a mudança, além de uma mesinha de estudos para Joseph, comprei um rádio de mesa, e assim o silêncio foi extinto daquele lar. Quando Sara viu o presente, chorou e, pela primeira vez, me beijou na bochecha. Durante as quase três décadas em que vivemos juntos ela ligou aquele rádio todos os dias e todas as noites.

Naquela época, além do trabalho no estaleiro do cais consertando peças cansadas de navegar, abri um negócio com um sócio: Jack Piazza, um dos fornecedores oficiais de comida do cais. Todos os dias ele nos levava almoço, parava sua charrete com os panelões ainda quentes por ali e servia generosas porções de comida italiana. Sua mãe e sua irmã pilotavam, em casa, o fogão de onde saía muita massa e molho de tomate.

Um dia, cansado de não obter lucro e farto da comida italiana, Jack me chamou num canto:

— *Hey*, Kim, você não quer investir num *business*? Só tem que pôr dinheiro. Em seis meses eu te devolvo tudo, em um ano te dou o dobro.

Eu queria mesmo arrumar outra fonte de renda, mas ainda não sabia onde, nem como.

— *What*? — perguntei, enquanto garfava, com a urgência de quem tinha trabalhado demais e comido de menos, o espaguete à bolonhesa.

— Uma barraca de *hot dog*! Vamos ganhar muito dinheiro vendendo *hot dog*!

— *Hot dog*?

O investimento inicial era pequeno, e julguei que não tinha muito a perder. Não cheguei a comentar nada com Sara, mas depois que a nossa carrocinha de cachorro-quente começou a funcionar, frequentemente eu a levava com Joseph para comermos por lá.

Após o primeiro mês de funcionamento, que nos deu um pequeno prejuízo, nos reunimos. Havia gente vendendo cachorro-quente até nos postes da cidade. Precisávamos encontrar estratégias de venda para atrair novos clientes. Jack sugeriu que criássemos uma promoção em que a bebida e o cachorro-quente fossem um pouco mais caros do que o *hot dog* sozinho, que valia um *dime*. Nossos clientes passaram a pedir o combinado de bebida — geralmente café — e cachorro-quente. Ainda assim, não atraímos mais gente, apenas os mesmos clientes.

Levamos cerca de um ano mantendo aquela carroça de *hot dog* sem obtermos nenhum lucro nas redondezas do cais, até que um dia, passando por Wall Street, eu tive uma epifania: aquilo só poderia funcionar num lugar onde as pessoas tivessem dinheiro.

— Mude a carroça para Pearl Street — proferi, certo da grande sacada.

Dois meses depois, estávamos fazendo o mesmo dinheiro, porque a concorrência também havia chegado a Pearl Street. Resolvi anunciar na rua, distribuindo panfletos, e cheguei ao desespero de pagar para que os engravatados fossem lanchar na carroça: "Ganhe um *penny* ao lanchar na *Jack and Kim Hot Dog*", dizia o *flyer*.

E não é que a coisa funcionou? Os engravatados iam em busca do *penny*, e gastavam um *dime*, ou até mesmo um *quarter*. A reunião das pessoas em volta da barraquinha atraiu mais transeuntes, que a elegeram o melhor local para se comer.

Quatro meses após termos nos mudado para Pearl Street, tínhamos dinheiro suficiente para comprar outra barraquinha, mais moderna, e mandar a antiga de volta para o porto.

A primeira coisa que eu fiz com o lucro foi comprar uma máquina Singer para Sara. Não aguentava mais ver seus dedos esfolados, sua coluna torta e seus olhos tristes. A máquina fez sucesso, ela passou a costurar muito mais, vendendo lençóis, mantas e toalhas de banho.

No final de 1928 nós tínhamos quatro barracas fixas pela cidade, mas não estávamos preocupados em poupar dinheiro. Eu levava minhas namoradas — a maioria trabalhava numa fábrica de tecidos perto do porto — ao cinema todas as sextas-feiras. Aos sábados, era a vez de ir com Joseph assistir aos filmes de Buster Keaton e Charles Chaplin. Nos domingos nós gastávamos em dobro, indo aos parques de Coney Island: o Steeplechase e o Luna Park, onde o menino simplesmente não piscava.

Para completar, eu cultivava minha biblioteca particular, não com os livros gastos do passado, mas com as novidades que povoavam as vitrines das lojas e me tiravam do sério. Dois autores mudaram minha vida naquela época, e até hoje as páginas de seus livros me impactam.

De um lado, Ernest Hemingway tinha lançado *Men Without Women*, e seus contos pareciam falar da minha aspereza, da minha crescente incapacidade em acreditar no amor. Eu era Nick Adams: me enxergava em todos os boxeadores destruídos por seus próprios socos, homens de dedos quebrados e sem corações.

F. Scott Fitzgerald, por outro lado, tinha escrito um estranho conto chamado "The Curious Case of Benjamin Button", com o qual eu havia me deparado numa antiga *Colliers Magazine* de 1922. Tratava-se da fantástica história de um homem que havia nascido velho e morrido jovem — ou seja, Benjamin havia vivido ao contrário. Não era exatamente a minha situação, eu nascera como qualquer um. Mas soava tão estranho quanto a vida que eu levava: de um lado, um homem que nascia velho, Benjamin Button. De outro, um que não envelhecia, Joaquim Nunes.

Os anos que passei em Nova York foram os mais carinhosos comigo: me amei sem restrições, e por isso busquei me entender de todas as maneiras possíveis. Sim, permiti o meu prazer, mas de forma totalmente diferente do que havia acontecido em Viena, Dresden e Berlim — fiquei longe e aquém dos meus limites. Foi nessa época, pela primeira vez desde o ciclo de Paris, que consegui ser inteiro.

O ANO DE 1929 CHEGOU MARCADO pelo desperdício: nas lojas, as mercadorias começaram a se empoeirar. Nas ruas, as pessoas enfileiravam-se à procura de emprego. Nas portas dos bancos, as multidões bradavam para retirar suas poupanças individuais antes que fosse tarde demais.

Os salários encurtaram, todo o comércio a varejo encolheu, as *mortgages,* hipotecas, foram executadas. Havia falências a cada esquina, e os bancos, incapazes de recobrar dívidas, fechavam as portas. Para quem vinha da guerra, como eu e a grande maioria dos imigrantes, aquilo era ameaçador.

Nós ainda não suspeitávamos — Sara, principalmente —, mas aquela máquina de costura Singer, um investimento tolo, um afeto em si, seria nossa salvação assim que um vendaval varresse toda a prosperidade do país.

Jack estava vendendo cachorro-quente na Pearl Street quando ocorreu a quinta-feira negra. Assustado, ele fechou a barraca e foi me encontrar no porto.

— Kim, *my friend,* parece que os efeitos da guerra finalmente nos atingiram. Wall está vindo abaixo — exclamou, enquanto tirava um monte de papéis de um saco de batatas e os arrumava.

— O que é isso, Jack?

— Papéis. Títulos.

— Onde você arrumou isso?

— Na rua, os homens jogaram fora! Eu estava tão nervoso vendo o desespero daquelas pessoas que comecei a juntar tudo.

Alguma coisa passou pela minha cabeça — coisa que só passa pela cabeça de quem já viveu demais.

— Guarde esses *stocks*!

— Os bancos nunca terão como pagar isso de volta, essas ações já eram.

— Eu guardo por você. — E peguei o saco de batatas.

Ele pensou melhor, sorriu, e pegou de volta.

— *Ok, let's dream a dream.*

Quando a crise estourou, ninguém mais comprava cachorro-quente. Eu tinha mantido meu trabalho no porto pelo dobro de serviço e metade do valor. O que nos segurou foram as costuras que Sara fazia para fora. Mesmo assim, as encomendas mudaram: se antes as pessoas pagavam por um jogo de lençol, passaram a pedir remendos pelo valor de gorjetas.

Foi nessa época que conheci Vivienne, uma irlandesa de 19 anos, sardenta, ruiva, baixa e graciosa. Ela começou a frequentar o apartamento, sempre levando peças para conserto: era seu trabalho. Ela recolhia, no bairro onde morava, roupas que precisavam de costura e as levava até o nosso apartamento, onde aguardava Sara remendá-las. Tomava duas ou três xícaras de chá e ia embora com as peças consertadas. Por esse serviço de *delivery* ela cobrava uma taxa irrisória.

Além disso, coletava de Sara uma porcentagem, já que lhe trazia muita coisa. Era um trabalho de formiguinha, mas ela nunca apresentou cansaço ou desânimo: estava sempre sorrindo e piscando os olhos como se tudo fosse novidade. Com o tempo, Vivienne passou a correr outros bairros em busca do serviço. Arguta, tinha uma visão muito rara do mundo dos negócios, uma noção econômica quase que masculina, sobretudo em se tratando da época.

Tinham virado melhores amigas: enquanto Sara era de poucas palavras, Vivienne falava pelas duas. Sua graça e leveza, por um daqueles motivos que não se explica nem se questiona, mexeram comigo.

Até as tardes de Vivienne começarem a ser mais assíduas, eu passava minhas noites solitárias com as "meninas do adeus", como nós as chamávamos. Eram imigrantes que iam embora, por forças maiores, buscando e proporcionando diversão antes da partida. Alugávamos quartos decrépitos perto do porto, bebíamos uísque contrabandeado e fazíamos sexo da maneira possível. Depois, nos despedíamos sem remorsos.

Nas noites de maiores carências e angústias, eu frequentava as meninas do porto, prostitutas experientes que me ensinavam o que eu ainda não sabia.

Certa noite, quando cheguei em casa e encontrei Vivienne sentada, pernas cruzadas como uma dama, chapéu no colo, escutando rádio e tomando chá, percebi que me interessava. Ela fitava de soslaio Sara coser — e com o mesmo par de íris piscava rapidamente para mim.

Me deixei ficar um tempo na sala. Joseph fazia a lição de casa e ria, talvez por captar algo daquela tensão sexual no ar, talvez porque fosse uma criança de dez anos que achava tudo engraçado.

— Você tem chegado mais cedo, *Brasilianer* — Sara comentou.

Era verdade, e, ainda assim, eu não havia notado.

— Sim, estou saindo mais cedo. É o inverno — inventei.

Sara riu. Ela quase nunca ria. Vivienne rolou os olhos rumo ao teto.

— O inverno ou Vivienne? — perguntou, em alemão, como teimava em falar comigo.

— Que grosseria! — repliquei em inglês.

Sara deu um ponto na última peça que Vivienne levaria aquele dia, uma anágua, cortou a linha com a boca, dobrou e colocou no cesto de vime que cheirava a lavanda.

— Até amanhã — balbuciou Vivienne, mais tímida do que antes. Pôs o chapéu e saiu.

Corri à sua frente.

— Deixe-me ajudá-la. — E peguei o cesto nos braços. Descemos as escadas juntos, decidi acompanhá-la até sua casa.

— Sara está muito cansada — ela disse.

— E a senhorita, não está cansada de levar um cesto tão pesado todos os dias?

— Neste momento, todo meu cansaço cessou.

Estávamos perto da Brooklin Bridge, fazia frio e estava escuro, e ela me puxou e me beijou com uma audácia moderna.

— Melhor assim, você é muito bonito para ser solteiro.

Eu fiquei sem ação — a única mulher que me beijara fora Leah, e essa ousadia, na minha cabeça, pertencia a ela, só ela.

— Não acho apropriado.

— Convide-me para um cinema, então! — E partiu com seu cesto nos braços, mais rápido que podia, sem, entretanto, corar as bochechas.

Quando eu voltei para casa, tive que lidar com Sara.

— Ela é uma moça bonita e simpática — justifiquei, sem conseguir exatamente esconder minha leveza.

Sara se levantou e foi para a cozinha. Estava na hora de esquentar nosso jantar.

Eu a segui.

— Ela gosta de você, *Brasilianer.* — E pôs fogo na lenha do forno com uma vela.

— Gosta?

— Tinha um noivo que foi embora. Ela gostaria muito que você a pedisse em namoro. — E se calou pelo resto do dia.

Fui para a cama e pensei em Vivienne parte da noite, até pegar no sono. Incontrolavelmente, sonhei com Leah. Sua presença no meio daquele século de ausência era um conforto muito grande para o meu coração. Nos dias seguintes os sonhos começaram a se repetir. Após um ou dois meses — quando eu e Vivienne já estávamos namorando — notei que aquilo não parava. Era como se eu estivesse desenrolando um novelo de lã muito grossa, e interminável. A cada sonho me via num lugar diferente, mas sempre na mesma situação: amando Leah, e sendo amado por ela. O gosto de seus beijos, a dança dos cachos, as omoplatas pintadas, os dedos infinitos, tudo isso presente.

Quando as saudades apertavam muito, eu escrevia cartas que nunca enviava. Também anotava meus sonhos e sentimentos no diário, em português, para evitar qualquer tipo de espionagem. Apesar dos esforços, a vontade de encontrá-la não se esvaziava nas folhas de papel e continuava nos sonhos. Afinal, por mais bizarro que fosse ainda ter esperança, era tão improvável que Leah estivesse viva quanto que eu houvesse completado 134 anos de vida naquele abril de 1931.

~

A DÉCADA DE 30 FOI CARICATURAL: intermináveis filas de sopa da Cruz Vermelha, bancos falidos, máfias italianas e russas, cheiro de cerveja brotando das ruas após o término da lei seca. Eu e

Jack discordávamos a respeito da política de Roosevelt, que tinha pilotado Nova York durante a crise de 29 e fora eleito presidente três anos mais tarde. As medidas inéditas para enfrentar a convulsão social faziam os olhos da maioria brilhar, mas os primeiros cem dias do *New Deal* com sua política assistencialista não me convenceram.

Jack acreditava que voltaríamos a vender *hot dog* e que logo ele trocaria suas ações recolhidas na rua por dinheiro. Eu esperei calado, havia entusiasmo demais: uma crise mundial mandava sinais de fumaça através dos oceanos, e a reação norte-americana era uma política isolacionista.

Na Europa, enquanto o fascismo vinha controlando a Itália, a ascensão de Hitler e de seu partido nazista com endosso popular causaria estragos irreparáveis em muito pouco tempo. O outro lado do mundo também enfrentava problemas: passando por uma terrível crise econômica, o Japão havia invadido o norte da Manchúria e atacara Xangai. O crescente poder da União Soviética por sua vez assustava sobretudo os norte-americanos.

O fato é que no final da década de 30 houve uma segunda crise econômica, e a Segunda Guerra Mundial começou. Com a política da boa vizinhança, algumas vezes pensei em voltar para o Brasil, deixar aquele ambiente tenso para trás e me sentir em casa novamente. Mas tinha Joseph, que estava com dezenove anos, alistado no Exército e patriota; e Sara, que envelhecera como uma maçã ao sol. Ela continuava cosendo, dia e noite, e sua coluna havia assumido uma postura antálgica para o resto da vida, desistindo de lutar para ficar ereta.

Na verdade, Sara começou a encurtar ainda no início da década quando todas as cartas que ela mandava começaram a retornar com o apavorante selo *Adressat unbekannt,* destinatário desconhecido. O mesmo aconteceu com as cartas que eu cheguei a enviar a Günter, sem muitas esperanças, mas cheio de saudades.

Boatos que atravessavam os mares davam conta de que na Alemanha os censores já não aceitavam cartas de outros países e que por isso eram devolvidas. Havia, entretanto, a suspeita de que os destinatários judeus estariam fora de contato. Histórias terríveis povoavam o imaginário dos imigrantes, sem que ao menos se suspeitasse que a verdade fosse muito pior.

Junto com todo esse cenário depauperante, eu possuía apenas uma obsessão crescente: procurar Leah.

NUM DOMINGO DE SOL, levei Vivienne a Coney Island: o verão anunciava-se timidamente através dos raios dourados que, finalmente, esquentariam nossas couraças. Era mais um domingo no parque, Joseph estava no Exército, e Sara, mais deprimida do que nunca, preferia não sair de casa, esperando notícias de paz que jamais chegariam do rádio. Eu não suspeitava, nem de longe, que dois acontecimentos marcariam aquele dia mais do que o sol do meio-dia.

Enquanto Vivienne foi à sala de banhos colocar seu maiô — como boa irlandesa, acreditava que o parco calor fosse suficiente para dar um mergulho na grande piscina retangular do parque —, eu me sentei no café interno, onde um elefante ficava exposto para os olhares curiosos.

Pedi um café e percebi que, na mesa ao lado, um homem de feições muito simétricas, pele clara e cabelos grisalhos lia, com olhos de esquilo, um romance de Machado de Assis. Ele notou minha falta de discrição.

— Português?

— Brasileiro! — E sorriu com simpatia.

— Poxa vida, brasileiro! — exclamei, com o mais nacionalista dos sotaques que guardava dentro de mim.

Seu nome era Marcos Abrantes. Emigrara de São Paulo para estudar direito, se casara com uma mexicana e constituíra família. Aparentava cinquenta anos bem-vividos.

— Gosto do frio e da cor do céu daqui. — Fechou os olhos. — Do que eu mais sinto falta é das brasileiras — brincou.

— Pois eu também. Vim com minha namorada irlandesa ao parque, ela está com calor e foi dar um mergulho, veja só!

Marcos riu.

— Casei-me com Consuelo, uma mexicana, mais quente do que as americanas. Mas não chega a ser uma brasileira!

— Minha grande paixão vinha do Rio de Janeiro. — E lembrei de Leah com a estúpida certeza de que aquela lembrança era só minha. Ledo engano.

— Anos atrás, eu me encantei por uma brasileira que vinha da França, onde dançava em cabarés. Espevitada, ela.

— O que houve? — perguntei.

— Fugiu com uma russa bolchevique, foram lutar em Moscou!

— Acho que nunca escutei falar de uma brasileira que esteve na França, veio para América e se juntou aos bolcheviques! — À medida que fui pronunciando aquelas palavras, o óbvio estampou-se na minha frente tão violentamente que quase tive uma vertigem. Completei: — Por acaso essa dama chama-se Leah?

Ele me olhou atônito, forçando os olhos de esquilo mais do que era possível. Sua boca abriu cerca de trinta graus, e Marcos levou muito tempo para conseguir juntar novamente os lábios.

Arrepiei-me de tal maneira que meus olhos encheram-se e tive que disfarçar com um bocejo, mas era tarde demais: Marcos havia entendido a minha comoção.

— O senhor a conheceu? — Acendeu um charuto e me ofereceu outro, que aceitei de bom grado. Eu não precisava responder, estava óbvio. Desviei o olhar por um tempo, ele continuou a me encarar, e então falou, apontando o livro que estava lendo, apesar de saber a citação de cor: — "Esquecer é uma necessidade. A vida é uma lousa em que o destino, para escrever um novo caso, precisa apagar o caso escrito." Machado de Assis.

Antes que eu pudesse responder ou levantar minha cabeça socada por essa informação, Vivienne apareceu lépida, de roupão e sorriso.

— Kim, a água está deliciosa, *come on*!

Marcos se apresentou a ela enquanto eu pensava nos movimentos de contração e expansão do mundo, sua respiração imprecisa com a qual necessitamos estar compassados. A única coisa na qual eu conseguia me concentrar era no fato de que Leah tinha estado em Nova York e conhecia Marcos.

Despedi-me confuso, trocamos endereços e combinamos um papo em sua casa, onde garrafas de cachaça e tequila enchiam duas prateleiras. Com isso, fiquei calado, e Vivienne falou:

— Meu antigo noivo, aquele que partiu para o oeste anos atrás, está lembrado? Ele voltou à cidade e me procurou.

Vivienne ia completar 27 anos e queria, acima de tudo, casar-se. A verdade é que ela havia focado na profissão e tinha, agora, uma empresa de *delivery* que entregava desde roupas lavadas e costuradas até comidas, documentos e cartas dentro da cidade. Eu nunca soube bem como aquela irlandesa miúda conseguira, apesar da crise, comprar um apartamento. Ela era a típica *business woman* moderna, muito à frente de seu tempo. Entretanto, agora chegara sua hora de pensar na família. Todas as amigas de sua idade já tinham filhos, e o mais perto que ela estivera de constituir família fora com o ex-noivo. Nós éramos, definitivamente, apenas namorados.

— Estou livre para você, Joaquim, mas meu noivo voltou depois de anos e me pediu em casamento, coisa que você nunca fez. — Estava cheia de expectativas das quais eu não compartilhava. Eu olhava Manhattan sem pressa.

— Estamos juntos, que diferença faz um casamento?

— Quero ter filhos, Joaquim, já lhe disse, estou ficando velha para ser mãe, mas escuto o caso de outras mulheres que estão se aventurando tardiamente na maternidade, algumas bem depois dos vinte anos. Eu quero engravidar, agora.

Ela não estava dizendo isso porque nós não éramos casados, mas porque eu não conseguia engravidá-la. Vivienne já sabia que o problema era meu: sofrera dois abortos com o ex-noivo. Se me faltava coragem para dizer a ela que eu não podia fornecer-lhe essa felicidade, sobrava covardia.

O que eu sentia por aquela irlandesa não era amor, nem chegava perto. Provinha do campo do afeto. Nosso romance, que já levava oito anos, não evoluíra desde o primeiro dia, era uma linha reta e constante, sem graça nem surpresas, muito menos interseções. O sexo era silencioso. De alguma maneira, ela era a companheira que eu podia ter naquele momento, pois não queria mais que meu coração latisse, planejava guardar esse som incontrolável com exclusividade para Leah.

— Vou ser muito sincero, *my dear*. Tenho-lhe todo o carinho do mundo, mas não está nos meus planos constituir família.

O curioso foi que ela não chorou. Levantou a mão à frente, muito formalmente, como se só estivesse esperando aquela deixa para dar a sua fala, como se seu plano B finalmente pudesse pular na frente da primeira letra do alfabeto e alcançar sua vida.

— Então acredito que não temos mais nada a dizer. *It was nice meeting you.* — E apertou a minha mão como se nunca tivesse me visto ou me enfiado a língua dentro da boca, ou me deixado entrar com meu membro mais secreto em seu membro mais discreto.

— É isso? Você vai desistir? — pigarreei, sem saber ao certo o porquê.

— Nós dois sabemos que você não pode me dar o que eu preciso. — Dessa vez ela olhou nos meus olhos e se fez entender, estava falando não apenas do casamento que eu não queria, mas dos filhos que eu não podia gerar.

Como não havia mais nada a fazer, puxei-a pelo braço e a abracei com carinho. Notei que ela segurava suas lágrimas, mas que não deixaria que saltassem de si antes de me dar as costas e esconder que, no fundo, amava a mim tanto ou mais do que ao ex-noivo, e que sua forma de conseguir as coisas era sendo durona.

Poucos meses depois, Sara veio até a cozinha falar comigo, preocupada.

— Tenho uma notícia, *Brasilianer.*

— De Joseph?

— Vivienne está grávida — concluiu num alemão seco, acreditando que aquilo poderia me nocautear.

— Fico feliz por ela. — De fato, fiquei aliviado por alguém ter conseguido cumprir o que eu fora incapaz de fazer.

Naquele momento eu também já possuía um plano B para executar com a ajuda de Marcos: ir para a Rússia achar Leah.

MARCOS MORAVA NO NÚMERO 234 da East 68th, entre a 2nd e a 3rd Avenues, num prédio geminado cor terracota. A pé ele ia caminhar todos os dias no Central Park. Foi o amigo mais sofisticado que eu tive durante todo o tempo que vivi em Nova York.

Consuelo, sua esposa, se desenhava através de bochechas largas e olhos muito escuros. Era uma mexicana com orgulho, usava ponchos e chapéus típicos, absolutamente fora de moda. Os dois tinham três filhos crescidos que já não moravam com eles.

Por dentro, a casa era uma fronteira entre o Brasil e o México: podia-se estar em qualquer lugar, mas nunca ali, a poucos metros do Central Park. Todas as vezes em que fui visitar Marcos havia música latina na vitrola, uma panela com feijão-mulato na cozinha e cheiro de pimenta no ar.

Ao subir os onze degraus da entrada do prédio avermelhado eu sentia um alívio, como se um vento quente me varresse por dentro, me lembrando que eu era — sempre seria — latino-americano. Ao lado de um "irmão" brasileiro e de uma "prima" mexicana, comia, ouvia e falava coisas de esquentar a alma. Longe da minha Alemanha interna, que Sara fazia questão de ressuscitar todos os dias com suas lamúrias, eu vivia uma vida paralela aos domingos.

— Vou à Rússia, está decidido — esbravejei, após um almoço durante o qual Marcos me revelou detalhes de sua convivência com Leah, que não chegaram a perturbar Consuelo. Além de ela já beirar os cinquenta anos, era uma mulher resolvida, suas sobrancelhas largas impunham respeito a quem cruzasse seu olhar, e não havia sombras de insegurança desbotando-lhe a alma.

— Em 1915 — me contou Marcos —, conheci Leah durante uma greve, a primeira greve de trabalhadoras. Ela e sua colega, Rachel, organizaram o *strike* em busca de melhores condições de trabalho na fábrica de tecidos onde trabalhavam: pausa para almoço, redução das dezesseis horas na jornada de trabalho e folga semanal. A greve cresceu tanto que estimaram quarenta mil grevistas — acrescentou, enquanto pegava numa pasta o recorte do *New York Call*, o único jornal que as apoiou na época. As manchetes daquele papel amarelado diziam que o movimento grevista se espalhara para fora da cidade e do estado, atingindo trabalhadoras até em Chicago. — Eu vinha caminhando na rua e, quando vi o que estava acontecendo, me interessei. Como eu já era formado em direito, ofereci ajuda profissional. Me levaram diretamente para falar com Rachel, uma das líderes, a mais poderosa. Ao seu lado vi Leah, aquela mulher lindíssima, aquela alma que se destaca em qualquer lugar... Quando soube que era brasileira, então, não nos largamos mais. Passei a ajudar na oficialização do sindicato que elas estavam organizando.

Quanto mais Marcos falava, embriagado por Baco, mais eu sorria, pensando que aquela mulher era, sim, a minha Leah: "Leah é a mulher mais perfeita do mundo."

— Nesse dia elas foram presas; muitas foram. Quando a greve atingiu a Washington Place, começou a confusão entre grevistas, policiais, prostitutas e mafiosos. Sobrou para todo mundo, todo mundo mesmo. — E apontou no supercílio uma tímida cicatriz que me fez pensar em como eu gostaria de ter apanhado em seu lugar naquele dia.

— Você as livrou da prisão?

— Não, foi um processo difícil. Transferiram-nas para Tombs, e elas foram a julgamento. Leah e Rachel, assim como grande parte das grevistas presas, eram mulheres muito fortes, idealistas, cantavam a Internacional todos os dias para irritar os guardas. Iniciaram uma greve de fome que culminou com um tumulto. Foram separadas, passaram dias nas solitárias, saíram de lá quilos mais magras e muito abatidas. Mas foram precursoras no que fizeram. Nunca mais o mercado de trabalho foi tão rude com as mulheres.

— E vocês... namoraram? — perguntei, movido por uma ponta de ciúmes e por muita raiva por ter estado sempre no lugar errado, na hora errada.

Marcos riu. Pegou a caixa de charutos, me ofereceu um. Recusei. Sem pressa, ele cortou exatos três milímetros da cabeça e o acendeu. Eu aproveitei para fumar um cigarro, nervoso que estava, ansiedade correndo pelas veias, a fumaça confundindo minhas lembranças do sorriso já quase apagado de Leah.

— Vou te dizer, meu amigo, não que eu não quisesse: Leah era a mulher mais encantadora que já cruzara o meu caminho. Tinha uma coisa com os dedos longos, sorria com cada pedaço de seu rosto, era absolutamente deliciosa de se olhar, sentir, tocar. Mas ela tinha passado por uma decepção muito grande, tinha se perdido do seu grande amor, um homem estranhamente chamado... Joaquim — pigarreou, tragou, e continuou: — Quem diria que eu estaria à sua frente um dia, o homem que eu imaginei ser o mais perfeito de todos.

— Ela te contou...?

— Me disse que deixou o Brasil na virada do século, com os pais. Foi criada na França e voltou para visitar o Rio de Janeiro na década de 10, quando você e ela haviam se conhecido... Depois foi obrigada pelos pais a voltar para a França, mas, rebelde, logo fugiu para cá. Isso foi o que me confidenciou.

Então essa era a história que Leah carregava consigo. Fiquei magicamente feliz por estar incluído nela.

— Vocês não tiveram nada? Jamais?

— Joaquim, talvez o que eu vá lhe dizer seja um pouco chocante, não o conheço bem para saber como você irá aceitar este fato...

Senti meu sangue bombear mais rápido, nervoso, e todos os cavalos foram soltos dentro do meu peito, num galope louco.

— Leah e Rachel formavam um casal.

Não sei bem o que eu senti quando Marcos me disse aquilo: houve um alívio seguido de uma picada. Doeu ouvir que ela estava sofrendo e tentando, como podia, reconstruir o espaço que eu havia deixado. Doeu também perceber minha própria covardia, o meu medo de encarar Henri, de experimentar toda e qualquer possibilidade para tentar ser feliz. Naquela fração de segundos entendi que Leah era infinitamente mais elaborada, corajosa e evoluída do que eu.

— Compreendo, meu caro. Já passei por muito nesta vida, inclusive um período enorme em uma ilha onde há apenas homens, e compreendi que pode haver química entre pessoas do mesmo sexo. Comigo nunca ocorreu, mas eu entendo, sim.

Marcos levantou-se devagar, fechou a porta, como se fosse contar um grande segredo, mas permaneceu calado. Subiu num banco de madeira, prostrado ali perto com essa provável finalidade, afastou alguns livros e alcançou uma velha caixa de charutos, que colocou em cima da mesa.

— A caixa de Pandora — disse, sem exageros na voz e no olhar. Não saíram do pequeno retângulo de madeira os males da humanidade, mas, em primeiro lugar, o cheiro adocicado de charutos consumidos; em seguida, um monte de cartas.

— Depois que Leah partiu, trocamos correspondência. Há cerca de dois anos, entretanto, ela me enviou a última carta... dizendo que estava indo embora da União Soviética.

Olhei as cartas como se pudesse sorver, secretamente, suas palavras. Estendi a mão para apanhá-las, mas fui detido no ato.

— Há outras cartas, aqui, meu caro. E também não gostaria de expor a intimidade de Leah, apesar de saber que ela pode estar à sua procura. Posso ler parte de sua carta, desta última, e lhe fornecer seu endereço em Vladivostok. O fato é que ela já não mora mais lá.

— Não?

Marcos começou a ler:

— "Depois de mais de trinta anos convivendo diariamente com Rachel, tive que enterrá-la. Sigo para Hiroshima, meu caro amigo, porque as coisas aqui na Rússia estão se complicando, e eu não desejo prosseguir sozinha. Estou tão cansada, desejo morrer, descansar, mereço morrer! Todo o meu carinho, Leah."

Seus olhos embaçaram:

— Foram suas últimas palavras, há dois anos. Mandei mais de quinze cartas que não chegaram a voltar, mas nunca foram respondidas. Temo que ela não esteja mais entre nós — falou, finalmente, desfazendo o clima de mistério, soltando o fantasma da morte no meio daquela sala escura onde outrora eu havia encontrado tanto conforto.

— Leah não morreu — respondi, querendo acreditar em minhas próprias palavras sem ter, entretanto, como mover a nuvem preta que estacionou em cima da minha cabeça. Ela poderia ter morrido?

— Espero que não, meu caro. Afinal, a única coisa que ficou dentro da caixa de Pandora foi a esperança. — E a fechou como se houvesse ensaiado aquela fala.

Tentei focar na esperança, nos dias que se seguiram. Escrevi uma longa carta a Leah e a enviei para o endereço fornecido junto com a foto de Coney Island, que eu guardava para ela. Eu estava concretizando dentro de mim a possibilidade de ir procurá-la: primeiro iria ao endereço que tinha, em Vladivostok. Depois, seguiria para Hiroshima, quem sabe já com um novo endereço em mãos.

A VIAGEM PARA VLADIVOSTOK ERA COMPLICADA. De navio, eu poderia ir até a Europa e percorrer o continente inteiro, para depois atravessar as pradarias, tundras e florestas de pinheiros vestidos de branco da União Soviética até alcançar seu ponto mais setentrional. Gastaria uma fortuna, e calculava três meses de travessia.

Pelo lado esquerdo do mundo, eu podia ir de trem até o oeste norte-americano e pegar um navio em São Francisco, parando primeiro no Japão e, em último caso, seguindo até Vladivostok. Seria mais rápido e barato, então foi a rota que eu escolhi.

Esperei para contar a novidade até ter tudo acertado. Finalmente, no penúltimo domingo de agosto de 1939, fui almoçar com Marcos e revelei minhas intenções de partir, no final da outra semana, em busca de Leah.

— Está certo disso? Parece loucura; e se ela não estiver mais por lá? E se tiver morrido, Joaquim, vai passar meses viajando à toa? Por que não lhe escreve uma carta?

Para Sara eu disse que iria fazer uma viagem de negócios ao oeste — não ousei contar-lhe que deixaria o país.

— Vou ficar sozinha, *Brasilianer*? Por quanto tempo? — quis saber, já que Joseph estava no Exército e só retornava para casa nos feriados nacionais. Na verdade, eu iria cometer a maior loucura da vida, gastando todo o dinheiro que poupara para o caso de uma nova recessão. O problema era que eu não conseguia mais dormir e precisava encontrar Leah com a mesma urgência com que um afogado busca o ar.

Jack foi o único que me apoiou, e para ele eu contei que ia atrás de Leah, pois sabia da sua existência, obviamente na versão mortal. Àquela época, tínhamos reativado uma das barracas de *hot dog*, apenas uma, e o dinheiro andava escasso, mas Jack me garantiu que pagaria as eventuais despesas de Sara durante minha ausência.

Soquei na mala roupas de frio, e nos últimos dias antes da partida eu já não podia dormir ou me mexer direito, tamanha a falta de ar. Estava vivendo um estado de transe, repassando, durante as madrugadas, nossas noites de calor em Fernando de Noronha.

Faltando dois dias para meu embarque, enquanto olhava para o teto, apenas escutando o som da chuva fina que caía do lado de fora e pensando em Leah, fui assombrado por um grito de Sara. Em seguida, ela invadiu meu quarto com os olhos abertos de susto. Apavorada, bradou com a voz rouca:

— Declararam guerra, declararam guerra! *Die Deutschen* invadiram a Polônia!

Era dia 1º de setembro de 1939, eu me sentei na cama e soube, imediatamente, que jamais conseguiria chegar aonde quer que fosse com a irrupção da Segunda Guerra Mundial.

Foram meses, anos impossíveis, eu me sentia impotente, sem poder sair do lugar, de alguma maneira amalgamado a Nova York. Essa raiva me envelheceu, por dentro, uma tonelada de anos. Por fora, eu fingia ter mais de quarenta, e isso se dava com facilidade: aproveitava as poucas vezes em que Sara, por algum motivo, deixava o apartamento, e desbotava alguns fios de cabelo, forçando um outono que só não existia no meu corpo. Passei a me vestir mais formalmente e a curvar levemente o corpo, além de ganhar alguns quilos.

A única coisa que me acalmava era pensar que, quando aquela guerra acabasse, eu iria com certeza retomar meus planos de procurar Leah. Isso estava guardado na minha posta-restante, junto com um monte de incorrespondências.

Quando eu pensava que nada podia piorar, o pior aconteceu: os japoneses atacaram a ilha havaiana de Oahu, mais especificamente a base norte-americana de Pearl Harbor. O presidente Roosevelt assinou imediatamente a declaração de guerra, e Joseph foi enviado para lutar na segunda leva de *marines*.

A despedida de Joseph significou, em minha vida, a primeira verdadeira despedida. Eu sabia, apesar de calar essa certeza, que era um adeus. Segurava em seu ombro como quem quer dizer "Fica", mas sem coragem para pedir.

Joseph era ufanista, tornou-se um homem muito bonito, alto, grande por dentro e por fora. Sara dizia que era por causa de sua mania americana de beber leite durante as refeições. Quando vinha nos visitar, carregava sua mãe no colo e a sufocava com beijos. Só então Sara sorria.

Joseph sabia que a mãe o escolhera no lugar das irmãs e do pai para tentar a sorte. Por esse privilégio ele retribuía: queria dar sempre mais, entregando-se sem sobras. Flores, beijos, presentes, sorrisos, e agora queria devolver também ao país que lhe havia aceito. Quando partiu, em janeiro de 1942, havia medo em seu olhar. Eu lhe entreguei uma carta e pedi que, se ele pudesse, se passasse por Hiroshima ou perto, e se houvesse correio, a enviasse à posta-restante. Joseph não ousou me perguntar quem era Leah Porto Leal, a quem o envelope estava endereçado. Mas, como um bom filho, entendeu que ela era o amor da minha vida.

Eu e Sara deixamos a Grand Central Station lado a lado e pegamos a Park Avenue em silêncio, como havia de ser. Nevava nas ruas, e uma luz escura tingia a cena como se fosse o dia do apocalipse. Sara não aguentou e puxou minha mão para si, segurou meus dedos como quem segura o ar nos pulmões e pôde, enfim, derramar suas lágrimas.

Daquele dia até recebermos a notícia de que Joseph tinha sido capturado na Marcha da Morte de Bataán, nas Filipinas, cerca de três meses se passaram. Ele e mais 75 mil soldados norte-americanos e filipinos foram obrigados a marchar, sem alimentos ou água, por quase cem quilômetros, em condições vergonhosas e debaixo de uma epidemia de malária. Vinte e um mil soldados não completaram a marcha.

A carta que recebemos de um soldado de nome Matthew Fines dizia que "Joseph lutou com dignidade até o fim, mas nos negaram água e comida, nos bateram. O calor, a malária, o cansaço e os maus-tratos mataram muitos companheiros, e Joseph tentou ajudá-los antes de ele próprio sucumbir à doença que o levou à morte. Suas últimas palavras foram o pedido para eu escrever esta carta: *Diga à minha mãe, Sara, e ao meu pai, Kim, que os amo para toda a eternidade*. Joseph foi o melhor soldado que eu e meu pelotão conhecemos."

Se ele tivesse morrido na guerra lutando contra os nazistas, Sara estaria orgulhosa, ao menos. No *front*, como um homem deve morrer. Mas perder seu filho para a malária numa marcha criminosa foi mais do que ela poderia aguentar.

Eu, no começo, parecia ter esgotado meu estoque de sofrimento: estava anestesiado. Com o tempo, porém, a dor foi aparecendo e me incomodando cada vez mais. Eu tinha perdido meu filho.

~

DEPOIS DE 1945, QUANDO HIROSHIMA foi bombardeada e completamente destruída, também perdi toda e qualquer esperança de reencontrar Leah. Dentro de mim batia um sino que dizia que tudo havia realmente acabado. Comecei a viver como uma tartaruga, devagar e sempre, sem sequer olhar para frente, duro na carcaça, úmido por dentro.

Jack e eu prosperamos muito depois que a guerra acabou. Ele conseguiu trocar os títulos da bolsa de valores, aqueles que havia catado no chão, e investiu numa cadeia de *diners*, lanchonetes pré-fabricadas. Casas e edifícios modulares haviam virado moda nos Estados Unidos, e Jack entendeu que esse era o caminho. Eu larguei os consertos navais e comecei a trabalhar no nosso escritório, alegando velhice e cansaço. Todos os meses tinha que retocar a raiz preta de meus cabelos, que teimavam em crescer viçosos, espalhando juventude pelo corpo, como se este não soubesse de minha fadiga.

Sara nunca mais voltou a sorrir, desperdiçar palavras ou gestos. Chorou todos os dias em que teve que acordar, apesar de sua vontade de permanecer dormindo. Nesses dias em que chorava também seguia costurando e ouvindo rádio: sua ansiedade a comandava de maneira que fazia sempre duas coisas ao mesmo tempo. Vivienne a convidou para ser madrinha do terceiro filho, mas ela recusou. Não conseguia ficar em companhia do menino, ele lembrava-lhe Joseph.

Assim que eu pude, nos mudamos para um apartamento planejado com sofás macios e uma cozinha dos sonhos de qualquer mulher americana — mas Sara era alemã, assim nasceu e permaneceria até o final dos dias.

Eu também vivi triste por muitos anos, e muito triste, não aquela tristeza azul à qual estava acostumado, e nem a tristeza cinza que pesava demais. Minha tristeza era branca, descolorada, gasta, corroída e, por isso, quase insustentável.

Fui tocando a vida, repleto de mim mesmo: eu e minha cidade, eu e meu trabalho, eu e meus mortos, eu e meus vivos. Sem esperanças de encontrar Leah e de abraçar novamente o pequeno grande Joseph. Tinha perdido tudo, e, como cabe a um homem com a minha vivência, também já estava mais do que na hora de eu perder a vida. Como não podia, seguia empurrando aquilo que de mim sobrava através dessa névoa láctea.

E assim foi até o ano de 1954. Um dia qualquer, que não se diferenciou dos outros até eu chegar de volta do trabalho, cansado por não conseguir mais enxergar através da tristeza branca, curvado pelos supostos 59 anos que me cabiam, e encontrar Sara na cama, serena. Ela tinha, enfim, um sorriso na boca, e, apesar da minha dor, eu segurei sua mão gelada e sorri com ela. Finalmente tinha chegado o dia em que, como ela acreditava, reencontraria Joseph. No rádio, Sarah Vaughan prestava-lhe uma homenagem com "Tenderly".

Dois meses depois eu já tinha me desfeito de tudo e vendido minha parte nos *diners* para Jack, que também comprara meu apartamento. Passei as últimas semanas caminhando por todas as ruas da minha vida naquela cidade, comendo e apreendendo cheiros que me fariam saudoso no futuro. Despedi-me dos poucos amigos numa feijoada oferecida por Marcos e Consuelo.

Depois, e pela primeira vez na vida, entrei num avião e vi, lá do alto, meu *quarto ciclo* de vida desfazer-se junto com a fumaça de Manhattan.

ABRI OS OLHOS NÃO DE UM SONHO, mas de uma visita viva ao passado. Todas as lembranças de Nova York, tanto os detalhes quanto as imprecisões, me trouxeram de volta sentimentos que haviam deixado de me pertencer. Ao mesmo tempo, eu já não sentia a angústia antiga, era como se estivesse à frente de mim, podendo analisar descoladamente aquela história tão fantástica.

Sorri com a lembrança de que eu havia encontrado Leah, e isso me bastou. Em menos de uma semana nós dois estaríamos juntos, e, se eu não conseguia me recordar da sua presença, tinha lembrado da dor causada pela ausência, o que era suficiente para me mover.

Liguei para Sylvia para contar sobre Nova York.

— Joaquim? — Sua voz estava embargada.

— Meu amor, tenho boas notícias: lembrei de muita coisa. Está tudo voltando, lembrei do tanto que te procurei... Você não vai acreditar, lembrei que conheci um amigo teu em Nova York!

— Joaquim — me interrompeu —, não é um bom momento agora, posso te retornar mais tarde?

No auge do meu entusiasmo eu havia esquecido de prestar atenção no tom de sua voz.

— Claro, sim, claro, eu só queria te dizer que estou muito feliz, Leah.

Ela estava tensa, desconfortável.

— Um beijo. — E desligou.

Fiquei sem ação, demorei um tempo para baixar o celular do ouvido, pensando se o fato de tê-la chamado de Leah contribuíra para a reação.

Agora que tinha me lembrado de parte de sua trajetória, da sua história com Rachel, da ida para Vladivostok, da mudança para Hiroshima, pensei: essa mulher, Leah Sylvia, seja quem for, é absolutamente demais. E como pode ter sobrevivido a uma bomba atômica?

Alcancei mais uma carta do envelope pardo, ainda lacrada, ajeitei uma almofada indonésia e me recostei.

Tóquio, 12 de outubro de 1955.

Querido Joaquim,

Apesar de ter prometido a mim mesma que jamais te escreveria novamente, e que tampouco alimentaria estúpidas esperanças dentro do meu coração já sem espaço, aqui estou eu, mais uma vez, impelida a escrever. Vou te dizer o óbvio: é mais forte do que eu. O amor que sinto por ti é mais forte. A necessidade de encontrar-te é mais forte.

Bem, eu também sou forte. Sou muito provavelmente a única sobrevivente da bomba de Hiroshima que não apresentou nenhuma sequela. Meu Takuro morreu nos meus braços, imediatamente, e eu apenas desmaiei. Mais uma perda para se somar à de Rachel, de António, de minha família toda e de uma interminável lista de parentes e amigos. Infelizmente, perdas nunca somam, só subtraem.

Estou em Tóquio há dez anos, trabalho com artes plásticas. É uma forma de extravasar a dor e tem me ajudado.

No começo desta semana o nosso encontro completou 131 anos. A nossa hora mágica, a tua ausência. Estou empenhada em conseguir paz através do budismo, mas não há encontro possível dentro de mim.

Espero que estejas bem. Perdoa minhas duras palavras, tem sido muito difícil, sempre.

Te envio todo o amor que ainda, apesar de tudo, me resta dentro.

Leah.

No momento em que fechei aquela carta ainda não havia recobrado completamente a memória, mas a maior parte. Havia recobrado, porém, a esperança.

Observando a história toda, entendi que era o momento de estar, finalmente, ao lado de Sylvia. Imaginei sua angústia ao saber que eu havia perdido a memória: devia ser apavorante apagar toda a história da busca que parecia sem fim e que estava, finalmente, sendo concluída.

Telefonei novamente para ela, queria ir para São Paulo se ela não pudesse vir. Aquela carta tinha acendido uma faísca em mim, eu estava em chamas, com fumaça saindo pelos orifícios e poros. Eu precisava dela, do seu cheiro, do seu toque, da sua história de vida.

O telefonema caiu direto na caixa postal, e lembrei de sua voz embargada. Um medo desmedido tomou conta de mim: quem era a Leah de agora ou, melhor dizendo, quem era a Sylvia? Não a das cartas, mas essa que tinha me achado, me deixado, me aceitado e me procurado; a que estava desfazendo-se de sua vida em São Paulo para ficarmos juntos.

Escutei uma buzina do lado de fora, meu coração saiu a galope pela boca: Sylvia? Ela podia estar me preparando uma surpresa! Abri a porta animado, os sentimentos pendendo para fora de mim, multiplicando a ansiedade.

Não era Sylvia, era Tomás e seu *buggy*.

— Meu irmão, vamos mergulhar?

Mergulhar, mergulhar, mergulhar. Sorri. O que de melhor eu poderia fazer a não ser mergulhar dentro de mim para me encontrar?

Se o último mergulho tinha afogado minha memória, em algum lugar daquele infinito azul eu a encontraria, protegida pelas guardiãs da vida: as tartarugas marinhas. Em sua irrestrita sabedoria elas sabiam que uma vida se faz de lembranças e que eu, desesperado, em algum momento voltaria àquele lugar precisando recuperá-las.

Não as encontrei boiando, muito menos afundadas. Minhas memórias estavam em todos os rincões daquela ilha, destiladas nas águas do oceano, guiando os peixes cegos, embalando as algas bailarinas. As memórias não de uma vida, de muitas; não de um lugar, de todos; não de um homem, de vários.

Conforme o ar foi ficando mais comprimido dentro do cilindro e eu fui descendo rumo ao fundo rochoso do Boldró, cruzando com lagostas, lambarus, polvos e tartarugas, minha vida me invadiu novamente; minha vida antes de Leah e os meus sete ciclos, as pessoas amadas, os locais, os encontros e as despedidas.

Naquele fundo de mar de quase vinte metros, já não enxergava mais a lanterna de Tomás: eu tinha me transformado em anfíbio, deixando para trás minha carcaça humana e os apetrechos terrestres, e buscava na respiração branquial o impulso necessário para recolher meus pedaços. Um apanhador num mar de memórias.

Por fim, eu tinha me reunido por inteiro: fragmentos, memórias, histórias e personagens. Os risos, as iras e as indistintas dores. Todos os 215 anos de vida entraram de volta em mim, me recompuseram, e foi então que eu pude emergir. Havia um sol lindo lá fora, já se pondo, e uma vida a ser concluída.

Correnteza

VOAR É UMA DAS SENSAÇÕES MAIS ESQUISITAS que eu já experimentei. Da primeira vez, naquele ano de 1954, foi quase insuportável: entrei no Douglas DC-4 que tinha sido reformado após servir na Segunda Guerra e nele atravessei o oceano até Belém, onde houve a primeira escala. O avião de propriedade da Pan Am era confortável, mas eu preferia estar no mar. A viagem durou quase dois dias, e eu não consegui distinguir se foi o fato de voltar ao Brasil, após mais de meio século, ou de estar voando que me deixou tão nervoso.

Quando desci no aeroporto de Congonhas, o jeito do país, inscrito num arquivo fechado da minha memória, me invadiu: o calor do café, o gosto da cachaça amarga, o sorriso gratuito do brasileiro. Lembranças que eu não tinha perdido e jamais esqueceria, pois diziam respeito a quem eu era.

Tinha planos de ir para Fernando de Noronha, onde eu imaginava que, em algum momento, algo de mágico pudesse voltar a acontecer. Antes, porém, precisava desse entreato para a minha recomposição: voltar a ser brasileiro, voltar a ter 27 anos, começar de novo. O *quinto ciclo*.

Com o dinheiro da venda dos negócios de Nova York eu podia comprar um imóvel para morar e abrir um comércio. Ou viver da renda de aluguéis, o que me permitiria voltar aos estudos, vontade que já vinha martelando na minha cabeça. Tinha que analisar o cenário com calma, pois, além de eu estar longe do país há tempo suficiente para não conseguir mensurar o que era preciso, Getúlio Vargas tinha se suicidado poucos meses antes, deixando para Café Filho problemas econômicos, com uma inflação de vinte por cento ao ano, e acirramentos políticos que levariam a um terrível golpe uma década mais tarde.

Instalei-me no centro da cidade, num pequeno hotel chamado Capital, e achei que tiraria tudo de letra: para quem passou por uma guerra na cidade estopim e por uma crise econômica na avenida do dinheiro, estar no meu país seria moleza, *no matter what*. Ficaria um pouco em São Paulo e depois seguiria, de ônibus, para o Rio de Janeiro. O destino final seria a ilha perdida no meio do Atlântico.

Comecei a conhecer São Paulo e notei que a cidade se parecia comigo. Me sentia em casa quando eu caminhava pelo Viaduto do Chá e cruzava com gente do mundo todo; ou quando olhava para o alto para captar a sombra dos imponentes arranha-céus: do edifício Matarazzo, do Martinelli e do inacabado Copan. São Paulo era uma Nova York brasileira, onde eu me encaixava e poderia, até, permanecer.

Em poucos meses, a efervescência da cidade, que festejava seu IV Centenário, me contagiou. Fui ficando. Deixei o Hotel Capital e aluguei uma casa na rua Oscar Freire, com três quartos e um quintal grande nos fundos, que transformei em jardim de inverno. Consegui sementes e terra e cultivei aquele espaço com carinho de lavrador.

Comprei roupas novas, da moda, cortei do meu cabelo o grisalho que não me pertencia e assumi a idade eterna que eu tinha e teria no futuro.

Rapidamente eu estava me apaixonando por São Paulo, suas possibilidades, minha casa, a mistura em doses homeopáticas da calmaria de uma cidade ainda pacata com uma vida cultural intensa. Me encantou a soma de gente que não falava a mesma língua, mas que entendia o que o outro cochichava. As avenidas largas, com poucos carros, e os viadutos elevados eram estranhamente familiares: pareciam meus caminhos internos.

Todas as manhãs eu ia caminhar pelas redondezas do que era chamado de Jardim Paulista, até o dia em que o jornaleiro lisboeta me indicou um sítio que não poderia me escapar, um "parque maravilhoso, inaugurado há poucos meses, pois". Assim eu fui parar no parque do Ibirapuera, onde vi, pela primeira vez — ou achei que vi —, Leah cruzar o meu caminho. Quando tentei alcançá-la, a perdi e me perdi.

ERA ELA; APESAR DOS ÓCULOS DE GATINHA cobrindo os olhos, eu tive a mais absoluta certeza: sua estatura, o ângulo de seu rosto, até mesmo o toque de sua pele que eu ainda não sentira. Ela cortava caminho pelo parque, indo de uma ponta à outra, naquele mesmo horário em que o sol já esquentou a terra o suficiente para retirar-se. Foram quatro dias seguidos de observação, eu me sentava num banco de madeira escura, que ficava no meio do seu trajeto, e sempre na mesma hora ela passava por ali, espalhando seu perfume de Afrodite.

No quinto dia, que foi uma segunda-feira e por isso não foi consecutivo aos outros — no sábado e no domingo, apesar de eu estar lá, ela não passou — eu a interceptei. Ela trajava uma blusa branca listrada de azul, uma calça vermelha que não chegava a cobrir seus tornozelos e sapatilhas de bailarina da mesma cor. Seu cabelo tinha um corte masculino, curtíssimo, e deixava a nuca à mostra, abrindo espaço, na minha imaginação, para as sardas guardadas abaixo dos ombros.

— Leah? — perguntei, sentindo meus cavalos internos levantarem-se e galoparem.

— Você gostaria que eu me chamasse Leah?

— Achei que você fosse ela...

— A Léa?

— Leah. — E ri, a presença dela era muito forte. — Você é, não é?

— Talvez eu possa ser. — E virou as costas, me deixando sem ação, atraído o suficiente para não conseguir mover minhas pernas nem segui-la; tão encantado que minha voz não saiu mais.

No dia seguinte, de novo, na mesma hora morna da terra, ela passou. Estava, mais uma vez, de calça — o que não era muito comum para a época — e pude ver sua silhueta vindo na minha direção. Passou direto, sem se importar comigo.

— Leah?

Ela voltou.

— Meu nome é Dina.

— Não, teu nome é Leah.

Ela riu.

— Por favor, eu preciso que você seja a Leah.

Não riu mais: viu que meu pedido era sério.

Atrás de seus cabelos curtos, percebi o movimento dos eucaliptos australianos.

— Posso te convidar para um café? — perguntei.

Consultou o relógio e, por um instante, eu achei que fosse uma estudante a caminho da aula.

— Atrasada para a aula?

— Se você quiser tomar o café, eu volto em duas horas.

Com isso, ela partiu, e eu, mais uma vez, fiquei inerte, olhando a maneira como suas pernas estavam costuradas ao quadril e tentando lembrar se as pernas de Leah possuíam o mesmo viés.

Durante as duas horas seguintes eu percorri o parque todo à procura da minha memória. Consumi quatro cigarros e milhares de passadas largas e nervosas tentando colar a voz daquela estudante moderninha à de minha Leah épica.

Na hora marcada o céu já estava mudando de cor, quase seis da tarde, e ela não atrasou mais do que dois minutos.

— Você realmente acredita que eu sou a Léa?

— Leah — corrigi novamente.

— Prazer, meu nome é Dina. — E estendeu a mão.

— Joaquim — falei, procurando nela uma reação de reconhecimento.

Dina foi andando, eu a acompanhei. Ela acendeu um cigarro, fumava Camel com filtros. Me ofereceu, eu aceitei.

— Onde vamos? — soltou a fumaça.

— Tem um café na avenida Brasil, podemos ir lá.

— Você está me seguindo? — Ela era segura de si, tão segura quanto Leah.

— Estive te observando, mas não sou nenhum pervertido, Dina. Só achei, realmente, que você fosse uma ex-namorada.

— Você não se lembra das tuas ex-namoradas?

Fiquei calado. Esse era o tipo de pergunta que se podia esperar de Leah: seca, cortada e atrevida. Naquele momento, eu tinha duas opções: abrir o jogo, o que seria terrivelmente ameaçador, ou me calar.

— É uma longa história.

Seguimos até o Bistrô Oui, onde ela pediu um *cappuccino* e esquartejou sem vergonha uma torta holandesa.

Eu contei que tinha chegado de Nova York, onde fora criado e conhecera uma mulher inesquecível chamada Leah, com quem ela se parecia muito. Daquele jeito rebelde, ela não negou, o que me fez flutuar em esperanças.

Dina dançava balé e queria ser atriz, mas tinha acabado de ser admitida para a Faculdade de Direito da USP. Morava com duas amigas, porque seus pais eram do interior do estado. Quando ela atravessava o Ibirapuera à tarde, estava indo para o estúdio de dança, onde, por duas horas, virava uma menina de Degas.

Dina falou muito, contou detalhes que eu não perguntei enquanto molhava os lábios com a língua. Ajeitava os cabelos curtos com os dedos longos, torcia as pernas de bailarina na cadeira e enfiava as mãos debaixo das coxas. Era a mulher mais sensual que eu havia visto. E menos curiosa. Não quis saber de mim e aceitou o convite para passar do café ao conhaque no jardim lá de casa.

Observou as flores que eu havia plantado nos meses anteriores, alongou as pernas, me fisgou pela boca. Eu, como um peixe desesperado, agarrei-a com força, sem tempo para tirar sua roupa ou ver se seus seios me eram familiares. Apenas abri sua calça, beijei sua boca e me enfiei dentro dela.

No vão de Dina encontrei paixão e loucura e me arruinei. Um feitiço: durante os anos seguintes ficaria hipnotizado por ela, suas danças, seu teatro e suas teorias sociais que, apesar de me incluírem, não excluíam os outros.

Com Dina a relação foi marcada por ciúmes quase que doentios. Eu regulava a hora que ela saía e chegava. Às vezes, eu a seguia na rua — e ela sabia. Ia procurá-la, no final da manhã ou início da tarde, nas salas de aula do Largo de São Francisco. Quase sempre em vão, pois Dina perdeu o gosto pelo direito — seguiu com os estudos apenas porque não era de desistir das coisas. Com alguns colegas, formou um grupo mais interessado nos palcos artísticos do que nos políticos: os Desconstrutivos da Pátria.

Seu comportamento era exatamente o de Leah, e, apesar de ela nunca ter confirmado a verdade, eu tinha esperanças de que ela fosse o meu grande amor do passado.

Desde que ela se mudara para a "casa florida", como apelidou o nosso lar na rua Oscar Freire, apenas duas semanas após aquele café na avenida Brasil, eu nunca consegui controlá-la. Nem por um dia, nem por uma hora.

Intempestiva, irreverente, impulsiva e sexual, ela me enlouquecia, eu queria possuí-la mas não podia sequer tê-la. Dina causou em mim, pela primeira vez na vida, o poder da confissão. Sentávamos no jardim, com chá, café, conhaque ou rum nas mãos, e eu contava, aos poucos, meus pedaços.

Dina reagia, ria e chorava, interrompia o relato para me dar sexo quando as memórias eram desagradáveis. Assim, sem reparar, louco de paixão, durante os dois primeiros anos de nossa relação eu contei tudo: desde a infância, passando pela hora mágica, até o último dos ciclos. Entreguei a Dina minha vida e meu coração.

Dina me surpreendeu, pois eu não achava, àquele ponto de minha vida, que fosse possível experimentar algo tão novo. Ela me ensinou que, não importa quantos anos vivemos, e nem como, e nem o quê, temos sempre algo a mais para aprender. Em troca dos ensinamentos, pôde segurar meu coração nas mãos, amassá-lo, reter todo o sangue que nele circulava, para depois arremessá-lo de volta ao meu peito sem a menor delicadeza.

De tanto a perseguir pela cidade e pelo Largo de São Francisco, decidi estudar para ingressar na faculdade e, no ano seguinte, eu era calouro de Dina, apesar de ela achar aquilo absolutamente ridículo.

— Um homem com 160 anos de vida, engenheiro naval, médico, físico que estudou com Pierre e Marie Curie! Um homem que fumou ópio em Berlim durante a Primeira Guerra Mundial, que vendeu *hot dog* na Wall Street de 1929, você não se enxerga, mesmo. Coisa mesquinha, direito no Largo de São Francisco!

Ela achava que o fato de eu cursar direito tinha mais a ver com uma necessidade de controlá-la do que com uma questão minha. E era mesmo uma mistura. De um lado eu sabia que Dina seria transitória — podia até ser eterna enquanto durasse, mas, ainda assim, uma passageira de minha vida. Aliás, eu já suspeitava que duraria pouco. Então eu precisava me inserir, escolher levianamente sobre o que seria aquele ciclo que se iniciava: o direito me pareceu consistente, uma das profissões mais prestigiadas através dos tempos. Por outro lado, claro, entrar naquela faculdade era uma maneira de estar mais perto de Dina, e isso tornava a minha escolha indecente.

Consegui comprar a casa onde estávamos morando. Foi quando Dina colocou uma ideia estúpida na minha cabeça:

— Os Desconstrutivos precisam de um lugar, Joaquim, tem um galpão no centro, vai ser um ótimo investimento. Eu já vi a papelada, tá tudo certo. — E falou isso tirando a blusa e pulando no meu colo, sem me dar chances de discordar, me exigindo comprar o que viria a ser o Teatro do Vento.

Era isso que me deixava maluco com Dina: ela me fazia de gato e sapato. Me arrastava pelo chão, abria minha garganta e me tirava de dentro de mim, me estragando, e ainda mandava eu pagar o conserto. Depois, fogosa e saltitante, ia embora com o Zé, a Regininha ou o Juca ensaiar cenas, beijos e sexo.

Um dia ela me chegou com um presente; um quadro pequeno, de um artista plástico japonês. Era uma colagem que emoldurava o triste rosto de um homem da década de vinte:

— Olha isso, Joaquim, entrei na galeria e bati o olho. Parece muito contigo!

Pisquei mil vezes, não apenas se parecia comigo: se minha memória não era demasiado traiçoeira, aquela era a foto que eu havia mandado para Leah!

— Sou eu — respondi, ligando os pontos.

— Como assim, é você?

— Essa aí foi a primeira foto que eu tirei na vida, morava em Nova York e mandei pra Leah, que morava no Japão.

Dina me olhou séria. Agora ela tinha que considerar, de fato, a veracidade da minha história.

— E como é que foi parar numa galeria de artes aqui de São Paulo?

Suspirei, chateado; aquilo queria dizer que Leah nunca havia recebido a minha carta.

— Na verdade, enviei para Vladivostok, eu não tinha seu endereço no Japão. — Suspirei novamente, olhei para o nada:

— Caiu nas mãos erradas, com certeza, a destinatária era desconhecida e alguém pegou a foto para si.

Sem mais, fui para o quarto enquanto a ouvi martelar um prego na parede da sala. De madrugada, sozinho, voltei para examinar de perto aquela assombração. A assinatura do artista não tinha vestígios de Leah, mas a foto era minha: eu e meu triste rosto. Eu e meus olhos perdidos com um brilho inútil de esperança contornando as pupilas. Era irritante me ver esperançoso quando, trinta anos mais tarde, nada havia acontecido.

Dina me surpreendeu: ela estava ainda mais impressionada do que eu. Me levou de volta para a cama e empenhou-se em me fazer esquecer aquela insanidade. Mas tudo o que passava pela minha cabeça era: como era possível que eu ganhasse de presente a minha própria foto, anos mais tarde? E onde estaria Leah?

Dina nunca se formou, largou a faculdade após o terceiro ano. Eu peguei meu diploma em 1960, montei um escritório especializado no ramo de contratos de compra e venda de imóveis e comecei a brincar de banco imobiliário.

O fato de eu ficar até tarde no escritório, afogado em papéis, com meus dois sócios — os colegas da faculdade Alfredo e João — foi o que me salvou. Logo descobri que Dina não estava mais tão interessada em mim.

A partir dessa constatação, comecei a me arrepender de ter contado a verdade para ela e fui me tornando amargo. Um segredo tão bem-guardado que eu tinha deixado entrar em erupção ao primeiro toque de Dina!

Esse remorso foi crescendo internamente, mas para toda e qualquer reclamação que houvesse de minha parte, ela me oferecia protuberâncias e buracos despudorados. Eu não conseguia resistir, e assim chegamos a um momento absolutamente calado de nossa relação, em que toda conversa era feita pelos corpos. Havia raiva, posse e ciúmes. Era malévolo e, ainda assim, incrivelmente bom.

Em janeiro de 1962, a primeira peça do grupo teatral fundado por Dina, Zé, Regininha, Juca e mais um bando de adjacentes que foram se juntando, o tal Desconstrutivos da Pátria, apresentou-se no Teatro do Vento — aquele que eu havia comprado anos antes e que transformara em arena. Ficava no centro da cidade, na rua da Juta, um lugar especialmente chamado de Largo da Discórdia. A peça tinha o burlesco nome de *O homem de mil vidas*, e eu estava tão cego que não fazia ideia do que se tratava.

O teatro estava lotado, muitas pessoas assistiram à apresentação de pé ou do segundo andar, onde havia uma espécie de "geral". Eu tive um lugar reservado numa poltrona central, e aos meus lados sentaram-se meus sócios e suas respectivas esposas — horrorizadas com as inúmeras cenas de nudez.

A peça contava a história de um homem nascido quando o Brasil ainda era colônia, atingido por um asteroide, que ele acreditava ser uma estrela mas que na verdade era um LSD, e castigado a viver até o final dos tempos. Este homem, o "homem-sem-nome", atravessava oceanos, conhecia a terrinha portuguesa, ia para a França, Áustria, Alemanha, Estados Unidos e voltava para São Paulo, onde ia parar, não por acaso, no Teatro do Vento.

A cada fala dos atores, a cada nova mulher daquela história que só me pertencia (e a mais ninguém), eu sentia todos os meus poros se abrindo a fórceps. Latejavam, minha pele queimava, o ar faltava. Passaram, na minha frente, como num desfile de monstros ridiculamente caricatos, todas elas: Leah, Berenice, Anne Sophie, Luna, Barbara, Sara, Vivienne. Ver meu segredo exposto para o mundo foi a coisa mais humilhante de toda a minha vida. Meus amores tão bem-guardados à mercê do riso alheio; meus dramas mais íntimos transformados em comédia de costumes para provocar a cruel gargalhada dos mortais. Todos idiotas!

A peça acabou, e não consegui me levantar da cadeira de veludo. Houve um aplauso para cada centímetro de humilhação meu, e parecia que todos sabiam que a história tinha um dono e o procuravam em algum lugar da plateia.

Desculpei-me com os sócios e fugi. Faltei ao coquetel, e acredito que Dina não tenha se importado. Voltei com o corpo carregado por um sentimento que eu mesmo não podia definir, nem entender: ódio.

Durante duas horas bebi e andei feito um animal, de um lado para o outro, concluindo que a melhor coisa a fazer seria matar Dina. Com as minhas próprias mãos. Pensei em deixar o gás ligado. Pensei em atear fogo na casa. Pensei num acidente de carro. Decidi esganá-la.

Usei todo meu conhecimento jurídico para calcular quanto tempo eu poderia passar preso e os riscos legais do assassinato. Ela morreria; eu, não. Finalmente, o ódio dentro de mim foi se acalmando, e, de repente, não estava mais tão interessado na morte de Dina, mas em seu sofrimento. Poderia prendê-la em casa por anos, usando-a como escrava sexual — mas ela gostava muito de sexo, e tudo o que eu queria era lhe causar dor, e não prazer.

Depois de a madrugada passar por mim levando essas ideias embora, dormi e sonhei com a peça de teatro. Me vi no palco, e minha vida me pareceu cômica e ridícula. Acordei com a chegada de Dina, que praticamente montou em cima de mim, exigindo do meu corpo bêbado e cansado um sexo que eu não podia lhe dar — não porque não precisasse desesperadamente de explosão, mas porque não podia mais compartilhar nada com aquela traidora: apenas o meu ódio.

Ainda assim, Dina fez o que quis comigo. Pior, conseguiu de mim o que queria. De manhã, quando acordei, só soube que não fora um pesadelo porque havia um bilhete na mesa da sala e porque ela levara o quadro japonês com a minha foto.

Pena que você não apreciou a minha homenagem! Estou indo morar com o Zé. Depois pego minhas coisas. Dina

Foi o golpe mais baixo dos meus 165 anos de vida. Mais inescrupuloso, maldoso e proposital. Um *coup d'Etat* em dois atos, o *day master* e o *day after*. Amassei o bilhete e fui trabalhar, tinha uma missão agora: vender o teatro e destruir o grupo.

DEPOIS QUE DINA PARTIU DE MINHA VIDA, consegui transformar a raiva toda em produtividade. Ela foi incapaz de voltar lá para pegar sequer suas roupas e outros pertences menosprezáveis. Eu fui incapaz de voltar ao Teatro do Vento para esbofeteá-la ou estrangulá-la: preferi, na medida do possível, apagá-la.

Em vez de vender o espaço, resolvi apertar os parafusos e passei a cobrar 80% da renda da bilheteria e um mínimo, caso a bilheteria não alcançasse o esperado. Isso tornou absolutamente insustentável que o grupo continuasse ali. Não sei para onde foram, preferi afastar-me daquele ambiente quando descobri o mal que Dina me fazia.

Foi a primeira vez que a separação de uma mulher que eu julgava amar não me causou implantes de dor. Ao contrário, meus sócios notaram minha melhora, e meus negócios prosperaram. Resolvemos continuar investindo em imóveis e compramos terrenos para a construção de fábricas e indústrias de pequeno porte.

O que começou como brincadeira acabou tomando ares e proporções de gente grande, e eu, sem saber, e finalmente, amadureci em minha vida. Virei um homem de negócios, preocupado com o sustento, o crescimento, o progresso dos meus investimentos.

A mudança foi completa: se antes havia vivido uma longa e perdida adolescência, preenchida por estudos, namoradas, noitadas e drogas, agora eu era um adulto que estava decidido a só investir em mim mesmo. Não em nenhuma mulher que ocuparia o lugar do amor da minha vida, não em nenhuma família que não me pertencia, mas em mim.

Em 1964 um golpe infeliz dobrou o Brasil ao avesso, mas meu sócio, João, vinha de uma família de militares de ultradireita, e nosso escritório administrava, inclusive, imóveis de vários generais. Eu achava errado o que estava acontecendo, tinha medo de uma nova Alemanha se levantar, mas fiquei quieto.

Às vezes, quando lembrava que Leah era uma bolchevique e que podia estar engajada, tinha vontade de me infiltrar na luta armada para encontrá-la. Era um desejo que vinha e que passava porque todos os dias de manhã eu corria vinte quilômetros no Ibirapuera apagando a vontade de encontrá-la e me preparando para mais um dia automático, egoísta e anestesiado de minha vida. Eu tinha me transformado num pré-*yuppie*.

A falta que Dina me fazia era, impreterivelmente, na cama. E como fazia! Tentei contornar a situação com as mulheres que apareciam — e não eram poucas. Para ser sincero, eu estava, mais uma vez, assustado com a liberdade delas, e com o quanto estavam ativas nas relações — as barreiras tinham caído, talvez até despencado, e do dia para noite eu não sabia mais ao certo como cortejar.

A verdade é que fui empurrando a falta, anulando a esperança e focando no trabalho. Era, afinal de contas, uma atitude masculina e madura, daquelas que eu nunca havia tido, provavelmente perdida em algum ensinamento muito longínquo da minha infância, registro quase apagado de meu pai.

VOLTEI DO MERGULHO DENTRO DE MIM. Juntei tudo e, quando deixei o mar, eu era novamente a pessoa que fora durante tanto tempo: Joaquim Henrique Castro Nunes. Um êxtase me tomou, tinha urgência em encontrar Sylvia, estar com ela, precisávamos recuperar o enorme tempo derramado.

Mal Tomás estacionou o carro na porta da minha casa, pulei do *buggy* com pressa e entrei na casa que, finalmente, reconheci. Era, sim, a minha casa. O corpo também era meu, e eu estava dentro dele. Encontrei meu celular jogado debaixo do sofá da varanda, a bateria tinha morrido, e eu tive que controlar a ansiedade até encontrar um carregador para checar as ligações.

Junto com a memória tinha voltado a dor, a ansiedade, a inquietude e mais uma dúzia de sentimentos pontiagudos que me espetavam como aquela amendoeira que, certo dia, havia crescido em mim. Eu precisava resolver aquilo de uma vez por todas!

Quando liguei o celular, havia várias ligações perdidas, dois recados de meu filho, Nicolau, e um de Belinha. Mas a voz de Sylvia não estava armazenada em nenhum local remoto que eu pudesse alcançar. Dela também não havia registro de ligação perdida. Para piorar, seu aparelho continuava desligado, e aquilo me soou como uma ameaça de fim de mundo. Deixei um recado, apenas: "Meu amor, sou eu, recobrei toda a memória, e também as saudades, preciso muito falar contigo."

Depois já não sabia mais o que fazer. Alimentei Fogo, tomei banho, lavei e sequei o material de mergulho. Fiz um sanduíche que comi pela metade. Decidi, então, servir uma dose de uísque — mas a primeira dose, por algum motivo, não caiu na corrente sanguínea.

Derramei mais duas doses da bebida escocesa através do meu tubo interno, diretamente em meu peito, e a paz começou a reinar. Tentei ligar novamente para Sylvia, mas só consegui ouvir sua voz na caixa postal. Foi então que decidi ler a última carta fechada.

Havia uma foto muito interessante de Sylvia com uma menina de uns sete anos na Baía do Sueste, ali mesmo, em Noronha. A foto datava de 1987, mas a carta havia sido escrita posteriormente. Sylvia estava muito diferente de sua imagem atual: cabelos cacheados e cheios, pele bronzeada e um ar hippie que não enganaria ninguém que viveu na década de 70. A menina tinha, nos olhos, a tristeza de um vento que passa pela terra sem mover nenhum grão. E, por não se parecer fisicamente com Sylvia, eu diria que era a tal filha adotada.

Buenos Aires, 22 de julho de 1989.

Sei que já não escrevo para você, mas para mim. Você é um alívio que não chega, Joaquim. A única coisa boa que tenho para lhe dizer é que recebi a tua carta, aquela que você enviou para o Vladivostok e que me alcançou, anos mais tarde, em Tóquio. Foi o momento mais feliz de todas as dezenas de anos no escuro. Ri e sorri e gozei com a tua foto. Muito obrigada, meu querido!

Estou recomeçando, mais uma vez, aos 182 anos de vida, parabéns para mim!

Caso um dia você venha a ler esta carta, vou lhe contar o que aconteceu (desculpe a amargura, está difícil pretender qualquer coisa). Deixei Tóquio em 1962, onde sobrevivi durante vários anos para conseguir amenizar minhas dores. Busquei respostas no budismo e em todas as experiências que pudessem me trazer qualquer tipo de alívio. A pintura também me ajudou e me levou até São Francis-

co, nos Estados Unidos, onde consegui me reencontrar com a vida. Lá eu entrei de cabeça nas terapias alternativas, como a terapia do grito primal e a do renascimento.

Fui muito feliz. Bailei todos os dias de pé no chão, cantei e amei a todos. Fui muito amada. Morei em uma comunidade hippie onde tive a sorte de conhecer um casal, Sean e Elizabeta, que me aceitou como sou: imortal e com excesso de amor. Nós três vivemos em perfeita harmonia até a chegada de Sergio, um argentino, exilado político que lutou com Che Guevara. Apaixonei-me por Sergio, e vivemos um grande amor, até que Elizabeta engravidou e nos deu Nikka de presente: quando uma criança nascia em SpringDays, ela pertencia a toda a comunidade.

Em 1983, a maré mudou: Sergio decidiu voltar para a Argentina, e Sean caiu doente, portador do vírus HIV, que acometeu vários companheiros da comunidade. Morreu no ano seguinte e, dois anos depois, Elizabeta se foi, também vitimada pelo vírus. Para piorar, descobri que Nikka era soropositiva, e eu, claro, apesar de ter feito sexo com todos da comunidade, talvez mais vezes do que qualquer um dos infectados, fiquei imune à doença.

Cuidei de Nikka como se fosse minha filha e a levei para Noronha, para que visse a beleza do mundo antes de deixá-lo. Passamos momentos intensos juntas, e procurei, no fundo de todas as praias, a nossa estrela. Queria dar a Nikka o que tenho de sobra, o que lhe faltou: vida.

Ela foi enterrada junto aos pais biológicos e aos afetos de Spring-Days. A comunidade acabou. Tive que seguir em frente, descolar mais uma vez a minha pele, arrancando-a, sentindo em cada poro a dor do deslocamento. Vim para a Argentina ficar com Sergio. Ele está casado e feliz, sua família virou a minha família. Todos sabem do meu segredo; aliás, não é segredo, só é secreto. Mistério.

Descobri outra forma de pintar minha dor, com outra palheta de cores: a fotografia. Estou estudando, penso em viajar o mundo novamente. Com a tua foto eu fiz uma série chamada "A busca", com reproduções e colagens sobre o mesmo tema (você), que foram vendidas imediatamente em Tóquio. Foi um sucesso.

O meu conforto está em dois sinais: a tua carta, que confirmou o que eu sempre suspeitei, que você está vivo e que é tão imortal quanto eu; e um estudo cabalístico que eu empreendi em São Francisco e que me revelou que tudo voltará ao seu lugar em 2012, quando terá fim este período de dor e desgaste. É o ano do nosso reencontro, no mesmo lugar onde nos deixamos. No dia 21 de dezembro de 2012 eu estarei lá, à tua procura, a mesma Leah de sempre, usando, apenas, um nome diferente: Sylvia.

Ainda faltam 23 anos, mas é certo que pensarei nisso todos os dias dessas próximas décadas que nos separam. Então, ficaremos juntos, para sempre.

Com amor,

Leah.

Como era possível que ela soubesse daquilo? Vinte e três anos antes? Era algum tipo de adivinhação, bruxaria, quiromancia? Foi exatamente no dia 21 de dezembro de 2012 que Sylvia pisou no meu barco.

Como foi possível que em 1987 tivesse ido a Fernando de Noronha mais uma vez, e eu não? E a foto que Dina comprou em uma galeria de São Paulo, que tanto me azucrinou, era mesmo um trabalho de Leah — como o mundo podia ser tão grande e tão pequeno? Como podia a vida fazer tanto e tão pouco sentido?

Seu celular continuava fora de área. Apesar de eu estar ao seu alcance, ela estava fora do meu. Olhei para a foto: Nikka antes de morrer. A doce menina já possuía um desencanto no olhar.

Leah era uma mulher do meu passado que não existia mais. Sylvia era uma mulher que não existia antes, cheia de mistérios e atropelos, com sumiços repentinos e presenças insistentes.

Por algumas horas eu não coube dentro de mim: era apertado e desconfortável. Ter recuperado a memória estava sendo, sem meias palavras, uma merda. Fui caminhar no escuro da Praia da Conceição. O mar estava alto, revolto, de acordo com meus sentimentos. Conversei com as ondas por um tempo, mas nem eu nem elas nos acalmamos.

NÃO SEI COMO CONSEGUI CHEGAR ao dia seguinte, mas quando me dei conta estava dormindo no meu quarto, sozinho. Batidas na porta me acordaram: era Marujo, desesperado para falar comigo.

Pulei da cama preocupado com seu tom de voz. Abri a porta, e ele entrou, intempestivamente:

— Joaquim, não tô mais entendendo é nada. Nada, mesmo. Cê e essa mulher... essa Sylvia.

— Que tem ela? — Mal podia sentir meu corpo, minha garganta arranhando de nervoso.

— Eu vi ela passar na van do Chicão saindo do aeroporto. Pensei que ela tava vindo pra cá, mas foi pra pousada da Célia, se registrou, deixou as coisas e foi passear pela ilha.

— Ela tá aqui? A Sylvia tá aqui?

— Então, chefinho, agorinha mesmo o Chicão passou na agência pra pegar uns turistas, e adivinha: a Sylvia tava na van de novo, agora indo pro aeroporto.

Coloquei a blusa enquanto ele falava, um incêndio começou dentro de mim.

— Ela não veio te ver, não, Joaquim? Cês brigaram de novo?

— Quando foi isso? — berrei, já pegando as chaves do *buggy*.

— Tem uns dez minutos. Acho que ela vai pegar o voo das quatro. Mas que diabo, acabou de chegar de manhã e já vai embora... Sei não, chefinho, sei não!

Olhei o relógio, os ponteiros estavam separados, marcando três e meia da tarde.

Pulei no *buggy*, eu e meu fogo interno, tonto, com medo de aquele gosto virar cinza. Mal acreditava que Sylvia estava lá. Não era possível, ela tinha vindo fazer uma surpresa, só podia ser isso! Afinal, após tudo o que nós havíamos passado e o que ela contava nas cartas, Sylvia não poderia estar brincando comigo...

Parei o carro na frente do aeroporto e saltei, deixando o motor ligado. Entrei no abafado saguão, e com um bater de pestanas foi possível encontrar Sylvia. Ela parecia um anjo: vestia uma calça branca, uma camiseta branca e sandálias havaianas. Brancas. Havia nela uma paz, e eu não sabia se era de dentro para fora, ou se de fora para dentro, mas a circundava como uma aura.

Ela estava de costas e não me viu. Me aproximei da maneira mais doce que pude, mas eu estava tão ansioso por aquele reencontro que parecia, de fato, ser a primeira vez que a gente se via.

— Sylvia?

Ela se virou, assustada, e me abraçou. Entendi que a roupa branca era uma maneira de introjetar a paz: tinha os olhos mais assustados do mundo.

— Isso é uma surpresa? — perguntou.

Ela chorou e me abraçou. Saímos do pequeno aeroporto, mas Sylvia não me deixou ir muito longe, paramos onde eu estacionara o carro.

— Eu recobrei a memória — e, quando disse isso, obviamente meus olhos extravasaram a ansiedade —, você é a única coisa que eu quero no mundo, muito, demais, a única coisa que faz sentido na minha vida, a única mulher que eu amei. Você, só você, Sylvia.

— Meu amor. — Ela passou os dedos que eu tanto amava embaixo dos meus olhos, limpando minhas lágrimas, com uma intimidade que só podia ser nossa.

— Por que você está indo embora?

— Não, eu não estou indo, eu vim buscar uma pessoa, Joaquim.

Seu olhar denunciou um objeto estranho, e eu senti uma ponta de ciúmes.

— Aquela carta, a última, que você não chegou a ler, explicava tudo, tudo o que eu não tenho tempo para explicar agora.

— De novo essa história da carta, Sylvia? E quem está chegando? O que essa pessoa tem a ver com a nossa história?

— É o meu noivo, Joaquim, ele está muito nervoso com a nossa separação. — Quase sincronizado com sua voz veio o som o avião pousando logo atrás dela.

Irritado, fui desligar o carro.

Ela veio atrás de mim e pegou na minha mão, como se fosse dizer uma coisa incrivelmente difícil.

— O meu noivo tem um parente que mora aqui na ilha.

— E?

— A nossa vida é tão desgraçadamente desgovernada, Joaquim. Nada faz sentido na nossa história, o mundo foi tão grande pra gente se reencontrar, parece que o chão se abria criando centenas de milhares de quilômetros de distância entre nós dois cada vez que a gente tentava o reencontro. E, apesar disso, o mundo foi terrivelmente pequeno e sacana e me jogou nos braços da única pessoa no mundo que não podia me ter — ela gritou com uma raiva que tingiu sua roupa branca.

— Quem é?

— Joaquim... — E se abaixou, sem ar, roxa.

Me faltou a coragem para repetir a pergunta. Tivemos que dar as costas um ao outro, porque veio escrito na sua face o que estava acontecendo, e isso desencadeou algo de vulcânico dentro de mim, me levando a suar e a tremer.

Bloqueei o barulho da turbina do avião desligando, assim como o choro de Sylvia. Fiquei cego e surdo, meu fogo queimou meus sentidos quando eu entendi o que estava acontecendo. E foi então que ela disse, no meio dos soluços, a única coisa que eu escutei.

— O teu filho, Joaquim, eu sou noiva do teu filho.

Momentos depois meus olhos me permitiram ver Nicolau saindo do aeroporto. Seu olhar cruzou com o meu, cortando meu peito com uma dor amolada por navalha de barbeiro.

Sim, Nicolau, o menino que eu criei como filho e que, quando se tornou homem, foi o único que me apoiou, o único a quem eu contei tudo e o único que realmente importava para mim. Era ele o noivo de Sylvia, e estava diante de nós gritando pelos olhos.

TUDO MUDOU NO INÉDITO ANO DE 1968. Foi o ano em que eu voltei a sentir saudades, dor e uma tremenda angústia pela falta de Leah. Foi um dos meus anos-limite.

Todas as manhãs, ao ler o jornal, eu me perguntava descontroladamente, como num tique nervoso: Onde está Leah? E me iludia diariamente, encontrando respostas sem sentido nas notícias impressas. Acreditava que ela seria uma estudante lutando por condições mais justas e estaria infiltrada em algum lugar do mundo.

Em janeiro, pensei que ela pudesse estar na França, onde um incidente em Nanterre exaltou os ânimos. Em fevereiro, a procurei nas fotos das passeatas dos estudantes alemães. Em março, achei que ela podia ter ido para a Polônia. Em 5 de abril, tive certeza que ela estava em Praga para a primavera. Em maio, eu já não sabia onde poderia procurar: se nas barricadas argentinas, ou se entre os estudantes que ocupavam a Universidade de Santiago. Em junho, acreditei ter identificado seu rosto entre os cinquenta mil estudantes que ocuparam as faculdades da Turquia. Em julho, estive certo que ela estaria no México, viva entre os guerrilheiros mortos. Em agosto, imaginei que estivesse participando das manifestações no Uruguai. Mas em setembro não me passou pela cabeça que ela estivesse ligada ao movimento dos Panteras Negras ajudando o escritor Jean Genet a entrar clandestinamente nos Estados Unidos. Em outubro, finalmente, conheci, da maneira mais obtusa possível, Marina e Tiago — e parei de examinar os jornais à procura de Leah.

Era o começo de outubro, o que, por si só, configurava um mês difícil: o nosso mês, meu e dela. O nosso dia 3 que, provocado por uma estrela perdida a estender-se por todos aqueles 144 anos, nunca acabava.

Era um mês em que geralmente eu me esquivava de encontros, desejos e esperanças. Com exceção da época em que meu cérebro esteve completamente consumido pela fumaça embriagante do ópio, creio ter passado todos os dias 3 de outubro sentindo dor, falta e o irreparável vazio da perda. Quando estive casado, foi meu dia secreto da abstinência — obviamente, junto com muitos outros que aconteceram por obra do acaso, sem marcação no calendário.

Naquele estranho ano de 1968 não foi diferente. Amanheci no dia 3 com o peso de um céu carregado de nuvens, mas quando abri a janela a vida estava ao contrário: havia azul e uma brisa suave para me beijar o rosto. Tive que viver o luto na alegria. Talvez por isso tenha durado mais. Não sei ao certo, o fato é que dez dias depois eu ainda estava num transe lamentável, carregando a *cumulus nimbus* sobre a minha cabeça, por onde eu fosse.

— Amanhã vamos a Ibiúna visitar uma área, temos uma oferta muito boa — João, meu sócio, anunciou.

— Oh, João, veja se Alfredo não vai contigo. Não estou me sentindo muito bem — tentei me safar.

— Sócio, tem mais de dez dias que você quase não levanta da cadeira, nem pra atender o telefone, o que está havendo?

Fiquei em silêncio porque naquele momento tive a noção exata do tempo transcorrido: dez dias. De qualquer maneira, o tempo para mim era uma matéria muito relativa e pouco mensurável. Dez dias eram menos de dez segundos em minha vida.

João estava encostado na soleira de mogno escuro da porta, na entrada da minha sala, como se houvesse uma linha invisível que o impedisse de entrar. Eu mantive meu olhar para baixo.

— Que está acontecendo, Joaquim? Estou bem preocupado.

Como não respondi, com medo de que qualquer resposta revelasse mais do que eu podia contar, João fechou a porta e só voltou no dia seguinte.

— Vamos? — Ele vestia uma gravata muito estampada que me pareceu cafona.

— Ontem lhe disse que não iria — bufei, chateado com a insistência.

— Bom, então temos que rediscutir a nossa sociedade — e, finalmente, João ultrapassou a soleira e entrou —, porque estamos em outubro e não queria ser tão direto, mas o fato é que este ano inteiro você praticamente não participou de nada, meu amigo. Estamos carregando a empresa nas costas, e com esse crescimento todo não damos conta.

Olhei para ele sem a menor ideia do que estava dizendo.

— Como assim? Eu vim trabalhar todos os dias!

— Sim, esteve de corpo presente, mas não de espírito.

Nisso, chegou Alfredo, o outro sócio, para reiterar a pressão.

— Bom dia, Joaquim, o motorista nos espera.

Fiquei olhando para os dois e achei melhor obedecer: Alfredo tinha mais influência em mim. Levantei-me e, absolutamente contra a minha vontade, deixei o mogno do meu escritório.

— Vou seguindo vocês, no meu carro.

A caminho do litoral, e através do vidro do Mercedes branco, minha visão ficou mais clara, e fui entendendo que os sócios tinham razão. Eu havia virado uma espécie de zumbi. Não era a primeira e infelizmente não seria a última vez que aquilo me acontecia. Era cíclico, como tudo na minha vida, inclusive ela própria.

— O terreno tem quase quarenta mil metros quadrados, e temos uma serralheria interessada — disse Alfredo, ao saltarmos do carro, já em Ibiúna.

— Vamos entrar na sociedade? Serralheria? — João perguntou.

— Aço inox, coisa do futuro. — Alfredo acendeu um cigarro. — O que você acha?

Eu não achava nada, literalmente.

— Serralheria? — perguntei apenas para ter o que falar.

Esse era o lance do escritório, nós comprávamos terrenos e levantávamos imóveis comerciais, de preferência pequenas fábricas ou indústrias, para terceiros operarem. Éramos sócios majoritários de quase todos os nossos empreendimentos e, após o capital inicial, só tínhamos que esperar o retorno e o lucro. Fazíamos os contratos de maneira que os clientes ficassem absolutamente amarrados, sem margem para respirar.

— Aço inox me parece rentável — balbuciei.

Nada me interessava, e tudo me aborrecia naquela visita. O terreno parecia apropriado, mas nosso engenheiro pediu uma análise mais detalhada de alguns parâmetros para dar seu aval. Por isso, ele precisava ir buscar mais dois especialistas em São Paulo.

Deviam ser duas horas da tarde quando alguém falou em comida, e eu realmente me animei. Paramos numa padaria, a única coisa que havia por perto, e tomamos cerveja com bolinhos fritos, enquanto aguardávamos a refeição.

— Joaquim, eu e Alfredo vamos voltar, você espera o Ricardo com os técnicos — João disse, sem me deixar margens para manobra.

— Eu?

— Tem uma pensão aqui do lado onde, se for preciso, você pode pernoitar — Alfredo reiterou.

Não havia em suas linhas de expressão nenhuma leveza ou humor. Eles estavam falando sério e precisavam daquela demonstração minha na sociedade.

Eu suspirei e olhei o recorte do campo: o ar era puro, o sol era doce e havia cerveja. Não seria mal ficar ali.

— Tá bom, eu fico — murmurei, para a perplexidade dos dois que, com certeza, já tinham vários argumentos engatilhados para o caso de eu resistir.

Assim que se levantaram para ir embora, Marina surgiu na contramão, de mãos dadas com um garoto cabeludo, Tiago.

Ela estava vestindo calça jeans pata de elefante e uma camisa branca de botão — roupa de homem. Usava óculos com armação de tartaruga, grandes demais para seu delicado rosto, e mesmo assim não conseguia esconder atrás das lentes sua curiosidade. Seus cabelos escorridos e muito negros, divididos ao meio, atrapalhavam as feições, mas ela devia ter no máximo vinte anos, assim como o colega. Atrás dela e do menino vieram mais dez ou doze pessoas — todos estudantes. João e Alfredo pararam para ver a cena.

— Moço, nós queremos pão, todo o pão que o senhor tiver aí — ela pediu, debruçando no balcão, com um sotaque quente.

O padeiro olhou, desconfiado.

— Tem mais de cem pães aí, menina.

— Dá pra arrumar mais uns oitocentos? — cantou, rindo, e eu achei seu pedido irrecusável.

Seu colega puxou-a pelo braço e cochichou alguma coisa.

— Oitocentos pães? Pra que tanto pão, minha filha? — o padeiro se assustou.

— Não precisa disso, é brincadeira dela, que tá com muita fome. Veja aí, o que o senhor tiver tá bom — o rapaz sussurrou, preocupado, olhando para os lados e para nós. Os estudantes acenderam cigarros e tomaram café enquanto esperavam.

Meus sócios, reacionários, acharam que aquilo cheirava mal.

— Essa garotada está com cara de estudante subversivo!

— Você quer dizer membro da UNE!

— Deixem a garotada — aconselhei, com vergonha deles.

Sem mais, os dois levantaram-se e caminharam para o Mercedes preto, estacionado logo à frente. Virei para o lado e troquei olhares com Marina. Me senti mal de terno e gravata, tive saudades de ser livre e jovem, uma saudade forte do descompromisso e da juventude. Olhei de volta com curiosidade, de canto de olho, e vi quando ela trançou o cabelo e sorriu para Tiago.

O padeiro começou a distribuir os pães em sacos pardos, tantos quanto possível, e cada um daqueles estudantes abraçou sua parte e sumiu. Eu não consegui tirar os olhos, pensando em abandonar aquela chatice de vida e me juntar a um bando de estudantes sonhadores que buscava, acima de tudo, seus ideais. Gente como Leah, pensei, que só precisa de pães e ideias.

Eles foram embora de par em par. Bebi duas garrafas de cerveja e me arrastei, no final da tarde, para a tal pensão que ficava nas redondezas, imaginando que o engenheiro só voltaria no dia seguinte. Caí na cama antes do sol, exausto e angustiado com o vazio de minha vida.

DEVIAM SER CINCO DA MANHÃ quando me levantei. Tinha dormido de roupa, estava amassado e com uma certa dor de cabeça, mas, acima de tudo, eu estava faminto. Pensei que a padaria deveria abrir por volta das seis, então joguei água fria no rosto, ajeitei a camisa, me enforquei com a gravata, me engessei com o terno e saí.

No meio da caminhada, o sol começou a iluminar meu trajeto, e já havia um murmurinho atípico no ar. A padaria estava fechada, olhei para o relógio: 5h23. Resolvi sentar no meu Mercedes, que estava no mesmo lugar da tarde anterior. Fazia frio, e liguei o carro para esquentar o motor.

Adormeci por um tempo, acordei com uma batida delicada na janela. Era Marina, ela estava agachada com Tiago, mãos dadas, gesticulando para eu abaixar os vidros.

— Nós precisamos de ajuda, moço — pediu irresistivelmente, com Pernambuco presente em suas palavras. Estava de tranças e sem óculos.

— O Congresso caiu, estão levando todo mundo em cana, ajuda a gente — Tiago implorou. Eu destravei a porta de trás, eles entraram abaixados no carro.

— Que congresso? — Eu era realmente mais alienado do que o padeiro.

— Da UNE, tem muita polícia e milico aí, estão prendendo todos os companheiros — Marina balbuciou, e começou a chorar. — Putz!

Tiago a abraçou. Eu fiquei calado, pensando que estava com fome, e que tinha que esperar o engenheiro — embora dar carona aos jovens subversivos fosse bem mais legal.

— Por favor, moço — Tiago implorou, como se eu fosse muito mais velho do que ele. E eu era; ou estava?

Dei a partida. Ficaram calados, deitados no chão metade do trajeto. Quando nós passamos pela altura do sítio onde o congresso era realizado, contei nove ônibus, cinco caminhões, carros menores e dezenas de militares; mas preferi não comentar nada. Ouvi o choro engasgado de Marina e a voz abafada de Tiago a consolando. Quando achei seguro, disse a eles que podiam sentar no banco.

— Já passou.

— Não temos como agradecer-lhe. O senhor está salvando não apenas nós dois, mas o que sobra do movimento estudantil. Se estivermos livres, podemos nos articular com as bases que não caíram — Tiago explicou.

— É muito bonito o que vocês estão fazendo, queria ter essa coragem de lutar por algo maior — retruquei, pensando quão egoísta eu tinha sido a minha vida toda, basicamente um bosta.

— Você pode — Marina tinha brilho nos olhos —, você pode, junte-se a nós!

Eu ri. É, quem sabe, por que não?

Não sei bem como, mas me apaixonei por aquele casal. Marina e Tiago tinham vindo de Pernambuco e Alagoas, respectivamente, para o Congresso de Ibiúna, onde quase mil jovens foram detidos e enviados para os presídios de Tiradentes e Carandiru. Eles não tinham para onde ir, os "aparelhos" estavam sob suspeita, "há muitos ratos no esgoto", Tiago repetia, enquanto devorava cigarros.

Hospedei os dois por alguns dias e, quando eles arrumaram outro lugar para ir, eu insisti para que ficassem: estava muito mais divertido com eles por lá. Estava leve, eu me aquecia com o amor dos dois, tinha voltado a sorrir, tinha até reencontrado as minhas gargalhadas.

Foi assim que eu me meti na política. E foi assim que me apaixonei por Marina e Tiago. No escritório, no dia seguinte ao das prisões, e sem a mínima ideia de que eu hospedava dois subversivos, tive que escutar um discurso dos meus sócios que me fez repensar tudo.

— O Congresso caiu. Foi uma beleza, meu irmão esteve no comando da ação, quatrocentos homens da PM e do Dops cercaram o sítio e prenderam todos os filhotinhos de Lenin e Stalin — João babava ao falar.

— Quase mil subversivos, está nos jornais! Imagina a força desses débeis mentais. Imagina o estrago, aquilo ali é erva daninha na certa! Tem que cortar pela raiz — Alfredo completou.

Nos dias seguintes, e conforme o assunto foi ficando mais em voga na imprensa, eu escutava as piadas de mau gosto. Quando fechava os olhos, lembrava de Günter e da Alemanha, e tinha medo que mais um sopro virasse furacão.

À noite, em casa, as conversas ao redor da mesa eram inflamadas, cheias de opiniões. Aqueles jovens me inspiravam, talvez por reativarem de alguma maneira a sensação do que era sonhar e se iludir, permitindo esperanças.

Aquela coisa secreta e tão importante para o bem social da nação, aquele sentimento de pertencimento a alguma coisa maior do que a si próprio, aquilo foi me enchendo de coragem, me interessando. Eu me imaginava contando para Leah, quando a encontrasse, que também havia me engajado na política, que havia salvado jovens em Ibiúna. Por mais ridículo que soasse, era melhor construir esse passado para no futuro possuí-lo.

Afinal, num exame frio e rápido, eu sabia que tinha pouco para me orgulhar — tantos anos vividos e tão pouco realizado. Eu fora "passivo e alienado", na linguagem do casal.

Sem me dar conta, comecei a ficar menos no escritório e mais em casa. Das primeiras vezes, liguei com desculpas que foram de crises de coluna a resfriados e recaídas.

— Homem, enfrente a verdade — me disse Tiago um dia, pouco antes de sair para uma reunião. Tiago tinha vinte anos e muito mais para dar do que eu e meus supostos 41 anos.

— Como?

— Largue este escritório, homem, venha lutar conosco — concluiu antes de fechar a porta.

Marina me olhou como quem concorda. Ela estava redigindo um pedido de transferência da UFPE, onde cursava filosofia, para a USP.

— Você não vai à reunião?

— Vou não, tenho que acabar isso, colocar no correio. Preciso continuar meus estudos por aqui.

— Tem certeza que você quer ficar nesta cidade cinza? — Eu olhava para ela e pensava no céu de Fernando de Noronha.

— Você conhece lugar melhor pra começar uma grande revolução do que pela maior capital?

— Não sei, Che Guevara começou pelas bordas... — Eu sabia que falar sobre Che a faria largar a caneta e olhar nos meus olhos.

— O que você sabe sobre Che Guevara, seu alienadozinho? — Ela pegou meu braço e o torceu.

— Nada — eu disse, rindo; ela me fazia rir.

— Não quer que eu fique na cidade?

— Quero mais do que você imagina, estou até me convertendo pro comunismo.

— Isso não é religião, Joaquim, não tem lavagem cerebral! — zangou.

— Desculpa, eu quis dizer que já estou pensando em me filiar ao partido.

— Primeiro você tem que deixar aqueles trogloditas do teu escritório!

Puxei-a pelo braço, para perto de mim. Eu já estava caidinho por ela, mas ainda não sabia, porque gostava demais de Tiago e os via como um casal.

— Eu vou deixar, já decidi, vou vender a minha parte, vou sair dessa.

— Vai? Que tal doar uma grana pro partido, hein? — me seduziu e quase encostou seus lábios nos meus.

— Trabalhei muito para conseguir esse dinheiro — falei para irritá-la, e funcionou. Ela tentou se desvencilhar.

— Capitalista de merda! — gritou na minha cara.

— Posso trabalhar ainda mais pro teu partido — completei, e ela me beijou.

Eu me retirei do beijo, pensei em Tiago e nem consegui sentir o gosto da boca de Marina. Ela ficou me encarando.

— Não gostou? — perguntou, com aquela leveza de quem empina palavra como se empina pipa.

— Desculpa.

— Companheiro, você é muito careta, sabia?

— Eu gosto de vocês dois, gosto do Tiago.

— Não tem esse lance entre nós, a coisa é na cabeça — falou, mexendo em seus cabelos lisos, que não seguravam sequer as tranças que seus dedos habilidosos viviam esculpindo.

Sem coragem, por respeito e por medo, saí. Peguei meu terno ridículo, que já não cabia em minha vida, e fechei a porta. Estava confuso, misturado, tentado. Andei pela cidade de carro, observei a cara fechada das pessoas, senti o cheiro ruim que havia no ar. Um cheiro que eu não sabia se vinha de dentro de mim ou dos podres poderes.

Depois de pensar muito, a única certeza que eu tive foi que aquele ciclo tinha se encerrado antes que eu pudesse encerrá-lo, sendo atropelado por outro que já havia começado. Ou seja, eu não podia mais ser o doutor Joaquim Nunes, advogado imobiliário, sócio de João e Alfredo; aquele que sofreu e foi traído por Dina; que não se importou com o socialismo nem com o social; aquele que usava terno e andava de Mercedes.

A diferença, dessa vez, é que eu não ia correr para lugar nenhum, pular de país ou trocar de identidade. Também não podia zerar meus supostos 41 anos de idade do *quinto ciclo* de vida. Não ia apagar, romper ou esquecer uma vida para começar outra. Ia apenas me reinventar.

À noite, quando voltei para casa, Marina havia feito um delicioso arroz à cubana, que degustamos com um bom vinho chileno.

— Tiago — ela não teve vergonha —, beijei o Joaquim hoje, e, desde então, ele ficou chateado.

Eu interrompi o garfo que levava à boca.

— Foi? Fique chateado não, homem, é bom que uma mulher bonita como Marina o beije, não é? — A naturalidade de Tiago me pareceu impossível.

— Não quero estragar o que nós temos aqui, essa harmonia. Vocês formam um casal lindo — falei constrangido, me sentindo um homem realmente de outro século.

Os dois riram e se aproximaram, fazendo carinho na minha cabeça.

— Não estraga nada, companheiro. A união faz a força! — Depois tiraram a mesa e me deixaram em paz, indo para seu quarto (sim, a essa altura eles já tinham um quarto decorado com livros, fotos e recortes).

Eu fui para a sacada da sala e olhei o parque — naquela época eu já morava no prédio mais charmoso da avenida República do Líbano, coberto por heras como um jardim grego, de frente para o Ibirapuera. Fiquei pensando naquela frase tão em voga, "a união faz a força", e me dei conta de que, enquanto estivesse sozinho, estaria, de uma maneira ou de outra, fraco. Precisava me fortalecer, fosse como fosse.

A MINHA MUDANÇA NÃO OCORREU apenas de dentro para fora. Houve uma força maior que me empurrou para a ponta do precipício, aquele lugar alto e solitário que sempre marcou os finais da minha infindável vida e a espera pelo recomeço, cheio de esperanças pandorianas. Nesse caso, o começo do meu *sexto ciclo*.

Menos de um mês depois de conhecer Marina e Tiago, eu tive coragem de vender a minha parte na sociedade e me despedir definitivamente de João, de Alfredo e dos meus contatos com a direita. Isso foi pouco antes do AI-5.

O ato institucional número 5, decretado naquele dezembro de 1968, previa que as pessoas e as coisas estavam todas cassadas. Os estudantes sonhadores completamente anulados; a liberdade de ir e vir terminantemente suspensa; os direitos ao voto, às atividades e manifestações políticas e à expressão de opiniões totalmente abolidos.

Ou seja, de uma hora para outra, tudo, absolutamente tudo o que me envolvia virou clandestino. E eu, que já era e sempre fora, estava, agora e definitivamente, clandestino.

A reação do movimento de esquerda foi radical, e aquele lindo vaso de porcelana formado pelo casal começou a rachar. Vi as divergências nascerem dentro de casa, nos jantares e na hora de lavar louça, nos rostos confusos de Marina e Tiago, que já evitavam a sacada, com medo de serem vistos.

O ano-novo nós comemoramos silenciosamente com alguns outros companheiros de quem, apesar de eu conhecer bem as expressões de medo e de raiva, ignorava os nomes. Até mesmo eu já fora batizado com um nome de guerra, Leo, masculino adaptado de Leah — muito suspeito para quem conhecesse o meu passado. Mas não havia nada a temer: ninguém me conhecia, nem eu mesmo.

— Leo? — Tiago me chamou num canto, passava um pouco das duas da manhã. Enquanto falávamos, não conseguíamos nos olhar. Marina servia vinho com graça e leveza para os convidados envoltos em fumaça ao redor da mesa.

— Mais um ano, meu caro. Mais uma página em branco — falei, acendendo um cigarro.

— Tá tudo escrito, esse ano já tá escrito. Mas é com sangue, viste, muito sangue — Tiago falava como se tivesse uma bala de canhão na boca.

— Vamos reescrever, então, que um ano escrito com sangue não presta — Marina falou, aproximando-se com a garrafa de vinho. Nos serviu, pegou meu cigarro, deu um trago, devolveu à minha boca e retirou-se para os convivas à mesa.

— Leo — e foi então que tivemos que parar de admirá-la e olhar nos olhos um do outro —, tá chegando a hora de ir lutar, meu irmão, e eu vou. Marina não vai, eu já sei, ela tem uma outra ideologia, mas preciso de um favor.

— Todos — segurei no ombro dele, gostava muito daquele homem que me daria o maior de todos os presentes, coisa que eu não podia entender naquele momento.

— Preciso que você cuide de Marina como eu cuidei. Dando a mesma atenção, o mesmo carinho, o mesmo amor... Cê tá entendendo?

Engasguei na fumaça do meu próprio cigarro.

— Quero que você me represente, cabra, e que entenda que tudo o que é meu é teu. Tamos de acordo?

Puxei Tiago para um abraço e disse, sem imaginar o tamanho da promessa que eu estava fazendo:

— Vou cuidar dela só até você voltar.

Quando nos separamos do abraço, Marina observava atentamente aquele pacto, sabendo que se tratava dela.

DEMOROU MUITO POUCO PARA O SANGUE começar a ser derramado nas ruas e colorir os noticiários. Numa manhã ainda mais cinzenta, eu abri o jornal e tive notícias — após anos — de Dina.

Ela e seus colegas haviam sido espancados na saída da apresentação de seu espetáculo, no Teatro Galpão. "Cerca de vinte homens", diziam os jornais, "armados de cassetetes e socos-ingleses, agrediram os atores e técnicos e quebraram o teatro. Os agressores fugiram numa Kombi, mas a autoria do atentado foi assumida pelo Comando de Caça aos Comunistas — que jamais sofreu sanções".

Por pior que fosse, não cheguei a sentir pena dela, pois eu carregava comigo o que ela mesma havia me ensinado: o descarte pelo que passou. Havia outro detalhe que vinha tomando conta do meu peito, como uma correnteza de água morna que passa no meio da corrente gelada. Era Marina. Ela conseguiu sua transferência para a USP e, quando não estava estudando, passava tardes e mais tardes em casa, lendo e escrevendo.

Tiago, ao contrário, foi ficando cada vez mais apreensivo, e já não voltava sempre para o apartamento, deixando mais espaço para a minha imaginação. Ele marcava dois ou três pontos para ir a qualquer reunião, uma tática de despistagem para o caso de estar sendo seguido por agentes do Dops. Não era paranoia, nós já sabíamos que o estavam seguindo.

A situação, por mais tensa que fosse fora de mim, não me contagiava. Eu tinha dinheiro suficiente para não precisar trabalhar, e me alimentava do amor do casal.

Mas isso mudou lá para fevereiro, quando Tiago e Marina discutiram sem pudores na minha frente, antes de o sol se pôr.

— Hoje preciso que vocês venham comigo à reunião do partido — Tiago disse, olhando para mim, inclusive, com um olhar que parecia emprestado de alguém, que não lhe pertencia. Em seguida, tirou dois revólveres 22 de sua mochila e nos entregou.

— Você pirou, Tiago? Sabia que quem foi pego em Ibiúna com arma foi pro Dops e até agora não foi liberado?

— Marina, acorda, dessa vez foram maus-tratos e tortura psicológica, da próxima vez vai ser violência física. Temos que partir para o ataque imediato, senão vamos ser jantados.

Eu ia dizer que não sabia atirar, mas preferi ficar calado.

— Tiago, fica, por favor, deixa a luta armada, vamos pra Moscou comigo. O partidão tá acertando os detalhes da viagem de treinamento, eu te arrumo os documentos.

Senti que o diálogo era de amor e me afastei. O resto, escutei atrás da porta.

— Porra, nós temos que lutar pelo país aqui dentro! É um absurdo o PCB ficar mandando gente pra União Soviética! Vocês estão seguindo a linha errada, não é nada disso! — Tiago tinha as pupilas tão dilatadas quanto as de um dragão. — Se você me chamasse para ir pro sertão fazer trabalho de campo, conscientização da massa, eu até ia. Mas pra Rússia, porra!, onde a revolução já aconteceu!

— Será que vale a pena pegar em armas, Tiago? Ir pra Moscou é pra aprender a fazer o trabalho de conscientização do povo, no qual eu acredito! O armamento da população é um equívoco. Violência gera violência, será que você não percebe o óbvio?

— Por isso é que vocês são chamados de reformistas, Marina. São engenheiros do atraso! Estão andando para trás! — E me procurou pela sala. — O que você acha, Leo?! Não se esconde, porra, você é mesmo muito covarde!

Saí do meu canto, apenas para continuar como espectador daquela cena.

Ele seguiu em sua ira:

— Eu quero encarar a situação de peito aberto, não quero, não vou fugir, Marina!

Marina acendeu um cigarro, me olhou procurando teto, proteção. Eu pedi um trago.

— Sabe o que não dá certo, Tiago? Hein? A gente não dá certo. A gente é muito diferente!

Tiago virou de costas, guardando o rosto para si próprio. Havia uma angústia tão grande no ar, uma impossibilidade latente de pessoas que se amavam ficarem juntas como eu só tinha visto nas guerras.

— É isso, Marina, cada um tem que seguir o seu caminho. É isso mesmo — ele disse, guardando as armas. Marina arrastou-se quase de joelhos, eu comecei a chorar.

— Tiago, não faz isso, o que a gente tem é muito especial, eu te amo para cacete! Esse amor nunca vai acontecer de novo. Se você for embora, a gente só vai perder um ao outro...

Tiago se abaixou para ficar na altura de Marina, pegando seu rosto com um carinho nordestino e quente que eu nunca senti sair de dentro de mim.

— Marina, nina, nina, se a gente tiver que se reencontrar, vai acontecer, e nosso amor pode esperar, ele é tão grande! Mas a revolução, companheira, tem data marcada, está na hora, meu doce.

E assim, Tiago se despediu de nós e se engajou na luta armada, na Vanguarda Popular Revolucionária. Até hoje, quando lembro desse dia, minha garganta fecha. Talvez uma música do Chico Buarque ou o *Guernica* do Picasso sejam capazes de traduzir um pouco do que se passou ali. Talvez nada possa dar a dimensão exata do sentimento que tomou conta de todos nós.

Após a partida de Tiago, Marina não teve tempo para entrar na esperada depressão que o momento ditava; arrumou suas malas e foi para a URSS. Nos documentos seu nome constava como Marina Pereira, e me dei conta de que, por mais que eu gostasse daquele prenome, ela não se chamava realmente Marina — esse era seu nome de guerra.

Sem Tiago e Marina, caí no escuro. Não me filiei a nenhum partido, não recebi mais nenhum subversivo em casa e, ao contrário, passei a maior parte do meu tempo sentado nas poltronas frias dos cinemas vazios.

Assisti aos filmes franceses e italianos que a censura ainda não havia tirado de circulação. Vi Hitchcock, Fellini, Bergman, Welles, Godard, Resnais, Truffaut, Bresson, Antonioni, Cassavetes, Malle, Varda, Buñuel, Kazan, Rocha, Bertolucci, Tarkovski e Kubrick. Como os filmes ficavam bastante tempo em cartaz, eu os via duas ou três vezes. Quando chegava em casa, anotava minhas impressões, detalhes, ângulos notáveis das atrizes, posicionamento das mãos dos diretores — e os catalogava.

Em pouco tempo eu conhecia bem a avenida Celso Garcia, onde ficava o Cine Universo, e toda a região central. Estava diariamente no Cine Bruni, nos Fontana I e II ou no Piratininga. Meus prediletos eram o Marabá e o Marrocos, construções quase imperiais, belíssimas, que pertenciam mais ao meu tempo.

Nos dias de calor, o teto solar do Cine Universo abria, e eu podia assistir ao filme e ver o céu, como nos *drive-ins*. E, quando já tinha visto e revisto os filmes da região, escrito e reescrito as resenhas, eu pegava o carro e ia até o Patriarca ou Ouro Verde, na Mooca; ou Japi, no Tatuapé — e assistia ao que quer que estivesse em cartaz. Não importava quantos quilômetros o meu fusca creme (sim, eu trocara a Mercedes por um fusca) tinha que queimar de gasolina: eu ia atrás de uma porta apertada e uma sala escura. E, claro, alguma história que me tirasse da minha própria história.

Enquanto eu estava nos cinemas, o general Médici torturava e matava jovens sonhadores. Houve uma intensificação dos conflitos urbanos, e guerrilheiros bem mais corajosos do que eu sequestraram diplomatas estrangeiros e assaltaram bancos.

Alienado, passei a frequentar os cineclubes, as mostras e qualquer tipo de exibição de que tivesse notícias. Notei uma falha no sistema de divulgação dos filmes, e foi assim que, um desses dias, na sacada do meu apartamento, um vento me trouxe a ideia de lançar uma publicação sobre cinema: uma revista com resenhas e serviço de filmes.

Aquilo me tomou por completo, e quando decidi fundar a revista não vi mais nada em minha frente, exceto as cartas entregues por membros clandestinos dos partidos de esquerda dando notícias de Marina e Tiago.

Em pouco tempo, consegui montar uma pequena equipe, com o auxílio de dois jornalistas do PCB. Contratei um ilustrador, um diagramador e dois pesquisadores. Decidi publicar algumas das minhas resenhas e me emprestei o título de editor geral.

Dimensionei e fechei o negócio com ajuda dos meus ex-sócios, que não faziam a menor ideia de que eu empregaria profissionais com nomes de guerra.

Assim, do dia em que o vento me trouxe aquela ideia até ter a equipe montada em casa, o tempo voou. Fiquei tão consumido pelo tesão de fazer aquela revista — aluguei um escritório no centro, onde a redação ficava — que tomei um susto quando, numa sexta-feira qualquer, cheguei em casa e encontrei Marina adormecida no sofá da sala.

Nos abraçamos, ela chorou — não sei se de saudades, medo ou cansaço.

— Leo — ela disse, baixinho, fiel aos princípios daquela guerra da qual eu nunca havia participado —, senti tantas saudades.

Não me contou quase nada do que havia feito do outro lado do mundo — qualquer informação era sempre perigosa para quem a escutasse. Eu mostrei as duas cartas que havia recebido de Tiago, e ela leu com lágrimas nos olhos. Eu imaginei que estava num filme de Godard, em que a realidade é sempre dura demais.

Marina adormeceu em sua cama, vencida pela longa viagem de avião. Eu a observei com uma felicidade incrível e voltei para revisar a boneca da revista.

O PRIMEIRO EXEMPLAR DA REVISTA ficou pronto no final de 1970, sob o título de *Filmes do Mundo — o cinema francês de 1895 a 1969*. Marina acabou se envolvendo pouco, porque depois da viagem o PCB esperava dela uma firme atuação na conscientização das massas. Fizemos um lançamento pequeno, a tiragem da revista foi tímida, mas eu não perdi o fôlego e comecei a matutar sobre o segundo número: cinema italiano.

Quando Marina teve notícias de que Tiago estaria no Vale do Ribeira, com o capitão Lamarca, partiu com a roupa do corpo. Me ligou de um orelhão para avisar: "Vou para o Vale da Felicidade" e desligou. Uma semana depois, voltou arrasada.

— Tiago me mandou embora, disse que eu não sirvo pra luta armada. Mas o comando vai cair, eu sei que vai — falou, sabendo que aquele capitão e seus nove homens não resistiriam quando o exército fosse medir forças. — Fica comigo? — E puxou meu abraço, provocando meus incontroláveis beijos.

Até aquele dia, eu tinha amado Marina de longe, com uma espécie de admiração reticente, pois meu respeito por Tiago era maior do que tudo.

Mas com ela chorando em meus braços, me pedindo colo, eu me entreguei — desde Dina só me permitira diversões mecânicas. Cuidei dela imaginando que eu era Tiago, roubei-lhe essa identidade. Para o meu espanto, uma doçura nordestina nasceu daquele nosso encontro, me amolecendo como o sol que, de tanto castigar o terreno seco, o faz rachar.

Dois meses depois descobrimos que Marina estava grávida. Como ela desconhecia que eu não podia ter filhos, ficou sem saber se a criança era minha ou de Tiago. Eu lhe dei o privilégio da dúvida, calado, vendo seu ventre crescer e amando aquela criança como se fosse minha. Na verdade, eu queria acreditar que o filho pudesse ser meu, era mais isso do que qualquer outra coisa. Queria acreditar que um dia eu seria normal: me reproduziria como os outros seres humanos, envelheceria e morreria.

Não havia, entretanto, traços do tempo no meu rosto de 174 anos: eu tinha os mesmos 27 anos de sempre. Estava apenas um pouco envelhecido por meus disfarces. A barriga de Marina, ao contrário, crescia; seu nariz mudava, sua pele esticava e suas noites de choro pareciam não terminar.

Ela passou muito mal no começo da gestação e teve que afastar-se das reuniões e ações do PCB. Ocupou-se da nossa mudança para uma casa maior, da decoração do quarto neutro do neném e de seus estudos de filosofia, que retomou no início do semestre, apesar da barriga.

Eu ia tocando a revista e acompanhava calado a difícil situação da VPR, o partido pelo qual Tiago estava lutando, que tinha se deslocado para o interior da Bahia sob o comando do capitão Lamarca.

Um dia Marina anunciou que já tinha escolhido o nome do filho: Nicolau.

— Como você sabe que vai ser menino?

— Recebi uma carta. — E alcançou o bolso, tirando um envelope dobrado que não poderia, de maneira alguma, conter o sexo de seu filho.

— De Tiago?

Ela abriu a carta sem pressa e leu apenas o parágrafo que interessava:

— "Hoje tive um sonho, meu amor, um sonho triste em que nosso filho nascia quando eu já não estava neste mundo," — e parou para respirar, passar a mão na barriga — "mas ele vai nascer homem, o filho do nosso sonho, para viver num país transformado pela luta dos próprios pais. Vai ter um pai melhor do que eu poderia ser, nosso querido Leo. Só peço uma coisa: que se chame Nicolau e que seja educado na crença marxista-leninista".

Tudo o que estava escrito naquela carta espantosamente aconteceu: em setembro de 1971, poucos dias antes do nascimento do filho, Tiago morreu fuzilado no município baiano de Ipupiara. Para minha assombração, Nicolau nasceu no mais significativo dos dias: 3 de outubro, aquele que foi marcado, em minha vida, pela separação de Leah. Agora, com Nicolau, eu teria para sempre um motivo para comemorar. Ele nasceu com os traços, a voz e o jeito do pai morto — mas nasceu meu filho.

Depois que Nicolau nasceu eu tive outra missão, que, pela primeira vez, não foi a de me reinventar, mas de construir algo para a minha família. O ensaio de criar Joseph durante quase duas décadas havia servido para me nortear, mas aquilo era diferente. Nicolau era meu, meu filho, mais meu do que de Tiago, que não chegou a conhecê-lo. Decidi, internamente, não contar nada sobre o pai revolucionário e criá-lo na suspensão da mais desnecessária verdade. Marina, silenciosamente, concordou. No entanto, não havia dúvidas nela de que Nicolau era a continuação de Tiago: estava estampado em cada gesto e traço seu.

Eu reaprendi muitas coisas com Nicolau: a brincar, a sorrir, a abraçar e a beijar com entrega. Ele virou o foco da minha vida, eu trabalhava para que um dia ele se orgulhasse.

Marina acabou a faculdade e emendou no mestrado — pelo menos foi o que me disse. Quase nunca estava em casa, saía cedo e voltava tarde. Muitas vezes dormia fora. Sempre com desculpas para encobrir a tristeza do seu olhar. Após o jantar, eu levava Nicolau para ir dar uma volta no quarteirão e via Marina sentada dentro do carro, fumando, esperando a hora passar para não ter que encarar a própria vida.

Sabia que eu jamais seria para ela substituto de Tiago. Nunca. Também não tinha essa pretensão e não a amava como ele a havia amado.

No entanto, eu percebia que podia ser mais para Nicolau. Talvez até mais do que o próprio pai, tão imbuído de sonhos comunitários, vivendo com mais força a vida alheia do que a própria, a tal união que faria a força. Eu podia criar aquele menino para ser... feliz. Podia me transformar num canguru e carregá-lo no meu marsúpio.

E assim se deu a nossa vida. Um dia eu tomei coragem e fui até o carro de Marina, que estava parado, como sempre, na frente do nosso jardim. Sob a luz do luar, confrontei-a.

— Essa situação não dá mais, Marina.

— Que houve, Leo? — Ela continuava me chamando de Leo. — Acabo de chegar.

Dei a volta e coloquei a mão no capô do Passat branco. Ela arregalou os olhos.

— Quem você quer enganar? Pode se enganar à vontade, mas não a mim. O carro está frio, e você faz isso todos os dias.

Ela abaixou a cabeça e a bateu algumas vezes contra o guidão do carro. Eu entrei e me sentei no banco do carona. Ela soltou um jato de angústia pela boca.

— O que está acontecendo? — perguntei estupidamente, porque o principal eu sabia: estava tudo errado em sua vida.

— Duas coisas que preciso dizer. Um: estou namorando um cara do partido. Estou apaixonada. Dois... — E parou para acender um Chanceller 100, aquele cigarro fino que me irritava tanto.

— Dois?

— Você não está chateado por eu estar namorando um cara do partido?

Dei de ombros.

— Não importa, Marina, a gente nunca se amou, nunca foi exclusivo. Fomos e somos bons companheiros. — Ajeitei uma mecha de seu cabelo escorrido que teimava em esconder seus olhos.

Ela riu.

— Tiago tinha razão, você é o sujeito!

— Dois? — quis saber, prevendo que isso, sim, seria sério.

Ela tragou duas vezes o cigarro, angustiada.

— Eu voltei pro partido, e a coisa tá ficando muito feia.

— E o mestrado?

Ela fez uma negativa com a cabeça.

— Você não tá fazendo mestrado?

Girou novamente a cabeça de um lado para o outro, como se quisesse se desprender de amarras invisíveis.

— Vou ter que dar um tempo, pra não sujar pra você nem pro Nico — falou, com um carinho renovadamente nordestino. Quando ficava nervosa seu sotaque cantava alto.

Eu procurei no bolso da minha camisa o maço de Continental, acendi e fumei calado. Acabamos nossos cigarros sabendo que não havia nada mais a ser dito. Saltei do carro, abri sua porta, como o cavalheiro que meu pai havia me ensinado a ser ao saltar de uma carruagem, e estendi a mão para Marina. Nos abraçamos. Alguém vinha no sentido contrário, e desfizemos o abraço. Atravessamos a rua de mãos dadas e entramos em casa.

Durante a madrugada, Marina fez uma única mala, com o mínimo necessário. Depois deitou na cama com Nicolau, que estava com quatro anos, o abraçou e beijou e chorou. Antes de o sol nascer chegou o táxi que a levaria para um lugar que, por segurança, eu jamais saberia onde ficava.

Nos beijamos com um carinho enorme, e assim Marina partiu de nossas vidas.

EM 1979, JUNTO COM A ANISTIA, chegou um cartão postal de Marina, que se autoexilara com o companheiro na Itália. O cartão dizia:

Meu príncipe Nicolau, muitas saudades da mamãe e uma novidade: você vai ganhar uma irmãzinha.

Nicolau não lembrava quase da mãe, nossa vida era muito nossa, diferente do que havia sido quando Marina estava por perto. Por isso, no verão de 1981, eu finalmente o levei para Roma, onde, após seis anos, reencontrou a mãe e conheceu a irmã, Teresa.

Nunca houve, entre mãe e filho, o laço que havia entre nós dois. Marina não conseguiu estar presente em sua criação, talvez por Nicolau ser muito parecido com Tiago. Durante aquela viagem, eu aproveitei para conversar com ela sobre um assunto estagnado.

— Você não contou a ele? — indignou-se, enquanto caminhávamos ao longo da Via Tiburtina, apenas nós dois.

— Como eu ia dizer uma coisa dessas, Marina, depois de ele ter sido deixado pela mãe? Ia virar e dizer: meu filho, sua mãe foi embora, e tem mais, eu não sou o seu pai! Seu pai era um cabra muito corajoso que morreu antes de você nascer, no interior da Bahia, lutando.

Marina riu — não que houvesse algo de engraçado a respeito, ao contrário, tudo era tão torto que só rindo mesmo. Chegamos a Piazzale del Verano em silêncio — era o que de melhor eu e Marina sabíamos fazer, era como nos entendíamos. Ela me olhou.

— Você não envelhece, Leo! — E riu novamente. Eu havia deixado barba e bigode crescerem para a viagem, mas o tempo tinha passado com muito mais critério para ela.

Ao pôr do sol romano, nós selamos o acordo tácito que encerraria o assunto: Nicolau não saberia que tinha um outro pai, o biológico. Jamais poderia homenagear o incrível e doce homem que o concebeu. Leria um dia sobre o capitão Lamarca, sem saber que o pai tinha sido de seu bando. Passaria anos se estudando no espelho sem encontrar semelhanças comigo.

E foi assim que as coisas foram definidas pela vida que me abraçou a partir de uma visita a um terreno baldio de Ibiúna que poderia abrigar, no máximo, uma fábrica de aço inox. Foi assim que o meu *sexto ciclo* engoliu as minhas vidas passadas: havia nele o que faltava nos anteriores, um futuro. Havia um laço com o passado, havia vida presente, e o amanhã viria mais poderoso do que o resto.

CONFORME OS ANOS IAM PASSANDO, Nicolau foi se tornando um filho melhor do que eu havia imaginado. Meu maior companheiro de toda a vida, interessado, estudioso. Bonito, jovem, virtuoso. Ele era o meu mundo, não me cansava de vê-lo crescer.

Aquela pequena revista, *Filmes do Mundo*, havia se multiplicado: eu fundara ao todo dez publicações e um jornal até o final dos anos 70. Na década seguinte, fundei duas rádios e ganhei uma concessão de televisão. O grupo, que eu batizei Estrela Associados, ganhou ainda mais força e fama a partir do final dos anos 80. Eu era o fundador e presidente, mas já pensava em preparar Nicolau para assumir aquele pequeno império.

Ainda com dezenove anos, enquanto cursava administração de empresas e jornalismo, Nicolau começou a trabalhar no grupo. Não por cima: cobriu as férias de um fotógrafo; assistiu um diretor administrativo da emissora; foi foca na redação do jornal. Só depois ele começou a transitar na diretoria do grupo e, por muito tempo, não teve voto nas reuniões do conselho.

Nicolau era um cara tático, nesse sentido pouco parecido com seu pai biológico — ou sequer comigo. Arrumou uma namorada com quem se via passando os próximos anos, Rita, uma jornalista sete anos mais velha, e alguns meses mais tarde saiu de casa para viver com ela. Naquele dia, enquanto Nicolau empacotava, o vazio chegou.

— Pai, eu vou morar aqui do lado... — explicou, esticando o braço para me abraçar.

Veio de mim o medo, o desconforto da vida, a ameaça do final daquele ciclo. Apesar de eu ter ajustado a minha idade quando Marina foi embora — pretendia ser um pai mais jovem —, a mudança não podia ser radical, já que eu estava no meio de um ciclo, em contato diário com várias pessoas. Meu processo artificial de envelhecimento já havia começado, eu contabilizava 55 anos: cavava as entradas na minha testa e tingia de branco a barba e os fios que contornavam meu rosto. Vinha engordando gradativamente e adotado uma postura mais curvada. Ele não desconfiava de nada, e eu sabia que só teria uma opção no futuro: contar a verdade. Do contrário, teria que evaporar de sua vida em poucas décadas.

Paralisado pelo medo de perder meu filho, deixei o tempo passar. Foram cinco anos desde que Nicolau foi morar com Rita até que eu tivesse condições de contar-lhe minha história. E, quando aconteceu, foi sem programação: Nicolau me deu de presente uma viagem para comemorarmos os meus supostos "sessenta anos". Minha data fictícia de nascimento daquele ciclo era 17 de abril de 1937.

Fomos para o Caribe, nas ilhas Turks e Caicos, e lá eu me reconciliei não apenas com o mar, mas também com meu passado. Nos inscrevemos no curso de mergulho e decidimos fazer o batismo, mas minha forma física era tão incrível que o instrutor não acreditava, de maneira alguma, que eu estivesse completando seis décadas.

A conversa com Nicolau surgiu naturalmente, após uma incrível tarde de mergulho. Estávamos na praia, relaxando na espreguiçadeira, sorvendo o sol.

— Às vezes eu acho que a gente é irmão, Leo.

— Como assim? — perguntei, sem suspeitar que, ao puxar aquele fio, começaria a desfazer todos os nós, até mesmo aqueles que eu não queria.

— Você não pode ter sessenta anos, pai!

— Não?

— É incrível, parece que você tem a minha idade — falou, sem saber que aquela era a mais pura verdade: ele estava com

25 anos e, em breve, ficaria mais velho do que eu. — Qual é o teu segredo? — riu, enquanto sugava, pelo canudo vermelho, a *marguerita* que o ajudaria a receber a resposta.

Aquilo me fez lembrar da conversa que tive com Darwin, quase dois séculos antes. Fiquei calado, pensando nas semelhanças. E decidi que aquela era a deixa.

Me ajeitei na espreguiçadeira e olhei firme para ele.

— Você quer mesmo saber? — O tom da minha voz não denunciou a seriedade.

— Quero, sempre quis. Sempre soube que você tem um segredo. Quando eu era moleque eu tinha certeza de que você era um super-herói.

Aquilo me deixou boquiaberto.

— Num certo sentido você acertou, meu filho.

Da corrente Equatorial Norte surgiu um vento que me trouxe coragem.

— Hoje eu não estou completando sessenta anos. Estou completando duzentos anos.

Ele riu. Era mesmo para rir.

— Bom, então a coisa é mais sinistra do que eu pensava, pai, você é uma espécie de Highlander.

Inadvertidamente, eu o tinha levado para ver o filme em meados da década de 80.

— De guerreiro não tenho nada, sou apenas imortal.

— Nasceu imortal? — Ele sentou de frente para mim, mas ainda carregava um tom de brincadeira.

— Fiquei imortal aos 27 anos. E, desde então, tenho essa idade eterna.

— Cê tá de sacanagem comigo!

Por um milímetro de segundo, pensei em deixar tudo no plano da brincadeira, mas aí perderia a minha grande e tão esperada chance.

— Quem me dera, estar de brincadeira!

— Prova!

— Provo! — E agarrei no ar a oportunidade. Levantei-me daquele sossego. — Me espera que eu vou trazer a prova, não sai daqui, Nicolau! — E fui para o nosso quarto de hotel, quase eufórico com a possibilidade. Eu sabia que ia deixá-lo completamente abismado.

Na frente do espelho do banheiro, conforme eu passava o barbeador elétrico e ia vendo despencar no chão os cabelos falsamente tingidos de branco, chorava. Era uma sublimação, uma transcendência, algo que me elevava. Depois de ter zerado meu cabelo, enchi a cara de espuma e fiz a barba como há muitos anos não fazia: cortei rente, tirando aquelas cascas pesadas de carregar, fios quase invisíveis, se separados. No entanto, em conjunto, um manto pesado.

Entrei no boxe do banheiro e, com muita espuma de barbear, comecei por raspar os pelos do meu peito, que, desbotados, escondiam minha verdadeira identidade. Apesar da barriga propositalmente crescida, aquele era o corpo de um jovem.

Troquei o short comprido por um calção que peguei emprestado da mala do próprio Nicolau e fui para a frente do espelho de olhos fechados. Não foi uma surpresa me ver, foi um alívio: ali estava, finalmente, eu. Surgindo de trás de sua própria história, um Joaquim acabara de nascer. Assustadoramente diferente.

Pus o roupão branco e felpudo, entornei o resto da minha bebida e voltei para a praia. Nicolau estava relaxado atrás de seus óculos escuros, provavelmente de olhos fechados. Quando me viu não chegou a ter nenhuma reação, apenas não me reconheceu. Eu tirei o roupão e fiquei parado, de pé, ao seu lado.

— Eu sou a prova — falei, apenas para ver seu rosto se transformar de uma maneira que eu ainda não conhecia. É incrível como jamais conhecemos realmente uma pessoa, e isso valeu para mim e para ele.

— Leo? Pai?

— Sou eu, meu filho.

De sobressalto, Nicolau levantou e tirou os óculos.

— Isso é impossível, absolutamente impossível.

Eu segurei sua mão.

— Eu sei, é impossível, mas aconteceu comigo.

Ele tocou o meu rosto.

— O que você fez?

E eu apenas respondi:

— Tirei a máscara.

Nicolau passou de apavorado a confuso e começou a aceitar que eu pudesse não estar louco. Me examinou, sentiu minha pele com colágeno, entendeu que minha cabeça tinha tantos cabelos quanto a dele.

O resto da viagem foi dedicado às ridículas explicações sobre o bizarro fato de eu ser imortal. Contei muito por alto dos meus ciclos e falei sobre a procura por Leah, aquela mulher que eu tanto amava. Ele queria saber de tudo, se Marina sabia da verdade, se eu conhecia outros imortais, se eu tivera outros filhos e mulheres. E, nessa hora, eu fraquejei — sem nem suspeitar que não existem meias verdades e que ter deixado de fora aquela informação me custaria muito caro no futuro. Mas o caso é que eu disse tudo para Nicolau, menos que ele não era meu filho biológico. Isso seria demais. Tudo o que admiti é que ele era meu único filho e, bem, isso o deixou pensando se ele também seria imortalizado aos 27 anos.

NÃO HOUVE MUITO TEMPO PARA A DIGESTÃO daquela realidade paralela. Chegamos do Caribe, e um cruel bilhete de Rita esperava por Nicolau: ela havia saído de casa e voltado para o ex-marido. Foi sua primeira grande desilusão amorosa, e eu tive toda a paciência do mundo para confortá-lo.

Foi então que a ideia de viajarmos juntos começou a se desenhar. Me senti muito sufocado ao voltar para São Paulo e ter que vestir a "máscara" novamente. Deixei crescer barba e bigode, retomei minha postura de terceira idade e os compromissos no escritório — mas havia um horizonte, e ele era reto e fixo, como em alto-mar: eu precisava passar o bastão.

Durante quase um ano planejei a minha partida: ia dar a volta ao mundo num veleiro. Precisava estar só para revisitar fantasmas esquecidos do meu passado. Nunca mais eu havia estado em Nova York, Portugal, França, Áustria ou Alemanha, lugares por onde eu sabia que estava espalhado. Tinha ido para a Itália visitar Marina algumas vezes. A verdade é que voar não era para mim.

Estudei bem a viagem, comprei o barco, que nomeei de *Nico e Leo*, e insisti muito para que meu filho fosse comigo. Prometi que contaria com detalhes esquecidos todos os meus ciclos e aventuras.

Na empresa, preparei toda a papelada para transferir o que me cabia no jornal, nas revistas, na rádio e na concessão de TV para Nicolau. Como ele já era acionista, e em todos os empreendimentos contávamos com outros sócios, fiz apenas transferir ações para que ele passasse a majoritário.

Meu dinheiro eu apliquei em dois fundos, salas comerciais para locação e a compra do veleiro. Eu tinha mais dinheiro do que jamais havia sonhado, bem mais do que o necessário. Nicolau me deu a ideia de abrir um centro de formação para jovens carentes na periferia, e esse foi meu último ato na presidência da Estrela Associados. Ele era cheio dessas atitudes sociais, uma herança anônima de Tiago.

Depois me retirei para o planejamento da viagem, e para isso passei uma temporada no Rio de Janeiro, onde o veleiro ficou. Lá tive aulas teóricas e práticas de como navegar — mas aquilo estava tão arraigado em meu sangue que eu sabia como cada peça de cada barco, navio, canoa, veleiro ou fragata funcionava. O que eu tinha que aprender melhor era a como operar o GPS e aqueles aparelhos modernos que haviam se tornado tão indispensáveis para a humanidade. Finalmente, após ler os livros do incrível Amyr Klink, senti que estava tão pronto quanto poderia ficar.

Ao trocar São Paulo pelo Rio de Janeiro, fechei minha vida. Era hora de tirar de vez aquela máscara e enterrar não apenas uma, mas todas as vidas passadas que me assombravam. Vendi a casa, me despedi dos amigos — que sabiam dos meus planos de velejar na minha aposentadoria — e revi os lugares que significaram muito para mim naquela cidade onde eu havia estado por mais de quarenta anos.

Quando cheguei ao Rio de Janeiro já não tinha pelos e nem sinais, no corpo, da idade que não me pertencia. Preenchi o cadastro da marina como se tivesse 27 anos e, doravante, passei a ser mais jovem do que meu próprio filho.

Nossa viagem começou dia 13 de janeiro de 1999 e, entre as idas e vindas de Nicolau, que se abstinha por causa de compromissos em São Paulo, fomos nos conhecendo e cada um a si próprio, melhor do que nunca.

Aqueles meses dentro do veleiro me fizeram um bem que nada no mundo, talvez nem Leah, pudesse produzir. Tanto o silêncio dos dias e noites sozinho quanto os sóis que se puseram para nós dois domaram meu corpo descompassado e dilacerado, formando, novamente, um só ser. Quando atracamos, novamente juntos, em Fernando de Noronha, em dezembro de 2000, eu estava pronto para meu *sétimo ciclo* de vida: mas que fosse o último.

MONTAR UMA AGÊNCIA DE TURISMO, comprar uma casa avistando o mar e ficar quieto eram os planos do novo ciclo. Se eu não podia morrer, então viveria onde minha morte me havia sido proibida; onde o mar me havia corrompido; onde o amor me havia estilhaçado. Viveria a vida impossível e imperfeita no lugar certo.

E uma vez estabelecido na ilha, tive que começar a me despedir de Nicolau. Não que fosse romper com ele, como havia feito tantas vezes e com tantas pessoas nem tão amadas. Não era isso. Era bem mais caótico, abstrato e dimensional: Nicolau precisava seguir, ele, com sua própria vida. Eu, ao seu lado, era mais pesado do que uma âncora prendendo um barco que precisa navegar.

De fato, meu filho foi se desprendendo de mim, tendo, no fundo, a doce certeza de que jamais perderia o pai. Nunca tive coragem de lhe dizer, entretanto, que já havia perdido um pai — o outro, Tiago.

Sem saber disso, ele tomou as rédeas da empresa e expandiu os negócios investindo em algo que eu não ousara fazer, mas sempre sonhara: exibição de cinema.

Ao mesmo tempo, tirou Rita de sua vida e começou a curtir todas as mulheres que lhe sorriam ao cruzarem seu caminho. Retomou os laços com sua mãe e passou a ir três, quatro vezes por ano à Itália. Teresa, sua irmã, foi morar em São Paulo e começou a trabalhar com ele.

Fui tocando a vida, tendo mais uma vez, como ponto de partida, a minha eterna idade: aprendi a surfar, treinei o mergulho e dancei muito forró. Montei e consumi uma biblioteca, uma enoteca e uma discoteca. Servi-me de alegria e despreocupação. Um ciclo, enfim, relaxado.

Nossa relação transformou-se, como um quadro impressionista: ficou mais bonita de longe do que de perto. Assim foi, e eu achei melhor não interferir. Quando ele me ligou dizendo que havia conhecido a mulher de sua vida, em Angola, eu me mantive distante e feliz. Torcendo por ele.

Das vezes que quase a conheci, sem saber que não podia encontrá-la, não achei estranho o fato de ela estar viajando ou trabalhando.

— Ela não gosta de sair em fotos — me disse Nicolau, numa visita minha a São Paulo, quando não encontrou nenhum registro visual da namorada para me mostrar. — Por isso é fotógrafa — ressaltou.

Na ilha, ninguém sabia que Nicolau era meu filho: não faria sentido, não poderia ser, já que eu me assumi jovem.

Quando Nicolau desembarcou no aeroporto de Fernando de Noronha, fazia quase um ano que não nos encontrávamos. E eu, na minha mais pura ignorância, achava que ele estava feliz morando com a tal fotógrafa que não gostava de se deixar fotografar, num apartamento novo cuja portaria, sem saber, eu já conhecia.

A CONVERSA COM NICOLAU foi a mais difícil da minha vida. Depois do encontro no aeroporto, onde nos abraçamos com carinho, ele entrou no meu carro e dirigi até o Forte do Boldró. Não pudemos trocar nenhuma palavra durante o trajeto e, por isso, escutamos os conselhos do vento. Sylvia foi para a pousada, transtornada.

O antigo forte do século XVIII estava vazio; além dos funcionários do bar e de um fiscal, só havia nós dois. O sol, alto demais, emprestava a energia necessária para a conversa. Fui até o barzinho e pedi dois sucos de mangaba, o preferido de Nicolau. Bebemos em silêncio.

Minha cabeça estava inchada, tentando processar o que me cortava por dentro, separando as vísceras dos ossos, os músculos da irrigação, o corpo da alma. Como era possível que, após 188 anos, eu tivesse reencontrado Leah, ela houvesse fugido, eu tivesse ido atrás dela, perdido a memória e a recobrado e, no momento do *gran finale*, eu descobrisse que seu noivo, o homem com quem estava compromissada, era o meu único filho, Nicolau? Não um filho qualquer, não o Joseph que eu criei como filho e por quem sofri como pai quando morreu. Não apenas um filho, mas o tesouro depositado em meus próprios braços por Tiago.

Nicolau era mais que isso tudo, era meu melhor amigo, o principal ser de todos os meus ciclos, o único homem que carregava o meu nome e a pessoa que eu mais amava no mundo, além de Leah — àquela altura, Sylvia.

Agora era ainda mais estranho: Nicolau parecia mais velho, em seus 41 anos, do que eu, que ainda aparentava os mesmos 27. Não cabia o vocativo que me denominava e que, em algum momento, ele iria proferir: pai.

— Caramba — riu. Nicolau era assim, muito bem-humorado. — Que rolo, Leo!

Eu ri também.

— Nunca imaginei, nunca, que coisa mais louca.

— Como é que eu podia imaginar que a Sylvia era a tua Leah? Jamais! Ela era uma mulher que conheci em Angola no começo de 2011, uma fotógrafa que fazia trabalho voluntário, eu te falei dela... — E olhou para o mar, sua angústia começou a sair. — Ela era a mulher com mais brilho que eu conheci na vida.

— Puta merda — foi a expressão que saiu de dentro do meu corpo confuso.

O mar tinha que nos acalmar. Olhávamos para ele exigindo as respostas: ele me devia paz, e eu devia paz a Nico.

— Pra ser bem sincero, pai... — E assim, como quem não aguenta e soluça a bolha de sabão, Nicolau me chamou de pai. Eu era o seu pai, e, com essa propriedade, ele pôde continuar: — Apesar de eu sempre ter acreditado na tua imortalidade, eu achava que Leah fosse fruto da tua imaginação. Que ela tivesse morrido há muitos anos, e tive pena de você, sofri mesmo imaginando que cê nunca seria feliz.

— Como neste mundo tão grande você e Sylvia foram se encontrar? Como, Nicolau, eu te pergunto: como?

— Essa é a parte que me dá raiva, pai. A gente se conheceu do outro lado do mundo e... — limpou a garganta, como se fosse dizer uma coisa ardida — se apaixonou...

— Então ela não sabia que você era meu filho?

Nicolau confirmou a pergunta com a expressão de dor em seu rosto. Eu não sabia o que fazer, minha única vontade era me dissolver no mar.

— Eu também pensei nisso quando descobri. Mas não. Eu sempre contei pra todo mundo que meu pai vivia no Caribe, em Turks e Caicos, e que se chamava Leo.

— Turks e Caicos? — Eu não sabia disso!

— Acho que tudo parou no tempo para mim, naquele dia em que você se revelou.

Nicolau olhou para o infinito, procurando uma saída.

— Quis te esconder dela, com medo de que ela descobrisse que eu tinha um pai imortal, mas que eu, eu não era imortal. Passei dos 27 anos e envelheci, pai.

Nos abraçamos, e ele começou a chorar, muito. Era verdade, mas eu não tive coragem, mais uma vez, de contar o porquê de ele envelhecer: eu não era seu pai biológico.

Nicolau limpou as lágrimas.

— Aconteceu simplesmente como todas as coisas mágicas da vida, pai, da mesma maneira como vocês se conheceram em 1824 — falou sorrindo —, fomos muito felizes durante mais de um ano. Ela nunca me contou que era imortal, imagina, uma coisa dessas! Um dia, em outubro do ano passado, no dia do meu aniversário, ela acordou diferente. Calada, triste, seu olhar tinha mudado e nunca mais ela voltaria a sorrir com os olhos. Dois meses depois ela disse que tinha uma viagem de trabalho e veio para cá com a assistente. Foi quando vocês se reencontraram.

O dia do aniversário de Nicolau era também a data do nosso encontro em 1824: 3 de outubro. Fui inundado por ondas internas, a água subiu até a minha garganta: se eu achava que tinha sofrido muito, demais, estava descobrindo que a história de Sylvia era bem mais dolorosa e complicada. Sem saber o que fazer, abracei meu filho com carinho.

— Nicolau, eu quero que você seja feliz, meu filho, mais do que tudo. Eu tive várias cotas de felicidade na vida. Eu fui jovem, e ainda sou. Você e Sylvia podem ser felizes juntos, é isso que eu realmente quero. — Foi tudo o que eu pude dizer.

Saímos do Forte de São Pedro do Boldró à noite. Nossa conversa evoluiu para lembranças, notícias de Marina e de Teresa e o Estrela Associados.

Nicolau precisava conversar com Sylvia. Eu não queria vê-la, seria doloroso demais, e, ao nos despedirmos, desejei a ele "Boa sorte..." e não finalizei, apenas dei um abraço forte em meu filho, sem dar chances de resposta; fui embora com a minha tristeza dobrada dentro de mim.

Com medo das minhas dores, tentei me ocupar ao máximo — e havia mesmo o que ser feito. Eu tinha que arrumar as provisões de uma viagem que ainda não possuía rumo certo — eu só sabia um dos pontos de coordenadas, aquele de partida. Tinha que fazer um levantamento da água necessária, revisar o motor e criar o plano de navegação. Tinha que comprar ração, porque queria levar Fogo a bordo — mesmo imaginando o quanto aquele gato ficaria em pânico em meu veleiro.

Liguei para Marujo, contei a novidade. Ele ficou preocupado.

— Hômi, cê tá muito esquisito, uma hora nada acontece, outra hora é tudo acelerado... Tem certeza, Joaquim? — Eu tinha, sim, tinha uma certeza que ninguém mais poderia possuir, uma certeza que batia em mim com força de ressaca de mar: a certeza da necessidade, absoluta e irremediável, de navegar.

Já era madrugada quando fui carregar o veleiro *Solidão*, um capricho meu de 54 pés que ficava, a maior parte do tempo, alugado. Para minha sorte, estava disponível. Com a ajuda de Marujo, enchi 350 litros de água e 450 de diesel. Chequei os dois mastros, a capota de lona, as capas para as velas. Abasteci as duas geladeiras e joguei minha mala na cama da suíte.

Verifiquei os instrumentos e liguei o GPS, sem saber ao certo o que colocar ali. Se fosse até Cabo Verde, teria pela frente 1.472 milhas, cerca de doze dias de isolamento se cumprisse singraduras de 130, 140 milhas. Seria tempo suficiente para eu me recompor? Ou seria pouco? Ou eu nunca me recomporia da pior das tempestades que eu atravessava?

Tudo parecia pronto e definido: atravessaria a linha do equador rumo ao hemisfério norte, e lá, quem sabe, conseguiria me encontrar. Não respondi às ligações no meu celular. Nem de Nicolau, muito menos de Sylvia. Ligaria do rádio, em alto-mar.

Zarpei junto com o sol. Eu, Fogo e *Solidão*. O dia estava azul e limpo, e os dez nós de vento me trouxeram uma sensação que não experimentava há muito tempo: de que o horizonte finalmente iria me engolir.

No primeiro dia percorri doces 136 milhas com ajuda do vento alísio de onze nós, perfeito para o funcionamento do leme de vento e do gerador eólico. Com tudo sob controle, precisava sair do meu próprio piloto automático para deixar que este conduzisse apenas o barco. Foi quando eu comecei a perceber que estava em estado de mais absoluto choque.

A última vez que eu havia velejado assim fora com Nicolau, na nossa volta ao mundo. Naquele tempo que passamos juntos eu não apenas verbalizei toda a minha vida e ciclos, como, pela primeira vez, revi os detalhes e abri meus escritos: diários, cartas, livros antigos. Enfim, dividi tudo com Nicolau.

Saímos juntos do Rio de Janeiro em janeiro de 1999. Fomos para o sul, e ele desembarcou no Cabo Horn, no Chile. O reencontro na Samoa Ocidental foi num dia de sol e poucos nós, e seguimos navegando um mar de azeite até Bali, quando ele desembarcou, seguiu para o aeroporto e pegou um avião para mais uma rodada de negócios em São Paulo.

Quase quatro meses depois, para a minha surpresa, Nicolau surgiu do nada em Dubai. O céu estava escuro, e ele, preocupado. Foram dias de tormenta, dentro e fora do barco, ventos que variavam entre trinta e quarenta nós, com picos de sessenta. Apesar disso, eu lembro bem de não querer chegar ao próximo porto, porque só o silêncio do mar nos ensina a resolver tudo. De dentro para fora.

Quando desembarcou do veleiro na Cidade do Cabo, Nicolau tinha os ombros arqueados para baixo e uma expressão de derrota. Ele e eu sabíamos que passaríamos mais seis ou oito meses separados. Não por acaso, nosso reencontro seria em Fernando de Noronha, no último mês de 2000. Depois de quase um ano inteiro no mar, desisti totalmente de ir à Europa, o que estava nos planos iniciais, e fui direto para a ilha.

Passamos o *réveillon* naquele pedaço de terra "fora do mundo", e mostrei a ele onde havia conhecido Leah e todos nossos encontros ocorreram; onde eu buscava suas azedinhas e amarrava o Tartuffe. Expliquei, na Conceição, como a estrela caíra, e apontei o local exato onde dom Diego me matara. Foi também quando eu decidi abrir uma agência de turismo, a Estrela Cadente, e me instalar definitivamente naquele pedaço remendado de Pernambuco.

Nicolau regressou para São Paulo, e eu iniciei, então, o meu *sétimo* e atual ciclo de vida. Fernando de Noronha era o meu ponto de partida, e era onde eu tinha a esperança de encontrar a estrela caída, ou Leah — de preferência, as duas. Em cima de pranchas de surfe ou debaixo d'água, enfiado em nadadeiras e máscaras, rastreei todas as correntes marítimas à procura das benditas. Só encontrei navios e restos mortais. De imortal, só eu e a imensidão. Entretanto, eu nunca poderia imaginar que Nicolau me traria algum dia aquela que eu sempre procurara: Leah.

Um dia ele me ligou animado, dizendo que o romance com a mulher especial que havia conhecido em Angola era sério, "pra valer". Nicolau nunca soube esconder suas paixonites e, pelo tom da voz, eu entendi que aquilo ia além.

Passados alguns meses de namoro, ele anunciou, numa ida à ilha, para matar as saudades:

— É a mulher da minha vida.

Lembro da felicidade que me invadiu. Que meu filho tivesse encontrado o amor da sua vida era quase tão poderoso quanto se eu o tivesse encontrado.

— Me conta — pedi. Lembro com detalhes da cena: estávamos sentados na sala da minha casa, a mesma que seria visitada por Sylvia meses mais tarde; a mesma que pegaria fogo, queimando a carta onde ela explicava o incompreensível: que estava noiva do meu filho.

— Seu nome é Sylvia, ela tem 23 anos, é incrivelmente linda. Mamãe vai conhecê-la em breve, estou planejando uma ida a Roma... só vai faltar você. — Sua voz estava carregada da felicidade que eu havia perdido séculos antes.

Tive vontade de sentar com Sylvia e entender tudo. Quando ela soube que Nicolau era meu filho? Quando se apaixonou por ele? Quando decidiu ir me procurar?

O problema é que eu não podia escutar de seus generosos lábios aquelas respostas. Não podia sequer vê-la: doeria mais — e já doía tanto! O melhor seria esperar passar. Mais trinta, quarenta, cinquenta anos, e nosso encontro estaria marcado. Nicolau e ela viveriam o que lhes cabia, eu arrumaria alguém para me distrair durante aquelas décadas e poderia tê-la de volta antes de completar trezentos anos de vida.

Eu precisava tirar de meu peito as amendoeiras, os cavalos galopantes; esquecer do gosto dos flocos de cinza; exalar toda fumaça do meu próprio ópio. Eu sabia, só havia uma maneira: me jogando nas correntezas.

Durante os primeiros dias a bordo do veleiro *Solidão*, presenciei a beleza em seu estado mais delicioso: o céu de brigadeiro e o mar de azeite. Nem onda, nem vento, apenas a estranha sensação de harmonia que me roubou a temporalidade. Eu andava da proa à popa maravilhado com a generosidade da natureza.

Recebi presentes dos céus e dos mares. Primeiro, formou-se o mais lindo pôr do sol da minha história — ou seria da minha memória? O silêncio era tão ensurdecedor que puxei a *Tannhäuser* no iPod e não segurei as lágrimas, o que fez com que os cristais dos meus olhos desenhassem infinitos sóis à minha frente.

Quando a noite chegou, vi a confirmação de que as estrelas sempre acabam caindo e, numa chuva sem fim, tentei agarrar uma delas com pedidos e mais lágrimas. Precisava de uma para mim: uma apenas, que me mudasse, que me tirasse o excesso de vida, ou que me levasse com ela.

Não bastasse a cadência do céu, após eu adormecer na proa, com aquela noite de Van Gogh ao meu dispor, acordei com uma chuva fina, e abri os olhos para um espetáculo inexplicável: um arco-íris lunar. Sim, era noite posta, deitada e dormida, quando a lua baixa resolveu iluminar o céu escuro com todas as cores da palheta, e um toró caiu. A mão de Deus me tocou, com uma doçura tão grande que não pude resistir.

Na minha quarta noite a bordo, acordei às três da manhã com uma atravessada. No meio das ondas de oito metros de altura, que espalmavam as mãos como num duelo, o vento de cinquenta nós me jogava para trás, desfazendo o trajeto percorrido. A fúria daquele baile para o qual eu não havia sido convidado emitia sons que só as baleias, tubarões e golfinhos poderiam compreender — mas que eu, um homem sozinho perdido no mar, estranhamente entendia: a natureza me dizia que não era hora de deixar Fernando de Noronha.

O caldo branco e grosso que havia tomado a superfície do mar, longe de ser amigável, me intimou a entrar. Soltei a âncora para não voltar ainda mais no percurso e obedeci. Senti o barco surfar as cristas das ondas e despencar no vazio várias vezes. Fechei os olhos e me encolhi na grande cama de casal onde, por ironia, eu nunca havia estado com uma mulher. Talvez estivesse guardando para Leah — e agora já olhava para o travesseiro caído do outro lado sem esperanças de que aquilo pudesse acontecer.

Adormeci, perdido em pensamentos e impossibilitado de significar minha vida, e fui acordado por um raio que, como se brigasse comigo, caiu a dez ou doze metros da proa. Apesar da escuridão, pude ver nuvens carregadas, grossas, lentas e zangadas, *cumulus nimbus* que conversavam entre si decidindo o meu destino.

Resolvi ir ver, no *cockpit*, aquela conjunção de céu e mar, e aquilo fez, de alguma maneira, sentido para mim. As ondas elevando-se até as nuvens, os raios mergulhando até o térreo do oceano — e eu, no meio, presenciando a união do céu e do mar.

Não sei se foi a chuva que me molhou, ou se a saraivada de raios, que, apesar da minha vivência nos oceanos, eu nunca tinha visto. Fogos de artifício deslizavam pelas águas, clareando as coisas mais escondidas. Tanto como o mar ou como o céu, eu fazia parte da natureza e precisava entender que o imponderável me envolvia com braços tão fortes que não havia mais nada a ser feito, a não ser entregar-me de volta.

Não bastasse a fúria marítima e a tempestade celeste, uma onda especial conseguiu quebrar a janela da sala de comunicações e danificou todos os aparelhos eletrônicos, me deixando sem GPS e telefone. Fiquei apenas com o rádio de emergência, devidamente guardado embaixo da minha cama, preso e lacrado.

Ri daquilo, ri como não ria há muito tempo. Ri de mim, um homem perdido no meio do mar, um ser perdido em sua própria vida. Eu estava, havia muito tempo, à deriva, entre noites de tempestades e dias de fúria. Ali, e naquele momento, aconteceu algo mágico: eu tinha conseguido um signo para o significado da minha vida. E, por isso, ri. E, por isso, decidi que não usaria o rádio amador e ficaria, literalmente, à deriva. Só assim, e com a força da correnteza, talvez eu pudesse me encontrar — ou parar de acreditar, de uma vez por todas, que esse encontro seria possível.

Quintessência

A TEMPESTADE TROUXE LOUCURA E INSENSATEZ, substituiu meu medo contido por uma angústia incontinente. Virei um pirata, um marinheiro fantasma, uma sombra desalmada navegando no nevoeiro dos séculos. Foram dias e noites rindo de ondas que surgiam do meio do mar parado, de mãos dadas, convidando para uma dança que eu não soube bailar.

Lá pelas tantas, quando eu já estava andando na minha prancha interna, definitivamente para fora de mim, aliviado por enfim poder enlouquecer, escutei um som de vidro contra o casco do veleiro. Não uma ou duas, mas infinitas vezes; até eu ir ver que o som não estava dentro de minha cabeça.

Uma garrafa muito antiga, sem rótulo, mas indiscutivelmente de vinho do Porto, foi que me acordou do delírio. Debrucei-me para apanhá-la: seu interior estava intacto, a rolha lacrando o pergaminho amarelado que anunciava seu cheiro antes mesmo de ser aberto. Havia uma mensagem na garrafa.

Parecia delírio: tudo. Mas não era: aquela garrafa que eu segurava em minhas mãos era mais uma prova de que o real nem sempre, ou quase nunca, faz sentido. Busquei um saca-rolhas e durante minutos que não contei concentrei-me na tarefa de remover aquela tampa de cortiça.

Quando finalmente alcancei o pergaminho e o abri, soube que estávamos, eu e o tempo, definitivamente loucos. A caligrafia tão familiar aos meus olhos datava de 1824 e dizia o seguinte:

Joaquim, fui apanhada por dom Diego e estou a caminho de Lisboa — mas vou voltar. O mar que nos separa um dia irá nos unir. Me espera, não saias da ilha. Me espera, não morras. Tua Leah, 8 de outubro de 1824.

Mais louco do que nunca, perdi os sentidos ao tentar compreender, minimamente, como havia encontrado aquela garrafa, boiando desde 1824: como? O mar realmente nos controlava, os dois, meros escravos do tempo. Exausto e perdido com aquela realidade tão acachapante, dormi à deriva.

Quando acordei da minha catarse em alto-mar tive uma miragem. Vi na minha frente as ilhas de Fernando de Noronha, não apenas um arquipélago, mas dois: um embaixo do outro, como num espelhamento. Não sabia se a multiplicação era causada pelo meu estado de banzo ou se pela incapacidade do meu cérebro em interceptar os raios de luz em trajetória retilínea. O sol brilhava e rachava tudo havia incontáveis dias à deriva.

A ilha que eu vi, e de onde eu havia inutilmente partido mais de quatro semanas antes, era guardada pela linda Alamoa, o fantasma fosforescente de uma sereia que hipnotizava pescadores e moradores, assombrando as tempestuosas noites de sexta-feira. No entanto, era a minha alamoa, tão imortal quanto a grande guardiã da ilha, que me puxava de volta, apesar das inúmeras tentativas de fuga.

O delírio me fazia ver dobrado, mas aquela joia verde no meio da imensidão azul estava, de fato, na minha frente. Fogo, assustado, miou como se reconhecesse sua casa.

Eu havia velejado sem sair do lugar! Alguma alquimia translúcida me prendia à ilha, e os deuses dos mares não me deixaram sair: além de enviarem sua ira, tinham me mandado um recado através de uma garrafa perdida num buraco negro do tempo. Remar, velejar, nadar, me afogar — nada me levaria embora antes de eu resolver o que havia de ser resolvido. Nada.

A loucura me salvara, e assim que meu cristalino entendeu que havia apenas uma ilha, eu avistei o farol da Rata e comecei a arremeter para o porto. E desfaleci.

Como soube mais tarde, Marujo, que acabava de desembarcar os turistas do passeio matinal, viu o *Solidão* rasgar o horizonte e partiu para o meu resgate. Me contou que eu delirava e, como um bêbado, não queria largar aquela garrafa velha.

Aportou o *Solidão*, me deu água fresca e falou, com os olhos vermelhos de emoção:

— Vixe, chefinho, nós ficamos preocupados demais!

Com a ajuda dos pescadores, Marujo me desembarcou e arrancou Fogo do meu colo: à garrafa eu me agarrei.

Me joguei nos braços de Marujo, abraçando-o como nunca fizera, e me declarei.

— Eu te amo, meu amigo, do fundo do meu coração.

Ele me olhou com estranheza, mas, como bom homem que sempre foi, retribuiu meu abraço.

— Bom que cê voltô! Bom mesmo!

Marujo me acompanhou até a agência. Quando entrei, Belinha arregalou os olhos, mas não falou nada. Me deu um abraço e correu para buscar água.

Sentei no sofá de couro marrom que tinha importado de São Paulo, e meu corpo se encaixou com um conforto ímpar. Um casal de espanhóis, jovens e bonitos, ricos e famosos, entrou na agência sorrindo, mas quando cruzamos os olhares pude perceber seu sobressalto.

E foi pelo olhar deles que vi a minha imagem contorcida e feia. Nunca tinha sido tão feio, nem quando fui velho ou viciado, nem quando estive em coma, nem quando perdi os amores — nunca como agora. Eu sentia meu olhar oco, de zumbi, refletindo o vazio da minha alma. Eu não tinha solução.

Minha barba estava crescida; minha pele, dourada e seca, formava mapas que eu já não sabia navegar. Os lábios rachados, com gosto amargo, não tinham força para balbuciar palavras distantes do meu dicionário. Eu era um náufrago de mim mesmo, da minha própria vida, e não podia imaginar que, pouco depois, aquilo tudo, toda a minha história, mudaria para sempre.

Ainda nesse estado delirante, me deixei guiar por Marujo, que me conduziu junto com Fogo para casa. Pouco tempo após chegarmos, quando eu ainda não conseguia sentir meu próprio corpo, Zelda entrou com um pote de comida e um coco fechado. Sem dizer nada, fraternal e carinhosa, me serviu e me ajudou a comer. Marujo abriu o coco e derramou o líquido num copo transparente. Eu não lembrava quando fizera minha última refeição.

Aos poucos senti o corpo responder e as coisas ficarem mais claras. Observei a varanda onde eu havia mergulhado nas letras curvadas de Leah, testemunhando tempos finitos. As coisas começaram a brilhar demasiadamente, como num quadro de arte sacra em que a luz do sol penetra cantos improváveis, tentando alegrar as tristes cenas.

Marujo me ajudou a levantar da cadeira da sala e me levou para o quarto. Quando minha cabeça encontrou o travesseiro, eu já tinha os olhos fechados e o corpo adormecido. Minha alma, entretanto, ainda flutuava em algum lugar do oceano.

HIBERNEI POR MUITO TEMPO, "dois dias e duas noites", me disse Zelda. Ela, Marujo e Belinha se revezaram em turnos, fiéis escudeiros. Enquanto eu dormia, o doutor Fernando havia me picado com uma agulha grossa nas costas da mão e me nutrido com soro.

— Cê tava desidratado, muito desidratado — Zelda riu —, que bom que acordou, Joaquim!

Me senti bem. Completamente renascido — poderia, se preciso fosse, até mesmo começar um novo ciclo. De alguma maneira, possuía uma energia renovada dentro de mim. Zelda puxou a agulha do soro da minha mão e me serviu um café da manhã que borbulhava com cheiros do passado.

— Eu mais Marujo estamos muito preocupados. — E tomou um gole de café. — Do ano passado pra cá teve incêndio, afogamento e agora essa fuga. Isso tudo é por amor, não é? É a Sylvia, não é? — E riu. — Nós achamos que cê encontrou a mulhé da tua vida, hômi, mas se continuar assim não vai ficar vivo pra viver esse grande amor.

Zelda sempre tinha uma maneira, um jeitinho especial de falar as coisas mais sérias do mundo — nunca deixava de dizê-las, mas colocava carinho e afeto nas palavras, de modo que tudo parecia se encaixar nas conversas.

E era verdade, eles haviam entendido que Sylvia era o meu grande amor. Só não imaginavam que ela estava completamente fora do meu alcance — pertencia a Nico.

— É sim, Zelda, é o amor da minha vida; na verdade, um amor de outras vidas.

Ela se aproximou e me fez um carinho de irmã.

— E o que cê tá esperando pra poder viver esse amor, já que é tão importante?

— Tô esperando o momento certo. Acho que vou ter que esperar mais um pouco, não sei, quem sabe numa próxima vida? Nessa ela já tá noiva.

Zelda não sabia de nada, mas como era espírita e acreditava em reencarnação, captou o sentido místico:

— Olha, Joaquim, a gente não deve levá nada dessa vida pra outra que não possa ser resolvido aqui. Senão, vira problema, viste, e começar uma nova vida com problema é ruim demais.

Enquanto pensava nas palavras de Zelda, através da porta aberta da varanda fitei o horizonte e senti uma fisgada do vazio que tinha me levado a deixar a ilha e ficar à deriva. Era o vazio do impossível.

Zelda retirou o café, e eu caminhei para o banheiro. Foi então que me vi no espelho e confirmei minha sensação de feiura: parecia um outro homem. Alguém que, através de todas as minhas vidas, não havia me pertencido. Meu rosto estava inchado, manchado e vermelho. A barba grande dava um ar de homem das cavernas, e os cabelos rebeldes e crespos de água salgada pareciam algas mortas. Nada combinava. Nem a barba com o cabelo, nem eu comigo mesmo.

Decidido a encontrar forças e seguir aquela vida que seria um enorme vazio, enchi o rosto de espuma e comecei a raspar os pelos rente à minha pele. Um ritual tão recorrente quanto enfadonho.

Quando acabei de me barbear, percebi que meu rosto tinha duas cores: a barba escondia a brancura original da pele, enquanto o resto do rosto, aturdido de tanto sol, expunha um vermelho-índio que nunca me pertencera.

Entrei no banho, lavei o cabelo com as mãos cheias de xampu de criança e ri ao me lembrar dos tantos anos em que passei lavando com um pedaço de sabonete — mesmo após a invenção do produto. Por costume, apenas por isso. Sylvia tinha comprado aquele xampu.

Tudo me lembraria Sylvia, e eu tinha duas opções: ou tentaria, inutilmente, barrar cada um desses pensamentos da minha mente; ou enfrentaria cada um deles na busca de apagá-los dentro de mim.

Saí do banho, me enrolei na toalha e fui até o *closet*, onde havia um enorme espelho. Percebi que nunca estivera tão magro. Vesti uma calça bege e uma camisa social de linho e mangas compridas para proteger meus braços castigados. Havia bolhas de sol, queimaduras, marcas do meu desespero. Peguei um chapéu-panamá que ficava pendurado na parede, óculos escuros, vesti sandálias de dedo e estava pronto para sair. Só não tinha para onde ir, nem o que fazer.

Na mesa da sala havia um bilhete de Zelda: "Volto mais tarde, descanse." Debaixo dele, uma carta de Nicolau. Como se compreendesse a importância daquilo, Fogo miava no meu pé. Dizem que os gatos têm sete vidas, e eu estava no final do meu sétimo ciclo. Talvez por isso Fogo miasse tanto, compadecido com o iminente fim. O que ele não sabia era que eu não tenho fim.

Atravessei o batente que separava a sala da varanda e me sentei olhando o mar. Abri o envelope, que não estava lacrado, e reconheci a caligrafia cujo desenvolvimento eu acompanhei: Nico só escrevia em maiúsculas, uma letra muito reta que deslizava para a vertical.

Pai,

você não devia ter partido. Nós temos que enfrentar as coisas de frente, e juntos — foi o que você me ensinou. Estou angustiado com a sua ida, mas sei que você vai voltar. Eu e Sylvia conversamos muito e vimos que seria impossível viver aquilo que planejamos. Há outros planos.

Eu não teria como passar por cima do fato de ela ser o seu grande amor e você, o dela. Não posso amá-la por nós dois (já que o que ela sente por mim não é e nunca foi amor) e não posso amá-la por você, que sente o verdadeiro amor.

Fico muito triste por tudo, a vida dá voltas e tece nós, mas — acredite, pai — acima de tudo, estou extremamente feliz pelo seu reencontro. A sua história é mais forte que tudo. A sua espera é coisa de fábula. É lindo. Quero poder estar presente, no futuro, para celebrar com vocês esse amor. Agora, porém, vou me retirar e me recompor. Não vou sumir, não vou deixar de te amar, não vou parar de viver: se algum dia me recuperei da perda da Rita, ela sim, o grande amor que tive até agora, vou me refazer logo dessa nova perda. Que nem é perda, porque, se você ganha, pai, eu também ganho.

Eu te amo, pai. Obrigado por tudo, pela vida linda que sempre tivemos e continuaremos a ter. Não ressinto nada, não me arre-

pendo de nada e tenho até uma ponta de orgulho por ter trazido de volta o teu grande amor. Ela veio através de mim, mas veio para você.

Seu filho, Nico.

Fechei a carta e chorei compulsivamente durante horas. Meu rosto, ardido de sol, sentiu como gotas de cera quente as lágrimas que eu não consegui controlar. Não sei o que primeiro provocou a valsa que tomou conta de mim, se o enorme amor que sentia por Nico e a emoção de ler aquela declaração de cumplicidade, ou se saber que Leah poderia ser minha novamente. As duas coisas combinadas, no entanto, me fizeram entrar num transe que eu havia experimentado poucas vezes. Não era transe de dor — com esses eu estava acostumado. Era, enfim, de felicidade.

Quando acabaram as lágrimas senti que o vazio tinha ido embora. Sorri: eu estava pronto. Comecei a raciocinar: precisava encontrar Leah. Não Sylvia: Leah. E uma louca certeza de que ela estava na ilha me esperando bateu forte. Por detrás da carta de Nico e da fala de Zelda havia este recado.

Percorri a ínsula com a ideia de procurar Leah sozinho, sem pistas, abrindo o peito e seguindo a minha bússola interna. Esse instrumento enferrujado que eu nunca havia usado, espremido pelo tamanho inapropriado que minha razão ocupava dentro de mim.

Primeiro fui ao mirante do Sancho, de onde pude avistar o céu beijar o mar num encontro de tons azuis que pareciam beliscar minha retina. Leah não estava lá. Procurei, gritei seu nome, desci até a praia pelo interior da fenda rochosa, senti o frescor da areia sob meus pés, mas a única resposta que eu escutei veio das aves marinhas cosendo ninhos na enorme escarpa.

Alcancei a Baía dos Porcos na esperança de vê-la na dobra das pedras, nas piscinas naturais espraiadas, no recorte do infinito. Ela não estava. Meu coração não desanimou, mas seu ritmo interno mudou, senti um medo bobo brotando, apenas semente de desilusão — mas já semente.

Entrei no carro pensando que nosso segundo encontro, em 1824, tinha acontecido na doce ponta da Pedra Alta, mas para atingi-la eu teria que percorrer uma trilha de cerca de três horas a partir da Vila do Trinta ou da Praia do Atalaia. Não sabia se conseguiria sequer entrar lá àquela hora do dia, por causa da fiscalização, e também comecei a duvidar que ela pudesse estar em algum trecho entre a Pontinha e a Pedra Alta. Por outro lado, era onde ficava a Gruta do Capitão Kid, que tanto a impressionou no passado.

Fui, então, direto para a Conceição, aquele sítio mágico onde ocorreu, de fato, nossa conjunção. O sol, cansado pela longa jornada de doação calorosa e incondicional àquele rincão do planeta, retirava-se da ilha, jogando uma luz dourada na colcha azul do mar. Os coqueiros balançavam levemente, apontando alguma certeza para o meu caminho, me dando pistas de que, apesar de o dia estar esfriando, eu estava mais quente.

Hipnotizado pela visão celestial, sentei à sombra generosa do Morro do Pico e fiquei mirando em sua direção. Ali, naquele mesmo pedaço de terra engolido pelo azul, havia 188 anos que uma estrela mergulhara. De alguma maneira, nós estaríamos sempre presos àquele lugar, eu e Leah, nossas almas boiando na lisura do mar como duas flores de lótus.

Dentro da minha cabeça escutei um espreguiçar, como se fosse um chamado, um canto de sereia, soprado através do vento — ou seria do passado? Tirei meus olhos do Morro do Pico e do sol que ia se escondendo delicadamente. Virei para trás e percebi, então, que aquele grunhido não vinha de dentro da minha cabeça — vinha de trás dela.

Caminhei procurando algum animal, mesmo sabendo que o som era humano, e me deparei, na segunda fenda de areia que avançava sobre o terreno irregular da praia, com uma mulher de costas nuas estirada numa canga indiana. Seus cabelos compridos e loiros não me deixavam ver o rosto, virado para o lado oposto, e suas curvas nuas, cobertas apenas por duas peças de biquíni, me lembravam as mulheres dos quadros de

Klimt. Não porque houvesse côncavos acentuados na figura, não; mas porque de todos os cantos daquela mulher adormecida saíam flores e formas que se confundiam com a sua própria tapeçaria.

Com cuidado, dei a volta para poder ver seu rosto — mas nem era preciso, porque a calma que me invadiu trouxe a certeza que faltava outrora: era Leah. Pela primeira vez, apenas Leah, sem a confusão e as impossibilidades que Sylvia me trouxera. Ela dormia como um anjo, dona daquela beleza endógena e do perfume de deusa.

Tive uma vontade enorme de desvirar seu rosto, que contemplava, adormecido, o leste, e de abraçar seu corpo, contorcido em direção à terra. Me contive na alegria do momento, na mais pura elevação de tê-la encontrado, e na magia que observá-la me trazia. Mas ela despertou do sono, abrindo os olhos sem pressa e levando um grande sorriso aos lábios que eu queria alcançar.

Sem desvirar o corpo, buscou minha mão, como se me esperasse.

— Joaquim — pronunciou, tocando minha alma com a delicadeza de um pianista. — Joaquim, meu amor. — E se arrastou para mim, franzindo o corpo de arrepio. Colocou a cabeça no meu colo, recostada, e eu puxei a canga para cobrir-lhe as costas nuas e as omoplatas respingadas pelas mesmas pintas que eu já havia contado tantas vezes.

— Leah — falei, chorando, as lágrimas saltando de mim, pulando na areia como se fossem se misturar com o mar. Chegou a nossa hora, pensei.

Ouvi seu choro, era um choro muito guardado, como se ela tivesse estado contida a vida inteira. Apertei-a mais forte nos braços, não apenas com força, mas com todo meu amor.

— Eu sabia que você ia voltar, que Iemanjá não te deixaria ir embora da ilha — sorriu.

Ainda olhando o mergulho do sol atrás do Morro do Pico, eu respondi:

— Foi mesmo preciso Iemanjá, a Alamoa e Poseidon para me trazerem de volta. E uma mensagem na garrafa que me alcançou. Você não vai acreditar, uma mensagem tua de 1824! — E ri, pura improbabilidade.

— Ah, pelo menos uma delas chegou até você. Um pouco atrasada, né? — ela disse, como se fosse a coisa mais natural do mundo.

— Você enviou outras?

— Estão todas boiando pelos oceanos — suspirou.

— Como é possível que eu a tenha encontrado agora?

— Porque chegou a hora, Joaquim. Esta é a nossa hora.

E, nesse momento, quando eu respirei aliviado, seguro de que o nosso passado poderia finalmente ser retomado — e o tanto que não fosse retomado poderia ser descartado, arquivado, queimado ou afogado, Leah ajeitou-se de frente, e vi pela primeira vez sua barriga. Leah estava grávida.

Ela me olhou entendendo que eu havia descoberto seus seios mais fartos do que nunca, sua pele esticada, sua barriga ainda pequena para conter um outro ser, mas grande demais para estar vazia.

Como qualquer pessoa traumatizada, senti meu coração galopar e minhas mãos suarem. Sem controle, as coisas ruins tomaram conta dos meus pensamentos, me assustando, e Leah percebeu e se descolou, ficando de frente. Ela precisava falar, mas eu já não sabia se podia ouvir seu canto de sereia, porque meu coração batia mais rápido e alto. Eu sabia que não podia ser o pai daquele filho.

Ela buscou a minha mão e, sem dúvidas nos olhos e nos gestos, a escorregou em sua barriga.

— Você vai ser papai, vamos ter um filho.

Mas eu tirei a mão, num reflexo, de maneira automática e ríspida, petrificado.

— Não é meu filho, não pode ser.

Seu rosto mudou, como se encoberto pela sombra do Morro do Pico.

— Como assim?

— Nunca pude engravidar nenhuma mulher esses anos todos, nem as esposas, nem as amantes, nem as prostitutas, nenhuma delas... — E abaixei a cabeça, com vergonha.

— E Nicolau? — Sua voz saiu mais aflita do que eu esperava.

— Nicolau não é meu filho biológico. Ele não sabe, mas seu pai morreu antes dele nascer, e eu o criei — resumi.

O silêncio que se seguiu nos deu tempo para ouvir os conselhos do mar. Leah alisava a barriga quando finalmente falou.

— Essa era a peça que faltava para eu ter certeza de tudo... Se soubesse disso antes... — E olhou o mar. — Claro, tudo na sua hora...

Não entendi o que ela estava balbuciando, e repeti:

— Não pode ser meu filho, Leah, esse bebê é de Nicolau. — E senti um galho da minha amendoeira se soltar lá dentro, raspando nos órgãos mais sensíveis e arranhando minhas vísceras.

Com afeto, ela alisou meu rosto.

— É teu filho, esteja certo disso, meu amor, é teu filho. — E me beijou os lábios antes de contar o resto da história. — Quando dom Diego lhe feriu, fiquei doente, caí de cama. Como sempre senti enjoos ao mar, acreditei que a viagem estivesse me consumindo. Pouco depois de chegar a Lisboa, descobri que estava grávida. Foi um choque para a minha família, você pode imaginar.

Eu nunca havia sequer pensado naquela possibilidade! Como? Então eu tinha tido um filho? Escutei com olhos de coruja.

— Minha família me deixou em casa, inventou uma doença, e não pude sair até o termo da gestação, Joaquim. Todos os dias eu pensava em você, rezando para que estivesse vivo. Quando nosso filho nascesse eu iria te procurar.

Leah cerrou os olhos como se aquela lembrança tão longínqua estivesse deslocada no tempo e posta novamente no presente.

— Um menino. Natimorto.

— Morto?

— Perfeito como um anjo, mas morto como aquela estrela que nos atingiu.

Senti outro galho da amendoeira deslocar-se em meu peito. Engoli um gosto de cinzas.

— A escrava Tetê cuidou de mim no pós-parto, eu tive uma febre que não passava. Ela foi a primeira pessoa a me dizer que eu só voltaria a engravidar quando me encontrasse com a minha outra metade, e isso seria no final dos tempos — suspirou, recordando. — Só não morri porque... bem, porque já era imortal, mesmo sem saber. Porque aquela estrela tinha transformado tudo. Nunca mais engravidei.

Lembrei da escrava Nhanhá dizendo: "Sinhozinho tem que encontrá a outra parte para formá uma pessoa, sinhozinho é só metade", e me arrepiei.

— Jamais passou pela minha cabeça, Leah. — Eu tremia todo, por dentro e por fora — Esse filho é meu? — E lancei um olhar de espanto na sua barriga.

— Esse filho é mais um milagre, Joaquim.

— Pode ser de Nicolau.

— Ele era louco para ter filhos, mas desde o começo sabia que eu era estéril. Dizia que então a gente ia adotar. — E pausou, como se lhe ocorresse um novo detalhe. — Ele nem imagina que é adotado...

Espontaneamente, fizemos um minuto de silêncio em homenagem ao querido Nicolau e a toda a perda que a nossa união representava para ele. Com delicadeza, Leah retomou.

— O filho não pode ser dele. Dois meses antes de vir para cá, paramos de ter relações. Eu travei. Isso aqui — e acariciou novamente o ventre — é mesmo nosso.

Respirei fundo, aturdido.

— Engravidei no nosso primeiro encontro, na madrugada do dia 21 de dezembro. A data da gravidez bate. Eu já havia sido avisada várias vezes que isso iria acontecer. — E riu, distante, recobrando memórias que eu ainda não entendia.

Eu estava tão pasmo que não sabia bem o que eu queria compreender:

— Como você engravidou, então?

— Estava escrito nas estrelas, ou por uma estrela — e afagou minha mão — que eu e você só poderíamos conceber juntos. A ciência não explica, nem isso e muito menos a nossa imortalidade. É pura magia. Foi a nossa Mizar.

Ri de alegria, a amendoeira se fechou, e a engoli junto com os flocos de cinza. Era tudo tão improvável que só podia ser verdade. Mas então lembrei de Nicolau.

— Nicolau sabe?

Ela assentiu com a cabeça.

— Tive que contar.

— Como ele está?

— Bem. Está bem. Rita está cuidando dele.

Sorri, agora mais leve. Meu filho estava em boas mãos.

— E quando você descobriu que eu era o pai dele?

— De verdade? Na escuna, naquele dia em que eu fugi nadando. Vi uma foto tua com ele na cabine, atrás dela estava escrito "Saudades, pai" e assinado "Nicolau". Eu gelei. Fugi, desesperada.

Caramba! A única foto dele que eu tinha exposto, escondida num canto da escuna!

— Naquela carta que você nunca leu, eu explicava isso.

Leah se enrolou na canga, como se sentisse frio, e eu a abracei mais forte.

— Como eu fui egoísta, Leah! Pensei apenas em mim...

— Você acredita na nossa história?

A beijei. Mais e mais. Aquela doce mulher havia me procurado sempre, o tempo todo. Por um momento, tive vergonha da minha passividade, de não tê-la buscado com aquele afã.

— Então como veio me procurar aqui? Por quê?

— Todos esses anos eu busquei respostas. Adivinhos, religiosos, profetas, cartomantes, enfim, quem quer que eu procurasse sempre dava a mesma resposta: a gente tinha esse encontro marcado em 2012. Em 21 de dezembro, ou no dia do "fim dos tempos". Eu tinha que vir! Nunca imaginei que você fosse o pai do Nicolau, só achava que o meu Joaquim estaria, magicamente, aqui na ilha, na data marcada. A trabalho, a passeio, ou talvez morasse aqui, como de fato aconteceu. Por isso levei aquele choque quando vi a foto de vocês dois juntos.

— Mas por que você não me contou tudo? Por que não foi ao meu hotel?

— Naquele dia em que eu prometi ir até o teu hotel, Nicolau me acordou com uma surpresa: uma viagem para Roma, onde passaríamos o *réveillon* com a mãe dele. Não consegui recusar. Além do mais, estava com muito medo de que vocês dois se esbarrassem na portaria do nosso prédio, em São Paulo. Não queria que nenhum dos dois descobrisse dessa maneira!

As coisas que eu estava ouvindo dos doces lábios de Leah eram tão sérias que precisei fechar os olhos e buscar o ar como se estivesse subindo do mar.

— Mas o pior ainda estava para vir: quando chegamos em Roma, Nicolau pediu minha mão, numa cerimônia romântica. Me senti encurralada, pensei que talvez eu pudesse fazê-lo feliz por alguns anos, e depois nós viveríamos juntos, eu e você, por toda a eternidade. Pensei na única filha que eu criei, Nikka, e que gostaria que você fizesse o mesmo por ela, se a situação fosse invertida...

— Ele te pediu em casamento? — eu senti uma tristeza muito grande ao imaginar a cena: meu filho cheio de esperanças nos olhos, e ela sem poder corresponder.

— Pediu. Eu aceitei. No dia seguinte, sem saber de nada, Marina pegou uns álbuns de fotos da infância de Nicolau. Queria que eu visse que lindo ele era. Foi aí que a coisa se confirmou: você estava em várias fotos, Joaquim. Eu pirei, peguei o avião de volta sem ao menos me despedir. Ele ficou arrasado, e quando chegou ao Brasil eu tinha duas notícias terríveis para ele: que eu era a Leah e que você estava em coma.

Fiquei mudo por um momento, tentando assimilar aquela loucura toda. O eco de suas palavras permanecia em minha mente.

— O resto você já imagina: viemos juntos te visitar enquanto você estava em coma e, quando eu arrumei forças para contar que estava grávida de você, consumamos a separação.

Leah me olhou desamparada e me abraçou. Senti um desejo tão grande de tê-la e de fazê-la feliz, desejo de amá-la com tudo, de ser pai daquele filho, de viver o que nos cabia. A beijei com a inabalável certeza com a qual nenhum dos nossos beijos havia sido feito.

Conforme nos beijávamos, sentia as coisas ruins evaporando de dentro de mim e soube que, apesar de nunca poder anular o meu passado, eu não seria mais atormentado por ele. Eu havia achado a quintessência que me faltava para ser completo.

Quando acabamos o último daqueles que seriam os primeiros beijos do resto de nossas vidas, Vênus iluminava a noite escura, e a lua nova se escondia, solta, atrás de sua própria escuridão. Leah estava protegida pelo sânscrito daquela canga, e eu me ajoelhei e finalmente pude abrir a caixa de Pandora e retirar, de dentro de sete chaves, o meu pedido.

— Leah Sylvia Porto Leal, você quer se casar comigo?

Leah chorou e riu ao mesmo tempo; vimos as estrelas todas sorrirem no céu da misteriosa ilha que nos pertencia, e ela disse:

— Sim, eu quero muito, mais do que tudo, agora e para sempre, para ficar contigo até o final dos tempos, séculos e séculos e séculos de amor, Joaquim. — E me beijou.

Nosso casamento aconteceu em segredo, duas semanas depois, à meia-noite da lua cheia do dia 27 de março de 2013. Uma data importante para Leah, que, como fui entender mais tarde, era muito ligada ao universo e aos números. Enquanto eu vivera todos aqueles anos atado aos mares e seus caprichos, Leah flutuara e voara pelos ares: por isso o encontro fora tão demorado. Porque estivemos o tempo todo em planos diferentes.

De branco nós chegamos de carro à minúscula capela de São Pedro. Leah estava tão linda que se deixou fotografar pela máquina automática. Com os cabelos perfumados e trançados, o longo vestido branco de alças protegendo seu ventre e flutuando até os pés e um buquê de azedinhas amarelas, sorriu para mim como se finalmente o amanhã não importasse mais.

Eu carregava duas alianças de ouro branco que encomendara, com o desenho de uma estrela e uma inscrição que o joalheiro tinha errado duas vezes, sem imaginar o significado: 1824. Eu levava também algo que queria devolver e vestir em Leah, uma pequena surpresa: a tornozeleira de ouro.

Trouxemos flores com as quais enfeitamos a igreja sem levantar suspeitas. Leah acendeu velas e incensos e colocou um mensageiro dos ventos na portinha verde de entrada, que eu abri com uma chave mestra.

Nós dois resolvemos que o casamento seria só nosso, e o único convidado seria o nosso fruto. Não precisávamos de nenhuma testemunha daquele amor, contávamos com a bênção do meu Poseidon e da sua deusa Nyx, de Iemanjá e Gaia, de todas as forças misteriosas do mundo.

Dentro de mim, soou uma nota que pareceu um noturno de Chopin, e eu comecei a falar.

— Hoje estamos aqui reunidos graças à força do amor, à persistência da natureza e ao tempo que só o tempo traz.

Ela riu e disse:

— Eu te amo, seu bobo.

Eu pigarreei, lembrando por um momento que a única pessoa que gostaria que estivesse presente era Nicolau. No entanto, sabia que isso viria com o tempo, e nós já havíamos decidido convidá-lo para apadrinhar nosso filho.

Leah segurou minhas mãos, e senti que ela tremia.

— Hoje, 188 anos após o nosso enlace, estamos aqui para selar esse amor sem fim. Para, nesta vida que não acaba, termos eternamente um ao outro. Para que nosso filho seja abençoado. — Depois me beijou com dois oceanos largos e fundos. Tinha um gosto tão doce e tão meu que nesse instante quis beijá-la mais e mais.

Eu segurei suas mãos junto às minhas e pousei as alianças em cima. Tudo improvisado, espontâneo e, no entanto, ensaiado mais vezes na minha cabeça do que eu podia dar conta.

Sua aliança coube perfeitamente.

— Eu te aceito, para sempre, parte de mim, Joaquim Henrique Castro Nunes.

Durante quantos momentos perdidos como poeira cósmica eu havia escutado o eco dessa frase se formar e se perder em minha cabeça!

— Eu te aceito, eu te quero, eu preciso de você, Leah Sylvia Porto Leal, para sempre e sempre, para caminhar ao meu lado por toda a nossa imortalidade.

Coloquei o anel e em seguida tirei a tornozeleira do meu bolso, e Leah se acendeu:

— Como você conseguiu isso? — E sorriu. A coloquei em volta de seu pé descalço, como se ela fosse um ser alado esperando pelas asas ao redor dos calcanhares.

— O mar trouxe para mim — e sorri de volta.

Saímos da capela casados e, do topo das montanhas daquela cordilheira vulcânica que liga céu e mar, eu e ela nos tornamos marido e mulher. A carreguei no colo e senti seu perfume girando ao nosso redor, nos abraçando com a calma dos que permanecem.

Esperando-nos havia, misteriosamente, um cavalo muito parecido com Tartuffe. Não soubemos como ele foi parar lá, nunca saberemos, mas era um sinal. Leah sorriu quando o viu.

— Nós dois, finalmente, meu Joaquim!, em Fernando de Noronha, galopando no teu cavalo que nos sorri...

A beijei e sussurrei:

— Apenas 188 anos, meu amor, esse foi o tempo que esperamos...

Ela me olhou séria, debruçada numa verdade tão íntima que meu coração virou do avesso.

— Eu esperaria novamente, esperaria o tempo que fosse necessário, porque esse amor que eu sinto é mais forte do que tudo, mais forte do que eu...

E aquilo foi a coisa mais bela que eu escutei da pessoa mais linda de toda a minha vida e existência, e seu amor foi tão poderoso que o universo enviou sua bênção através do mensageiro do vento.

Uma estrela cadente veio nos presentear, e nós tivemos, juntos e em silêncio, galopando naquele cavalo estranhamente familiar, a acolhedora certeza de que nem sequer uma fração de segundo de nossas vidas passadas e separadas havia sido em vão. Não há tempo perdido...

AGRADECIMENTOS

Minha enorme gratidão para:

Minhas flores, Luisa e Alice, pelo suporte e amor durante todo meu processo criativo. Vocês são demais e me fazem a mãe mais feliz do mundo!

Meus queridos pais, que me ajudaram a editar e a acreditar neste livro e sempre em mim mesma.

Minha agente, Valéria Martins, por apostar desde o começo e estar sempre ao meu lado.

Toda a equipe da Ediouro, especialmente — mas não só — Leila Name, por me guiar nesta edição.

Meus queridos amigos e todos que, de alguma maneira, fizeram parte deste projeto. Em especial: Eliane Ferreira, Paz Iturrieta, Wagner de Assis, Caio Antunes, Sílvia Fiuza e Alexandre Mathias.

Minha tia-avó, Anna Thereza de Barcellos Fischer, que escreveu *A história das gerações — família Barcellos*, um belíssimo livro sobre a nossa família, que serviu como base de pesquisa e inspiração para a construção de Joaquim.

Meus avós (*in memoriam*), Icléa e Oswaldo; Clara e Manoel, por todas as incríveis histórias que povoam o meu imaginário.

Produção
Adriana Torres
Ana Carla Sousa

Produção editorial
Guilherme Bernardo
Rosana A. Moraes

Revisão
Rodrigo Ferreira

Diagramação
DTPhoenix Editorial

Este livro foi impresso no Rio de Janeiro, em agosto de 2011,
pela Edigráfica, para a Editora Agir.
A fonte usada no miolo é Iowan Old Style, corpo 10,5/14,5.
O papel do miolo é chambril avena 80g/m² e o da capa, cartão 250g/m².